KB138116

이토록
완벽한
실종

이토록

Beyond
the
Moonlit
Sea

완벽한
실종

줄리안 맥클린 장편소설 | 한지희 옮김

해피북스
투유

차례

1부

올리비아

1990. 마이애미

그때 그 말들을 하지 말았어야 했다.

남편의 비행기가 잘못되었다는 사실을 알았을 때, 나는 우리의 마지막 대화가 떠올랐다. 하지만 으레 그렇듯 후회는 일이 이미 틀어지고 난 후에 하기 마련이다.

딘에게 벌어진 일에 내 직접적인 책임은 없었다. 사실 누구를 탓해야 할지도 잘 모르겠다. 어쩌면 영원히 풀리지 않는 미스터리로 남을지도 모른다. 하지만 일이 이렇게 될 줄 알았더라면, 그날 저녁이 그와 함께하는 마지막 시간이 될 줄 알았더라면 그런 말들을 하지 않았을 텐데.

우리는 그날 아침, 전화벨 소리에 잠에서 깼다. 딘은 뒤척이다 전화를 받으려고 일어났다.

"여보세요?"

그는 정신을 차리려는 듯 손으로 얼굴을 쓸어내렸다.

"좋은 아침이에요. 괜찮아요. 그렇게 이른 시간도 아니고요. 잘 지내셨어요?"

딘은 내게 눈짓을 보냈다. 나는 대답 대신 이불을 머리 꼭대기까지 끌어올렸다.

"맞아요. 요즘 날씨가 좋아요."

그가 무릎으로 나를 슬쩍 건드렸다.

"올리비아 바로 옆에 있어요. 잠시만요."

나는 얼굴을 빼꼼 내민 채 콧잔등을 찡그리며 고개를 저었다. 그는 내게 전화기를 들이밀었다. 나 좀 구해줘.

엄마와 딘은 가까운 사이가 아니었기에 차마 그의 눈빛을 모른 척할 수가 없었다. 둘은 서로를 좋아하지 않았지만 나 때문에 마지못해 예의를 차렸다. 그러니 그들의 껄끄러운 관계를 가리켜 가까운 사이가 아니라고 말하는 건 더없이 완곡한 표현이었다.

물론 둘의 관계가 거북해진 건 전적으로 엄마의 탓이었다.

나는 일어나 전화를 받았다.

"여보세요. 응, 엄마."

딘은 내 뺨에 입을 맞추고 침대에서 내려가 화장실로 걸어갔다. 전화 너머로 엄마가 뭔가 말했지만 화장실 문을 닫기 전 티셔츠 벗는 그의 모습을 넋 놓고 바라보느라 엄마가 하는 얘기는 귀에 들어오지도 않았다.

"올리비아, 듣고 있는 거야?"

나는 두툼한 베개 위에 몸을 기대어 앉았다.

"아니, 아직 잠이 덜 깼나 봐. 뭐라고 했어?"

"오늘 저녁에 올 수 있어? 사라랑 리언이 수요일까지 여기 있을 거래. 사라가 다정하게도 어제 나한테 전화를 했지 뭐니. 어찌나 사려 깊은지. 사라랑 얘기해 본 지도 한참 됐지 아마. 네 아버지 장례식 이후로는 본 적이 없으니까. 그래서 저녁 식사에 초대했어."

나는 사라 언니가 엄마에게 전화를 걸었다는 이야기에 적잖이 당황했다. 사라 언니는 나보다 스무 살 정도 많은 이복자매였다. 사라 언니의 어머니이자 아버지의 첫 번째 부인이었던 바버라 아주머니는 내가 태어나기도 전에 돌아가셨다.

"너도 알고 있겠지만 내일이 아버지 기일이잖아. 벌써 두 번째 맞는 기일이네. 그래서 전화 준 것 같아. 너도 내일 와야 하잖니."

맙소사. 그날을 잊고 있었다니. 요즘 들어 걱정거리가 많았고 의식적으로라도 날짜를 보지 않으려고 애쓰던 참이었다.

욕실에서 샤워 소리가 들렸다. 나는 침대에서 내려와 로브를 걸쳤다.

"오랜만에 다 모이면 좋겠네. 우리도 당연히 가야지. 딘도 초대하는 거 맞지?"

"그럼, 딘도 같이 와야지."

엄마는 모든 걸 포용한다는 듯 우월감이 녹아든 말투로 대답했다. 엄마는 딘을 인정한 적이 없었고 우리 모두 그 사실을 알고 있었다. 하지만 엄마는 더 이상의 마찰을 원치 않았다.

"혹시나 해서 물어봤어. 확인차."

딘이 유복한 집안 출신이 아니라는 이유로 '내 수준에 맞지 않는다'는 엄마의 오해를 풀어주기 위한 그간의 내 노력은 모두 허사였다. 나는 그 의미 없는 설득을 진작에 그만두었다.

다행히도 딘은 우리 엄마의 노골적인 속물근성을 마음에 담아두지 않았다. 우리는 종종 엄마의 그런 면을 놀렸고 그는 그냥 웃어넘기곤 하였다. 하지만 엄마가 번지르르한 명품 가방을 자랑할 때나 형편이 좋지 않았던 그의 유소년기를 거리낌 없이 들추어낼 때만큼은 짜증을 감출 수 없었다.

나는 창가에 서서 아침 하늘의 흐릿한 구름을 바라보며 저녁 식사에 뭘 가져가야 하는지 물었다.

"몸만 오면 돼."

엄마는 대답했다. 우리는 몇 분가량 더 이야기를 나누다가 전화를 끊었다.

나는 씻으러 간 딘을 기다리며 커피를 내리고 문밖의 신문을 가져왔다. 부엌 식탁에 앉아 신문을 읽고 있을 때 딘이 반바지에 하늘색 티셔츠 차림으로 나타났다. 그의 머리카락은 아직 젖어있었다.

"깔끔하게 면도하니까 좋은데."

나는 추파 섞인 미소를 던지며 말했다. 전날 밤 침대 위에서 나는 그의 수염이 꺼칠꺼칠했던 점을 지적했었다.

그는 뒤로 가서 내 어깨를 마사지하듯 주물렀다.

"다음에는 더 매끄럽게 다듬을게."

그는 내 머리에 입을 맞추고 잔에 커피를 따랐다.

"어머니가 뭐라셔?"

"오늘 저녁 식사에 오라네."

딘은 고개를 뒤로 살짝 젖히며 나를 바라보았다.

"우리 둘 다? 나도?"

"응. 나도 놀랐어. 사라 언니가 왔나 봐. 내일이 아빠 두 번째 기일이잖아. 그래서 엄마도 뭔가 준비하려는 것 같아. 어쨌든 시간이 충분하지 않을 테니 거창한 저녁 식사는 아닐 거야. 그냥 가족끼리만 함께하는 자리일 거야. 네 코스 정도의 요리에 아빠가 좋아했던 와인 몇 병을 곁들인 간단한 식사를 하면서 감상에 젖은 엄마가 아빠와의 로맨틱한 추억을 이야기하는 단출한 자리."

딘은 말없이 커피를 마셨다. 그가 그런 상황을 반기지 않을 거라는 건 이미 알고 있었다. 그와 아빠는 대화조차 나누지 않던 사이였다. 딘과 결혼하면 내 경제적 지원을 끊겠다며 아빠가 으름장을 놓은 후부터 둘은 마주칠 기회조차 없었다. 하지만 그때는 세상 어떤 것도 내 결혼을 막을 수 없었다.

나는 의자에서 일어나 식기세척기에 빈 잔을 넣었다.

"오늘 요트 타러 나갈 거야? 저녁 식사하러 가야 하니까 아무래도 조금 일찍 돌아와야 할 것 같은데."

딘은 창밖을 바라보면서 잠깐 생각하는 듯했다.

"오늘 날씨가 너무 좋아. 나가는 게 좋겠어."

"그래, 좋아. 나도 빨리 씻고 나올게."

오늘 딘에게 중요한 이야기를 꺼낼 생각이었다. 파도를 가르며 항해를 즐길 때야 말로 이야기를 꺼내기에 적격일 터였다.

☾

우리가 가끔 빌리는 사라 언니의 크루즈 요트인 데이드리머의 앞 갑판에 서있을 때, 나는 생기가 도는 기분이 들었다. 모든 게 다 잘될 것만 같았다. 내가 돛대를 지지하는 줄을 붙잡고 있는 동안 딘은 키를 잡고 있었다. 그는 바다 내음을 들이마시며 얼굴로 흩뿌리는 소금물을 한껏 즐겼다. 높이 묶은 내 머리가 바람에 이리저리 휘날렸다. 바람과 함께 뱃머리에 닿은 파도가 내는 소리가 마치 음악처럼 들렸다.

"방향 바꿀 거야!"

딘이 외쳤다. 그는 손을 계속 교차시켜가며 핸들을 힘껏 돌렸고 데이드리머는 재빠르게 방향을 틀었다. 곧이어 딸깍 소리와 함께 돛이 팽팽해졌다. 내가 조종석으로 뛰어내렸을 때는 바람이 잦아들고 사방이 고요해졌다.

"이제 내가 운전할까?"

"좋아."

그는 옆으로 비켜났고 나는 그 자리로 들어갔다.

항구로 돌아오는 길은 순조로웠다. 약하지만 일정하게 부는 바람이 우리를 집으로 이끌어주었다. 나는 핸들을 잡고 있었고 딘은 태양을 마주 보며 옆에 있는 의자에 앉아있었다.

"우리, 얘기 좀 할까?"

나는 미소를 짓고 그를 바라보며 물었다. 내 쪽으로 고개를 돌린 그의 선글라스에 내 모습이 비쳤다.

"무슨 일 있는 거 아니지?"

딘은 항상 내 기분과 감정을 민감하게 살폈다. 덕분에 그와 함께일 때 나는 진정으로 나다울 수 있었다. 그와 함께일 때 이해받고 사랑받는 기분이 들었다. 그는 나를 위해서라면 무엇이든 할 사람이었다. 나는 그의 전부이고, 그도 나의 전부다.

"그럼, 모든 게 완벽해."

나는 메인 돛을 올려다보면서 핸들을 약간 조절했다.

"생각해 봤는데 말이야……."

딘은 의자에 앉은 채 몸을 앞으로 기울여 팔꿈치를 무릎 위에 얹고 내 말에 귀를 기울였다.

"내가 피임약을 끊고 앞으로 상황이 어떻게 될지 지켜보자고 했던 거 기억나?"

그는 고개를 끄덕였다.

"음…… 그게 벌써 세 달 전이야. 그런데 아직 소식이 없네."

그는 다시 고개를 끄덕이고 내 말을 차분하게 기다렸다.

"시도는 했지만, 우리가 분명한 계획을 세우고 한 건 아니었잖아. 적극적으로 시도하지도 않았고. 우리는 늘 하던 대로 했지."

"우리가 늘 하던 게 정확히 뭔데?"

그는 장난기 어린 미소를 지으며 물었다. 나는 웃음을 터뜨리고 그를 바라보며 고개를 저었다.

"내가 설명해 주기를 바라는 거야? 아주 생생하게?"

"자기만 좋다면 나는 언제든 환영이야."

나는 킥킥 웃으며 메인 돛을 다시 올려다보고 바람을 확인했다. 전부 완벽했다. 우리는 빠른 속도로, 그리고 안정적으로 물을 가르며 나아가고 있었다.

"우리가 조금 더 노력해 보는 게 좋지 않을까 싶어. 그러니까 내 말은…… 달력에 생리 주기를 꼼꼼하게 기록하고 체온을 재면 배란기가 언제인지 정확하게 알 수 있을 테니까."

"성관계 계획표를 만들자는 거야?"

그는 태평하게 물었다. 순전히 호기심만으로 묻는 것 같았다. 나는 얼굴을 살짝 찌푸렸다.

"맞아. 하지만 계획이라고 하고 싶지는 않아. 우리는 늘 즉흥적이었잖아. 나도 그게 좋았고."

"계속 즉흥적으로 하면 되지."

그가 내 제안을 거리낌 없이 받아들이는 것 같아 안도했지만, 한편으로는 여전히 마음이 놓이지 않았다.

"솔직히 얘기하면 조금 조심스러워. 얼마 전에 임신이 안되는 부부에 관한 기사를 읽었는데 부담감이 엄청 심한 것 같았거든. 마치 예약하는 것처럼 사전에 잠자리를 약속하니까 즐거움은 뒷전으로 밀려난 거지. 게다가 매달 생리가 시작되면 부부는 극도로 낙심했대. 그 부부는 실패했다는 기분에 서로에게 점점 짜증을 내기 시작했나 봐. 그러다가 시험관 시술을 시작했는데 그때부터 이전에는 겪어보지 못했던 더 복잡한 감정적인 문제를 겪게 되었다는 거야. 문제를 해결하려고 노력했던 게 더 큰 문제를 불러온 거지. 결국 그들의 결혼 생활은 예전과 같을 수 없게 됐대."

"그래서, 그들은 아이를 가진 거야?"

딘이 물었다.

"아니, 아직도 시도 중이라고 했어. 그리고 관계 개선을 위해서 부부 상담도 받기로 했대."

"부부 상담이라⋯⋯."

그는 잠깐 말을 멈추었다가 의자에서 일어나 뒤에서 내 허리를 감싸고 내 목덜미 위로 고개를 숙였다.

"우리 사이는 걱정할 것 없어. 우리는 이제 막 시작이잖아. 체온을 잰다거나 하는 것들을 시도해 보고 싶다면 내가 기꺼이 도울게. 만약 자기가 좋은 환자가 되어준다면 의사 가운을 입은 채로 침대 위에 올라갈 수도 있어."

나는 웃음을 터뜨리며 몸을 돌려 그에게 입을 맞췄다. 그가 본능적으로 핸들을 잡으리라는 것을 나는 잘 알고 있었다. 우리는 메인 돛이 바람에 펄럭이는 소리를 내기 시작할 때까지 열정적으로 키스했다.

"사랑해."

"나도 사랑해."

그는 대답과 함께 돛의 줄을 조절하기 위해 앞 갑판으로 폴짝 뛰어내렸고 나는 정상 항로로 키를 돌렸다. 그가 조종석으로 돌아와 다시 자리에 앉았다.

"그냥 궁금해서 그러는데 다음 배란일이 언제야? 그날 밤 내가 시간이 되는지 미리 확인하려고."

나는 웃었다.

"실은 내일이야."

그는 내 빈틈없는 계획에 감명받은 듯한 표정을 짓더니 시계를 확인했다.

"음, 이왕 제대로 하려면 오늘 밤에 시도해 보는 게 좋을 것 같아. 자정이면 내일로 칠 수 있잖아. 그렇지?"

"그렇게 볼 수도 있겠지."

"그럼 우리는 두 마리 토끼를 잡는 거네."

"어째서?"

"그럼 저녁 식사에서 조금 빨리 나올 수 있잖아. 나올 때 둘러댈 수 있는 변명거리가 생기는 거니까."

나는 다시 한번 웃음을 터뜨렸다.

"자기 진짜 못됐다."

"인정합니다."

그는 발을 벤치 위에 올리고 태양 쪽으로 고개를 들었다.

"집으로 데려다주시죠, 선장님."

상쾌한 바람이 갑판을 가로지르며 불어왔다. 맑고 푸른 하늘을 올려다보았다. 정말이지 완벽한 하루였다. 내 삶은 더할 나위 없이 아름다웠다.

집에 도착했을 때 자동 응답기에서 빨간 불이 깜박이고 있었다. 나는 신발을 벗어 던지고 버튼을 눌러 음성 메시지를 들었다.

"자기야, 이거 들려? 리처드가 전화 좀 달라는데?"

나는 화장실에 들어간 딘에게 소리쳤다.

딘은 마이애미를 왕복하는 프라이빗 제트기 조종사고, 리처드는 그의 상사다. 고객들은 주로 사업상 출장이 잦은 여행자들이었고 때로는 유명인들이기도 했다. 고객들은 전부 부유했다. 비행은 딘의 열정 그 자체였다. 내가 내 일을 좋아했던 만큼 그도 그의 일을 좋아했다. 적어도 내가 알기로는 그랬다. 나는 3년 전 다큐멘터리 감독이 되겠다는 일념으로 영화학교를 졸업했지만, 아직 아무것도 제작하지 못했다. 영감을 불러일으키는 마땅한 주제를 찾지 못하기도 했거니와 자금 조달도 쉽지 않았다.

딘이 부엌으로 돌아왔다.

"리처드가 왜 전화했는지 말했어?"

"아니, 몇 분 전에 온 메시지던데. 전화해 봐."

나는 딘에게 전화기를 건네고 나서 냉장고에서 오렌지 주스를 꺼내 식탁에 앉았다. 딘과 리처드의 대화를 엿들으면서 저녁 식사 때 어떤 옷을 입을지 생각 중이었다.

"오늘 밤이요? 너무 갑작스러운데요."

그는 탐탁지 않은 표정으로 고개를 흔들며 나를 바라보았다.

하지만 이내 그의 표정이 바뀌었다. 나한테서 고개를 돌리는 그의 얼굴에 생기가 돌았다.

"마이크 미첼이라고요? 케빈은 정말 갈 수가 없대요? 몸이 얼마나 안 좋은 거예요?"

불안감으로 신경이 잔뜩 날카로워졌다. 마이크 미첼은 가수이자 기타리스트였다. 최근에는 아카데미 시상식에서 오스카를 거머쥔 영화에 조연으로 출연하기도 했다. 게다가 그의 새 앨범은 현재 빌보드 차트 정상에 올라있었다. 그는 온갖 패션, 연예 잡지의 표지를 장식하는 유명인이었다. 딘은 이미 몇 차례 그를 태우고 버진아일랜드의 섬 중 세인트 토머스에 있는 호화로운 해안가 저택으로 비행한 적이 있었다.

딘은 리처드와 통화를 하며 그 일을 하고 싶다는 듯 나에게 간절한 표정을 지어 보였다.

"올리비아랑 얘기해 보고 바로 다시 전화할게요."

그는 전화를 끊었다. 나는 한숨을 내쉬며 손가락으로 식탁을 두드렸다.

"말 안 해도 알아. 그 일 하고 싶은 거잖아."

그는 마치 깨진 유리 조각을 밟기라도 한 듯 움찔했다.

"내가 저녁 식사 자리에 못 가게 되어도 어머니는 신경 안 쓰실 거야. 아마 더 좋아하실지도 몰라."

"내가 얼마나 기대하고 있었는데. 사라 언니도 오랜만에 만나는 거고……."

나는 곧장 응수했다.

"자기는 가면 되지. 내가 없으면 더 오래 있을 수 있잖아. 나와 어머니가 둘이 있게 되는 상황 같은 것도 걱정할 필요 없고."

나는 가만히 그를 바라보았다.

"그럼 그다음에는? 집에 온 다음에⋯⋯. 우리 계획 있었잖아."

내가 실망한 진짜 이유는 우리의 자정 약속이 미루어진 것 때문이었다. 요즘 들어 아기를 애타게 가지고 싶었다. 딘에게 말한 적은 없지만, 거리에서 유모차를 밀고 지나가는 젊은 엄마들을 마주할 때마다 걷잡을 수 없는 갈망에 사로잡혔다. 지난달 생리가 시작했을 때는 화장실 바닥에 주저앉아 울어버렸다.

딘은 내 등에 손을 얹고 양 어깨뼈 사이를 둥글게 문질렀다.

"집에 도착하자마자 곧장 침실로 달려갈게. 약속해."

나는 의자에서 몸을 돌려 그를 올려다보았다.

"그게 몇 시쯤 될 것 같아? 밤새 거기 있어야 하는 건 아니지?"

"아니야. 바로 돌아가야 한다고 리처드한테 말할 거야."

그가 재빠르게 대답했다.

"하지만 그게 자기가 원한다고 다 되는 건 아니잖아."

나는 그에게 상기시켜 주었다.

"기억나지? 지난번에 마이크가 공항에 늦게 도착해서 최대 비행시간 제한을 초과해 버렸잖아."

딘은 날카로운 한숨을 내쉬며 뒤로 물러섰다.

"음, 자기가 원한다면 거절할게. 그렇지만 엄청난 콘서트가 있고, 듣자 하니 마이크가 나를 지목한 것 같아. 그러니까 내가 받아들이지 않으면 리처드가 곤란해질 거야. 리처드가 고객 만족을 얼마나 중요시하는지 자기도 잘 알고 있잖아."

"아내를 만족시키는 건 중요하지 않고?"

딘이 얼굴을 찡그렸다.

"올리비아, 그런 게 아니라는 거 알고 있잖아. 딱 하룻밤이야. 해 뜨기 전에 꼭 돌아올게."

내가 비이성적으로 굴고 있다는 사실을 머리로는 알고 있었지만 감정을 주체할 수 없었다. 실망을 감출 수가 없었다.

나는 딘이 다시 리처드에게 전화를 걸어 일을 수락하고 끊을 때까지 기다렸다. 그러고는 그가 조용히 침실로 들어가는 모습을 지켜보았다.

"자기 지금 꼭 유명인 쫓아다니는 극성팬 같아!"

나는 그의 등에 대고 소리쳤다. 그는 문틀에 어깨를 기대며 침실 문간에 다시 모습을 드러냈다.

"그게 무슨 소리야?"

혀를 깨물어서라도 입을 다물었어야 했다. 하지만 이미 걷잡을 수 없었다.

"마이크 미첼이 자기를 지목했다니까 신이 났잖아. 그가 유명한 스타라서."

"내가 극성팬 같다고 말하는 거야, 지금?"

딘이 대답했다.

"맞아. 만약 다른 고객이었다면 자기도 거절했을 거잖아!"

"그렇지만 그는 평범한 고객이 아니잖아. 그는 우리 회사의 VIP 고객이니까."

그는 내 말을 맞받아치더니 다시 침실 안으로 사라졌다.

"자기가 거절했다면 분명 다른 조종사를 찾아냈을 거야!"

내가 왜 그랬을까? 왜 그냥 넘어가지 못했던 걸까?

"하지만 마이크가 지목한 사람이 나잖아. 리처드를 실망시키고 싶지 않기도 해."

딘이 차분하게 대답했다. 나는 일어나서 침실로 들어갔다. 딘은 옷장 앞에 서서 걸려있는 셔츠들을 뒤적이고 있었다.

"그가 광란의 파티에 또 자기를 끌어들이지 않는다면……. 혹시 그가 이미 계획하고 있을 수도 있잖아."

"파티는 고작 두어 번이었어. 그리고 말했잖아. 집으로 곧장 돌아오겠다고."

나는 그의 말을 있는 그대로 받아들이려고, 최악을 상정하지 않으려고 애썼다. 숨을 크게 들이쉬었다가 내뱉었다. 그는 최근에 드라이클리닝을 한 재킷을 집어 들며 말했다.

"미안해."

나는 손가락으로 머리를 빗어 내리며 말했다.

"그냥 실망해서 그래. 그게 다야."

그는 계속 내게서 등을 돌린 채로 유니폼 재킷의 드라이클리닝 비닐을 벗겼다. 나는 그에게 걸어가 그의 어깨에 손을 얹었다.

"이제 알겠지? 이게 바로 내가 요트에서 말했던 거야. 관계 계획표를 세우는 게 우리에게 어떤 영향을 미치게 될지 걱정돼. 그리고 봐봐, 우리 벌써 싸우고 있잖아."

그는 마침내 나를 마주 보았다. 그리고 다가와서 내 허리를 감싸 안으며 이마를 내 이마에 맞댔다.

"나도 미안해. 로맨틱한 밤을 보냈어야 하는데…… 특별한 날이잖아. 내가 생각이 짧았어."

"자기 잘못 아니야. 내 잘못이지. 임신 문제 때문에 너무 예민했나 봐. 임신이 안 될까 봐 겁나. 요즘 머릿속에는 온통 그 생각뿐이야. 아기방은 어떤 색으로 꾸미면 좋을지 상상하기도 하고…… 심지어 브랜드마다 나온 아기 침대들을 비교하기도 하고…… 그랬어."

나는 뒤로 물러서서 그의 눈을 바라보았다.

"조금 긴장을 풀도록 해볼게. 서로에게 실망하고 결국 부부 상담을 받게 된, 그 불행한 부부처럼 되기는 싫어."

딘은 살짝 얼굴을 찡그렸다.

"아기 침대를 알아보고 있었다고? 왜 아무 말도 안 했어?"

나는 어깨를 으쓱했다.

"나도 잘 모르겠어. 자기한테까지 부담을 주고 싶지 않았어. 내가 조바심 내는 걸 자기가 얼마나 싫어하는지 아니까."

"자기가 나랑 결혼하고 싶어서 조바심 낼 때는 하나도 싫지 않았는데."

나는 미소 지었다. 그는 내 머리카락을 귀 뒤로 넘겨주었다.

"자기가 상황을 깨닫고 마음을 바꾸기 전에 자기를 얼른 교회로 데려가고 싶었지."

"내가 마음을 바꾸었을 리 없잖아."

그의 입술이 내 입술에 닿았다. 우리는 부드럽게 키스했다.

"미안해."

그가 한 발짝 뒤로 물러서며 말했다.

"하지만 나 정말 가야 해. 그래도 괜찮겠어?"

나는 불안한 마음으로 아랫입술을 깨물었다.

"음, 해가 뜨기 전에 내 옆에 있겠다면 괜찮아. 그렇지 않으면 우리는 각방을 써야 할 거야."

그는 검지로 관자놀이를 두드렸다.

"알겠습니다. 각방, 명심하겠습니다."

그가 옷을 마저 입고 공항으로 갈 준비를 할 수 있게 나는 방에서 나왔다.

나중에 나는 그 대화를 곱씹으면서 두고두고 후회했다. 딘은 그저 자기 일을 하려던 것뿐이었다. 그런 딘에게 극성팬이라는 말 따위를 하며 가혹하게 굴지 말았어야 했다. 그건 우리에게 곪은 염증이기도 했다. 아빠가 그에게 그런 식으로 직설적으로 말을 한 적이 있었기 때문이다. 상당히 유명한 재력가였던 아빠는 여러모로 그와 나는 다른 세상에 속한 사람이라고, 그는 나를 극성팬처럼 유명인 동경하듯, 나와 함께할 생각에 들뜬 거라고 말했었다.

당연히 나는 그렇게 생각하지 않았다. 나는 그를 있는 그대로 사랑했다. 그는 어린 시절에 풍요로움을 누리지 못했고, 그 점은 내가 그를 판단하는 데 있어 마이너스 요소가 아닌 플러스 요소로 작용했다. 그런 환경을 극복했기 때문에 그를 더 높게 평가했다. 나는 진심으로 그를 존경했다. 그가 나를 사랑한다는 사실에 진심으로 감사했다.

하지만 그가 세인트 토마스에서 이미 돌아왔어야 했던 다음 날 아침, 그런 것들은 더 이상 중요하지 않았다. 내가 바라는 건 딘이 문을 여는 소리, 내가 다시 그의 품에 안기는 것, 그게 전부였다.

올리비아

1990. 마이애미

한밤중에 전화벨이 울렸다.

나는 끔찍한 일이 벌어졌다는 것을 예견이라도 한 듯, 문득 섬뜩함을 느끼며 침대에서 일어났다.

"여보세요?"

별일 없을 거라고 생각하며 옆자리 빈 베개를 슬쩍 바라보았다. 딘이 어쩔 수 없이 성 토마스에서 하룻밤 묵기로 했다고, 그래서 전화했을 것이다.

"올리비아?"

하지만 전화를 건 사람은 딘이 아니었다. 딘의 상사, 리처드였다. 내 호흡이 가빠지기 시작했다.

"네, 리처드. 저예요. 무슨 일인가요?"

전화선 너머로 흐르는 정적에 당장이라도 속이 뒤집힐 것만 같았다.

"이걸 어떻게 말씀드려야 할지 모르겠어요. 딘의 비행기가…… 실종됐어요."

나는 이불을 한쪽으로 급하게 걷어내며 바닥에 발을 디뎠다.

"실종이라니…… 그게 무슨 말이에요? 추락했다는 건가요?"

다시 찾아온 정적에 식은땀이 나기 시작했다.

"저도 모르겠어요."

리처드는 낮은 어조로 심각하게 말했다.

"지금 알려드릴 수 있는 건 그가 세인트 토머스를 출발한 직후에 푸에르토리코의 산후안 항공 교통 관제소와 연락을 취했다는 것, 그거뿐이에요. 그리고…… 그냥 그렇게 사라져 버렸어요."

나는 일어나 침실에서 나왔다.

"지금 하신 말씀이 이해가 안 가요. 어떻게 비행기가 사라질 수가 있어요?"

"그의 비행기가…… 레이더에서 자취를 감추어 버렸어요."

그의 말은 마치 벽돌처럼 나를 묵직하게 내리쳤다. 나는 어두운 거실 소파에 주저앉았다. 한동안 아무 말도 나오지 않았다. 그저 충격 속에서 넋을 놓고 앉아있었다.

"올리비아, 듣고 있어요?"

"네, 듣고 있어요. 지금 상황을 이해해 보려는 중이에요."

"받아들이기 힘들다는 거 알아요. 하지만 수색이 시작됐으니

너무 걱정하지 말아요. 이미 해안 경비대도 소환했어요. 푸에르 토리코 당국을 포함해 지역의 군함 역시 수색 중이에요. 날씨도 좋고 밤하늘도 맑아요. 다행히 물살도 고요해요. 곧 해가 뜰 거고요."

"그들이 잔해를…… 딘을 찾고 있겠죠?"

나는 머리카락을 뒤로 넘기며 중얼거렸다.

"맞아요. 그리고 우리 모두 딘을 위해 기도하고 있어요."

나는 그 말이 함축하는 의미를 알아내려고 애썼다.

"비행기 안에 다른 사람도 있었나요?"

"아니요. 원래는 승무원이 함께 탔어야 했지만, 그녀는 세인 트 토머스에 며칠 더 머무르기로 했어요. 그녀와 미첼 사이에 뭔가 있다고 생각했던 딘은 혼자 돌아가기로 했고요."

맙소사. 나는 그에게 곧장 집으로, 내게로 돌아올 것을 강요했다. 그러지 않았어야 했다. 거기서 밤을 보내고 아침에 돌아와도 된다고 말했어야 했다.

"아까 산후안의 항공 교통 관제소와 연결됐었다고 말씀하셨죠? 그한테 무슨 문제가 발생한 거예요? 혹시 구조요청 호출이 있었나요?"

"그게 좀 애매해요. 딘은 기기에 문제가 생겼고 안개가 약간 끼었다고 보고했대요. 제가 듣기로는 그래요."

"그리고 그냥 그렇게 사라졌다고요? 말이 안 되잖아요. 만약 기기에 문제가 있었다면 어딘가에 착륙할 수 있도록 허가를 요청하지 않았을까요?"

"당연히 그렇죠."

"기기에 이상이 있었다면 무선 통신도 끊겼을 수 있지 않을까요? 어쩌면 예정대로 마이애미에 착륙했을 수도 있고요."

나는 창밖을 내다보았다. 어두운 대서양의 물결이 보름달에 비쳐 반짝반짝 빛나고 있었다.

"말씀하신 것처럼 밤하늘이 맑네요. 기기에 이상이 생겼다 해도 그는 돌아오는 길을 찾아낼 수 있을 거예요. 그렇죠?"

"그는 훌륭한 조종사예요. 하지만…… 그가 어딘가에 있다면 레이더에 잡혔을 거예요."

어쩌면 무슨 일이 생겼을지도 모른다는 데까지 생각이 미치자 몸이 떨리기 시작했다.

"만약 물 위에 비상 착륙을 시도해야 한다면 비행기 안에 구명조끼가 있죠? 그렇죠? 어떻게 해야 살아남을 수 있을지, 그도 알고 있는 거죠?"

리처드는 한숨을 내쉬었다.

"잘 모르겠어요, 올리비아. 조종사들도 가끔 방향감각을 잃을 때가 있어요. 비행기가 추락하고 있다는 사실을 막판까지도 인지하지 못하는 경우가 있거든요."

죽음의 소용돌이에 휩쓸린 딘의 비행기가 머릿속에 그려졌다. 속이 뒤집힐 듯 울렁거렸다.

"괜찮은 거예요, 올리비아? 제가 대신 누군가에게 전화를 해 드려야 할까요?"

"아니에요."

나는 뺨에 흐른 눈물을 닦으며 대답했다. 가슴이 마구 뛰었다. 착암기가 바위에 구멍을 뚫듯 마치 내 심장을 뚫고 있는 것 같았다.

"엄마한테 전화해야겠어요. 무슨 소식이라도 들으면 저한테 바로 알려주실 수 있죠? 꼭 부탁드려요."

"그럼요."

전화를 끊고 나는 공포에 질려 온몸이 굳어버린 상태로 가만히 앉아있었다. 멍하니 앞을 바라보던 내 머릿속에는 끔찍한 모습만 그려졌다. 추락하는 비행기의 조종석에 앉아 허덕이는 딘. 마지막 순간까지 비행기 앞머리를 들어 올리려고 고군분투하다가 결국 포기하고 눈을 꼭 감은 채 바다로 추락하는 딘.

가슴속에 있던 무언가가 날아가 버린 기분이었다. 내 시선은 다시 보름달을 향했다.

아니다. 그럴 리 없다. 딘은 죽지 않았다. 만약 딘이 죽었다면 나는 직감으로 알았을 것이다. 어둠과 절망, 좌절감이 뼛속 깊이 느껴졌을 것이다. 하지만 그런 느낌은 조금도 들지 않았다. 사람들이 그를 찾고 있었다. 나는 그를 찾아낼 것이라 믿었다. 내 남편이 비행기를 물 위에 안전하게 착륙시켰을 거라고 믿었다. 누군가 비행기 파편을, 물 위에 떠있는 그를, 살아서 떠있는 그를 발견할 것이다. 그리고 그는 내게 돌아올 것이다. 내가 내 남편에 대해 분명하게 알고 있는 건―그가 나를 사랑한다는 사실을 제외하고―그는 강인한 생존력의 소유자라는 것이다.

동이 트기 전에 엄마가 도착했다. 엄마가 왔을 때 나는 커피를 이미 세 잔이나 마시고 불안한 마음으로 부엌에서 서성거리던 중이었다. 엄마는 들어오자마자 나를 끌어안았다.

"괜찮아. 괜찮아."

내가 엄마 어깨 위로 눈물을 쏟아내자 엄마가 속삭였다. 리처드가 전화한 이후 처음으로 흘리는 눈물이었다. 그때까지 나는 계속 현실을 부정하고 있었다. 딘이 다시는 돌아오지 않을지도 모른다는 사실을 받아들이기보다 부정 단계에서 멈추는 게 더 쉬웠으니까.

나는 엄마가 건넨 위로의 품에서 벗어나 엄마를 따라서 부엌으로 갔다. 엄마는 분홍색 구찌 가방을 의자에 내려놓았다. 우리는 아무런 말도 하지 않았다. 그저 커다란 창문을 통해 대서양 위로 불타는 듯 떠오르는 일출을 바라보았다.

"그는 어젯밤에 그 일을 하지 않았어야 했어."

엄마는 지적하는 투로 말했다.

"일을 거절하고 너랑 저녁 식사에 왔었어야지. 그랬으면 이런 일은 없었을 거 아니야. 하지만 돈을 포기할 수 없었나 봐, 아무렴 그랬겠지."

나는 기가 막힌 표정으로 엄마를 바라보았다.

"엄마, 진심이야? 지금 상황에서 그런 말이 나와? 이번 한 번만이라도 참을 수는 없었던 거야? 하다못해 내 남편을 걱정하는 시늉이라도 했어야지. 어쩌면 지금 그는……."

차마 그다음 말을 입 밖으로 낼 수가 없었다. 그가 잘못됐을 가능성조차도 염두에 둘 수 없었다. 엄마는 불쾌한 기색으로 나를 보았다.

"당연히 걱정하지. 그냥 화가 나서 그래. 너를 이런 상황에 놓이게 했으니까. 그가 지금 너에게 고통을 주고 있잖아. 충분히 피할 수 있었던 상황이기도 하고. 그냥 거절했으면……."

"엄마, 그만 좀 해."

나는 엄마에게 손을 들어 내저어 보였다.

"지금 엄마가 하는 얘기는 전혀 도움이 안 돼. 그는 책임감 있는 조종사라서 일을 수락한 것뿐이라고. 그는 자기 일에 열정적이고 헌신적인 사람이야. 그리고 엄마가 딘에 대해서 그렇게 말하는 게 너무 싫어. 꼭 그가 돈만 중요시하는 사람인 것처럼 얘기하잖아. 그가 나랑 결혼한 이유도 그런 것 때문이라고 생각하겠지. 하지만 딸이 4년간 행복하게 사는 걸 봤으니까 이제는 그 사람에 대한 엄마의 생각이 틀렸다는 걸 인정할 수는 없겠어?"

엄마는 항복의 의미로 손을 들어 보였다.

"네 말이 맞아. 미안하구나. 네가 그를 얼마나 사랑하는지 알고 있어. 게다가 지금은 비난할 상황이 아니지."

엄마가 완전히 항복할 때까지 딘의 장점을 줄줄 읊어대고 싶은 충동이 일었지만, 지금은 감정적으로 완전히 녹초가 되어버렸다. 나는 차가워진 커피를 싱크대에 쏟아버리고 손잡이가 달린 기다란 솔 수세미로 컵을 닦았다. 그러고 나서 혈압이 정상으로 돌아오기를 기다렸다가 커피잔을 건조대에 올려놓고 다시 엄마의 얼굴을 마주했다.

"네 아빠가 있었다면……."

엄마는 거실에 있는 소파로 자리를 옮기면서 말했다.

"지금쯤 사람들에게 전화를 돌려 뭔가 알아보고 있었을 거야. 그럼 적어도 우리는 정보를 얻을 수 있었겠지."

나 역시 거실로 가서 엄마 옆에 앉았다.

"무슨 소식이라도 듣게 되면 바로 전화해 주겠다고 리처드가 약속했어."

나는 리모컨에 손을 뻗어 텔레비전을 틀었다. 〈굿모닝 아메리카〉가 방영 중이었다. 지역 아침 뉴스로 채널을 돌렸다. 곧이어 화면에 속보가 뜨면서 마이크 미첼의 사진이 나왔다.

"여기 뭔가 나오고 있어."

나는 리모컨을 눌러 볼륨을 키웠다. 여성 아나운서가 보도문을 읽었다.

"어젯밤 마이애미에서 출발한 전세기 한 대가 푸에르토리코 연안에서 실종되었습니다. 비행기는 가수 마이크 미첼의 세인트 토머스의 별장까지 운항한 다음 마이애미로 돌아오던 중 실종됐습니다. 해당 비행기는 고급 프라이빗 항공편을 제공하는 세계적인 항공 회사, 깁슨 에어 소유인 것으로 알려졌습니다. 깁슨의 대변인은 비행기가 추락할 때 미첼은 탑승상태가 아니었다는 사실을 확인시켜 주었습니다. 현재 조종사를 찾는 수색

작업이 진행되고 있습니다. 새로운 소식이 들어오는 대로 신속하게 전달해 드리도록 하겠습니다."

아나운서가 다른 소식으로 넘어간 다음에야 나는 소파에 기대 음소거 버튼을 눌렀다.

"방송에서 그의 비행기가 추락했다고 했어."

나는 낮은 목소리로 중얼거리듯 말했다.

"아니야. 리처드는 추락했다고 하지 않았어. 그는 그냥 사라졌다고만 했어."

엄마는 내 손을 꽉 잡았다.

"그 사람은 너를 속상하게 하고 싶지 않았을 거야."

엄마는 나를 돕기 위해 노력 중이라는 걸 알았지만 그 어떤 말로도 위로가 되지 않았다. 우리는 음울한 침묵 속에서 앉아있었다.

"어찌 됐든 무소식이 희소식이야, 그렇지? 아직 잔해를 찾지 못한 거라면 희망을 버리지 않아도 돼. 그가 아직 어딘가에 있다는 소리니까. 어쩌면 안전하게 착륙했을지도 몰라."

나는 멍하니 텔레비전 화면을 바라보았다.

"엄마, 그는 죽었을 리 없어. 그랬다면 내가 뭔가 느껴지지 않았을까? 내가 알지 않았을까?"

나는 엄마를 바라보았다.

"아빠가 돌아가셨을 때 엄마도 뭔가 느꼈어?"

"음, 물론 그랬지. 하지만 그때 나는 네 아빠와 한방에 있었으니까."

엄마는 내 손을 더 꽉 쥐고는 다시 텔레비전으로 시선을 돌렸다.

잠시 후 리처드에게 다시 전화가 왔다. 전화를 건 사람이 리처드라는 것을 알아차린 순간, 심장이 철렁했다.

"어떻게 됐어요? 뭔가 찾은 거예요?"

"아직요. 아직 수색 중이에요. 지금 막 산후안의 항공 교통 관제사와 통화를 했는데요. 딘이 레이더에서 사라지기 전에 했던 무선 통신 녹취 기록을 관제사가 들려줬어요. 그래서 그 내용을 저한테 팩스로 보내달라고 해서 받았고요."

"무슨 내용인가요?"

맹렬하게 분출하는 아드레날린으로 온몸의 피가 뜨겁게 타오르는 것 같았다.

"그게 조금 이상해요. 정확히 무슨 일이 있었던 건지 알아낼 수 있게 블랙박스를 찾을 수 있었으면 좋겠는데……."

"이상하다니, 그게 무슨 말이에요?"

그가 빨리 다음 말을 내뱉기를 간절히 바랐지만, 노트를 뒤적거리는 소리만 들렸다. 나는 최대한 참을성 있게 기다렸다.

"제가 이걸 읽어드리기 전에 알아두셔야 할 게 있어요. 관제사 말로는 전파 방해가 심했다고 해요. 잡음이 심해 수신 상태가 불량했고 지속적인 끊김이 있었대요. 그래서 딘이 실제로 도움을 요청했던 것인지 정확하게 판독하기가 어려웠어요. 하지만 그게 구조요청 메이데이 호출이었다면 다른 무선통신국이나 비행기들도 들었을 거예요. 지금까지는 어떤 위급 신호에 관해서도 보고된 바가 없었어요. 그래서 조금 이상해요."

리처드가 말했다.

"계속 말씀해 주세요."

나는 창문 주위를 서성이면서 말했다. 엄마는 여전히 소파에 앉아 나를 지켜보고 있었다. 리처드가 말을 이었다.

"먼저, 딘은 신원을 밝히고 자기가 있던 위치를 알렸어요. 푸에르토리코 연안에서 약 24킬로미터 떨어진 곳이었고 4,000피트 고도로 운행 중이었어요. 그때 그는 더 높은 고도를 요청했어요. 긴급한 상황임을 감지한 관제사는 요청을 승인하고 응답을 기다렸어요. 하지만 딘으로부터 수신 확인 응답을 받을 수 없었죠. 관제사가 계속해서 연락을 시도하자 마침내 딘이 응답했대요. 그때 딘이 말한 내용을 기록한 거예요. 써놓은 그대로 제가 읽어볼게요.

'비행 번호 758번, 6,000피트 고도에서 이상한 구름에 둘러싸여 있습니다. 지금 눈앞에 있는 걸 어떻게 묘사해야 할지 모르겠어요. 구름이 바다에서 위로 솟아 올라왔습니다. 엄청난 속도로 올라왔어요. 그걸 피하려고 위로 올라가는 기체 속도보다 구름의 속도가 빨랐어요. 하지만 지금 있는 곳은 아주 선명합니다. 전방, 정확히 북쪽으로는 몇 킬로미터까지도 내다보입니다. 꼭 터널에 있는 것 같습니다. 하늘은 아주 맑고요. 현재, 속도는 시속 300킬로미터를 유지하고 있습니다.'"

리처드는 잠깐 멈추고 페이지를 넘겼다.

"이후에는 더 많은 전파 방해가 있었고 딘의 목소리는 끊겼다가 들렸다가를 반복했어요. 그다음에 딘이 말한 내용이에요. '나침반이 회전하고 있습니다. 구름이 기체를 중심으로 빙빙 돌고 있습니다. 시계 반대 방향으로요. 구름에서 벗어나려고 속도를 시속 350킬로미터로 높였습니다. 전방 1킬로미터 지점에 맑은 하늘이 보입니다……' 그리고 관제사가 물었어요. '지금 난기류 상황에 있습니까?' 딘의 대답은, '아니요. 흔들림도 바람도 없습니다.' 그리고 관제사가 다시 무선 통신을 시도하는 동안 더 심한 잡음이 발생했어요. 딘이 말하기를, '터널이 좁아지고 있습니다. 하지만 출구 같은 건 보이지 않네요. 현재 속도를 유지합니다.'"

리처드가 다시 멈추었다.

"여기까지가 딘의 마지막 무선 통신이에요. 이후에도 관제사는 레이더 추적을 이어갔다고 해요. 마지막으로 감지된 게 새벽 1시 28분이었고 그때 딘은 북서쪽으로 향하고 있었어요. 그다음에는 더 이상 레이더망에 잡히지 않았어요."

슬픔과 부정으로 심장이 고동쳤다. 나는 창가에 서서 드넓은 바다를 내다보았다. 저 멀리, 바다로 나가는 화물선이 보였다. 조그만 요트도 몇 척 보였다. 지금 막 들은 내용을 되풀이하면서 마음을 가라앉히기 위해 천천히 심호흡하려고 노력했다.

"관제사에게 이야기할 때 딘은 당황한 목소리였나요? 곤경에 처했다거나 기체를 제어할 수 없는 상황인 것처럼 들렸나요?"

"아니요. 관제사는 그가 침착하고 차분했다고 말했어요. 그래서 비행기가 사라졌을 때 관제사도 많이 놀랐어요."

그때 소파에 있던 엄마가 나를 불렀다.

"올리비아! 지금 뉴스에 뭔가 나오고 있어."

"잠깐만요."

텔레비전 근처로 다가가 볼륨을 높였다.

"리처드, 지금 〈굿모닝 아메리카〉 틀어봐요. 그리고 바로 다시 전화해 주세요."

나는 전화를 끊고 화면에 나오는 사진들을 주의 깊게 바라보았다. 딘의 비행기와 같은 기종의 비행기 사진에 이어 흰색 가죽 시트 좌석과 고급스러운 내부, 제복을 입은 매력적인 승무원의 모습이 차례로 나왔다. 그다음 화면에는 마이크 미첼의 사진이 등장했다. 여성 아나운서는 그와 전화 연결이 되었다고 말했다.

"안녕하세요? 무사하셔서 다행입니다."

"네. 운이 좋았다는 생각이 드네요."

"물론 그러실 겁니다. 세인트 토머스로 향했던 비행이 어땠는지 설명해 주실 수 있을까요?"

"그럼요. 날씨가 끝내주게 좋았어요. 하늘은 구름 한 점 없이 맑았고 비행도 안정적이었어요. 아무런 문제도 없었죠. 지금껏 저는 그 조종사랑 여러 차례 같이 다녔고 그는 진정한 프로예요. 그래서 뭔가 다른 일이 벌어진 건 아닌지 의심이 가네요."

"'뭔가 다른 일'이라는 건 무슨 뜻인가요?"

아나운서가 재차 물었다.

"음, 버뮤다 삼각지대 말이에요. 그곳에서 비행기가 사라진

게 이번이 처음은 아니잖아요. 거기서 무슨 일이 벌어지고 있는 건지 궁금하기도 해요. 하늘에서 이상한 불빛을 보았다는 사람들도 있고 시간여행을 했다고 하는 사람들도 있고……. 그런 미스터리 같은 것들이요. 1945년에 있었던 사건인데요. '플라이트 19' 사건을 아시나요? 당시 미국 해군 항공대 소속 비행기 다섯 대가 일상 훈련을 받던 중에 실종됐거든요. 어떤 흔적도 발견되지 않았고 수색하는 동안에도 기이한 일들이 일어났어요. 분명하게 말씀드릴 수 있는 건 그곳에서 뭔가 벌어지고 있다는 것과 누구도 그 현상을 설명할 수 없다는 거예요."

아나운서는 무거운 표정으로 고개를 끄덕였다.

"질문을 좀 드리겠습니다. 미첼 씨, 혹시 하늘에서 이상한 빛이라든지, 설명하기 불가능한 물체 등을 본 적이 있었나요?"

"아, 제발 좀……."

엄마는 그들의 대화를 더 들을 가치도 없다는 듯 말했다.

"저 사람들은 이 상황을 한낱 구경거리로 만들고 있어. 이제 외계인을 찾는다고 하겠네."

"쉿, 엄마."

나는 계속 듣기 위해 앞으로 다가가 앉으며 말했다.

"저는 못 봤어요. 하지만 그런 걸 봤다는 사람들이 넘쳐나요. 모두가 수색 중이니까 그저 그가 무사했으면 좋겠어요. 그는 정말 좋은 사람이거든요."

아나운서는 마이크에게 감사 인사를 하고 수색 지역을 설명했다. 그동안 화면은 해안 경비대의 헬리콥터가 이륙하는 영상을 보여주었다.

전화벨이 다시 울렸다. 나는 전화를 받으려고 재빨리 일어났다. 리처드였다.

"보셨어요?"

내가 물었다.

"봤어요. 그렇지만 너무 심각하게 받아들이지는 마요. 그 남자 정상 아니에요. 아마 지금 상황을 자기 홍보에 이용해 먹으려는 심보일 거예요."

"그런 걸까요? 저한테 읽어주신 그 녹취록이 조금 이상한 것 같아서요. 그러니까 제 말은…… 딘이 언급한 게 뭐였죠? 터널 같은 걸 만들어내는 구름이라고 했나요?"

"구름은 다양한 방식으로 움직이고 모양도 계속 바뀌잖아요."

"네. 그렇기는 하지만 그는 전혀 바람이 없다고 했어요. 거기다가 나침반이 회전한 거는요?"

리처드는 한동안 말을 하지 않았다.

"올리비아, 잘 들어요. 희망을 버리라는 건 아니지만 딘이 말했던 그 모든 것들은…… 그가 방향을 잃었다는 사실을 뒷받침하고 있어요."

"어떻게 그렇죠?"

"만약 나침반에 문제가 있었다면 다른 기기들도 고장 났을 가능성이 농후해요. 혹시라도 자세 표시기가 작동하지 않았다면……."

"그럼요?"

"자세 표시기는 비행 중에 조종사가 날개를 수평으로 유지할 수 있도록 도와주는 비행계기거든요. 그게 고장 났다면 비행기가 왼쪽이나 오른쪽으로 조금만 기울어져도 조종사는 눈치채기 어려워요. 그리고 고도가 떨어졌음을 보여주는 기기에 문제가 생겼다면 구름 속에서는 시야가 제한되기 때문에 비행기의 위치나 움직임을 참조할 만한 외부 환경을 보기 어렵죠. 따라서 조종사는 비행기가 고도를 잃으면서 나선형으로 돌고 있다는 상황을 깨닫기 쉽지 않아요. 그걸 깨닫는 순간에는 이미 늦어버린 거고요."

나는 그 모든 것을 받아들이기 어려웠다.

"하지만 그가 그랬잖아요. 터널의 끝을 통해 전방에 맑은 하늘이 보인다고요."

"정리해서 말씀드리자면……."

리처드는 상냥하게 대답했다.

"그는 바다를 보고 있었을 수도 있어요. 어두웠고 보름달이 떠 있었어요. 물에 반사된 보름달을 별로 착각했을 가능성이 있어요."

어두운 바다를 향해 나선형으로 회전하며 추락하는 딘의 비행기를 상상하자 뜨거운 눈물이 차오르면서 목이 메어왔다. 나는 다시 말할 수 있게 마음을 다잡았다.

"고맙습니다. 어떤 소식이라도 듣게 되면 바로 전화하겠다고 약속해 주실 거죠? 저는 계속 기도하고 있을게요."

나는 전화를 끊고 걱정스러운 눈으로 나를 보고 있던 엄마를 바라보았다.

"괜찮아?"

눈앞이 캄캄해지고 정신이 아득했다.

어떻게 이런 일이 벌어졌을까? 어제만 해도 딘과 나는 요트
위에서 가족 계획을 이야기했다. 그는 지금쯤이면 집에 있어야
했다. 우리 밤을 함께 보내기로 약속했었다.

하지만 그는 집에 오지 않았다. 그는 아마도 바다 어딘가에
있다. 그것도 혼자서. 그가 죽었는지 살았는지조차도 몰랐다.
실종 후에도 그가 살아남았을 거라는 희망의 끈을 계속 붙잡고
있었지만, 엄마의 근심 가득한 시선을 마주한 순간 희망은 곤두
박질쳤다.

피부가 따끔거리는, 이상한 감각이 느껴졌다. 이내 숨이 차기
시작하면서 과호흡으로 숨쉬기가 어려워졌다. 엄마는 벌떡 일
어나 나를 자리에 앉혔다.

멜라니

1986. 뉴욕

상담실 문은 열려있었다. 나는 약간 머뭇거리며 문지방을 넘었다. 창밖으로는 비가 추적추적 내리고 있었다. 열린 커튼을 통해 잎이 무성한 바깥 풍경이 보였다. 커튼이 열려있음에도 상담실 안은 어두웠다. 구석에 세워진 램프만이 유일하게 빛을 뿜고 있었다. 내 시선은 창밖의 풍경에 잠깐 머물렀다가 상담사에게 고정되었다.

고풍스러운 앤티크 책상 뒤에 앉아있던 그는 곧바로 일어나 나를 맞이했다.

"멜라니 맞으시죠?"

그가 다정하게 말했다.

"저는 상담사 로빈슨이라고 합니다. 들어오세요."

나는 약간 불안한 기분으로 — 보통 나는 마음속 깊이 간직한 비밀이라든지, 나의 불안정함을 낯선 사람과, 아니 그 누구와도 공유하지 않기 때문에 — 어깨에 메고 있던 가방을 내려놓고 환자용으로 추정되는, 갈색 가죽 소파로 다가갔다. 로빈슨 박사는 내가 자리에 앉기를 기다렸다가 맞은편 커다란 가죽 안락의자에 앉아 무릎 위에 노트를 올려놓았다.

내가 슬쩍 방을 둘러보는 동안 서로 아무 말도 하지 않았다. 나는 발밑에 있는 빨간색 페르시안 카펫과 전통적인 방식의 목공예가 인상적인, 어둡고 화려한 나무 벽을 바라보았다. 사방에는 책들이 가득했다. 벽난로 위의 장식용 선반에도 쌓여있었고 로빈슨 박사의 책상 뒤에 있는 책장에도 가득 꽂혀있었다. 내 머리 위로는 광택을 잃은 구리 샹들리에가 달려있었다.

"상담실이 너무 멋지네요."

나는 여전히 상담사의 눈을 마주치지 않은 채 주위를 둘러보며 말했다. 그는 의사일까? 슬며시 궁금증이 일었다. 신경정신과 의사? 아니면 나처럼 박사학위를 받은 심리학자?

"소설가 이디스 워튼의 소설 속 배경이 그대로 튀어나온 것 같아요."

로빈슨 박사 역시 주위를 둘러보았다.

"제가 보기에도 그런 것 같네요. 이디스 워튼의 팬이세요?"

나는 어깨를 으쓱했다.

"대학교 1학년 때 필수 과목 중에 작문이 있었는데, 그때 《순수의 시대》를 읽었어요."

그는 무릎 위로 두 손을 포개고 고개를 약간 기울인 채 내가 계속하기를 기다렸다.

"제 전공은 과학이에요."

나는 설명했다.

"읽어야 할 전공서도 많았고 외워야 할 것들, 풀어야 할 방정식들도 수두룩했어요. 그래서 그런지 여름 방학에는 로맨틱한 소설을 읽어야만 할 것 같았죠."

그는 고개를 끄덕였고 그제야 나는 내부 장식들 대신 그를 바라보았다. 그는 몇 살일까? 궁금했다. 서른 살 정도 됐을까? 그는 푸른 눈과 강인해 보이는 턱선을 가졌다. 나는 다시 고개를 돌렸다. 이번에는 소파 위의 쿠션들에 시선을 안착시켰다. 쿠션 중 하나를 집어 조금 더 빵빵하게 부풀리려고 했다.

로빈슨 박사는 아무 말도 하지 않았다. 가만히 앉아서 조용히 나를 관찰하고 있었다. 마치 현미경 위에 올려진 슬라이드 속 혈액 표본이 된 기분이었다.

"멜라니, 오늘 어떻게 오시게 되었나요?"

그가 물었다. 마침내 그가 대화의 물꼬를 텄다. 천만다행이었다. 이어지는 침묵이 민망하던 참이었고, 무슨 말을 해야 할지도 몰랐기 때문이다.

"사실 여기 오는 건 제 생각이 아니었어요."

나는 청바지에서 실 한 가닥을 뽑아내면서 말을 이었다.

"컬럼비아대학의 물리학 학과장님인 필딩 박사님이 제안해 주셨어요. 그분 말씀으로는 상담 비용은 학교에서 지불될 거라고 하셨는데…… 맞나요?"

로빈슨 박사는 고개를 끄덕이며 말했다.

"맞아요. 그럼 그분은 왜 당신이 다른 누군가와 이야기할 필요가 있다고 생각하신 거죠?"

"제가 몇 가지 일정을 제때 지키지 못했거든요. 입자 물리학 박사 논문을 쓰는 중이었는데 최근 들어 흥미를 잃은 것 같아요. 필딩 박사님은 그런 점이 걱정된다고 하셨고요."

나는 살짝 불만스러운 표정으로 시선을 돌렸다.

"겉으로는 그렇게 말씀하셨지만 실은 제가 아니라 연구가 걱정돼서 그러시는 거예요. 영향력 있는 기부자들이 그 논문을 후원하거든요."

"어떤 주제인데요?"

나는 로빈슨 박사의 시선을 다시, 똑바로 마주했다.

"영점에너지*에서 원자의 모든 활동이 멈추는 지점과 양자 진공이 비행기에 미칠 수 있는 효과들을 연구하고 있어요. 쉽게 얘기하자면 버뮤다 삼각지대에서 왜 비행기가 실종되는지, 그 미스터리를 풀어보려고 하는 거죠."

그는 고개를 살짝 뒤로 젖혔다.

"와, 정말 흥미로운 주제인데요."

"저도 늘 그렇게 생각했어요. 물론 비행기들은 세계 곳곳에서 항상 실종되고 있어요. 하지만 미국연방교통안전위원회의 기록

* 양자역학계가 가질 수 있는 가장 낮은 에너지

을 조사해 보니 삼각지대 상공에서 비행기들이 실종되는 빈도가 다른 장소에서 실종되는 빈도보다 훨씬 높았어요. 그냥 일반적인 추락 사고를 말하는 게 아니에요. 그건 설명이 가능한 경우니까요. 지금 제가 이야기하는 건 흔적조차 남기지 않고 사라져 버리는 비행기들이에요. 게다가 그 실종 사건 주변에는 종종 불가사의한 현상들이 발생해서 조사관들이 당황하기도 해요."

나는 잠깐 멈추었다가 다시 말했다.

"어쨌든 필딩 박사님은 제가 누군가와 이야기하는 게 좋겠다고 판단하셨어요. 요즘 저에게 동기부여가 되지 않는 이유에 대해서요."

상담사는 마치 클래식 음악을 지휘하는 것처럼 허공에 대고 손을 흔들었다.

"왜 관심을 잃은 것 같다고 생각해요?"

"글쎄요……."

나는 마른침을 삼켰다.

"엄마가 최근에 돌아가셨어요. 그래서 누군가와 이야기해 보는 건 어떻겠냐고 제안받은 것이기도 해요. 슬픔을 극복할 수 있는 상담 같은 거요."

로빈슨 박사는 나를 분석하듯 바라보았다.

"어머니 일은 유감입니다. 평소 가깝게 지냈었나요?"

나는 별생각 없이 무거운 한숨을 뱉었다. 그리고 곧 내 한숨이 그의 질문에 실망했다는 소리로 들릴 수도 있겠다는 걸 알아차렸다. 어쩌면 실제로 실망했는지도 모르겠다. 그건 너무나도 뻔한 질문이었으니까.

"갑작스럽게 돌아가셨어요. 충격이 컸죠. 최근에 오클라호마에서 토네이도 발생했던 거 아시죠? 트레일러 파크에 바람이 강타했고 수많은 사람이 사망했던 사건?"

"네. 당신 어머니도 그들 중 한 분이셨나요?"

"네."

그는 얼굴을 찡그렸다.

"유감입니다. 그때 당신은 어디에 계셨어요?"

"여기 뉴욕이요. 저는 그걸 뉴스로 봤어요. 그리고 경찰이 전화로 알려주더군요……. 엄마가 돌아가셨다고요."

그는 동정의 의미로 고개를 끄덕였다. 또다시 길고 불편한 침묵이 이어졌다.

"거의 2년 동안 저는 집에 가지 않았어요."

나는 보다 구체적으로 설명해야 할 것 같은 부담을 느끼며 덧붙였다.

"심지어 우리가 마지막으로 통화한 게 언제인지, 기억도 나지 않아요."

청바지의 느슨하게 풀린 실을 다시 뜯기 시작하자 그는 내가 계속 이야기하도록 부추겼다.

"서로 대화하지 않았던 특별한 이유가 있나요?"

나는 이곳의 상담 방식을 조금씩 파악하기 시작했다. 그건 네트를 왔다 갔다 하며 공을 주고받는 테니스 경기 같은 대화가 아니었다. 양측 선수 역시 동등하게 참여하지 않았다. 선수는 나 혼자였다. 나는 벽을 향해 공을 쳤고 벽은 말을 아꼈다. 나 혼자 계속 이야기를 해나가야 한다는 의미였다. 그렇지 않으면 우리는 그 거북한 침묵 속에서 망연히 앉아있을 터였다.

나는 잎이 무성한 창밖을 바라보면서 말했다.

"집을 떠나 대학에 입학했을 때부터 제가 연락을 안 했어요. 그냥 제가 살았던 그곳에서 탈출하고 싶었어요."

"왜죠?"

"저는 제대로 된 양육을 받지 못했거든요."

나는 말을 멈추고 의심의 눈초리로 상담사를 바라보았다.

"지금 제가 잘하고 있나요? 원하시는 상담 방식에 맞게 제가 따라가고 있는 거 맞나요? 지금 제 어린 시절을 파헤치려고 상담사의 만능 삽을 사용하고 싶으신 거잖아요. 제 말이 맞죠? 저는 언제든 엄마 이야기를 할 만반의 준비가 되어있어요."

선을 넘는 내 말투에도 불구하고 그는 동요하는 기색조차 보이지 않았다. 어깨를 으쓱해 보이는 게 전부였다. 나는 그 즉시 후회했다.

"그렇게 하기를 원하세요? 어머니 이야기를 하고 싶으세요?"

나는 긴장을 풀려고 애썼다.

"상관없어요. 사실 제 인생은 꽤 지루하거든요. 요약해서 말씀드릴게요. 제가 어릴 때 엄마는 매번 새로운 남자를 집으로 데려왔어요. 우리랑 같이 살 사람이라고 하면서요. 1년, 혹은 2년에 한 번씩 저한테는 새로운 아빠가 생긴 셈이에요. 옛것은 버리고 새것은 취하고, 뭐 그런 식이었어요. 그리고 대부분은 아주 형편없는 사람들이었어요."

"그럼 진짜 아버지는요?"

로빈슨 박사가 물었다.

"친아버지는 양육에 조금도 관여하지 않으셨나요?"

"저는 친아버지가 누구인지도 몰라요. 솔직히 말씀드리면 엄마도 누가 제 친아버지인지 모르는 것 같았고요. 아니, 엄마가알고 있었다고 해도 그 비밀을 무덤까지 가져갈 생각이었을 수도 있고요. 이제 정말로 그렇게 됐네요."

나는 잠깐 말을 멈추고 생각했다.

"엄마는 고작 열일곱에 저를 가졌어요. 외할머니조차도 그남자가 누구인지 몰랐고요. 제가 알기로는 그래요."

"할머니 이야기도 해주세요."

할머니는 내가 가장 자랑스러워하는 사람이었기 때문에 그제안에 마음이 들떴다.

"할머니는 아주 강인한 분이셨어요. 우리가 살았던 트레일러에서 세 개의 트레일러만 거치면 바로 할머니가 사시던 트레일러가 있었어요. 그래서 어릴 때 학교가 끝나면 거기로 가고는했었죠."

"어머니는 일을 하셨나요?"

"네. 엄마는 식당에서 일했어요. 자정까지 운영하는 식당이어서 밤에도 일하는 날이 많았죠. 할머니 말에 따르면요. 어쩌면엄마는 놀러 나갔던 건지도 모르죠. 그렇다고 제가 어떻게 엄마를 비난할 수 있겠어요. 그때 엄마는 겨우 스무 살이었고 세 살

배기 아이까지 딸린 상황이었잖아요. 저를 돌봐주고 도와주었던 할머니가 없었다면 엄마가 뭘 어떻게 할 수 있었겠어요."

"당신 삶에서 할머니가 아주 중요한 역할을 하셨던 것 같네요. 지금은 어디 계시나요?"

"제가 열다섯 살 때 돌아가셨어요. 그 후부터는 엄마와 저뿐이었어요. 그게 누구든 그때그때 우리와 함께 살던 남자도 있었고요."

상담사의 이마에 근심의 고랑이 생겼다. 그가 무슨 생각을 하는지 즉시 알아챈 나는 곧바로 손을 들어 보였다.

"아니에요. 아니에요. 지금 저를 바라보는 표정을 보면 무슨 생각을 하시는지 알아요. 분명하게 말씀드리자면 그런 일은 없었어요. 성적으로 불미스러운 일은 전혀 없었어요. 그들 중 대부분은 괜찮았어요. 단지 대체로 그들은 취할 때마다 서로에게 심하게 소리를 지르고 화를 냈어요. 저는 그걸 방에서 고스란히 들어야 했고요. 그게 다예요. 거의 주말마다 그랬어요. 엄마는 위스키를 좋아했고 잠자는 사자의 코털을 건드리는 기이한 취미가 있었죠."

나는 몇 초 동안 로빈슨 박사의 얼굴을 뚫어져라 바라보았다. 그의 눈빛에서 느껴지는 온기에 마음이 동했다. 그가 내 시선을 한참 동안 피하지 않고 마주하고 있다는 사실이 꽤 놀라웠다. 시선을 마주치는 게 그에게는 민망하거나 어색한 일이 아닌 듯했다.

"그게 중요한가요? 엄마의 애인들 이야기가? 지금 제가 원하는 건 다시 연구에 집중하는 거예요. 바하마에서 비행기가 사라지는 현상을 어떻게 하면 막을 수 있을지 알아내는 거라고요. 그 남자들은 제가 애도해야 할 대상과는 거리가 멀어요."

그는 의자 팔걸이에 팔꿈치를 얹고 양쪽 검지를 서로 맞댔다. 노트는 여전히 그의 무릎 위에 있었다.

"해야 한다고 표현한 부분이 흥미롭네요. 아까 말씀하셨던 것도 비슷한 맥락이고요. 여기 온 게 당신 생각이 아니라고 하셨고 이야기할 준비가 되셨다고도 말씀하셨죠. 혹시 여기 오는 걸 통과해야만 하는 시험 같은 거라고 느끼셨나요?"

나는 가방 위에 손을 얹었다.

"잘 모르겠어요. 어쩌면요."

"만약 그게 시험이라면 점수를 매기는 사람은 누군가요? 물리학과 학과장? 아니면 저? 아니면 상담자 본인?"

나는 킥킥 웃었다.

"제가 그저 학위 프로그램에서 낙제하지 않으려고, 교수님이 원하는 정석적인 말들만 하려고 여기 왔다고 생각하시나요?"

"저는 그렇게 말하지 않았는데, 제가 그렇게 생각하고 있을 거라고 생각하셨나요?"

로빈슨 박사가 대답했다. 나는 고개를 약간 뒤로 젖히며 웃음을 터뜨렸다.

"와, 꼬리에 꼬리를 물고 이어지는 모든 질문이 혼란스러워요. 계속 쳇바퀴를 도는 것 같아 어지러울 정도예요. 선생님은 지금 제 생각이 어떨 거라고 짐작하고 계실 테죠. 선생님이 그렇게 생각하시는 것에 대해서는 제가 어떤 생각을 하고 있을 거라고 생각하세요?"

그 역시 껄껄 웃었다.

"사과해야겠네요. 저는 이 상담을 통해서 당신이 얻고자 하는 바가 무엇인지 감을 잡고 싶어서요. 멜라니, 당신의 최종 목표는 뭔가요?"

"글쎄요. 굉장히 흥미로운 질문이네요, 박사님."

나는 약간 농담조로 대답했다.

"그건 좀 실존적인 질문인데요. 그렇게 생각하지 않으세요?"

그가 아무런 반응을 보이지 않아 조금 더 진지하게 대답할 수밖에 없었다. 그가 내게 그런 걸 바라는 것 같아 최대한 깊은 곳까지 파고들려고 애썼다. 내면 깊숙한 곳에 묻어두었던 생각까지 들여다보려고 노력했다.

"제가 지금 가고 있는 길이 맞는 건지 알고 싶어요. 저는 이 연구 프로젝트가 제 삶의 이유이자 목표라고 여겼거든요. 하지만 이제는 잘 모르겠어요. 최근에는 이런 생각도 들었어요. 엄마에게서, 집으로부터 벗어나기 위한 도피처로 이 프로그램을 선택한 게 아닌가 하는 생각이요. 그리고 프로젝트는…… 잘 모르겠어요. 지금 보면 조금 유치하게 느껴지기도 해서요."

그는 고개를 갸우뚱했다.

"잠시만요. 그냥 이해하고 싶어서 물어보는 건데요. 물리학이 유치하다고 생각하시나요?"

"아니요. 당연히 아니죠. 전부 그렇다는 게 아니라 그냥 제 프로젝트가 바보같이 느껴져요. 지나치게 개인적이기도 하고요."

"어떻게 개인적이라는 거죠?"

"죄송해요. 이런 터무니없는 얘기를 꺼낸다는 게 조금 부끄럽기는 하지만 그래도 해야겠죠? 그래야 제 삶을 이해하고 제가 무엇을 하면 될지 알아내는 걸 도와주실 수 있으실 테니까요."

그는 다정한 미소를 지으며 말했다.

"멜라니, 저는 당신이 어떻게 살아가야 하는지 알려주려고 여기 있는 게 아니에요. 지금 당신이 처한 상황이 어떤 상황인지, 왜 그런지 생각해 볼 수 있도록 도와주는 게 제 역할이에요. 바라건대, 앞으로 당신이 어떤 결정을 내릴 때 이 모든 것이 도움이 됐으면 해요."

"알겠어요."

나는 머뭇거리며 대답했다. 그러고는 문 옆에 있는 커다란 괘종시계를 힐끗 보았다.

"꽤 오래 지난 것 같은데, 제 상담 시간 거의 끝났죠?"

그는 손목시계를 확인했다.

"아직 몇 분 더 남았어요."

"좋아요. 음……. 가끔은 제가 슈퍼마켓에서 파는 악명 높은 타블로이드*에 제공할 만한 자료를 연구하고 있는 건 아닌가, 하는 생각이 들어요. 외계인에게 납치된 연예인이나 사람의 발을 가진 아칸소주의 돼지, 뭐 그런 것들 있잖아요. 제 일도 그렇

* 사실보다는 흥미 위주로 유명인의 스캔들이나 미스터리 등을 다루는 잡지, 황색 언론

게 바보 같은 소리로 들리는 건 아닐까 걱정돼요."

"저는 그게 바보 같은 소리라고 생각하지 않아요. 컬럼비아 대학의 물리학과 학과장이 그 주제를 승인했고, 과학적 설명이 가능하다고 여겼다면…….."

"그렇겠죠."

나는 두 손을 내려다보았다.

"하지만 가끔은 이 주제를 포기하고 다른 연구로 바꾸어야 할 것 같다는 생각도 들어요. 이를테면 극심한 기상 변화를 예측한다든지 하는 것들이요."

"트레일러 파크를 휩쓰는 토네이도 같은 것들 말인가요?"

나는 그를 올려다보았다. 그는 눈치가 빠른 사람이었다.

"그럴 수도 있고요."

로빈슨 박사는 잠깐 생각하는 듯하더니 다시 시계를 확인했다.

"오늘은 시간이 다 된 것 같네요. 다음 주에 이어서 진행하기 좋은 지점에서 끝났어요. 다시 오실 거죠? 비행기가 사라지는 현상을 왜 개인적인 문제라고 느끼셨는지 알고 싶어요. 그것에 대해 조금 더 얘기해 주실 수 있으신가요?"

"그럼요."

나는 프로젝트에 대한 과거 열정이 다시금 차오르는 것을 느끼며 대답했다. 요즈음 프로젝트에 싫증을 느껴왔던 걸 생각하면 놀라운 일이었다.

그뿐만 아니라 놀랍게도 로빈슨 박사와의 대화가 재미있었다. 그리고 그를 다시 만나고 싶기도 했다. 이 소파에 앉아 다른 수많은 이야기를 할 수도 있을 듯했다. 하지만 내가 주로 하고 싶은 이야기는 프로젝트에 관한 것들이었다. 프로젝트가 나한테 정말 중요한 것인지, 아니면 그저 어린 시절 가졌던 철없는 환상에 불과한 것인지 알아내고 싶었다.

올리비아

1990. 마이애미

    땅거미가 내려앉을 무렵까지 딘과 사라진 비행기를 찾는 작업은 계속 진행 중이었다. 사라 언니와 형부 리언은 정오쯤 우리 집에 도착했다. 우리는 소식을 기다렸지만, 리처드나 해안 경비대에서는 어떤 연락도 없었다. 그래도 전화벨은 끊임없이 울렸다. 친구들, 친척들은 내가 괜찮은지 확인했고 기자들은 계속 질문을 해댔다. 버뮤다 삼각지대에 관한 마이크 미첼의 심상치 않은 이론을 믿는지, 혹시 과거에 이상한 일들이 발생했었다는 걸 딘이 언급한 적이 있는지, 미확인 비행 물체, 무중력 상태, 불가사의한 기계 오작동에 대해서는 어떻게 생각하는지. 결국 나는 형부 리언에게 전화기를 넘겼다. 형부는 그들에게 힘겨운 시간을 보내고 있으니 사적 영역을 존중해 달라고, 더 이상 전화하지 말라고 했다.

"와줘서 고마워요."

나는 꾸역꾸역 저녁 식사를 마친 다음 언니와 형부를 문 앞까지 배웅하며 말했다.

"오늘 밤 정말 괜찮겠어?"

언니가 나를 안아주면서 물었다.

"원한다면 우리가 여기 함께 더 있을 수 있어."

"고마워, 그렇지만 괜찮을 거야. 엄마가 같이 있잖아."

형부도 나를 안아주었다.

"힘내. 그리고 필요한 게 있으면 언제든 알려줘."

"우리는 내일 다시 올게."

엘리베이터로 향하면서 사라 언니가 덧붙였다. 나는 문을 닫고 소파에 앉아 텔레비전을 보고 있는 엄마에게로 돌아왔다.

"지금 나라 전체가 이걸 최고의 뉴스거리로 다루고 있다는 게 이해가 안 돼."

엄마는 말했다.

"우리 가족도 같이 엮여서 그런 걸까?"

내가 물었다. 돌아가신 아빠는 유명 사업가였기 때문에, 종종 뉴스나 신문의 머리기사를 장식했었다. 심지어 1970년대 후반에는 포브스 잡지의 표지에 실리기도 했었다. 언론이 딘의 사생활을 파헤치고 아빠와의 연결점을 찾기까지 그리 오랜 시간이 걸리지 않았을 것이다.

"그럴 수도 있지. 하지만 그보다는 오늘 아침에 마이크 미첼이 방송에서 한 말 때문일 거야. 그게 사람들 관심에 불을 지폈어."

우리는 몇 시간 째 CNN을 보고 있었다. 그들은 산후안에 기자를 파견해 진행 중인 수색작업을 취재했다. 그들은 버뮤다 삼각지대에서 벌어지는 신비롭고 불가해한 현상들에 대해, 소위 전문가라는 사람들을 인터뷰하고 있었다.

나는 소파에 자리를 잡고 리모컨으로 볼륨을 높였다. 스튜디오에 게스트로 나온 사람은 바하마 주변을 정기적으로 항해하는 요트의 선장이었다.

"그건 제가 살면서 경험한 가장 기괴한 일이었어요. 다섯 명의 선원과 바하마의 나소 해안에서 항해 중이었는데, 그날은 바람이 많이 불었어요. 물살은 꽤 거칠었고요. 전방의 안개는 아주 두꺼웠는데 일반적인 안개랑은 달랐어요. 우유처럼 짙었고 마치 저희 쪽으로 다가오는 느낌이었어요. 그리고 갑자기 마치 벽을 통과해 버린 것처럼 우리는 안개 속으로 들어와 있었어요. 심지어 물이 보이지도 않았어요. 아래쪽도 마치 우유처럼 보였어요. 그때 조타실에서 항해사가 소리를 질렀고 저는 무슨 문제가 있는지 확인하려고 달려갔죠. 가서 보니 나침반이 미친 듯이 돌고 있었어요. 배 전체에 전기가 나갔고 라디오도 작동하지 않았어요. 그러다가 다시 갑자기, 배가 안개에서 빠져나와 밝은 태양 아래로 들어섰어요. 그때까지도 저희는 거의 공황 상태였죠! 하지만 진짜로 빠져나온 건 아니었어요. 마치 도넛의 구멍 안에 있는 것과 같았어요. 거기는 바람도 없었고 잔잔했어요. 쥐 죽은 듯 고요했죠. 솔직히 말씀드리면 으스스할 정도였어요.

전부 어안이 벙벙해져서 아무도 입을 열지 못했어요. 그렇게 약 1분 정도 떠다녔을 때 우유 벽이 다시 저희 쪽으로 다가왔어요. 그리고 다시 강풍이 부는 거친 물살 위로 돌아왔죠."

"놀라운데요."

남자 아나운서가 대답했다.

"그럼 기기들이 다시 작동하기 시작한 건가요?"

"네, 저희가 그곳을 빠져나오자마자 전기가 다시 들어왔어요. 하지만 그날 뒤늦게, 그러니까 그런 이상한 경험을 한 지 얼마 지나지 않아서 정확히 같은 자리에서 사라진 화물선 이야기를 듣게 되었어요. 그들은 무선 통신마저 끊긴 상황이었어요. 게다가 지금까지 어떤 잔해도, 침몰했다는 증거도 찾지 못했어요. 그 당시에 조난신호도 구조요청도 없었기 때문에 아직까지 미스터리로 남아있죠."

공포감이 순식간에 나를 덮쳤다. 나는 다급하게 리모컨을 집어 텔레비전을 껐다.

"더는 못 견디겠어."

나는 눈을 꼭 감고 손바닥으로 이마를 누르며 말했다.

"배들이 사라진다는 이야기를 더는 듣고 싶지 않아. 내 남편을 찾아냈으면 좋겠어."

엄마가 다가와 내 어깨에 손을 올렸다.

"그들이 아직 찾고 있잖아. 그리고 어쩌면 이런 언론의 관심이 도움이 될지도 몰라. 사람들이 많이 알게 될수록 그만큼 많은 시선이 물 위를 주시하게 될 테니까."

나는 침착함을 되찾으려고 애쓰며 뒤로 기대앉았다.

"맞아. 그게 도움이 될 수도 있어."

나는 다시 텔레비전을 켰다.

멜라니

1986. 뉴욕

"지난주, 버뮤다 삼각지대에서 실종되는 비행기들에 대한 당신의 박사 논문 이야기를 시작하면서 상담을 마쳤죠."

나는 불쾌한 표정을 드러내지 않으려고 노력했다. 우리가 나누었던 대화를 지난 일주일간 곱씹은 다음, 그가 그저 내 기분을 맞추기 위해 프로젝트를 진지하게 받아들이는 시늉만 했을 뿐이라는 확신이 섰기 때문이었다. 나는 그의 시선을 피하면서 구석에 놓인 조명을 바라보았다. 조명은 수술 장식의 덮개로 덮여있었다. 밖에는 지난주와 마찬가지로 비가 내리고 있었다. 습기를 머금은 옷 안으로 한기가 느껴졌다.

"오늘도 날이 흐려서 대낮에 조명을 켜야 하네요."

나는 그의 질문을 교묘하게 피해가면서 말했다.

63

"그나마 다행인 건, 예보에 따르면 내일은 해가 뜬대요."

그는 내게 따뜻한 미소를 지어 보였다.

"지금 하시는 일에 만족하세요?"

내가 물었다.

"네, 만족해요."

"운이 좋으시네요. 저는 졸업한 다음, 이 학위를 가지고 뭘 해야 할지 모르겠거든요. 만약 졸업이라는 걸 한다면요."

"그게 걱정되세요?"

그는 약간 앞으로 기울여 앉으면서 물었다.

"이미 시작한 걸 끝맺지 못할까 봐서요?"

"저도 잘 모르겠어요."

내가 구체적으로 설명하지 않자 그는 다른 질문을 했다.

"지난주에 프로젝트가 아주 개인적으로 여겨진다고 말씀하셨어요. 왜 그럴까요?"

나는 젖은 신발을 벗고 소파 위에 다리를 올렸다. 그러고는 수술 장식이 달린 쿠션 하나를 품에 안았다. 빗방울이 마치 조약돌처럼 유리창을 두들기는 소리를 내는 동안 머릿속으로 대답을 생각했다.

"어렸을 때 할머니 트레일러에서 종종 잤어요. 아주 아늑했어요. 여기랑 비슷한 느낌이었어요. 할머니 트레일러에도 책이 아주 많았거든요. 넘어질 듯 여기저기 높게 쌓여있기도 했고요. 저기 구석에 있는 것과 비슷한 기다란 조명도 있었어요."

나는 말을 멈추었고 로빈슨 박사는 참을성 있게 나를 기다렸다.

"할머니는 할아버지의 흑백 사진을 가지고 있었어요. 거실 벽에 걸려있었고요. 할아버지는 제가 태어나기 한참 전에 돌아가셔서 직접 만난 적은 없지만 할아버지는 미남이었고 용감해 보였어요. 할아버지는 2차 세계대전 당시에 조종사였어요. 사진 속 할아버지는 가죽으로 된 군용 비행 재킷과 멋진 모자 차림으로 비행기 날개 위에서 자신감 넘치는 미소를 짓고 있었어요."

"할머니께서 할아버지 이야기를 자주 하셨었나요?"

"그럼요. 항상 하셨어요. 할머니는 할아버지가 얼마나 멋진 분이셨는지 말씀해 주시곤 했어요. 점잖고 기품이 넘치는 사람이라고요. 진정한 신사였다고 말씀하셨죠. 지금 돌이켜보면 할머니는 남편이라는 존재, 아버지라는 존재는 어떤 사람이어야 하는지 저한테 가르쳐 주려고 했던 것 같아요. 제가 집에서 보고 겪는 것들을 할머니도 알고 계셨으니까요. 엄마가 빠졌던 난봉꾼들은 하나같이 번듯한 직업조차 없었어요. 그들은 엄마가 요리할 때마다 음식 투정을 해댔죠. 결국에는 엄마에게 손찌검을 하기도 했고요."

나는 한숨을 뱉으며 로빈슨 박사를 똑바로 바라보았다.

"할머니는 제가 엄마처럼 되는 걸 바라지 않았어요. 외모에 집착하는 거나, 술집에서 어떤 남자가 휘파람을 불어 추파를 던졌다는 이유만으로 그 남자와 동거를 시작한다거나 하는 것들이요. 할머니는 제가 제 꿈과 목표를 좇아가기를 바라셨죠."

로빈슨 박사는 고개를 끄덕였다.

"지금 꿈을 좇아가고 있다고 생각하세요?"

나는 그를 향해 고개를 기울였다.

"그게 지금 우리가 상담 중인 이유가 아닌가요? 그걸 알아내기 위해서요?"

그는 마치 잘 모르겠네요. 그게 우리 상담의 목적인가요? 라고 말하듯, 모으고 있던 두 손을 펼쳐 보였다. 나는 그를 바라보았다.

"좋아요. 제가 앞으로 모든 질문에 답하기를 강요하시는 거라면……."

그가 재빠르게 말을 가로막았다.

"아무것도 강요하지 않아요. 멜라니, 이곳은 안전해요. 여기서는 시험을 보는 것도 아니고 성적을 매기는 것도 아니에요. 당신이 하고 싶은 얘기는 무엇이든 해도 돼요. 부담 없이. 여기서는 뭔가를 예측할 필요도, 판단할 필요도 없어요."

그의 말에 나도 모르게 경계를 풀었고 안도감마저 느꼈다. 그도 그럴 것이 최근 들어, 아니 실은 평생에 걸쳐 엄마처럼 되지 않으려고 스스로에게 많은 제재를 가해 왔다.

"자, 할아버지 사진 얘기로 돌아가 볼게요. 할아버지께서 조종사였다고 말씀하셨죠."

어느새 상담이 다시 재미있게 느껴지기 시작했다. 한 시간 내내 자신에 대해 털어놓는 한마디, 한마디에 귀 기울여주는 사람이 또 어디 있겠는가?

"맞아요. 실은 할아버지가 1945년에 플로리다 해안에서 실종됐어요. 해군과 함께하는 정기 훈련 중 자취를 감추었어요.

66

당시에 엄청난 화제였죠. '플라이트 19'라고 불리는 사건이고 다섯 대의 비행기가 흔적도 없이 사라져 버렸어요. 궁금하시면 한번 찾아보세요."

"이미 찾아봤어요."

그가 대답했다. 놀라움에 내 눈썹이 치켜 올라갔다.

"찾아보셨다고요?"

"네. 지난주에 박사 논문 이야기를 듣고 호기심이 생겨서요. 저는 항상 항공 분야에 관심이 있었거든요."

그는 이야기를 거기서 끝냈고 더 듣고 싶었던 나는 실망했다. 그에 대해 더 알고 싶었지만, 그는 언제나처럼 대화의 주도권을 다시 내게로 넘겼다.

"할아버지께서 그 조종사 중 한 분이셨다니 놀라운데요."

"제 자랑거리죠."

그 사실이 내가 가진 특별한 무기라도 되는 듯 자랑스럽게 말했다. 로빈슨 박사는 펜을 들고 노트에 뭔가를 적더니 다시 나를 바라보았다.

"그래서 어릴 때부터 실종되는 비행기에 남다른 관심을 가지게 됐군요. 그 유명한 미스터리를 풀기 위해 당신의 공부와 삶 전체를 과학 분야에 바쳤고요. 게다가 아주 개인적이기도 하죠. 가족과 연결되어 있으니까요. 특히 당신이 지금까지도 쭉 존경하고 있는 할머니와 연결되어 있어요. 하지만 최근 어떤 이유에서인지 흥미를 잃었다고 하셨고요. 지도교수는 그게 어머니의 죽음과 거기서 비롯한 슬픔 때문이라고 여기는 것 같은데, 이제 그 이야기를 해보면 좋을 거 같네요."

"꼭 해야 하나요?"

"하기 싫으세요?"

그는 내 표정을 유심히 관찰했다. 그가 그럴 때마다 마치 롤러코스터의 맨 꼭대기에서 급강하하는 듯 가슴이 철렁했다. 나는 쿠션에 달린 수술 장식을 손가락에 감아 빙빙 돌렸다.

"잠재적인 의붓아버지들이 오가는 환경에서, 그런 엄마 밑에서 자라는 게 어땠는지는 이미 다 말했어요. 아마 엄마와의 문제Mommy Issue가 있는 소녀의 전형적인 사례라고 생각하시는 것 같은데요. 과거와 화해하고 엄마와 나는 개별적인 존재라는 것을 인식하고 엄마의 죽음에 대한 제 감정을 일에서 분리하는 법을 배워야 한다고 생각하고 계시겠죠."

그는 등받이에 등을 기대며 측은한 눈빛으로 나를 바라봤다.

"보통은 말씀하신 것보다 복잡하지만, 상담이 어떻게 진행되는지에 관해서는 충분히 알고 계신 것 같네요."

나는 웃음을 터뜨렸다.

"그런가요?"

그의 말에 내심 기분이 좋았다.

"어쩌겠어요? 저는 늘 우등생이었는 걸요. 안 그랬으면 아마 아직까지 오클라호마에 갇혀있었을 거예요. 아니면 《오즈의 마법사》에서 토네이도로 집 잃은 도로시, 토토와 함께 노란 벽돌 길을 따라가고 있었을지도 모르겠네요."

나는 웃었다. 한편으로는 그에게 추파를 던지는 것처럼 보이지는 않을지 걱정되었다.

"사실 토네이도는 농담이었어요."

내가 설명했다. 그는 고개를 끄덕이며 손을 들어 보였다.

"알고 있어요."

그는 더 이상 말하지 않았지만, 꼭 엄마 이야기를 해야만 할 필요는 없으며 조금 더 편안하고 자유롭게 원하는 어떤 얘기든 해도 된다고 말하는 것 같았다. 긴장이 풀리기 시작해 새로운 이야기를 털어놓아야 한다는 두려움마저 가셨다. 분명 나한테는 흔치 않은 일이었다. 내성적인 나는 사람들과 친해지는 게 어려웠고, 친구들은 대부분 물리학과 동기뿐이었다. 그게 내가 혼자 사는 이유이기도 했다.

오른발이 저리기 시작했다. 나는 자세를 바꾸어 소파에서 발을 내리고 다시 신발을 신었다. 어느새 나는 로빈슨 박사의 책장을 바라보고 있었다.

"혹시 저기 있는 책들을 봐도 될까요? 다리 스트레칭도 좀 할 겸 해서요."

"그럼요."

그는 가볍게 손짓하며 상냥하게 말했다. 마치 환영합니다. 지금부터 제 세계를 마음껏 둘러보세요라고 하는 것 같았다. 그는 자리에 앉아서 책장 쪽으로 향하는 내 모습을, 손가락으로 책등을 쭉 훑는 내 모습을 지켜보았다. 책장에는 수많은 심리학 교재들 외에도 《뛰어난 아이》, 《알코올에 중독된 부모의 어린 자식들》, 《배우자와의 사별 후 상실 극복하기》 등의 제목이 붙은 자기계

발서들도 있었다.

"혹시 재미로 책을 읽기도 하시나요?"

나는 그를 슬쩍 바라보며 물었다. 그는 가볍게 웃은 다음 의자 옆 바구니에서 《재능있는 리플리》를 꺼내 보여줬다. 내 상담사에게 인간적인 면이 있다는 점, 그에게도 상담실 밖의 사생활이 있다는 점을 새삼 깨닫자 내면에서 알 수 없는 기쁨이 솟구쳤다. 그가 결혼반지를 끼고 있지 않은 건 일주일 전에 알아차렸다. 나는 어느새 그에게 애인이 있는 건 아닌지 궁금해하고 있었다. 그는 나와 비슷한 부류의 사람일까? 공부밖에 모르는, 타고난 외골수일까?

"이곳에 오는 환자들 하나하나가 선생님에게는 새로운 프로젝트나 마찬가지겠네요. 풀어야 할 퍼즐 같은 대상이요. 풀기 힘든 만큼 보람도 크게 느끼실 것 같고요."

"맞아요. 결과가 좋을 때는 그렇죠."

나는 그의 책장을 살펴본 다음 다시 소파로 돌아왔다.

"어디까지 했었죠?"

내가 물었다.

그는 무릎 위에 놓인 노트를 살펴보며 마치 작은 지휘봉을 다루듯 손가락으로 펜을 빙글빙글 돌렸다.

"우리는 조종사셨던 당신의 할아버지 이야기를 나눴어요. 그리고 저는 당신의 퍼즐을 너무 성급하게 해결하려고 했죠. 그쪽에 대해 알아야 할 게 아직 많이 남았는데도 그랬네요."

그의 말에 나도 모르게 두근거렸다. 그의 말은 곧 내 내면 깊숙한 곳에 흥미로운 지점이 있다고 생각한다는 암시나 마찬가지였다. 지금껏 할머니 빼고는 그 누구도 내 마음속을 들여다보려고 하지 않았다. 그리고 할머니는 오래전에 돌아가셨다.

"선생님은 높은 성과를 추구하는 분이시군요."

나는 미소를 지으면서 말했다.

"타인의 문제를 해결하기 위해 기꺼이 맞설 때 말이에요."

그는 내 말에 동의한다는 듯한 눈빛을 보냈다. 그 눈빛이 은밀하게 느껴졌다. 마치 그와 내가 무언가를 공모를 하는 것 같은 기분이 들었다. 하지만 그는 내 상담사였고 이 자리는 그에 대해 이야기하는 자리가 아니었다. 그는 나를 다시 원래의 주제로 데려다 놓으려고 애썼다.

"오늘 어머니 이야기는 하고 싶지 않다고 하셨죠? 그럼 어떤 이야기를 하고 싶으세요?"

"글쎄요. 잘 모르겠네요. 무슨 이야기든 해도 되나요?"

"그럼요, 뭐든지요."

"그렇다면 제 논문 이야기를 할게요."

나는 잠깐 고민하다가 말했다.

"좋습니다."

"어떤 걸 알고 싶으신데요? 솔직히 말씀드리면 이야기를 어디서부터 시작해야 할지 모르겠거든요."

그는 내 쪽으로 손짓했다.

"가설부터 말씀해 주시겠어요? 그 가설로 도출하고자 하는 것도요."

"좋아요. 지금 뭘 하시려는지 알겠어요. 제 열정을 다시 깨워 내려고 하시는 거죠. 이제 이해가 돼요. 저한테 다시 동기를 부여하는 게 목표고, 그 목표를 위해서 물리학과 학과장님이 이 상담에 돈을 내는 거고요."

"제 목표가 무엇인지, 그게 중요한가요?"

그가 의아하다는 듯이 물었다.

"조금은요. 선생님이 저를 깊게 탐색하는 동안 저도 선생님의 의도를 파악하고 싶거든요."

내 대답에 그는 웃었다.

"저는 그냥 제 일을 하려는 거예요. 상담자가 내면을 들여다볼 수 있도록, 자신이 어떤 사람인지 알아낼 수 있도록 도움을 드리는 거죠. 스스로를 알면 삶이 조금 더 수월해지거든요. 과거를 받아들이고 자신의 한계를 수용할 때 자신이 진정으로 원하는 게 무엇인지 알게 되고, 나답지 않은 것을 하려고 굳이 애쓰지 않을 때 인생은 더 너그러워지거든요."

나는 숨을 내쉬었다.

"용기를 주는 말이네요."

나는 호기심에 이마를 살짝 찌푸렸다.

"실례가 아니라면 혹시 나이가 어떻게 되세요? 말씀하시는 게…… 꽤 어른스러운 느낌이 들어서요. 그렇다고 그렇게 나이가 많아 보이지는 않고요."

그는 망설였다. 그의 불편한 감정이 나에게 그대로 전달됐다.

"죄송해요. 규칙을 어기는 질문인가요? 혹시 그런 걸 물어보면 안 되는 건가요?"

내가 물었다. 그의 어깨 긴장이 약간 풀리는 듯했다.

"괜찮아요. 저는 스물여덟이에요."

나는 깜짝 놀라, 거의 소파에서 떨어질 뻔했다.

"스물여덟밖에 안 됐다고요?"

"놀라셨나요?"

"네. 그보다 훨씬 많아 보여서요. 아마 그 커다란 안락의자에 다리를 꼬고 앉아서 아버지들이 할법한 조언을 하셔서 그렇게 느껴지는 것 같아요."

"제가 젊다는 게 불편하세요?"

나는 몇 초간 생각에 잠겼다.

"아니요. 괜찮아요. 박사학위가 있으시잖아요. 분명 자격도 충분하실 거고요. 그리고 나이 많아 보인다고 한 건…… 죄송해요. 나쁜 뜻은 전혀 아니었어요. 만약 길거리에서 축구공을 차는 모습을 보았다면 분명 훨씬 젊어 보이게 봤을 거예요."

그는 무릎 위에 있는 노트에 빠르게 몇 줄을 휘갈겼다.

"저에 대해 뭐라고 쓰신 건지 여쭤봐도 되나요?"

내가 말했다.

"별거 아니에요. 그저 이번 상담에서 했던 이야기들을 기억해 두려고 적는 거예요."

나는 피식 웃으며 고개를 돌렸다. 조금 부끄러운 기분이 들었다.

"이제 조금 민망하네요."

"왜 그렇죠?"

"안락의자에 앉은 모습이 꼭 아버지의 모습 같다고 말한 것 때문에요. 이제 진단서에는 이렇게 적혀있지 않을까 싶은데요. 아버지 같은 존재를 간절히 필요로 하는 환자 이런 식으로요. 혹시 진짜 그렇게 적으셨나요?"

그는 펜을 내려놓고 양손을 포갰다.

"아니에요, 멜라니. 내담자가 제 나이를 알고 놀랐다는 내용만 간단하게 적었어요. 괜찮으시다면 그 얘기를 좀 해볼까요? 제가 당신을 어떻게 생각하는지 추측하려고 하셨던 게 이번이 처음은 아니에요. 꼭 저보다 한발 앞서 나가려고 하시는 것 같네요."

"제가 진로를 잘못 택한 것 같아요. 물리학자가 아닌 심리 치료사가 될 걸 그랬어요."

내가 말했다. 그는 아무런 대답을 하지 않았고, 나는 한숨을 토했다.

"세상에, 저는 너무나도 뻔한 경우네요. 저한테는 아버지 같은 존재가 필요했고 할아버지 사진을 보면서 돌아가신 할아버지가 다시 돌아왔으면 하고 바랐어요. 그게 제가 지금 여기까지 온 이유겠네요."

"자, 진정하세요."

로빈슨 박사가 손을 들어 올리며 짓궂은 표정으로 말했다.

"지금 제 자리를 넘보시는 건가요. 이러면 제가 필요가 없겠는데요."

나는 웃음을 터뜨렸다.

"다시 원점으로 돌아왔네요. 저는 정말 제 천직을 놓쳤는지도 모르겠어요."

"왜 그렇게 생각하세요?"

나는 고개를 흔들었다.

"저도 모르겠어요. 이미 시작한 건 끝낸 다음에 박사학위를 받고 다시 고민해 봐야겠어요. 이제 고작 스물넷이니까요. 한편으로는 이 모든 게 내가 꼭 해야만 하는 일이 아닐까 하는 생각도 들어요. 어린 시절에도, 청소년기에도 늘 마음속에 품어 왔던 버뮤다 삼각지대 수수께끼를 제가 풀게 될 수도 있으니까요. 게다가 집착에 가까운 제 열정이 아니었다면 장학금도 받을 수 없었을 거예요. 그래서 저는 영재반에 들어갈 수 있었고, 제 어려운 형편을 알고 계신 선생님들께서 성공할 수 있게 도와주셨죠. 결국 저는 지금, 뉴욕에 있네요. 입자 물리학 박사학위를 목전에 두고요. 이 정도면 꽤 멋지지 않나요? 고작 열여섯에 대학에 입학했거든요. 그러니까 제 자신을 조금 더 자랑스러워해야 할 것 같아요."

"그럼요. 당연히 그러셔야죠."

그의 눈에서 포착된 존경과 감탄의 빛에 나는 깜짝 놀랐다. 지금까지 그 누구도 나를 그런 식으로 바라본 적이 없었다.

로빈슨 박사는 그의 시계를 슬쩍 확인했다.

"시간이 다 됐네요."

그는 미안한 기색을 띠며 말했다.

"우리가 어디까지 이야기 나눴는지 적어둘게요. 다음 주에 이어서 진행합시다."

"좋아요."

나는 가방을 챙겨 들었고 그는 나를 문까지 배웅했다. 나는 문 앞에서 잠깐 멈추었다.

"아직 상담이 두 번밖에 진행되지 않았지만 도움이 되는 것 같아요. 그래서 이 말씀을 꼭 드리고 싶었어요. 지금 겪고 있는 슬럼프에서 벗어나서 논문을 완성할 수 있을 것 같은 희망이 보여요."

"도움이 된다니 기뻐요. 아마 버뮤다를 비행하는 미래의 조종사들이 고맙게 여길 거예요."

그는 그렇게 말하고 나를 보내주었다. 나는 접수처로 향하는 계단을 내려가 로비에 두었던 우산을 다시 집어 들었다. 어퍼 웨스트사이드의 아름다운 브라운스톤의 고풍스러운 건물 안에 있는 클리닉을 나서면서 우산을 펼칠 준비를 했지만, 비바람은 지나간 상태였다. 나무에 달린 잎사귀 사이를 통과한 햇빛은 길 거리의 웅덩이에 반사되어 반짝이고 있었다.

나는 물에 반사된 빛 때문에 눈이 부셔 실눈을 뜨고 걷기 시작했다. 그러다가 고개를 들었다.

폭풍우가 지나간 자리에는 안개가 떠다녔다. 찬란한 빛줄기 사이를 부유하는 안개의 모습은 그야말로 장관이었다. 그 장면을 마주하자 얼마 전 살펴보았던 비행 보고서에 묘사된 회백색 안개가 떠올랐다. 해당 조종사는 전자 안개Electronic fog* 속에서 만들어진 기다란 수평선들에 대해 언급했다. 그는 안개의 소용돌이에서 벗어날 때 비행기가 무시무시한 속도로 날았다고 했다. 이른바 터널이라고 불리는 곳에서 빠져나온 직후에는 무중력 공간에 있는 것 같았다고도 했다.

나는 멈추어 서서 생각에 잠겼다. 그 구름들이 지구 자기상의 일시적 교란인 지자기 폭풍으로 생성된, 전하를 띤 입자들로 구성됐을 가능성도 있을까? 적절한 조건이 갖추어지면, 구름들이 비행기를 조각조각 부술 만큼 충분한 초 가속도와 중력가속도를 유발할 수 있지 않을까? 그렇다면 넘나들 수 있는 웜홀에 닿는 것도 가능할까? 어쩌면 다른 시공간으로 이동하는 것도 가능할까?

기분이 한껏 들떴다. 나는 연구실로 돌아가는 지하철을 타기 위해 발걸음을 재촉했다.

---

* 버뮤다 삼각지대와 관련해 사용하는 용어로 비행기 주위에 발생하는 안개를 지칭함. 과학적으로 검증되지 않음

올리비아

1990. 마이애미

던이 실종됐다는 리처드의 전화를 받은 지도 닷새가 지났다. 해안 경비대는 수색을 중단했다. 아무것도 발견되지 않았다는 소식에 나는 망연자실했다. 시체는커녕 기체에서 나온 파편조차 찾을 수 없었다. 바닷물의 흐름과 물 위에서 떠내려가는 거리까지 계산해 수색 범위를 넓혔지만, 여전히 어떤 흔적도 찾지 못했다.

나는 찻잔을 들고 집 안의 커다란 창가에 서있었다. 요트 한 척이 항구를 떠나 바다로 나아가고 있었다. 해는 중천에 걸려있었고 서쪽에서는 가벼운 바람이 불어왔다. 요트에 타고 있는 사람들, 그게 누구든 간에 하루를 즐기러 나가는 그들이 부러웠다. 나도 다시 저렇게 될 수 있을까? 다시 즐거운 하루를 보낼 수 있을까? 나는 운이 좋다고, 내 삶은 멋지고 행복하다고 다시 느낄 수 있을까?

엄마는 집으로 돌아갔다. 엄마는 닷새 동안 손님방에서 지내며 해변에 있는 엄마의 별장으로 필수품을 가지러 가거나 식료품을 사러 갈 때만 잠깐씩 외출했다. 나는 영 식욕이 일지 않았다. 엄마의 존재가, 엄마의 위로가 고마웠지만 수색이 중단됐다는 소식을 들은 후부터는 혼자 있고 싶었다. 모두가 내게 강요하는 사실을 받아들이기 위해서는 완전 무결한 정적이 필요했다. 딘이 죽었다는 사실 말이다.

쉽지는 않았다. 타블로이드는 '멸망의 바다에서 발견된 대형 해룡!', '고급 유람선의 승객들을 겁에 질리게 한 UFO!', '정부의 은폐!' 등 자극적인 타이틀을 내걸고 터무니없는 이야기들을 마구 찍어냈다.

마이크 미첼이 뉴스에서 한 말이 끊임없이 머릿속을 맴돌았다. 그곳에서 뭔가 벌어지고 있다. 만약 그의 말이 사실이라면? 만약 딘의 비행기가 설명 불가능한, 초자연적인 힘 때문에 고장 난 거라면? 그가 어딘가에 아직 살아있다면? 그럴 가능성도 있지 않을까? 바다 괴물이라든지 UFO라든지 하는 것들을 믿지는 않았지만, 예상 추락 지점에서 잔해가 발견되지 않았다. 시체도 없었다. 어쩌면 딘은 안전한 장소에 착륙했을지도 모른다. 부상에서 회복하면 집으로 돌아올지도 모른다.

도저히 희망의 끈을 놓을 수 없었다. 적어도 아직은 아니다. 나는 그가 돌아올 때까지 기다릴 것이다.

전화벨이 울렸다. 나는 유리창으로 쏟아져 들어오는 밝은 햇빛을 등지고 전화를 받았다.

"여보세요?"

"여보세요, 나야. 좀 어때?"

사라 언니였다.

"최대한 버텨내는 중이야."

소파 쪽으로 걸음을 옮기자, 소파 끄트머리에 앉아 탁자에 발을 올린 채 농구 경기를 시청하는 딘의 모습이 눈앞에 어른거렸다. 나는 소파에 앉는 대신 다시 부엌으로 향했다.

"수색 중단했다는 소식 들었어?"

"응, 너무 속상하다."

차가 차갑게 식었다. 나는 컵을 싱크대 안에 넣으며 대답했다.

"그래도 포기할 수가 없어. 내일 사고 조사를 담당하는 기관에 연락해서 그들이 내린 결론을 들어보고 돌아가는 추이를 주시할 생각이야. 지금 나는 모든 게 의심스러워. 그렇지 않아? 딘이 공중에서 흔적도 없이 사라져 버렸다는 게 말이 안 돼. 분명 뭔가 이상한 점이 있어."

"오, 이런. 올리비아……."

언니는 한숨을 내쉬며 말했다.

"나는 네가 그들이 찍어대고 있는 헛소리를 믿지 않았으면 좋겠어."

나는 답답한 마음에 도리질을 쳤다.

"나도 모르겠어. 당연히…… 믿지는 않지. 하지만 어떻게 비행기가 통째로 그렇게 감쪽같이 사라질 수 있는 거야? 그들이 그것을 어떻게 설명할지 알고 싶어.”

사라 언니가 다정하게 말했다.

“답이 필요하다는 거 알아. 리언에게 같은 일이 일어났다면 나도 그랬을 거야. 모든 걸 완벽하게 정리해 줄 증거를 찾지 못해서 정말 안타깝다.”

내 맥박이 빨라지기 시작했다.

“나는 그 말이 싫어. 완벽한 정리라는 말. 사람들이 계속 그 얘기를 하거든.”

“그래, 음…….”

“언니가 무슨 말을 하려는지는 알아. 딘이 돌아오지 않는다는 사실을 받아들이라는 거잖아. 하지만 솔직히 얘기하면 실감이 안 나. 그가 아직도 나와 함께 있는 느낌이 들거든.”

“무슨 뜻인지 알아.”

언니는 내 말에 공감한다는 듯 대답했지만 나는 언니의 속마음을 알고 있었다. 시간이 지나면 나도 이성적인 판단을 하게 될 것이고, 바다에 추락한 딘이 살아남을 가능성은 없다는 것을 인지하게 될 것이며, 자극적인 이야기들은 타블로이드지의 돈벌이 수단에 불과하다는 사실 역시 깨닫게 되리라. 언니는 그렇게 여기고 있을 터였다.

“그만 끊어야겠어.”

내가 말했다. 나는 완벽한 정리를 생각하고 싶지 않았다. 그건 너무 이르다. 아직은 그를 보내줄 준비가 되지 않았다.

전화를 끊고 다시 창가로 돌아와 바다를 내다보았다. 요트는 이제 수평선 위의 작은 점처럼 보였다. 요트는 곧 내 시야에서 사라져 버릴 테지만, 보이지 않는다고 해서 존재하지 않는 것은 아니었다.

다음 날 아침, 잠에서 깼을 때 순간적으로 딘이 실종되었다는 사실을 잊고 있었다. 눈을 떴을 때 모든 게 평범한 일상처럼 느껴졌지만, 숨을 들이마시자마자 모든 기억이 돌아왔다.

상실의 고통이 뜨겁고 거센 폭풍이 되어 다시 나를 덮쳤다. 가슴이 아렸다. 숨을 쉬기가 어려웠다. 맙소사……. 이건 현실이었다. 모두가 포기했다. 수색은 끝났다. 이제 더 이상, 누구도 딘을 찾지 않는다. 딘은 당연히 죽은 것으로 여겨진 것이다.

나는 몸을 옆으로 돌려 텅 빈 침대 옆자리를 응시했다. 보드라운 딘의 베개에 손을 올리고 얼굴을 단단히 파묻었다. 필사적으로, 미친 듯이 그의 냄새를 들이마시고 싶었다. 그렇게 해서라도 그를 느끼고 싶었다. 하지만 그의 냄새를 맡을 수 없었다. 그를 전혀 느낄 수 없었다. 나는 충격에 휩싸이며 문득 겁이 났다. 부드러운 깃털이 채워진 베개에 얼굴을 묻고, 베갯잇이 흠뻑 젖을 때까지 소리를 지르며 울었다.

그는 어디에 있을까? 광활한 바다 어딘가에 혼자 있는 걸까?

아니면 아직 비행기 안에서 별일 없다고 여기면서 우주의 다른 시공간을 날고 있을까? 혹은…… 천국에 있는 걸까?

제발 그것만은 아니기를.

어둡고 쓸쓸한 방안에서, 내 몸은 비통한 흐느낌으로 떨리고 있었다.

딘…… 어딘가에 있다면, 내 목소리가 들린다면…… 제발 집으로 돌아와 줘.

☾

몇 시간 후, 텔레비전을 켰다. 더 이상 추락 사고와 관련된 방송은 나오지 않았다. 만약 사고가 있었던 게 사실이라면 말이다. 최근 화제가 되는 뉴스는 애틀랜타에서 절도 혐의로 검거된 상원의원에 관한 것이었다. 이제 딘의 기사는 신문에 단 한 줄도 실리지 않았다.

나는 뭘 어떻게 해야 할지 몰라 그저 눈을 감고 딘과 함께했던 일요일 아침들을 떠올렸다. 우리는 식탁에 앉아 커피를 마시고 신문 기사를 보면서 아침 식사로 뭘 먹을지 고민했다. 달걀 아니면 팬케이크? 아니면 둘 다? 보통 우리는 두 가지를 같이 먹곤 했다. 내가 스크램블에그를 만드는 동안 딘은 팬케이크를 앞뒤로 구웠다.

그 기억에 미소가 지어졌지만 이내 슬픔에 잠겼다. 눈을 뜨자 차오른 눈물로 앞이 보이지 않을 정도였다.

☾

오후에 낮잠을 잘까 했지만, 전화기에서 시선을 뗄 수 없어 불가능했다. 딘을 찾았다는 소식을 알려주는 전화벨이 울리기만을 하염없이 기다렸다.

마침내 지겨운 정적을 깨며 전화벨이 울릴 때까지 여전히 내 눈은 부엌에 있는 전화기에 고정되어 있었다. 전화를 받으려고 재빠르게 움직이는 바람에 의자를 넘어뜨릴 뻔했다. 수화기를 들다가 바닥에 떨어뜨려 버렸다. 수화기는 바닥에서 튀어 올랐고 나는 잽싸게 꼬불꼬불한 줄을 잡아당겼다.

"여보세요?"

혹시라도 전화가 끊긴 건 아닌지 걱정하면서, 나는 말했다.

"여보세요, 혹시 올리비아 해밀턴 씨…… 맞으세요?"

"네, 저예요."

나는 마치 숲속의 야생 동물이 된 것처럼 귀를 기울였다. 경계심을 늦추지 않았고 어떤 이야기에도 대처할 준비가 되어있었다.

"저는 마이크 미첼입니다. 남편분이 실종되기 몇 시간 전에, 저도 그 비행기에 함께 있었어요."

심장이 덜컥 내려앉았다. 어떤 말이 나올지 몰라 조마조마한 마음으로 부엌 조리대에 기댄 채 목덜미를 문질렀다.

"네. 누구신지 알아요."

나는 그가 추락 대신 실종이라는 단어를 사용한 것에 고마워하며 대답했다.

"수색이 중단됐다고 들었어요. 유감입니다."

"감사합니다."

분노에 찬 나의 일부는 이렇게 말하고 싶었다. 뻔뻔하기도 하지. 이게 다 당신 때문이야. 그날 밤 당신이 별장으로 날아가자고 하지만 않았어도, 딘은 지금 여기 있었을 거라고!

하지만 분풀이를 하는 건 정당하지 않았다. 이런 식이면 나는 리처드나 출발 직전에 아프다고 했던 조종사를 비난할 수도 있고, 아니면 딘에게 곧장 집으로 돌아오라고 했던 나 자신을 탓할 수도 있다.

"어떻게…… 잘 견디고 계세요?"

마이크가 물었다.

"굳이 알고 싶으시다면…… 잘 견디지 못하고 있어요."

나는 최대한 침착한 목소리를 유지하며 말했다.

"아무것도 찾지 못했는데 어째서 수색을 중단한 건지 이해할 수가 없어요. 반드시 어딘가에는 있을 거잖아요. 그렇죠? 비행기가 그냥 그렇게 사라져 버릴 수는 없으니까요."

"음, 그건 논란의 여지가 있죠. 하지만 무슨 말씀이신지 이해합니다."

마이크가 말했다. 나는 고개를 저었다. 지난 며칠간 떠돌아다녔던 온갖 이상한 이론들을 거부하기 위해 이성적인 시각을 유지하고 싶었지만 쉽지 않았다.

마이크는 깊은 한숨을 내뱉었다.

"전화를 드려도 될지 확신이 서지 않아서 한참 고민했어요. 사람들이 저한테 그러더라고요. 애도할 수 있도록 당신을 내버려 두어야 한다고, 헛된 희망 같은 건 주면 안 된다고요. 하지만 위로해 드리고 싶었어요. 얼마나 죄송한지도 말씀드리고 싶었고요."

"고맙습니다. 헛된 희망을 주신다는 게 무슨 뜻이죠? 구체적으로 말씀해 주시겠어요?"

나는 그걸 알아야만 했다. 그는 목청을 가다듬었다.

"음…… 드리고 싶은 이야기가 있어요."

그는 말을 잠깐 멈추었다.

"제 친구 중 하나가 그 삼각지대에 대해 연구했거든요. 과학 지식이 뛰어난, 아주 똑똑한 친구죠. 그 친구는 지금 벌어지고 있는 일에 대해 흥미로운 관점을 가지고 있더라고요."

일주일 전에 이런 이야기를 들었다면 짜증이 났을 것이다. 하지만 수색이 중단된 이후 나는 새로운 정보에 목말라 있었다. 나는 기대고 있던 조리대에서 벗어나 부엌 안을 서성거렸다.

"혹시 '플라이트 19'에 대해 들어보셨나요?"

마이크가 물었다.

"네, 뉴스에서 직접 언급하셨잖아요."

"맞아요. 게다가 불가사의한 사건이 그것뿐만이 아니에요. 제가 말하는 건 타블로이드지에 실리는 저질 기사 같은 게 아니에요. 그런 건 그냥 무시하세요."

"그럼 어떤 건가요?"

"음⋯⋯."

그는 다시 뜸을 들였다.

"1978년에 세인트 토머스에 착륙하려던 비행기 한 대가 사라졌어요. 그 비행기는 레이더망에도 잡혔고 항공 교통 관제사도 비행기가 다가오는 걸 봤다고 했었죠. 두 눈으로 똑똑히 봤대요. 그는 비행기가 대략 3킬로미터 정도 떨어져 있었다고 했어요. 그러다가 잠깐 레이더를 내려다본 순간 갑자기 팍! 사라져 버렸다고 하더라고요. 비상사태가 선언되고 곧바로 수색에 돌입했지만 어떤 흔적도 없었어요. 공항에서 고작 3킬로미터 떨어진 곳에서 발생한 일이에요. 실제로 있었던 일이고요. 찾아보면 나올 거예요."

"그들은 그 상황을 어떻게 설명했어요?"

내가 물었다.

"설명한 적 없어요. 게다가 다른 실종 사건들에 대한 공식 보고서 중 일부는 수정되거나 삭제되어 버렸고요. 다른 이상한 점들도 수두룩해요. 예컨대 사라진 비행기의 파편을 발견했는데 거기에 자성 입자가 붙어있었다든지 하는 것들이 그렇죠. 그 자성 입자가 어디에서 온 것인지는 누구도 몰라요. 그것들은 어디서 왔을까요? 그리고 비행기의 나머지 부분은 어디로 갔을까요?"

"지금 UFO 이야기를 하시는 거예요?"

내가 물었다. 나는 딘이 추락 사고로 죽은 게 아니라는 것을 밝혀낼 수 있다면 그게 어떤 이론이든 매달릴 것이다. 그럼에도 불구하고 외계인에 납치되었을 수도 있다는 것을, 내 머리는 받아들이지 못하고 있었다.

"저도 잘 모르겠어요. 아마 대기 중에는 아직 과학자들이 확인하지 못한 전자기 교란이 많이 있을 거예요. 한번 생각해 보세요. 아인슈타인의 상대성 이론도 지금에서야 밝혀진 거잖아요. 그리 오래전이 아니라고요. 아직 밝혀지지 않은 게 많아요. 그렇죠? 자, 상상해 보세요. 중력, 웜홀, 시간 왜곡과 같은 모든 것들이 아직 발견되지 않았다고 생각해 보세요. 우리는 우리가 모르고 있다는 사실을 모르는 거예요!"

나는 무겁게 숨을 뱉었다.

"저는 그저…… 남편이 돌아왔으면 좋겠어요."

"죄송해요. 이렇게까지 흥분할 생각은 아니었는데, 지금 벌어진 일이 너무 이상하다는 생각이 들어서요."

"저도 이상하다고 생각해요."

나는 검지로 전화선을 빙빙 돌리면서 그의 말을 곰곰이 더듬어 보았다.

"혹시 실종된 비행기들을 연구한다던 친구분 성함을 알려주실 수 있으신가요? 그분 의견을 들어보고 싶거든요."

"그럼요. 그 친구는 은퇴한 교사고 마이애미 외곽 지역에 살고 있어요. 이름은 브리스 로버츠고요. 이미 그 친구에게 이야기해 두어서 직접 연락하셔도 놀라지 않을 거예요."

마이크는 로버츠 씨의 전화번호를 불러주었고 나는 노트에 받아적었다.

"진심으로 감사합니다."

"별말씀을요. 행운을 빌게요. 필요한 게 있으면 언제든 말씀하세요. 저도 돕고 싶어요. 게다가 저는 그런 불가사의한 것들에 관심이 많거든요."

전화를 끊고 생각했다. 내가 전화로 낯선 사람과 웜홀이라든지 시간 왜곡 같은 이야기를 하겠다고 한다면 딘은 어떻게 생각할지 궁금해졌다. 그는 그렇게 하지 못하도록 나를 설득할 것이 분명했다.

◟

마이크 미첼의 친구, 브리스 로버츠는 괴짜 그 자체였다. 여기서 괴짜란 매일 밤 뒷마당의 지하 대피소에서 잠을 자고, 러시아인들이 인공위성을 이용해 그의 정수 시스템에 몰래 접근하는 것을 막으려고 집 전체를 널빤지로 막아버린 남자를 아주 완곡하게 묘사하는 표현이었다.

그는 외계인의 대형 우주선이 딘의 비행기를 삼켰다고 믿었다. 그는 딘이 건강하게 살아있으며, 몇 년 후에 조금도 늙지 않은 모습으로 돌아올 것이니 희망을 버리지 말라고 말했다. 브리스가 말하기를, 딘을 사랑한다면 그가 돌아올 때쯤 내가 노인이 됐을지라도, 그를 기다려야 한다고 했다. 그가 돌아온 세상은 떠났을 당시의 세상과는 너무나도 다를 것이기에 내 도움이 필요할 거라면서.

거기서부터 일이 꼬이기 시작했다. 브리스는 그의 지하 벙커로 나를 데리고 갔다. 그곳의 코르크 보드에는 신문 기사들이 붙어있었다. 그는 1974년 로즈웰 추락 사건을 다룬 신문 기사들을 보여주었다.

"이건 어떻게 생각해요?"

그는 코르크 보드에 압정으로 고정한, 흑백 사진을 손으로 탁탁 쳤다.

"1969년에 매사추세츠에서 적어도 40명이 넘는 사람들이 UFO를 목격했어요. 차 안에 있던 한 가족은 다리 근처의 숲에서 빛이 나오는 걸 봤대요. 그리고 그다음으로 기억하는 건 그들이 다른 사람들과 함께 거대한 격납고 같은 곳에 있었다는 거예요. 마치 이 세상이 아닌 다른 세상처럼 느껴졌다더군요. 그리고 짠, 마법처럼 두 시간 후에 다시 자신들이 차 안에 앉아있더라는 거예요. 그것도 원래 앉았던 자리와는 다른 자리에."

브리스는 외계인 납치에 관한 이야기를 몇 가지 더 하고는 내게 환각제인 LSD를 권했다. 그제야 나는 진짜 이곳을 벗어나야겠다고 생각했다.

집을 향해 운전하는 두 시간 동안 스스로가 너무 바보같이 느껴졌다. 나 자신을 분별 있는 사람이라고 여기면서 살아왔기에 더 자괴감이 컸다. 하지만 집으로 돌아와 주차장에 차를 세우고 운전대 위에서 눈물을 쏟았을 때는 더 이상 그런 기분이 들지 않았다. 나는 차 안에서 가방을 뒤져 화장지를 찾아 코를 풀었다. 그리고 차에서 나와 엘리베이터를 향해 걷기 시작했다.

집 안으로 들어와 멍하니 창밖을 응시했다. 또 다른 요트 한 대가 항구를 출발해 탁 트인 바다로 향하고 있었다. 요트를 바라보고 있자니 메스꺼움이 느껴지기 시작해, 가라앉을 때까지 그대로 앉아있어야 했다.

☾

"나 우울증인 것 같아."

엄마에게 전화가 왔을 때, 내가 말했다.

"남편을 잃었으니까. 지극히 정상적인 반응이야. 상담받으면 좋아질 거야."

엄마는 제안했다.

"그럴지도……."

나는 가스레인지 위에서 치킨 수프를 데우면서 대답했다. 딘이 엄마의 제안을 듣는다면 어떻게 생각할까. 그도 내게 상담을 추천했을까?

"엄마는 나한테 봐봐, 내 말이 맞잖아라고 하고 싶은 거겠지."

"그 정신 나간 음모론자들 얘기하는 거야? 그렇다면 맞아. 내가 하고 싶었던 얘기가 바로 그거지만 하지는 않을게. 이미 너도 알고 있을 테니까."

엄마가 대답했다.

"더 깊게 파고들지 말아야 한다는 거야?"

나는 약간 퉁명스럽게 반응했다.

"바로 그거야."

나는 잠시 생각하다가 한숨을 내쉬었다.

"그렇기는 하지만 나는 설명이 필요해. 완벽하게 정리도 못하고, 딘이 어떻게 된 건지 궁금해하면서 평생을 어둠 속에서 살 수는 없으니까."

나는 그렇게, 완벽한 정리라는 말을 처음으로 사용했다. 브리스와 있었던 일들이 너무 충격적이라 정신이 확 들었던 것 같다.

"우리 아가, 힘들다는 거 알지만 결국에는 딘의 죽음을 받아들여야 해."

온몸이 단단하게 굳어지는 느낌이 들었다.

"미국연방교통안전위원회의 추락 보고서를 보기 전에는 그 어떤 것도 받아들이고 싶지 않아. 그게 얼마나 걸릴지는 모르겠지만 그래도 공식적으로 발표하는 결론을 들어야겠어. 그리고 바하마에서 실종된 비행기들을 내가 직접 더 조사해 볼 거야."

"나는 네가 그러지 않았으면 좋겠구나."

엄마가 말했다.

"어째서? 내가 거기에 집중하면 적어도 내 어지러운 마음을 분산시킬 수는 있잖아."

"올리비아, 뉴욕 집으로 올래? 한동안 여기서 지내는 건 어떨까? 새로운 출발을 위해서."

엄마는 제안했다. 4년 전 뉴욕에서 마이애미로 이사할 때, 딘과 내가 원했던 게 바로 그거였다. 새로운 출발. 그리고 그건 확실히 효과가 있었다. 적어도 위장질환이 생긴 다른 조종사의 비행을 딘이 대신하겠다고 하기 전까지는 말이다.

"이만 끊어야겠어."

나는 냄비의 수프를 내려다보며 말했다. 전화를 끊자마자 몸을 구부려 수프 안에 있는 베이컨 냄새를 맡았다. 다시 메스꺼움이 올라왔다. 이 믿기지 않는 상황에 눈을 몇 차례 끔벅거렸다.

설마? 진짜일까?

숨을 들이마시고 숟가락을 조리대에 내려놓은 다음 침실 서랍에 있는 전화번호부를 찾으러 갔다. 나는 전화번호부를 꺼내 미친 듯이 페이지를 넘겨 알파벳 순으로 번호를 찾았다.

서둘러 부엌으로 돌아와 찾아낸 번호로 의사에게 전화를 걸었다. 그녀도 내 힘든 상황을 알고 있었다. 나는 바로 병원에 방문하기로 했다.

☾

언젠가 임신 사실을 알게 된다면 그날은 온종일 축하받는 날이 될 거라고, 나는 늘 상상했다. 소식을 들은 딘은 나를 안고 빙글빙글 돌면서 얼마나 행복한지 얘기했을 것이다. 그리고 가족들과 친구들에게 전화를 걸어 기쁜 소식을 전하며 남은 하루를 보냈을 것이다. 우리는 침대 위에 꼭 붙어서, 우리만의 기쁨을 만끽했을 것이다. 우리가 함께 만들어낸 기쁨. 우리 아기. 내 배속에서 자라나고 있는 아름다운 아기. 우리는 아기 이름을 뭐라고 지을지 고민했을 것이다. 집세를 내지 않는, 엄마 명의의 아파트에 사는 대신 소박하더라도 우리 명의의 집을 구매하는 것을 고민했을 것이다.

하지만 딘은 더 이상 여기 없었다. 이 특별한 순간을 함께할 수 없었다. 나는 혼자 진료실에 앉아있었다. 임신 사실을 알려줄 때 임신이 슬픈 일이기라도 하듯, 의사의 얼굴에 동정 어린 빛이 스쳤다. 어쩌면 내 감정이 의사에게 투영됐는지도 모른다.

우리는 출산 예정일, 비타민, 입덧 등에 대해 이야기했다. 그러고 나서 그녀는 책상 위에 놓인 내 손 위에 그녀의 손을 포갰다.

"임신을 행복하게 느꼈으면 좋겠어요."

나는 고개를 끄덕이며 대답했다.

"네, 행복해요. 저희가 늘 바라던 일이었거든요."

그녀는 측은한 눈빛으로 나를 보았다.

"대화할 만한 사람이 있나요?"

"엄마요. 그리고 언니랑 친구들이요."

내가 대답했다.

"아니, 제 말은…… 전문적으로요."

"상담사요?"

"네. 아마 큰 도움이 될 거예요."

나는 시선을 내리깔고 고개를 저었다.

"그럴 것 같지 않아요. 그렇지만 생각이 바뀌면 말씀드릴게요. 그때까지는 집에 가서 〈더 골든 걸스〉를 보면서 아이스크림

한 통 먹을 생각이에요."

그녀는 웃었지만 나는 농담을 한 게 아니었다. 아마 그녀도 농담이 아니라는 것을 알았을 것이다.

멜라니

1986. 뉴욕

"누군가와 이야기해 보라고 제안해 주셔서 감사합니다."

물리 실험실에서 나와 필딩 박사와 걷던 중 내가 말했다.

"정말 많은 도움이 됐어요. 그동안 여러 가지 면에서 정체된 기분이었거든요. 엄마 일 때문에 속상한 건 말할 것도 없고, 연구 또한 벽에 부딪힌 느낌이 들어서요. 도저히 극복할 수 없을 것 같았는데 로빈슨 박사가 큰 도움이 되어주었어요. 그는 입자 물리학에 대해서는 잘 모르지만, 연구 내용을 차분하게 들어주었고 그 자체가 브레인스토밍처럼 여겨졌어요. 상담실 소파에 앉아있는 동안 꽤 좋은 아이디어가 떠오르기도 했고요."

"좋은 소식이네요. 어서 빨리 논문을 읽어보고 싶은데요?"

필딩 박사가 대답했다.

"하루빨리 끝내고 싶어요. 그 논문이 어떤 결과를 가져다줄지 누가 알겠어요?"

그는 엘리베이터 버튼을 눌렀다.

"지금 어느 정도까지 진행됐어요? 제때 끝낼 수 있겠어요?"

"그럴 것 같아요. 초안 작성 반 정도는 마쳤어요."

"아주 좋아요."

엘리베이터 문이 열리고 그는 안으로 들어갔다.

"그럼 다음 주에 다시 이야기합시다."

그가 가자마자 나는 소지품을 챙기려고 서둘러 연구실로 돌아왔다. 로빈슨 박사와의 상담이 한 시간도 남지 않았기 때문이었다.

상담 치료를 시작한 지 6주가 지났고 나는 매주 돌아오는 상담 시간을 고대했다. 지금껏 한 번도 느껴보지 못했던 열망이었다. 연구실에서 일하는 동안 머릿속으로 종종 우리의 이전 대화를 떠올렸다. 그와 나누고 싶은 이야기들을 머릿속에 미리 저장하기도 했다. 예컨대 실험으로 발견한 것들, 혹은 조종사들이 사라지기 전에 발생하는 기이한 일들. 그는 그런 이야기들에 꽤 흥미를 보였다.

그에게 개인적인 이야기를 하는 것 역시 좋았다. 내가 만든 맛있는 음식, 내가 읽었던 재미있는 책, 엄마와의 관계. 그건 온전히 내 이야기였다. 그가 내 이야기에 흠뻑 빠진 것처럼 들어주어서, 나는 이야기에 완전히 취할 수 있었다. 완벽한 짝을 만난다는 게 이런 느낌일까 하는 생각마저 들었다. 무슨 이야기를 하든, 그게 아주 사소한 이야기라 할지라도 그는 항상 귀를 기울였고 궁금해했고 완전히 몰두했다. 로빈슨 박사와 함께한 시간은 성인이 된 이래로 가장 짜릿했던 순간들이었다.

나는 짐을 챙겨 화장실로 갔다. 화장실에서 아침에 급하게 산 화장품들로 메이크업을 시작했다. 파우더, 마스카라, 립글로스 등. 평소 나는 메이크업을 하지 않았기에 기분이 낯설었다.

하지만 거울에 비친 내 모습이 영 마음에 들지 않았다. 배 속 깊숙한 곳에서 메스꺼움이 서서히 올라와 화장실 칸에 있던 화장지를 뜯어 재빨리 얼굴을 문질렀다. 그리고 소지품을 전부 가방에 쑤셔 넣고 급하게 화장실을 나왔다.

☾

"방금 있었던 일을 이야기하고 싶어요."

로빈슨 박사의 상담실 소파에 앉자마자 내가 말했다. 그는 맞은편 커다란 안락의자에 앉아 무릎 위에 노트를, 그 위에 깍지 낀 손을 올리고 있었다.

그 이야기를 꺼내기로 마음먹기까지는 굉장한 용기가 필요했다. 지하철을 타고 오는 내내 그 이야기를 꺼낼 것인가 말 것인가 고민했다. 그리고 이야기를 어떻게 전달할 것인지, 몇 가지 방법을 미리 연습해 보기도 했다. 역효과가 날지도 모르는 이야기를 주제로 삼아도 될지를 두고 나 자신과의 논쟁도 거쳐야 했다. 하지만 이제 로빈슨 박사는 속내를 털어놓을 수 있는 친구처럼 여겨졌다. 그리고 그의 상담실은 타인에게 판단받는다는 두려움 없이 어떤 얘기든 할 수 있는 안전한 공간이라는 것을, 그는 내게 보여주었다. 이제 나는 그가 친밀하게 느껴졌다. 나는 그를 완벽하게 믿었다. 그렇기 때문에 내 내면을 완전히 드러내지 않는 건 옳지 않은 것 같았다. 그는 내 상담사였다. 스스로를 통찰하고 감정을 드러내는 법을 배울 수 있게 나를 돕는 것, 그게 바로 그의 역할이었다. 나 자신을 진정으로 이해할 수 있도록 말이다.

"여기서는 원하시는 어떤 내용이든 이야기할 수 있어요."

그는 평소와 다름없이 다정하고 점잖은 말투로 대답했다. 그의 말투는 내 걱정의 벽을 허물고 그 자리에 용기를 쌓아 올리게 했다.

"좋아요."

나는 잠깐 멈추었다가 시선을 내리깔고 말했다.

"여기 오기 직전에 화장을 좀 했었어요."

나는 불안한 마음이 들어 침을 삼키고 시선을 계속 바닥에 고정했다.

"예쁘게 보이고 싶어서 파우더와 립스틱을 발랐어요. 어쩌면 그 행위에 중요한 의미가 있는 게 아닐까 하는 생각이 들어서 말씀드려요. 왜냐하면 평소에는 화장을 아예 안 하거든요."

나는 맞은편에 있는 로빈슨 박사를 바라보았다. 그는 심각하고 걱정스러운 표정으로 나를 보고 있었다. 나는 어떤 반응을 기대했던 걸까. 그가 무슨 말이라도 하기를 기다렸지만 역시나

아무런 말도 하지 않았다.

돌연 우리가 처음 상담을 시작했던 그때로 돌아간 기분이 들었다. 그는 인내심을 가지고 내가 대화를 마저 이어가기를 기다렸다. 내가 그 침묵을 메우기까지 긴 시간이 흘렀다.

"하지만 거울에 비친 제 모습이 너무 한심해 보였어요. 뭐랄까……. 내가 뭘 하려던 거지? 매력적으로 보이고 싶었던 걸까? 당신에게? 내 상담사에게? 그런 생각이 들었거든요. 정신 나간 소리로 들리시죠?"

그는 의자에서 약간 몸을 틀었다. 이 어색한 상황은 내 용기를 더 앗아갔다. 나는 시선을 떨구고 엄지를 만지작거렸다.

"그때 제 머릿속에 엄마가 밤에 남자를 만나러 나갈 때마다 어떤 식으로 치장을 했었는지가 떠올랐어요. 엄마는 배우 파라 포셋처럼 머리를 말고 초록색 새틴 소재 반바지를 입었어요. 엄마는 그걸 '핫팬츠'라고 불렀죠. 번쩍거리는 에나멜가죽으로 된 고고부츠를 신었고요. 그건 매번 먹혔어요. 엄마는 항상 술집에서 만난 남자를 데려왔고 한동안은 같이 살았죠. 매번 좋지 않게 끝이 나기는 했지만요."

로빈슨 박사는 손가락 끝을 서로 맞대고 내가 계속 이어가기를 기다렸다.

"그런 생각들이 떠오르면서 화장실에서 속이 메스꺼웠어요. 립스틱 때문에요. 다 지워버려야 했어요."

나는 무겁게 한숨을 뱉었다.

"제가 하고 싶은 말은…… 제가 여전히 그렇다는 거예요."

"뭐가 그렇다는 거죠?"

"엄마처럼 될까 봐 걱정하면서 사는 거요."

이번에는 그의 얼굴을 보면서 그가 말하기를 기다렸다.

"그래서 화장을 지워버린 건가요?"

그가 물었다. 나는 고개를 끄덕이고 소파 쿠션 위로 머리를 기댔다.

"늘 꿈꾸었죠. 언젠가는 제 내면을 사랑해 주는 남자를 만나게 될 거라는 꿈이요. 풍성한 머리카락이나 옷 사이로 보이는 가슴골 따위의 겉모습이 아닌 진정한 제 모습을요. 평생 저를 사랑하고 제 곁을 떠나지 않을 그런 사람이요. 그리고 최근에는……."

나는 마른침을 삼키고 재차 용기를 내려고 했지만, 용기는 사라져 버렸다. 로빈슨 박사는 여전히 입을 열지 않았다. 그가 무슨 말이라도 하기를 바랐다. 내가 설명하려던 것을 그가 알아주기를 바랐다. 그가 내 열망을 깨워냈다는 점 말이다. 그에게 매력적인 이성으로 보이고 싶다는 열망, 내가 그에게 반했다는 사실을 그가 알아주기를 바랐다.

나는 다시 몸을 반듯하게 세워 앉으며 물었다.

"어떻게 생각하시나요, 박사님?"

우리 사이에 불꽃이 튀는 느낌을 받을 때마다 나는 그를 박사님이라고 불렀다는 사실을 새삼 깨달았다. 은밀한 애칭처럼 느껴졌다. 그의 직업윤리를 저버릴 수 없기에, 대놓고 드러내지 못한다는 사실이 더 짜릿하게 느껴졌다. 당연히 나는 그의 평판이나 경력에 해를 끼칠만한 일은 절대 하지 않을 것이다. 나는 그를 존경했고 그의 안위를 걱정했다.

로빈슨 박사는 목청을 가다듬었다.

"음……."

그는 잠시 생각하는 듯하더니 마침내 말을 이었다.

"제 눈에는 꽤 명확해 보이는데요. 그리고 멜라니, 당신도 이미 알고 있다고 생각해요. 저를 만나기 훨씬 전부터 알고 있었을 거예요. 전통적인 가정의 역할, 안정감을 주는 아버지의 존재, 그걸 제공해 주지 못한 어머니께 적대감을 품고 있다는 사실을요."

나는 이마를 찌푸렸다. 그는 이걸 어떻게 풀어나갈 생각일까?

"그래서 어머니의 죽음에 대한 감정이 그토록 혼란스러웠던 거예요."

그는 계속 말을 이었다.

"당신은 슬퍼해야 할지, 아니면 무관심해도 될지, 그것도 아니면 오랫동안 연락하지 않고 지냈기 때문에 죄책감을 느껴야 할지 감을 잡지 못했을 거예요. 그리고 그 혼란함은 당신의 일을 비롯해 삶의 다른 측면으로까지 번져 나갔죠. 과거의 선택에 의문을 갖게 되었고, 자신이 누구인지 의심을 품게 되었죠. 만약 화장을 하고 싶으면 그냥 할 수 있어야 해요. 어머니와는 관련짓지 말고 하셔야 해요. 하지만 아직은 그렇게 하기 어려운 거죠. 따라서 우리에게는 아직 숙제가 남아있어요."

지금 그는 내가 하려던 이야기에서 심리적 분석으로 자연스럽게 내 관심을 돌리고 있는 걸까. 이게 주제를 바꿀 때 그가 쓰는 방식일까. 궁금했지만 이미 주눅이 든 나는 그의 방식을 따르기로 했다.

"최근에 샛길로 빠졌었죠. 제 논문 얘기로요. 그렇지만 그것도 큰 도움이 됐어요. 논문 주제에 관심을 보여주신 덕에 제가 그것에 얼마나 매료되어 있었는지 상기할 수 있었거든요. 그게 애초에 여기 온 목표이기도 하고요. 맞는 길을 가고 있는지 알아내는 거 말이에요."

"상담이 도움이 됐다니 기쁘네요. 괜찮으시다면 조금 전 했던 어머니 이야기로 돌아가죠."

그가 말했다. 나는 이어질 대화의 갈피를 잡지 못한 채 소파 위에서 자세를 바꾸었다.

"짐작하시는 관련 이론 같은 게 있나요?"

"어쩌면요."

그는 옆에 있는 작은 테이블에 노트를 올려두고 무릎 위에 팔꿈치를 올리며 앞쪽으로 기울여 앉았다.

"멜라니, 당연한 얘기지만 학업과 경력에서 만족감을 얻는 건 중요해요. 그렇지만 개인적인 삶 역시 중요하죠. 그래서 다음 상담 시간에는 그 부분을 집중적으로 다루어보고 싶어요."

늘 그렇듯 그에게 맡기는 게 편했다.

"네, 좋아요."

로빈슨 박사는 조금 더 가까이 다가왔다.

"혹시 어머니를 당신과 같은 한 명의 젊은 여성으로서 생각해 본 적이 있나요? 아까 말씀하셨던 것처럼 꿈과 희망을 품은 젊은 여성이요."

나는 얼굴을 약간 찡그렸다.

"제가 아까 뭐라고 했었죠?"

"항상 상상한다고 했었죠. 꿈꾼다는 말을 사용하셨고요. 당신을 영원히 사랑하고 당신 곁을 떠나지 않을 누군가를 만나는 꿈이요."

나는 경계심을 장착하고 그를 뚫어져라 바라보았다.

"그래서요?"

"아마 당신에게는 유기 불안이 있는지도 몰라요. 그걸 더 알아보도록 합시다. 하지만 괜찮으시다면, 그 전에 다른 것도 한번 생각해 보시겠어요?"

"어떤 거요?"

"현재 당신이 원하는 바를 어머니도 원했을 가능성이 있지 않을까요? 말씀하셨듯이 어머니가 '한껏 치장'을 하고 짝을, 그러니까 배필을 찾으러 나갔던 일 말이에요. 어머니를 평생 사랑해 주고 당신에게는 좋은 아버지가 되어줄 누군가를 찾으려요. 어쩌면 그게 당신 어머니가 가장 원하던 건지도 몰라요. 당신에게 아버지라는 존재를 주는 거요."

삽시간에 몸 안에서 무언가가 솟구쳐 올라 목구멍에 박혀버렸다.

"하지만 엄마는 그들 중 누구와도 오래 만나지 않았어요. 지속되는 관계가 없었어요. 항상 그들과 싸웠고 결국에는 그들을 내쫓았어요."

그는 다시 뒤로 기대앉았다.

"왜 그랬을 것 같아요?"

"그야 그들은 별 볼 일 없는 난봉꾼들이었으니까요."

"또 다른 이유는요? 어머니가 그들에게 나가라고 하기 전에는 무슨 일이 일었는지 떠올려보세요."

"싸움이 아주 거칠어졌어요. 엄마는 제게 방에 들어가 있으라고 말했어요. 그들이 저한테도 소리를 지르거나 나쁜 짓을 할까 봐 겁이 나서 그랬던 것 같아요."

내가 대답했다. 그는 머리를 살짝 기울였다. 그건 어떤 사안을 보다 넓은 시각에서 접근할 수 있도록 상대방을 고무시키는 그만의 방식이었다.

"그리고 엄마는 그들을 쫓아냈어요."

새로운 깨달음이 서서히 다가왔다. 나는 눈을 천천히, 몇 차례 깜박이고 나서 창밖을 바라보았다.

"아……."

로빈슨 박사는 한동안 아무런 말도 하지 않았다. 우리는 오후의 정적 속에서 참나무 잎이 부드럽게 흔들리고 있는 창밖을 바라보았다.

마침내 나는 다시 그에게로 시선을 돌렸다.

"선생님은 엄마가 최선을 다했다는 걸 알려주고 싶으신 거죠? 엄마는 제게 평범한 가정을 누리게 해주고 싶었던 거고요. 그래서 엄마는 남자를 찾으러 다닌 거예요. 엄마는 남편이자 아버지가 될 사람을 찾고 있었던 거고요."

"제 생각은 그래요. 지금 상태도 좋지만, 저는 당신이 조금 더 현실적인 관점으로 바라봤으면 해요. 저는 당신 어머니를 성자로 포장하려는 게 아니에요. 당신도 그러지 않았으면 좋겠고요. 어머니를 그저 평범한 하나의 인간, 당신이 공감할 수 있는 젊은 여성으로 바라보세요. 당신을 가졌을 때 어머니는 고작 열일곱이었다고 하셨죠. 누군가를 찾으려고 외출하셨다고 했고요. 당신만을 위한 누군가가 아니라 어머니 본인에게도 필요했던 누군가요. 거기에는 아무런 문제가 없어요. 나쁜 게 아니라는 말입니다. 그렇다고 해서 어머니가 무책임한 사람이 되지는 않아요. 사랑을 주고받는 건 인간의 본성이니까요. 우리 대부분은 타인과의 진실하고 깊은 관계를 원하죠."

"소울메이트요."

내가 말했다. 그는 잠시 나를 바라보더니 의아한 표정을 지어 보였다.

"제가 말씀드린 걸 지나치게 로맨틱한 쪽으로 끌고 가지는 말고요."

"소울메이트라는 걸 믿지 않으세요?"

내가 물었다. 그는 머뭇거리며 약간 불안한 모습으로 눈을 몇 차례 깜박거렸다. 그러더니 자신의 손목시계를 힐끗 확인했다.

"안타깝지만 상담 시간이 이미 지났네요."

나는 고개를 들어 괘종시계를 보았다.

"제가 다른 환자분 시간을 뺏고 있는 건 아니겠죠?"

"괜찮아요. 당신이 오늘 마지막이었어요. 하지만 이제 정말 끝내야겠어요."

그가 내 질문에 답하지 않아 실망했다. 그의 대답이 너무나도 궁금했다. 나는 몸을 구부려 신발을 신고 바닥에 있던 토트백을 들고 일어섰다.

"이번 상담도 좋았어요. 가끔은 믿어지지 않을 정도예요. 선생님은 저한테 끊임없이 새로운 깨달음을 주거든요."

그가 따뜻한 미소를 지었다.

"다음 주에 볼까요?"

"물론이죠."

나는 대답했다. 어떤 것도 이 상담의 방해물이 될 수는 없었다.

그는 문까지 배웅하며 인사를 건네고 내가 밖으로 나온 다음 조심스럽게 문을 닫았다.

나는 삐걱거리는 계단을 내려가 비어있는 접수처를 지나 화창한 오후의 햇살 속으로 나왔다. 새로운 관계를 시작할 때마다 행복해했던 엄마의 모습을 떠올리자 묘한 설렘이 느껴졌다. 그때의 엄마는 세상에서 으뜸가는 엄마였다. 우리는 야구 경기를 보러 가기도, 캠핑을 가기도 했다. 학교에서 돌아오면 갓 구운 쿠키 냄새와 웃음이 집안에 가득했다.

그때 나는 어쩌면 내 세상이 달라질 수도 있겠다고 감히 믿었다. 내가 바랐던 건 우리의 안정과 행복이었다. 하지만 엄마의 행복은 당시에 맺고 있는 관계의 성패에 좌지우지되는 듯했다. 고로 모든 것은 불안정하고 변덕스러웠으며, 예측조차 불가능했다. 모든 것은 그 남자가 우리에게 얼마나 잘해주는지, 엄마가 그와의 미래를 얼마나 희망적으로 바라보는지에 달려있었다.

그게 바로 내가 타인에게 의지하지 않고 내 꿈을 이루고 싶었던 이유다. 나는 내 힘으로 일어서고 싶었다.

하지만 그게 꼭 내가 혼자여야 한다는 뜻일까? 몹쓸 인간으로 변하지 않을 누군가를 사랑하는 건 괜찮지 않을까? 할아버지처럼 훌륭한 남자를 찾는다면? 내가 믿고 의지할 수 있는 사람이라면?

나는 답을 모른다. 하지만 다음 주에 로빈슨 박사와 그 이야기를 하고 싶었다. 하루라도 빨리 우리가 멈춘 그 지점에서 다시 시작하고 싶었다. 다음번에는 부끄러워하지 않고 내가 느끼는 감정을 그에게 정확히 말해야겠다는 생각이 들었다.

올리비아

1990. 마이애미

임신 6개월에 접어들었을 때 나는 미국연방교통안전위원회의 담당자와 다시 한 번 답답한 대화를 나눈 다음 전화기를 쾅 내려놓았다. 그들은 아직도 딘의 추락 사건 보고서를 마무리 짓지 못했다. 전화를 받는 여자는 내 전화에 지쳤다는 듯 노골적으로 귀찮은 티를 냈다.

처음에는 그녀가 내게 동정심을 보였었기 때문에 더욱더 실망스러웠다. 그녀는 내가 겪고 있는 상실의 아픔을 이해해 주었고, 극도로 조심스럽게 그리고 친절하게 대해주었다. 하지만 최근 들어 그녀의 말투가 달라졌다. 그래서일까, 주치의가 제안한 대로 상담사를 만나볼까 하는 생각이 들었다. 해당 직원이 아닌 나에게 문제가 있는 건지도 모르니까.

나는 지난 6개월간 읽었던 추락에 관한 자료 더미를 응시했다. 조사를 하려고 워싱턴에 갔을 때 미국연방항공청 도서관에서 복사해 온 것들이다. 내 관심은 온통 버뮤다 삼각지대에서 사라진 비행기에 집중해 있었다. 조사하면서 나는 몇 가지 놀라운 사실을 알게 되었고 그것들은 브리스 로버츠가 언급했던 환상 세계와 크게 다르지 않았다.

설명 불가능한 전파장애 및 혼선과 정전, 조난신호나 구조요청조차 없었던 실종, 티끌 없이 맑은 날 엔진 문제나 폭발 없이 자취를 감추어 버린 비행기들. 물론 잔해, 파편, 시신, 그 어느 것도 발견되지 않았다.

한 보고서에서는 '급작스럽고 강력한 힘을 맞닥뜨린 항공기는 더 이상 조종이 불가능했다. 인간의 능력으로는 통제할 수 없는 괴력이었다.'라는 다소 혼란스러운 결론에 도달했다. 항공기를 제어할 수 없게 만든 그 힘에 대해서는 아직 밝혀진 바가 없다고도 했다. 유사한 실종 사례를 다룬 또 다른 보고서에서는 '조사를 위해 제출된 증거물들은 단연코 그 어떤 사건보다 당혹스러웠다.'라고 언급했다.

비행기 실종 사례를 찾던 내 조사가 집착으로 변하자 모두 나를 걱정하기 시작했다. 미디어의 관심은 식은 지 오래고 대중들의 흥미 역시 시들해졌다. 이 사건에 매달리고 있는 사람은 이제 나뿐이었다. 친구 중 한 명은 임신 호르몬 때문이라고 했고, 사라 언니는 내가 현실감각을 잃어가는 것 같다고 했다. 언니는 일주일 전에도 나에게 제발 상담사를 만나보라고 부탁했다.

이제는 앉아있을 때 아기가 움직이는 달콤한 감각을 느꼈다.

나비의 날갯짓처럼 가볍고 부드러운 느낌이었다. 발로 차는 걸까, 아니면 몸을 뒤집는 걸까? 여자아이일까, 남자아이일까?

나는 가만히 기대앉아 쌓여있는 추락 보고서 무더기를 응시했다. 그러다가 집이 얼마나 조용한지 새삼 알아차렸다. 음악소리도, 텔레비전 소리도, 대화나 웃음소리도 없었다. 페이지 넘기는 소리가 전부였다. 낮 동안에는 그럭저럭 견딜만했다. 하지만 어둠에 자리를 내어준 밤이 오면 정적을 견디기 어려웠다. 책상 위 스탠드 아래서, 식탁 위 차갑게 느껴지는 형광등 아래서 딘을 사무치게 그리워하는 내 모습을 발견하고는 했다.

이제 내 삶에 기쁨은 남아있지 않았다. 깊이를 헤아릴 수 없는 상실감과 가혹한 슬픔만이 남아있었다. 가끔은 마음의 아픔 때문에 몸까지 아팠다. 그럴 때는 잠을 청할 수가 없어 밤새 추락 사고에 관한 조사 보고서들을 읽었다. 새벽까지 보고서를 뒤지며 단서가 될만한 것들을 찾아내려고 애썼다. 과거에 일어날 수 있었을 모든 상황을 머릿속으로 그려보았다. 딘에게 무슨 일이 생긴 건지, 아직 어딘가에 살아있을 가능성도 있는지, 그 모든 것에 대한 통찰력이 생기기만을 간절히 바랐다. 그렇지만 매일 밤 제자리걸음이었다. 아무것도 찾아내지 못했다.

아기가 다시 발차기를 했다. 나는 배꼽 바로 위를 둥글게 쓰다듬었다.

"안녕, 여기 너무 조용하지? 음악을 듣고 싶니?"

아기가 반응을 보이지 않자 아기를 감동시키기 위해 노력하고 싶다는 생각이 들었다. 나는 일어나서 오디오 위의 선반으로 향했다. 거기서 딘이 가장 좋아했던 밴 모리슨의 〈문댄스〉 앨범을 꺼냈다. 결혼 초기, 항공 교육기관 근처의 작은 원룸에 살 때 우리는 이 앨범을 즐겨 들었다. 그때는 아빠가 살아 계셨지만 우리는 우리 가족과 연을 끊다시피 하고 지냈다. 그런 상황이 오히려 우리를 더 가깝게 만들어 주었다. 아빠가 돌아가신 후에야 엄마는 우리에게 연락해 아파트로 옮기면 어떻겠냐고 제안했다.

나는 레코드 위에 바늘을 내려놓았다. 익숙한 기타 화음과 재즈 리듬이 흘러나오자 뉴욕 집에 다녀오는 건 어떨까 하는 생각이 들었다. 임신 소식을 들은 후부터 엄마는 계속 뉴욕에 오라고 했지만 나는 거절했다. 내심 딘이 집으로 돌아올지도 모른다는 가능성을 염두에 두었기 때문이다. 게다가 뉴욕에서 아빠와 모진 싸움을 했기 때문에, 뉴욕은 더 이상 나한테 안정을 주는 곳이 아니기도 했다. 하지만 이제 아빠는 돌아가셨고 엄마는 할머니가 되기를 고대하고 있었다.

나는 창가로 걸어가 항구에 정박한 요트들을 보았다. 요트를 볼 때마다 딘이 생각났다. 이제 내게 남은 건 뻥 뚫린 가슴과 공허한 삶뿐이다. 이제 아파트는 무덤처럼 느껴졌다. 이곳에서 아이를 키울 수 있을까?

전화벨이 울렸다. 언제나처럼 희망의 섬광이 번득였다. 나는 서둘러 전화를 받았다.

"여보세요?"

"여보세요, 혹시 실종된 조종사의 아내 되시나요?"

전화를 건 사람이 물었다.

"네. 누구시죠?"

긴 정적이 흘렀다. 그러더니 낡은 무전기에서 나올법한 잡음처럼 날카로운 소리가 났다.

"나야, 당신 남편. 지금 우주에서 연락하고 있어. 오늘 밤 집에 가지 못할 거야. 여기서 섹시한 외계인을 만나서 사랑에 빠져버렸거든!"

뒤이어 웃음소리가 터져 나왔다. 장난 전화였다. 같은 건물에 사는 십 대 애들일 것이다.

"철 좀 들어라!"

나는 단호하게 말하고 수화기를 쾅 내려놓았다.

심장이 쿵쿵 뛰었다. 분노로 속이 뒤틀렸다. 주먹을 쥐고 의자로 돌아와 앉았다. 마음을 가라앉히려고 심호흡을 했다. 눈을 감고 손을 배 위에 얹은 채 침묵에 가만히 귀를 기울였다.

눈을 뜨자 당장이라도 쓰러질 듯 위태위태하게 쌓인 보고서 더미가 보였다. 대체 지금 나는 무엇을 찾고 있는 걸까. 장난 전화 속의 목소리가 머릿속에 울려 퍼졌다.

나야, 당신 남편……. 지금 우주에서 연락하고 있어…….

급작스레 커다란 감정의 변화가 찾아왔다. 나는 지금 여기서 뭘 하는 거지? 나는 마이애미의 아파트에 혼자 있었고 아기는 곧 세상에 나올 것이다. 딘의 아기.

엄마에게 전화를 걸어 뉴욕으로 돌아가겠다고 말할 때가 되었다.

올리비아

1990. 뉴욕

크리스마스를 6일 앞두고 혈압이 급격하게 올라 겁을 먹었다. 다리와 발목도 부어올랐는데 의사가 '부종'이라고 했다. 소변 검사 결과 소변에서 단백질이 검출되었다. 그건 임신 중독증의 신호였고 나도, 아기도 위험할 수 있었다. 의사는 혈압이 정상 범위에 들 때까지 지켜보기를 원했고 나는 며칠간 병원에 입원해 있었다. 그곳에 있는 내내 아기를 잃게 될지 모른다는 두려움을 떨쳐낼 수 없었다. 딘을 잃기 전에 우리가 함께 만든 우리의 아기.

분만 예정일까지는 무조건 휴식을 취해야 한다는 권고를 받으며 마침내 크리스마스이브에 퇴원할 수 있었다. 가정부 마리아는 저녁 식사로 치킨을 가져다주었고 엄마는 나를 세심하게 돌보았다.

다음 날 아침, 엄마는 나와 아기를 위한 선물로 가득 찬 카트를 끌고 들어왔다. 나는 기운을 내보려고 애썼다. 선물을 뜯어 보면서 엄마에게 고마운 마음이 들었지만, 하루하루를 이겨내는 건 쉽지 않았다. 그즈음 나는 끊임없이 밀려드는 불안감에 잠식되기 시작했고 창밖에는 기분을 환기해 줄 예쁜 눈송이조차 없었다. 차가운 폭우만이 창을 뒤덮었다. 내 침실은 마치 뇌운에 둘러싸인 듯 불길한 회색빛을 띠었다. 당장 불행이 닥친다 해도 이상할 게 없어 보였다.

올 한 해 이미 충분한 고통을 겪었기 때문에, 나는 행운이 찾아오길 간절히 기도했다.

크리스마스 다음 날 엄마는 침실로 들어와서 나를 깨웠다. 엄마는 커튼을 활짝 열어젖히며 말했다.

"봐봐! 눈이야!"

나는 일어나 앉아서 눈을 게슴츠레 뜨고 유리창 너머 순백의 세상을 바라보았다. 크고 탐스러운 눈송이들이 유리를 타고 천천히 미끄러지면서 녹아내렸다.

"예쁘다."

나는 기분을 북돋는 아기의 발차기를 느끼며 대답했다. 엄마는 침대 끄트머리에 앉았다.

"마리아가 오트밀이랑 블루베리를 가지고 올 거야. 그다음에 샤워하고 옷 갈아입어. 오늘 너를 보러 올 사람들이 있어."

"사람들이라니……. 누구?"

나는 얼굴을 찡그리면서 말했다.

"캐시, 레이첼, 아만다, 케빈, 가브리엘. 토드한테도 전화했는데 지금 휴가차 바베이도스에 갔다고 하더라."

그들은 대학에서 만난 가장 오래되고 친한 친구들이었다. 그리고 그중에는 예전 남자친구도 포함되어 있었다.

"엄마, 가브리엘은 왜 불렀어? 어색할 텐데."

"안 그럴 거야. 5년이나 지났잖아. 각자 새로운 삶을 살고 있는데 뭘. 가브리엘도 1년 넘게 연애 중이라던데. 만나는 사람이 간호사라고 들었어."

"그래도 내가 가브리엘을 마지막으로 만난 게……."

마지막으로 가브리엘과 대화를 나눈 건 오래전 뉴욕의 소호에 위치한 커피하우스에서였다는 사실을 엄마에게 설명할 힘이 남아있지 않았다.

그때 그는 색소폰 연주를 보러오라고 나를 초대했었다. 당시 우리는 헤어진 상태였지만 그는 다시 시작하기를 원했다. 나는 그 자리에 딘을 데리고 갔다. 그건 우리 관계는 완전히 끝이라고 돌려 말하는 내 나름의 방식이었다. 그러고 나서 한동안 죄책감에 시달렸다. 가브리엘 앞에서 그런 식으로 새 남자친구를 과시하지 않았어야 했다. 가브리엘에게 그렇게 잔인하게 굴지 말았어야 했다.

"나 쉬어야 되잖아."

친구들을 보지 않아도 될 어떤 핑곗거리라도 찾아내고 싶었다.

"엄마, 그러지 말았어야지……."

"걱정할 것 없어. 개들은 네가 일어나서 춤추는 걸 보러오는 게 아니니까. 이미 의사 선생님이 말한 주의사항도 알려주었는 데도 다들 너를 보고 싶다고 하더라. 기분 전환에도 좋을 거야."

창틀에 쌓인 눈을 보자 나 자신에게도 약간의 응원이 필요하 다는 생각이 들었다.

"알았어, 좋아. 샤워부터 해야겠다. 이 낡은 잠옷도 갈아입고."

엄마는 만족스러운 표정으로 침대에서 내려와 내 아침 식사 를 확인하러 갔다.

☽

침대에 앉아 《첫 임신 출산에 관한 모든 것》을 읽고 있을 때 현관 쪽에서 시끌벅적한 소리가 들려 친구들이 도착했다는 걸 알았다. 나는 읽고 있던 페이지를 접고 한쪽에 내려놓았다. 뒤 이어 반가워하는 엄마의 웃음소리가 들렸다. 대학 시절 이 친구 들은 엄마에게 또 다른 자식들이나 다름없는 존재였다. 졸업 후 에는 뿔뿔이 흩어져 각자의 길을 갔기 때문에 우리에게는 나누 어야 할 밀린 이야기가 많았다.

침대에서 기다렸지만 친구들은 뜸을 들였다. 혹시 엄마가 그 들을 불러 모아 거실을 그들만의 사교의 장으로 만들고 있는 건 아닐까 궁금해졌다. 하지만 곧 헬륨 풍선 다발을 든 레이첼이 문간에 모습을 드러냈다. 뒤이어 캐시와 아만다가 꽃과 선물들을 한 아름 들고 나타났다. 나를 본 그들은 울음을 터뜨렸다. 기쁨의 눈물이었다.

"이게 누구야!"

레이첼이 큰 소리로 말하며 침대로 다가와 두 팔로 나를 안았다. 다른 친구들은 내가 얼마나 좋아 보이는지, 우리가 얼마나 오랜만에 보는 건지 쉴 새 없이 떠들어댔다.

그다음에 들어온 케빈은 보다 차분하게, 내 볼에 입을 맞추고 하이파이브를 했다.

"임신 축하해."

그가 말했다.

"고마워."

나는 대답과 함께 한 명, 한 명 차례로 그들을 바라보았다.

"다시 보니까 너무 좋다. 믿기지가 않아. 다들 앉아서 어떻게 지냈는지 얘기해 줘."

여자 친구들은 꽃, 풍선, 선물들을 바닥에 두고 침대 위로 올라왔다. 케빈은 창문 근처에 있는 천을 씌운 의자에 앉았다.

나는 감격에 겨워 그들을 바라보았다. 그리고 중요한 누군가가 빠졌다는 것을 알았다.

"가브리엘은 안 왔어?"

내가 물었다. 케빈은 엄지로 문 쪽을 가리켰다.

"어머니랑 부엌에 있어. 아마 부모님 50주년 결혼기념일 파티에 관해 얘기하고 있을 거야."

레이첼은 내게 눈빛을 보냈다. 그녀는 전부 기억하고 있었다.

우리 관계의 모든 기복, 우리 부모님이 가브리엘을 얼마나 좋아했는지, 그리고 그게 우리가 헤어진 이유의 큰 비중을 차지하기도 했던 사실까지. 당시 나는 그와의 결혼을 서둘러야 한다는 압박감을 감당할 수 없었다.

"너한테서 좋은 향기 난다."

나는 캐시에게 말했다. 그녀는 소매를 걷은 다음 내게 내밀었다.

"이브 생 로랑, 양귀비향이야."

"진짜 좋은데."

"잘됐다. 내가 네 것도 하나 준비했거든."

"와!"

나는 감탄사를 연발했다.

"너는 비밀을 지키는 법이 없지. 그래도 내 선물은 말하면 안 돼."

레이첼이 말했다.

"절대 안 해."

캐시는 미소를 지으며 대답했다.

가벼운 노크 소리가 들리고 가브리엘이 안으로 들어왔다. 그는 헐렁한 청바지, 깔끔한 흰 셔츠와 남색 케이블 스웨터 차림이었다. 머리카락은 예전보다 길게 자라있었다. 그는 애정이 담긴 친근한 미소를 지으며 방으로 들어왔다.

"잘 지냈지? 오랜만이야."

"너무 오랜만이지."

그는 침대로 다가와 몸을 구부려 내 뺨에 입을 맞추었다.

"딘 일은 정말 유감이야."

그가 부드러운 목소리로 말했다.

"고마워."

그는 한발 뒤로 물러나서 내 배를 바라보았다.

"좋아 보이네."

"엄청 거대하지."

나는 양손으로 배를 감싸면서 애써 가볍고 밝은 말투로 말했다.

"다들 어떻게 지내는 거야?"

나는 내게 집중된 이목이 분산되기를 바라며 물었다. 레이첼은 대가족이 모였던 크리스마스 저녁 식사에 대한 드라마틱한 이야기를 풀어놓았다. 레이첼의 이야기를 시작으로 우리는 한 시간 동안 일, 연애에 관해 밀린 대화를 나누었다. 그리고 나서야 그들은 딘이 푸에르토리코 해안에서 실종된 사건을 화제로 올렸다.

나는 그날 밤에 있었던 일을 전부 이야기했다. 레이첼은 내 손을 꼭 잡았다.

"우리는 가족계획 중이었어. 바로 그날 그런 이야기를 나누었고 그때는 내가 임신한 줄 몰랐어. 그가 임신 사실을 알았더라면 좋았을 텐데……."

캐시는 내 무릎을 쓰다듬었다.

"힘들었겠다. 뭐든 필요한 게 있으면 우리가 늘 여기 있다는 거 기억해.”

“고마워.”

나는 몸을 바로 세워 앉으며 대답했다.

“너희들은 정말 멋진 친구들이야.”

하지만 그렇게 말하는 와중에도 나는 알고 있었다. 어리고 미혼이었던 대학 시절의 우리 사이로 돌아갈 수 없다는 것을 말이다. 레이첼, 캐시, 그리고 아만다는 지금 결혼 생활 중이었고 케빈은 캘리포니아에 살고 있었다. 그는 아직 미혼이었지만 사업체를 운영하느라 바빴고 물리적으로도 거리가 멀었다. 그리고 가브리엘은…… 그는 여전히 뉴욕에 있었지만, 우리에게는 너무 많은 일들이 있었다. 아직도 우리 사이에는 어색한 기류가 감돌았고, 나는 전 남자친구와의 우정을 원하지 않았다. 내가 원하는 건 오직 딘이었다.

“그럼 이 선물들은 언제 뜯어볼 생각이야?”

케빈이 물었다. 그는 선물 중 하나를 톡톡 두드리며 분위기를 가볍게 전환했다.

“그리고 이 풍선은 언제 터뜨리면 돼?”

“그거 안 터뜨릴 거야.”

캐시는 짐짓 화가 난 시늉을 하며 대답했다.

“아기가 겁먹을 수도 있거든.”

그녀는 내 배에 대고 말했다.

“아가야, 걱정할 거 없어. 내가 지켜줄게.”

나는 캐시의 손을 꼭 쥐었다. 몇 달간의 외로움을 겪은 후에 좋은 친구들과 함께 시간을 보내다 보니 이 사소한 것이 이토록 멋진 일인지 미처 몰랐다.

케빈이 내게 선물을 건네주었다. 다양한 모양과 크기의 아기 신발로 가득 채워진 상자를 바라보면서 나는 기뻐했다.

"유치원 들어갈 때까지도 신을 수 있겠는데!"

내가 말했다.

돌아갈 시간이 되자 그들은 각각 내 볼에 입을 맞추고 작별 인사를 했다.

"걱정하지 마. 다 괜찮을 거야."

레이첼이 내 귀에 대고 나직이 말했다.

"전화할게."

그녀가 진짜로 그렇게 할지 궁금했다. 가브리엘이 마지막으로 작별 인사를 했다.

"필요한 게 있으면 알려줘. 나는 계속 뉴욕에 있으니까."

"고마워."

나는 대답하고 그가 가는 뒷모습을 지켜보았다.

일주일 후 레이첼에게 정말로 전화가 왔고 그녀는 다시 집에 놀러 왔다. 이번에는 임신 소식을 들고 왔다. 우리는 많은 이야기를 나누었고 그때부터 매일같이 통화를 했다.

이후로 내 세상은 달라졌다. 처음으로 슬픔의 터널 끝에 있는 빛이 보였다. 출산 예정일이 코앞으로 다가왔고 의사는 예후가 좋다고 했다.

나는 언제부턴가 비행기 추락 보고서를 읽지 않았다. 더 이상 버뮤다 삼각지대 이야기를 찾지 않았다. 이제는 해답 찾기를 포기할 준비가 된 것 같았다. 결국 존재하지도 않을 해답을 찾는 게 무슨 의미가 있겠는가?

멜라니

1986. 뉴욕

로빈슨 박사의 상담실에서 예기치 못한 깨달음을 얻은 후부터 일에 집중하기가 어려웠다. 주로 로빈슨 박사가 얼마나 총명한지 얼마나 통찰력이 있는지, 하는 생각들이 머릿속을 가득 메웠다. 상담실 밖 어딘가에서 우연히 마주쳐 함께 공원을 산책하거나 커피를 마시러 가는 온갖 상황에 관한 상상의 시나리오를 그려보기도 했다. 매일 밤 침대에 누워 우리의 대화를, 우리가 나눌 모든 이야기들을 상상했다. 우연한 만남으로 시작한 시나리오는 레스토랑에서의 저녁 식사 데이트, 로맨틱한 주말여행 등 서서히 구체적이고 정교한 공상으로 진화했다. 짧은 약혼 기간을 거쳐 시청에서 올리는 결혼식, 그리고 임신.

말할 것도 없이 일은 뒷전으로 밀려났다. 나는 타자기 앞에 앉아 가만히 벽을 응시한 채 하염없이 시간을 보냈다. 로빈슨 박사를 다시 보고 싶어서 견딜 수가 없었다. 상담이 있는 날 아침에 눈을 뜨면 마치 크리스마스 아침 같은 기분이 들었다.

침대에서 일어나 커튼을 열고 커피를 내린 다음 영점 에너지에 관한 내용을 쓰려고 했다. 실험실에서 고전압 상비 실험을 거쳐 허치슨 효과*를 증명하고 싶었다. 자연적으로 발생하는 전자기장 파장과 주파수에 충분한 교란이 발생하면 항공기를 마이크로초 만에 붕괴시킬 수도 있다는 가설이었다. 어쩌면 다른 차원으로 사라질 수도 있다.

하지만 글은 전혀 써지지 않았다. 4시 상담 약속에 대한 기대감이 극도로 고조된 상황에서 논문에 집중을 할 수가 없었다. 아드레날린이 빛의 속도로 온몸의 혈관을 관통한 지금은 불가능했다.

결국 포기하고 새 옷을 사러 나갔다. 나는 할인하는 블레이저 재킷과 세련된 트위드 펜슬 스커트를 구매했다. 점심 식사 후에는 긴 샤워를 마치고 거울 앞에서 머리에 웨이브를 넣으며 시간을 보냈다. 심지어 메이크업도 했고 이번에는 지우지 않았다.

나의 친애하는, 멋진 로빈슨 박사. 그는 두려움과 억압에서 벗어나 내가 원래 됐었어야 할 모습을 다시 찾을 수 있도록, 그런 여성이 될 수 있도록 도와주고 있었다.

나는 약속된 시간보다 일찍 도착해 대기실에 앉아있었다. 홍

---

* 전자기장의 특수 교란으로 발생하는 미지의 효과에 의해 물체가 공중 부양하거나 파괴되는 현상

분과 설렘으로 가슴이 두근거렸다. 마침내 접수처의 제인이 나를 호명했다. 나는 일어서서 고급스러운 빨간색 카펫이 깔린 마호가니 계단을 올라갔다. 깊게 숨을 들이마시고 로빈슨 박사 방의 문을 두드렸다. 문 쪽으로 이동하는 그의 발소리만으로도 가슴은 터져버릴 것 같았다. 일주일 중 가장 중요한 순간이었다. 상담의 시작, 그와 단둘이 한 시간을 보낼 수 있다는 기대감.

문이 열리자 공상 속 대상이 실제로 눈앞에 서있었다. 그는 베이지색 바지에 갈색 터틀넥 스웨터 차림이었다. 눈이 돌아갈 정도로 잘생긴 그의 얼굴을 보니 현기증이 일었다.

"멜라니, 안녕하세요."

그가 말했다. 이제는 익숙해진 그의 다정한 미소에 더없는 행복감이 몰려왔다.

"들어오세요."

그는 한쪽으로 비켜섰고 나는 상담실 안으로 들어가 늘 앉던 소파에 자리를 잡았다. 그는 맞은편에 앉아 노트를 무릎 위에 올렸다.

"이번 주는 어떻게 지내셨나요?"

행복은 빠르게 실망감으로 바뀌었다. 처음으로 공을 들여 꾸몄는데 그는 내게서 달라진 부분을 전혀 눈치채지 못하는 듯했다. 아니면 이미 눈치챘지만 그런 얘기를 꺼내는 게 부적절하다고 느낀 걸까.

"괜찮았어요. 실은 아주 좋았죠."

내가 대답했다.

"그래요? 무엇 때문에요?"

마음속으로 끊임없이 리허설했던 순간이 막상 현실로 다가오자 나는 약간 주저했다. 그를 향한 내 감정의 뚜껑을 열고 내가 어떻게 느끼는지 흘려보내려는 순간 말이다.

"지난주에 우리가 한 얘기 때문에요."

그는 무릎 위 노트를 참고할 필요도 없었다. 그는 우리의 대화를 기억하고 있었다.

"어머니와의 관계를 다른 방식으로 바라볼 수 있게 된 이야기요?"

"네. 바로 그거요. 알아차리셨는지 모르겠지만 오늘 화장을 좀 했어요."

"알고 있었어요."

그는 내게 아주 잘했다고 말하듯 고개를 끄덕였다.

"화장할 때 기분은 어땠어요? 지난주와 다른 기분이었나요?"

"네. 아주 달랐어요. 이번에는……."

나는 잠깐 뜸을 들였다가 말을 이었다.

"희망이 느껴졌어요."

"희망이라니, 어떤 면에서요?"

그는 노트에 뭔가를 적으며 물었다. 그는 내가 하려는 말을 알고 있는 걸까. 그래서 그런 질문을 던진 걸까. 감정을 인정하고 내 입으로 직접 이야기하는 걸 듣고 싶어서 그러는 걸까.

"희망이라는 감정을 갖게 된 이유는 저 혼자서가 아니라, 다른 누군가와 함께 행복을 찾을 수도 있겠다는 생각이 들어서

예요."

나는 말을 멈추고 그의 눈을 똑바로 바라보았다. 드디어, 마지막 말이 입 밖을 벗어났다.

"실은…… 선생님과 함께요."

그가 몇 초간 나를 바라보았다.

"죄송합니다만, 지금…… 저와 함께라고 말씀하신 건가요?"

"맞아요."

나는 그에게 시선을 고정한 채 내 고백을 받아들일 시간을 주었다. 그리고 다시 이야기를 시작했다.

"지난주에 우리가 함께하는 삶을 상상해 봤어요. 그건 엄마가 가졌던 숱한 관계들처럼 비정상적인 관계가 아니었어요. 건강하고 행복한 관계죠. 누군가와 유대감을 느끼고자 하는 것, 사랑받고자 하는 것은 자연스러운 인간의 본성이라고 하셨잖아요. 지금 제가 느끼는 게 그거예요. 그러니까…… 저는 지난 몇 주 동안 매주 이곳에 왔고 우리는 지극히 개인적인 이야기를 나눴죠. 선생님은 평생 제가 알고 지냈던 그 누구보다 저를 잘 알고 있어요."

그는 불편한 듯 의자에서 자세를 바꾸었다.

"하지만 멜라니, 안타깝지만 그건 일방적이에요. 당신은 저에 대해 아무것도 모르고요."

"알아야 할만한 것들은 알고 있어요. 중요한 건 이미 알고 있죠. 친절하고 정이 많다는 점, 이해심이 많고 너그럽다는 점이요. 인내심이 강하고 늘 침착한 사람이라는 것도요. 엄마가 집

128

에 데려왔던 남자들처럼 소리를 지른다거나 폭력적으로 변한다거나 하는 모습은 당신에게서 조금도 찾아볼 수 없어요. 그들과는 정반대죠. 당신은 제가 속했던 세상과는 완전히 다른 세상에서 온 사람이에요. 저한테는 선물과도 같아요."

나는 그의 뺨이 약간 상기되었다는 걸 눈치챘다. 그는 펜을 딸깍거리더니 노트를 살펴보기 시작했다. 마침내 그는 고개를 들고 목청을 가다듬은 다음 대답했다.

"말씀해 주셔서 좋네요. 당신이 느끼는 모든 감정을 이야기하는 게 중요하거든요. 하지만 우리 사이에 존재하는 경계를 이해하는 것 또한 중요하죠. 저는 당신의 상담사예요. 우리 사이에는 그 어떤 개인적인 관계도 용납될 수 없어요. 직업윤리에도 어긋나고요."

갑자기 속이 안 좋아졌다. 그가 지금 뱉은 말들은 내 시나리오에 없었다. 나는 이 대화를 수도 없이 상상했었다. 상상 속에서도 그가 직업적 윤리에 대해 언급하리라는 건 예상했었다. 그는 우리가 상담사와 환자로 만났기 때문에 로맨틱한 관계로 발전할 수 없다고 하지만, 나는 그의 어투나 표정에서 말과는 다른 느낌을 감지한다. 우리는 계속 대화를 할 것이고 그는 결국 나를 향한 감정을 부정할 수 없게 된다. 우리는 함께할 방법을 찾아낸다. 여기까지가 내가 예상한 시나리오였다.

하지만 그런 일은 일어나지 않았다. 내가 그의 눈에서 본 건 상상과 달랐다. 나는 그의 눈에서 두려움을 읽었다.

나는 시선을 내리깔고 손으로 이마를 감쌌다.

"괜찮으세요? 지금 기분이 어떤지 설명해 주시겠어요?"

그가 물었다.

"부끄럽네요. 당황스럽고요."

"부끄러워할 필요 없어요. 이곳은 안전한 공간이라는 걸 기억하세요. 여기서는 어떤 말이든 할 수 있어요. 같이 풀어나갈 거니까요. 그리고 기분이 나아질 만한 이야기를 해드리자면 지금 느끼는 감정은 지극히 정상적이고 일반적이에요. 제가 당신의 삶을, 걱정을 들어주는 역할을 하고 있잖아요. 환자들이 이런 종류의 만족감을 로맨틱한 사랑으로 오인하는 건 꽤 흔한 일이에요. 하지만 그건 진짜 감정이 아니죠."

나는 고개를 들어 그를 바라보았다.

"그걸 어떻게 알아요? 저는 너무나도 현실적으로 느끼고 있는데요. 논문에 관한 대화는 아주 흥미로웠잖아요. 그렇죠? 선생님도 저만큼 그 주제를 좋아했고요."

"네. 논문 주제에 관한 이야기는 정말 흥미로웠어요."

그가 동의했다.

"원래도 그 주제에 관심이 있었고요. 그렇지만 그렇다고 해서 거기에 로맨틱한 관계가 끼어있는 건 아니에요. 멜라니, 저는 상담사이기 때문에 당신이 하는 모든 이야기에 관심이 있어요. 단지 치료적 맥락 안에서만, 그리고 이 상담실 안에서만요. 그 외에는 우리 사이에 어떤 것도 있으면 안 돼요."

마치 불이 난 건물의 계단을 뛰어 내려가는 것처럼, 숨이 가빠지는 느낌이 들었다.

"만약 제가 당신의 환자가 아니라면요? 만약 이 상담 치료를 그만두면 우리는……."

그가 재빨리 고개를 저었다.

"아니요. 그것과 관련한 규칙도 있어요. 상담을 그만두어도 용납되지 않아요. 자칫하면 상담사 면허를 잃을 수도 있거든요. 그보다 더 나빠질 수도 있고요. 그건 불법이에요."

그의 목소리는 단호했다. 더 이상 끼어들 여지가 없었다. 갑자기 아무 말도 할 수 없게 되었다. 꼭 트럭에 치인 것 같은 기분이었다. 나는 우울한 정적 속에 가만히 앉아있었다.

그는 잠시 나를 지켜보았다.

"지금은 기분이 어때요?"

나는 기가 막혀 웃음을 터뜨렸다.

"제 기분이 어떤지 알고 싶으시다고요? 사람들을 이런 식으로 괴롭히는 취미가 있으신가 봐요."

그가 아무런 반응을 보이지 않자 정적을 견딜 수 없는 나는 질문에 대답할 수밖에 없었다.

"좋아요. 제가 솔직하기를 원하신다면 다 말씀드릴게요. 이런 기분은 처음이라 겁나요. 살면서 누구에게도 이런 감정을 느낀 적이 없었거든요. 최근 제 머릿속에는 온통 그쪽 생각뿐이에요. 일에 지장을 받을 만큼 집중도 안 되고요. 버뮤다 삼각지대의 미스터리를 푸는 건 이제 끝인 것 같아요. 그쪽 생각을 멈출 수가 없거든요. 아무리 떨쳐내려고 해도 잘 안되더라고요."

나는 잠깐 멈추고 날카로운 한숨을 내쉬었다.

"매주 여기 와서 일 이야기하는 게 좋았어요. 아니, 다른 이야기를 하는 것도 전부 다 좋았어요. 당신이 제 이야기를 들어주는 것도, 저를 바라봐 주는 것도 좋았고요. 그렇지만 이제 제가모든 걸 망친 것 같아 두려워요. 당신이 더 이상 저를 상담할 수없다고 할까 봐 두려워요. 제가 이성을 잃어서 당신의 직업을위태롭게 할까 봐 당신도 걱정하고 있잖아요. 그래서 겁이 나요. 제발 우리 상담을 끝내지 말아주세요. 당신과 더 이상 대화할 수 없다면 앞으로 뭘 어떻게 해야 할지 모를 것 같아요."

로빈슨 박사는 노트를 내려다보며 부드럽게 말했다.

"멜라니, 당신이 다른 상담사를 원하지 않는 이상 우리 상담은 중단되지 않아요. 만약 다른 상담사를 원한다면 기꺼이 요청을 받아들일게요."

그는 다시 고개를 들고 내 눈을 마주했다.

"저는 이걸 이용해 보고 싶어요. 친밀함과 헌신에 대해 당신이 가지고 있는 뿌리 깊은 두려움을 극복하는 기회로 삼고 싶어요. 그다음에는 앞으로 타인들과 건강한 관계를 맺는 법을 익힐수 있도록 돕고 싶고요. 이미 그쪽으로 진전이 있기도 했죠. 존경한다고 느끼는 대상과 친밀한 관계를 맺을 가능성을 열어두었으니까요. 다만 그 대상은 제가 되어서는 안 돼요. 그러니까첫 번째로 해야 할 일은 저에 대한 감정이 실제가 아니라는 걸받아들이는 거예요. 지금 당신이 알고 있는 저는 상호적 관계에서의 제가 아니기 때문이죠. 지금과 같은 상황을 일컬어 성적전이Erotic Transference라고 해요. 환자가 상담사에서 연애 감정, 친밀감, 숭배하는 듯한 감정을 느끼는 걸 말하죠."

나는 고개를 끄덕였다. 학부 과정에서 심리학을 공부했기 때문에 성적 전이가 무엇인지는 이미 알고 있었다. 그가 이 꼬리표를 붙이리라는 것도 예상했었다. 그렇다고 해서 내 감정이 그것과 일치한다고 믿는 건 아니었다.

내가 깨달은 건, 오늘 나는 완전히 부서져 버렸다는 사실이다. 그는 확신에 차있었다. 우리 사이에 있는 게 단순히 성적 전이가 아니라 뭔가 특별한 것이 있다는 걸 눈곱만큼도 인정하지 않았다.

내가 오만했던 걸까. 하지만 실제와 허상을 헷갈리기에는 내가 지나치게 똑똑한 사람이라고 믿었다. 분명 로빈슨 박사는 뛰어난 사람이고 내 행동과 감정의 대부분을 옳게 분석했지만, 이것만큼은 아니었다. 그는 내게 단순히 동화 속 왕자가 아니었다. 그를 깊이 알기 위해 그가 어떤 차를 타는지, 어떤 음식을 가장 좋아하는지 따위는 알 필요도 없었다. 나는 그의 내면을, 영혼을 들여다봤다고 믿었다. 우리가 함께할 운명이라고 믿었다.

그저 그가 우리의 감정을 탐험할 수 있도록 허락한다면, 그의 직업이 우리 앞길의 걸림돌이 되지 않는다면 말이다.

그는 시계를 확인했다.

"안타깝지만 오늘 시간이 다 됐네요."

나는 괘종시계를 올려다보았다. 그리고 그와 시선을 마주했다. 기분이 묘했다. 시선이 마주쳤을 때 그가 안쓰럽다는 생각이 들었다. 내 눈에 들어온 건 엄격한 직업적 윤리 규정에 갇혀 버린 외로운 남자였다.

"다음 주에 이어서 진행할까요?"

그가 물었다. 그는 약간 동요된 모습이었다.

"그래야 할 것 같아요. 이대로 끝낼 수는 없잖아요. 우리는 그 이야기를 더 해야 해요. 적어도 저는 그래요."

내 대답에 그는 고개를 끄덕이고 일어나 문까지 나를 배웅했다. 나는 문 앞에 멈추어 섰다.

"한 가지 부탁할 게 있어요."

잘생긴 그의 얼굴을 올려다보자 그의 뺨 위에 손을 올리고 싶은 충동이 들었다.

"우리가 상담을 계속할 거라면 제가 선생님을 이름으로 불러도 될까요? 로빈슨 선생님이라고 부르는 건 너무 형식적이고 딱딱한 느낌이라서요. 저를 브라운 양이라고 부르지 않고 멜라니라고 부르시는 것처럼, 저도 그렇게 하고 싶어요."

그는 잠시 머뭇거리더니 이내 누그러진 표정으로 말했다.

"좋아요, 멜라니. 그렇게 하는 게 좋다면 제 이름을 부르셔도 괜찮아요. 다음 주부터는 저를 딘이라고 부르세요."

기쁨의 전율이 전신을 스쳤다. 나는 환희에 찬 상태로 클리닉을 나왔다.

딘

1986. 뉴욕

나는 꽤 오랫동안 상담사로 일했고, 성적 전이를 경험한 것도 이번이 처음은 아니었다. 종종 여성 환자들에게는, 인생을 통틀어 내가 그들의 상황을 공감하는 유일한 남자였다. 그래서 환자들이 내게 느끼는 감정을 사랑 비슷한 것으로 착각하는 경우가 빈번했다.

하지만 멜라니가 계단을 내려가는 뒷모습을 지켜보다가 상담실 문을 닫을 때는 내 손이 떨리고 있었다. 양손을 꽉 쥐었지만, 여전히 손은 제어하기 어려울 정도로 떨렸다. 그녀의 말은 어느 정도 사실이었다. 다음 상담이 어떻게 흘러갈지 몰라 두려웠다. 우리는 서로에게 끌리고 있었다. 눈앞에 펼쳐진 불행의 길이 보이는 듯했다.

눈을 감고 심호흡을 한 다음 의자로 돌아와 내가 받았던 교육 내용을 되새겼다. 이런 상황에 대비한 일련의 절차가 있었다. 첫째, 내가 느끼는 끌림은 치료사가 내담자에게 느끼는 과도한 애착인 역전이일 뿐이라는 것을 깨달아야 한다. 그 환자를 친밀하게 느낀 건 내 감정의 짐이 어깨를 짓눌렀기 때문이다. 우리는 비슷한 과거를 가지고 있었다. 게다가 나는 그녀가 이야기해 주는 버뮤다 삼각지대에서 사라지는 비행기들에 관한 연구 내용에 완전히 빠져버렸다.

어렸을 때 나는 우주 비행사나 조종사가 되고 싶었다. 하지만 가장 성적이 좋았던 과목인 심리학을 전공으로 택할 수밖에 없었다. 장학금과 연구 자금을 놓칠 수 없었기 때문이다. 공부를 계속하기 위해서는 장학금이 필요했다. 멜라니와 마찬가지로 나는 부유한 집안 출신이 아니었고, 유소년기 또한 이상적인 모습과는 거리가 멀었다. 태어나고 자란 세상에서 벗어나기 위해 나는 할 수 있는 모든 걸 했다. 그런 면에서 우리는 공통점이 있었고 그런 이유로 그녀에게 동질감을 느꼈다.

다시 말하지만, 그렇다고 해도…… 그건 내 안에 남아있는 과거가 치는 몸부림일 뿐이었다. 나는 내 문제를 그녀의 문제와 분리해야만 했다. 등받이에 기대고 앉아 맞은편 소파를 바라보았다. 바로 그 자리에서 사랑을 고백하던 그녀의 모습을 떠올렸다. 나약하고 놀란 모습이었지만 동시에 스스로를 자각하고 있었다. 솔직히 말하면, 그녀에게 경외심이 들기까지 했다.

지금껏 겪었던 사례들과는 다르다는 것을 인정한 나는 의자에서 일어나 동료이자 멘토인 존 매슈스 박사의 번호를 찾았다. 대학원 시절 그는 내 논문 중 하나를 지도했고 내게 중요한 교훈을 주기도 했다. 때때로 상담사들이 역전이 문제를 잘 대처하지 못해 내담자와 부적절한 관계를 맺게 되고 결국 징계위원회에 회부된다는 것이었다. 우리 모두 그런 사례를 수도 없이 접했다. 따라서 지금과 같은 감정 전이 반응을 겪으면 내담자와의 전문적 관계를 유지할 수 있도록 동료와 의논하고 대책을 강구하는 것이 무엇보다 중요했다.

나는 주소록에서 존의 연락처를 찾아 전화기를 들고 서둘러 번호를 눌렀다. 연결음이 들리기도 전에 알 수 없는 무언가가 나를 저지했다. 난데없이 밀려든 공포감에 곧 수화기를 다시 내려놓았다.

일어서서 책상 주위를 서성이다가 창가로 걸어갔다. 매슈스 박사와의 상담이 무슨 의미가 있을까? 그 후에는 일이 어떻게 흘러갈까?

나는 작년에 맨해튼의 유명 클리닉에 고용됐고, 클리닉에서 가장 젊은 상담사였다. 그리고 언젠가는 클리닉의 최고경영자 자리에 앉겠다는 꿈도 품고 있었다.

나의 상사이자 클리닉의 실질적 소유주는 능력 있고 야망 있는 여성이었다. 만약 그녀가 이 사실을 알게 되고 내 과거까지 드러나게 된다면? 이곳의 다른 상담사들은 전부 아이비리그 출신에 어디 하나 흠잡을 데가 없는 사람들이었다. 그에 비해 나는 중서부의 주립대학을 졸업했다. 나한테는 몇 가지 흠이 있었다. 그걸 그녀가 알게 된다면 더 이상 나를 신뢰하지 않게 될까?

나는 책상으로 돌아와 심사숙고를 거듭했다. 적어도 나는 환자에게 느끼는 감정의 위험성과 부적절함을 인지하고 있었다. 굳이 다른 상담사에게 상황을 털어놓고 이미 알고 있는 내용을 다시 확인할 필요가 있을까?

멜라니에게 유대감을 느낀 이유는 내 과거의 불편한 기억을 그녀가 들춰냈기 때문이다. 동시에 그녀는 내가 어린 시절 가졌던 조종사의 꿈도 다시금 떠올리게 하지 않았던가? 그게 바로 그녀에게 끌린 이유라는 것을, 나는 이미 알고 있었다. 그러니 내가 존 박사에게 상담을 받는다 한들 뭘 더 기대할 수 있겠는가?

답은 명확했다. 그녀는 환자였고 내 일은 환자를 돕는 것이다. 게다가 그녀의 과거를 알고 있는 지금, 그녀를 저버리는 것은 도리가 아니다.

나는 어떻게 할 것인지 결정을 내렸다.

멜라니를 계속 치료하면서 성적 전이에서 벗어날 수 있게 그녀를 도울 것이다. 나의 내면을 들여다보고 나 역시 이 문제에서 벗어날 수 있도록 최선을 다할 것이다. 상황이 마음먹은 대로 흘러가지 않는다면 그때는 책임을 회피하지 않고 멘토인 존 매슈스 박사에게 연락할 것이다. 그리고 멜라니가 원하든 원하지 않든, 그녀를 다른 상담사에게로 이관할 것이다.

☾

그날 저녁 뉴저지에 있는 집으로 돌아가는 기차는 만원이었고 대부분의 시간을 서서 버텨야 했다. 열기와 땀으로 가득한 좁은 공간에서 어떻게든 멜라니 브라운 생각을 떨쳐내려고 애쓰는 와중에 다른 승객들과 이리저리 부딪혔다.

마침내 내리는 역에 도착해 플랫폼에 발을 딛자 해방감마저 들었다. 시원한 저녁 공기를 들이마시며 근처에 주차해 둔 차로 걸어갔다. 고질적인 녹 문제로 속을 썩이는 1971년식 포드 핀토.

20분 후 나는 중고차 매매 주차장이 내려다보이는 건물 2층의 원룸으로 들어갔다. 졸업한 후부터 여기서 살기 시작했다. 이후 웬트워스 웰니스 클리닉에 일자리를 얻으면서 찬란한 미래를 위한 큰 꿈과 희망을 품게 되었다. 여기는 임시로 머무르는 곳이라고 생각했다. 맨해튼에서의 더 나은 삶을 영위하기 전 지나쳐가는 그런 곳 말이다. 급작스럽게 차가 수명을 다하기 전에 차가 필요 없는 맨해튼으로 이사 가고 싶었다. 하지만 매년 임대 계약이 끝나는 시점이 되어서 보면, 아무것도 달라진 게 없었다. 여전히 더 나은 삶을 감당할 여유가 없었다. 또 다른 1년을 위해 계약서에 사인하면 긴 통근 시간, 저녁마다 텔레비전 볼륨을 최대치로 높이는 시끄러운 이웃들이 덤으로 딸려왔다.

차 키를 식탁에 던져두고 전날 밤 싱크대에 넣어놓은 찌든

식기들을 슬쩍 보았다. 그러고 나서 찬장에 먹을만한 게 있는지 확인했다. 땅콩버터와 크래커, 소고기 스튜 한 캔을 찾았다. 그걸로 만족해야 했다. 길고 힘든 하루였다. 장을 보러 다시 차를 타고 나갈 에너지가 남아있지 않았다.

캔 따개를 찾으려고 서랍을 뒤지던 중 자동 응답기의 빨간불이 깜박이고 있는 걸 발견했다. 메시지를 들으려고 버튼을 눌렀다. 하지만 그 구역질 나는 쉰 목소리를 듣는 순간, 그 자리에서 얼어붙었다. 스트레스로 복부에 경련이 일어났다.

"아빠다. 고모를 보고 싶으면 당장 집으로 오는 게 좋을 거야. 오늘 호스피스로 옮겼어. 며칠 안 남았다더라."

딸깍.

온몸이 딱딱하게 굳었다. 캔 따개가 조리대 위로 떨어지며 달가닥 소리를 냈다. 지금 아버지가 뭐라고 한 거지? 호스피스 병동이라고? 나는 린 고모가 병원에 있는지도 몰랐다. 2주 전에 우리가 마지막으로 대화를 나누었을 때 고모는 항암치료가 잘 되고 있으며 증상이 많이 좋아졌다고 했었다.

급하게 농가에 전화를 걸었지만 아무도 받지 않았다. 아버지와 할머니는 린 고모와 병원에 있을 것이다. 아니, 아버지는 술집에 있을지도 모른다. 맙소사, 왜 아무도 내게 연락을 주지 않은 걸까?

아마 린 고모가 하지 못하게 했을 것이다. 고모는 내게 짐이되는 걸 극도로 싫어했다. 내가 아무리 그렇지 않다고 말해도 소용없었다. 나는 고모에게 모든 것을 빚졌다. 고모가 아니었다면 내가 지금 어디에서, 무엇을 하고 있을지 누가 알겠는가? 어쩌면 형과 함께 감옥에 있었을지도 모른다. 엄마가 돌아가신 후 내가 의지할 사람은 형뿐이었다. 애리조나에서 린 고모가 와서 나를 데리고 가기 전까지 나는 형을 그림자처럼 따라다녔다. 고모는 아슬아슬할 때에 딱 도착했다. 그때 나는 열세 살이었고 형을 따라 어두운 길에 막 발을 들이기 시작할 때였다. 하지만 고모가 나를 애리조나로 데려가 고모, 고모부와 같이 살게 되었고 제대로 된 양육과 학교 교육을 받을 수 있게 해주었다. 고모는 술과 파티로부터 나를 떨어뜨려 놓았다. 안타깝게도 형은 데리고 갈 수 없었다. 고모가 우리에게 왔을 때 형은 이미 늦었다. 형은 열일곱이었고 이미 학교를 중퇴했으며 친구들과 살면서 주유소에서 일하고 있었다.

린 고모는 내 목숨을 구했다. 할머니가 가파른 농가 계단에서 떨어져 고관절 골절상을 입었을 때 고모는 할머니의 목숨도 구했다. 당시 과부가 된 린 고모는 단박에 애리조나에서의 자기 삶을 뒤로하고 위스콘신으로 돌아가 연로한 자신의 어머니를 돌봤다. 하지만 사랑하는 린 고모는 알코올 중독자 동생의 뒤치 다꺼리까지 해야 하는, 더 험난한 과제가 기다리고 있다는 건 예상하지 못했었다.

고모에게는 너무 고된 일이었다. 아니, 그건 누구에게라도 고된 일이다. 고모가 암에 걸린 건 어떻게 보면 당연했다. 나는 책상으로 가서 주소록을 뒤진 다음, 집에 있을 상사에게 전화를 걸었다. 집안에 급한 일이 생겼다고 설명하자 그녀는 예정된 상담을 취소하고 며칠 동안 휴가를 낼 수 있게 해주었다. 그리고 바로 비행기 표를 예약했다.

30분 후 나는 공항으로 가는 택시에 앉아있었다.

☾

위스콘신주 매디슨행 비행기는 다음 날 늦은 아침이 되어서야 착륙했다. 두 번의 긴긴 경유, 그리고 린 고모의 상태가 어떤지 모른다는 데서 오는 스트레스로 나는 녹초가 됐다. 심지어 고모가 있는 병원이 어디인지도 몰랐다. 기회가 있을 때마다 집으로 전화를 걸었지만 아무도 받지 않았다.

급하게 공항을 빠져나와 택시를 잡고 집으로 출발했다. 기사가 앞마당에 차를 세우자마자 돈을 내고 내렸다.

집 문을 열기 전 잠시 멈추어서 주위를 둘러보았다. 전과는 달라 보였다. 버려진 공간 같았다. 공구 창고는 당장이라도 무너져 내릴 것 같았다. 낡고 부식된 통에는 썩은 물이 가득했고 방충망이 달린 현관문은 활짝 열려있었다. 강한 바람이 불어닥칠 때마다 외벽에 부딪힌 문이 찰캉 소리를 냈다. 한쪽에는 철지난 나뭇가지, 잡초들이 태워지기만을 기다리고 있었다.

이 계단을 오른다는 생각만으로도 밀려오는 쓰라리고 떫은 감정을 삼키며 계단을 오르기 전에 아버지의 트럭이 마당에 있는지 확인하려고 옆으로 돌아섰다.

트럭이 있었다. 내가 기억하는 것보다 더 낡고 망가진 모습

<u>으로.</u>

아버지는 집에 있는 걸까? 할머니는?

시간은 충분히 끌었다. 이제 린 고모가 어떤지 알아야 했다. 나는 노크도 하지 않고 뒷문을 열어 부엌으로 들어갔다.

집은 조용했다. 나는 가방을 내려놓고 재킷을 벗어 옷걸이에 걸었다.

"아무도 없어요?"

대답이 없어 앞쪽에 있는 거실로 나갔다. 거실은 비어있었다. 커튼은 드리워져 있었고 집 전체가 어두웠다. 담배꽁초로 가득 찬 재떨이에서 올라오는 악취와 벽에 착색된 담배 연기 얼룩을 보자 구역질이 날 것 같았다.

불쌍한 린 고모. 내가 그렇게 오랫동안, 멀리 떨어져 있지 않았어야 했다. 맙소사. 나는 고모를 만나러 왔어야 했다. 고모가 나에게 얼마나 감사한 존재인지 알려주어야 했다. 고모가 변화를 이끌었다는 사실을 말해줘야 했다. 고모가 행한 건 사실상 기적이나 다름없었다.

"누구 없어요?"

계단을 향해 외쳤지만 아무런 대답이 없어 계단 위로 무거운 발걸음을 옮겼다. 집안의 냄새에 예전 기억이 되살아나 가슴이 철렁했다. 고주망태 상태로 소파에 누워있는 아버지, 괴성을 지르며 레슬링을 하거나 서로 싸우면서 거실을 난장판으로 만드는 형과 나에게 소리치는 엄마. 아버지는 자신을 깨운 소음의 원인이 무엇이든 항상 엄마를 비난했기 때문에, 엄마는 우리가 아버지를 깨울까 봐 전전긍긍했다. 그렇게 되면 엄마는 아버지에게 맞서는 심각한 실수를 범하게 될 테고 이후의 상황은 걷잡을 수 없게 흘러갔다. 시간이 흐르면서 우리는 큰 소리를 내도 아버지에게는 들리지 않을만한 곳으로 갔다. 엄마를 위해서였다. 그게 엄마를 보호하는 길이라는 것을, 우리는 경험에서 배웠다.

위층의 침실들은 전부 비어있었고 침구는 하나도 정리되지 않은 상태였다. 나는 복도 끝에 있는 린 고모의 방으로 갔다. 다른 방들처럼 지저분하고 어수선했다. 고모는 늘 깔끔한 사람이었기 때문에 놀랄 수밖에 없었다. 이 음산하고 쓸쓸한 곳에서 항암치료로 매우 약해졌을 고모는 주부의 책임까지 감당할 수는 없었을 것이다.

후회로 가슴이 아렸다. 나는 침대 가장자리에 걸터앉았다. 모든 게 괜찮다고 했던 고모의 말을 곧이곧대로 받아들이지 말았어야 했다. 집에 와서 두 눈으로 확인했어야 했다. 고모가 아버지, 할머니와 함께 지내면 편안할 수 없다는 걸 마음 깊은 곳에서는 이미 알고 있었다.

하지만 나는 좀 더 나은 삶을 살아보겠다고 애쓰는 것에 급급해 그 뻔한 사실을 애써 모르는 척했다. 굳이 합리화를 하자면 린 고모가 나를 자랑스럽게 여기게 되기를 바랐다. 고모를 위해 충분한 돈을 벌고 싶기도 했다. 고모가 원하는 곳이 어디든 그곳에 고모의 아파트를 마련해 주고 싶었다. 아마도 내가 있는 뉴저지 근처, 언젠가는 맨해튼. 고모가 아프지 않았더라면 얼마나 좋았을까. 고모를 이렇게 빨리 보내게 될 줄은 몰랐다.

시계를 확인했다. 정오가 지났다. 전화를 걸어 린 고모가 어디에 있는지 알아내야 한다.

바로 그때 차 한 대가 마당으로 들어왔다. 나는 일어서서 창밖을 내다보았다. 아버지와 할머니가 린 고모의 낡은 토요타 캠리에서 나오고 있었다. 그들은 차 문을 닫고 현관 계단을 쿵쿵거리며 올랐다.

그들이 안으로 들어왔을 때 나는 계단을 반쯤 내려오던 중이었다. 그들은 나를 보자마자 멈추어 섰다.

"음, 이게 누구야. 대단한 분이 오셨군."

아버지가 말했다. 할머니는 못마땅한 눈초리로 나를 보았다. 마지막으로 여기 왔을 때보다 훨씬 나이 들어 보이는 할머니 모습에 충격을 받았다. 할머니는 비쩍 마른 데다가 아주 연약해 보였다. 거의 해골처럼 보일 지경이었다. 안색도 좋지 않았다.

"너무 늦게 왔어."

아버지가 덧붙였다.

"오늘 아침에 죽었어."

아버지의 말이 마치 포탄처럼 발사돼 집 전체를 뒤흔들었다. 나는 계단 난간을 잡았다.

"뭐라고요?"

"들었잖아."

아버지가 대답했다.

기습공격을 당한 기분이었다. 누군가 갑자기 주먹으로 내 배를 가격한 것 같았다. 그럴 리가, 믿을 수가 없었다.

"왜 아무도 저한테 전화하지 않았어요? 그랬다면 진작 왔을 텐데……. 내내 여기 있었을 거라고요!"

나는 설명을 기다리며 둘을 노려보았다.

아버지는 내 질문은 들은 척도 않고 터벅터벅 부엌으로 걸어갔다. 냉장고 문이 열리는 소리와 맥주병 뚜껑을 따는 소리가 들렸다. 뚜껑은 쓰레기통에 안착하지 못하고 더러운 바닥에 떨어지며 소리를 냈다.

나는 온몸이 마비된 듯 멍하니 서서 그 모든 것을 지켜보았다. 할머니는 현관 위 작은 탁자에 가방을 내팽개치고 어두운 거실로 느릿느릿 걸어갔다. 나는 할머니를 따라 거실로 가서 커튼을 젖혔다. 할머니는 천을 씌운 안락의자에 앉아 담배에 불을 붙였다. 담배를 깊게 한 모금 빨아들인 할머니는 입을 열었다.

"내가 전화하라고 시켰어."

할머니가 거친 목소리로 말했다.

"그렇지만 너도 알잖아. 네 아버지가 어떤 사람인지."

"내가 여기 없는 것처럼 얘기하지 마. 다 들려!"

부엌에서 아버지가 소리쳤다. 할머니와 나는 그 소리를 무시했다. 아버지 말에 대응하지 않는 게 더 낫다는 걸 우리는 알고 있었다.

메스꺼운 느낌이 들어 소파에 주저앉았다. 양손으로 머리를 감싸고 머리칼을 쥐어뜯었다.

"어떻게 된 거예요? 잘 회복되고 있는 줄 알았는데……."

"그랬지. 차도가 있었어. 의사들이 그랬거든. 암이 아니라 다른 감염 때문에 죽은 거야. 그다음에 폐렴에 걸렸어."

뜨거운 눈물이 차올라 억지로 눈을 치켜떴다. 어떻게든 눈물을 흘리지 않으려고 혼신의 힘을 기울였다. 여기서는 안 된다. 아버지 앞에서는 안 된다.

"많이 고통스러워했어요?"

할머니는 시선을 돌렸다.

"많이 고통스러웠지. 그들이 모르핀은 계속 주었으니까. 그러니 네가 어제 왔어도 너를 못 알아봤을 거야."

나는 슬픔을 다루기 위해 눈을 꼭 감고 앞뒤로 몸을 흔들었다. 감정을 겉으로 올라오게 할 수는 없었다. 여기서는 절대로 안 된다. 세상에, 맙소사. 대체 왜? 내 내면은, 내 마음은 흐느껴 울고 있었다.

"부모가 자식보다 오래 사는 건 자연스럽지 않지. 순리에 맞지 않아. 너무 착한 자식이었어. 우리 중에서 가장 좋은 사람이었으니까."

나는 고개를 들고 끄덕였다. 그때 아버지가 외치는 소리가 들렸다.

"음, 어쨌거나 이제 이 세상 사람이 아니니 빨리 받아들여야 할 거야!"

아버지는 뒷문을 박차고 나갔다. 트럭 문이 열리고 쾅 닫히는 소리가 들렸다. 뒤이어 엔진의 굉음과 함께 트럭은 빠르게 마당을 벗어났다.

"내일까지는 네 아버지를 못 볼 거다."

할머니는 말하면서 담배를 한 모금 더 들이마셨다.

"밤새 술집에 처박혀 있겠지. 길바닥에서 자거나 운 나쁘면 유치장에 있을 거야."

나는 뒤로 기대서 손으로 얼굴을 쓸어내렸다.

"아버지가 운전대를 잡고 누군가 죽이기 전에 경찰에 연락해서 데려가라고 해야 해요."

아버지가 다른 누군가를 죽이기 전에, 그 말을 해야 했다. 아버지는 이미 엄마의 목숨을 앗아갔다. 그날 밤 아버지가 죽인 사람이 다른 아이의 엄마였다면 상황은 더 복잡했을 것이다.

"이제 어떻게 되나요? 장례식이 있나요?"

나는 할머니에게 물었다.

"아니. 린은 그런 야단법석을 원하지 않았어. 바람에 날려 달라고 했지. 그게 다야."

할머니는 잠시 멈추었다.

"아마 장례 비용 때문에 그랬을 거야. 여기 살림이 얼마나 빠듯한지 너도 알잖아."

내가 대답하지 않자 할머니가 덧붙였다.

"너도 알다시피 여기는 큰 집이야. 유지비가 한두 푼 드는 게 아니야."

할머니는 비난하는 듯한 날카로운 눈빛으로 나를 쏘아보았다. 내가 생판 남인 것처럼 경멸을 담은 눈빛. 감히 가족들을 두고 떠난, 더 이상 가족의 일원이 아닌 누군가를 보는 눈빛. 나는 이 집에서 출세를 위해 가족들을 외면한 사람이 되어있었다.

할머니의 눈이 조금씩 가늘어졌다. 식료품과 병원비에 보태라고, 지난 몇 년 동안 매달 린 고모에게 돈을 보낸 사실을 할머니가 알고 있는 건 아닐까. 그게 바로 어마어마한 학자금 대출을 갚아나갈 여유가 없었던 이유이기도 했다.

내가 돈을 보냈다는 사실을 할머니가 알고 있다면 할머니는 앞으로도 계속 돈을 요구할 터였다. 그리고 그 돈은 곧장 술과 담배로 맞바뀔 것이다. 보나 마나 린 고모는 이들에게 비밀로 했을 것이다.

나는 대화를 다른 쪽으로 돌리려고 했다.

"고모가 저를 찾지는 않았어요?"

"약에 취해서 그럴 겨를이 없었어."

"그전에는요?"

할머니는 재떨이에 담뱃재를 툭툭 털고 냉담하게 말했다.

"린이 너한테 편지를 썼어. 네 아버지한테 그걸 부쳐달라고 했고."

가슴이 너무 뛰어서 심장이 밖으로 나올 것 같았다.

"그래서요? 아버지가 그걸 부쳤어요? 아니면 아직 여기 어딘가 있어요?"

편지는 우리의 마지막 연결고리가 되어줄 것이다. 편지는 내가 고모를 정리할 수 있도록 도와줄 것이다. 그게 몇 달이 걸리든 몇 년이 걸리든 간에.

"네 아버지가 버렸어."

할머니는 딱 잘라 말했다. 나는 믿을 수 없어 눈만 깜박였다.

"뭐라고요?"

"던져 버렸다고."

나는 거실을 둘러보았다.

"어디다가요? 여기요?"

나는 쓰레기통을 뒤지려고 일어났지만 할머니가 말렸다.

"시간 낭비하지 마. 병원에서 버렸으니까."

"도대체 왜! 어떻게 그런 짓을 할 수가 있어요!"

순식간에 감정이 끓어올랐다.

"별로 중요하지 않다고 생각했겠지. 너는 여기 온 적도 없으니까. 아마 네가 신경 쓰고 있는 줄도 몰랐을 거야."

"그래서 할머니는 그걸 버리게 내버려 뒀어요?"

할머니는 말없이 어깨를 으쓱했다.

"할머니는 무슨 생각이셨어요? 아버지가 죽어가는 여동생이 쓴 마지막 편지를 버렸잖아요. 할머니 딸이고요. 편지 읽어봤어요? 아니면 아버지가 읽었어요? 그래서 버린 거예요? 내용이 마음에 안 들어서?"

할머니는 다시 어깨를 으쓱했다. 지금껏 내가 받은 모든 심리학 교육은 갈 곳을 잃었다. 당장 내가 하고 싶은 건 할머니의 목을 조르는 것이었다. 지금이 상담 중이고 할머니가 내 환자였다면 나는 무슨 말을 했을까. 도저히 이성적으로 생각할 수가 없었다. 할머니를 한 사람으로 여기고 파헤치고 싶은 욕구가 일지 않았다. 할머니의 내면을 들여다보고 싶지도, 할머니의 선택과 행동을 이해하고 싶지도 않았다. 그저 이곳을 벗어나 뉴욕으로 돌아가고 싶었다. 그리고 다시는 돌아오고 싶지 않았다.

하지만 내 안의 무언가가 산산조각이 나버렸다. 이렇게 떠날 수는 없었다. 나는 소파에 주저앉아 양손에 머리를 묻었다.

"아버지가 그걸 버렸다는 걸 믿을 수가 없어요. 고모를 보지 못했다는 것도 그렇고."

"그건 네 잘못이지. 더 일찍 왔어야지."

할머니가 무자비하게 말했다. 나는 고개를 들고 어이없는 표정으로 할머니를 바라보았다.

"누군가 연락을 해주었다면 진작 왔을 거예요!"

"그만 좀 징징거려. 어리광 부리지 말고 가서 술이나 사와. 너도 한잔 마시고. 너한테도 독한 술이 필요해 보이네."

할머니는 과거에도 따뜻하거나 사랑스러운 사람은 아니었다. 하지만 지금은 정도를 지나쳤다. 지금 당장은 할머니 얼굴을 보기 힘들었다. 같은 공간에 있는 것조차 힘들었다. 숨이 막혔다.

"바람 좀 쐬야겠어요."

나는 소파에서 일어났다.

"나가서 걷고 올게요."

내가 돌아서서 집을 나올 때 할머니는 말없이 재떨이에 담뱃재를 털었다.

☾

나는 린 고모가 화장되기 전, 장례식에서 고모의 마지막 모습을 볼 수 있을 만큼 충분히 그곳에 머물렀다. 나무로 된 임시 관에 들어있는 고모의 모습은 내게 큰 충격이었다. 오랫동안 병마와 싸워 매우 수척해진 모습은, 더 이상 내 기억 속에 있던 젊은 여성이 아니었다. 훨씬 나이 든 모습으로 누워있었다.

고모에게 내가 얼마나 사랑하는지 말하기 위해 둘만 있을 수 있는 시간을 요청했다. 하지만 그것만으로는 충분하지 않았다. 고모가 내 말을 들을 수 없다는 걸 알기에 마음의 위안을 얻을 수 없었다. 너무 늦어버렸다. 고모가 나한테 얼마나 중요한 존재였는지 모르는 채로 고모는 세상을 떠났다. 결국 고모에게 내 진심을 끝내 보여주지 못했다.

회한의 끝은 보이지 않았다. 죄책감의 깊이는 헤아릴 수 없을 정도였고, 이는 영원히 내 일부가 되리라는 것도 알았다. 그 감정들은 뼛속까지 파고들어 평생 내 안에 머물 것이다.

화장이 끝난 다음 바람에 흩어지기를 원했던 린 고모의 마지막 소원은 무시되었다. 할머니는 유골단지를 집안에 보관하겠다고 고집을 부렸다. 나는 고모의 입장을 어떻게든 대신해 보려고 했지만, 수적으로 열세였다. 하는 수 없이 포기하고 공항으로 갈 택시를 불렀다.

내가 떠날 때 평소와 다름없이 취해 있던 아버지는 나를 벽으로 밀쳤다.

"너는 네가 우리보다 잘났다고 생각하지? 그렇지?"

아버지는 고함을 질렀고 나는 아버지를 옆으로 밀어냈다. 아버지는 나보다 키도 크고 덩치도 컸지만, 술에 완전 취해 있었기 때문에 비틀거리더니 계단 아래로 떨어졌다.

"지금 여기서 나가면 다시는 돌아올 생각도 하지 마!"

내가 가방을 들고 문으로 향할 때 아버지는 노발대발했다. 할머니는 어두운 거실 속 더럽고 낡은 의자에 앉아 담배를 피우면서 그 모든 걸 무관심하게 지켜보았다.

나는 돌아오는 비행기 안에서 한 시간 넘게 잤다. 일어났을 때도 비몽사몽이었다. 비행기 창문에 머리를 기대고 솜사탕 같은 하얀 구름을 내려다보았다.

그 순간 천국이 존재하는지 궁금해졌다. 만약 그렇다면 린 고모가 어떤 식으로든 천국을 즐기고 있기를 바랐다. 고모는 그림 그리는 걸 좋아했다. 어쩌면 형형색색의 물감이 들어있는 팔레트를 들고 미소를 지으며 이젤 앞에 서있을지도 모르겠다. 그런 상상이 나에게 잠시나마 위안을 가져다주었다. 하지만 불식간에 널브러진 침실, 더러운 이불에서 풍기는 냄새의 기억이 차가운 바람처럼 나를 덮쳤다. 고모의 마지막 나날들을 상상해 봤다. 불쾌하고 무자비한 말들을 서슴없이 내뱉었을 아버지와 할머니. 그들이 고모의 마지막 순간에 어떤 위로의 말이나 애정의 말을 건넸을까? 아닐 것이다. 어림도 없다. 그들은 고모에게 다정하게 굴었을 사람들이 아니다. 가슴이 쓰리고 슬픔에 잠식당해 숨을 쉬기 어려웠다.

그리고 다시 한번 죄책감이 나를 공격했다. 고통에 몸부림을 쳤다. 그곳에 갔었어야 했다. 고모는 내가 자신을 신경 쓰지 않고 버렸다고 생각했을 것이다.

그랬다. 그게 바로 내가 한 일이다. 나 자신이 몸서리치게 혐오스러웠다. 나는 누구도 내 눈물을 볼 수 없게 고개를 창 쪽으로 돌렸다.

식사를 마치고 나서 멍하니 구름을 내다보았다. 그리고 버뮤다 삼각지대에서 실종되는 비행기에 관한 멜라니 브라운의 논문을 생각했다. 그들은 어디로 갔을까?

오클라호마에서의 그녀의 삶, 어머니의 죽음에 대한 그녀의 죄책감, 우리가 나누었던 많은 대화가 떠올랐다. 고모의 죽음으로 완전히 망가져 버린 내가, 나 자신이 가진 유기 불안도 간신히 견디는 내가 상담실 의자에 앉아서 그녀에게 감정을 다루는 법에 대해 조언을 한다는 게 얼마나 우스꽝스러운 일인가.

내게 누군가를 조언할 자격이 있기는 한가? 나는 사기꾼이다.

집에 도착했을 때 냉장고와 찬장에 먹을 게 없어서 슈퍼마켓에서 몇 가지를 구매하고 신용카드를 내밀었다. 비싼 비행기 표 때문에 카드 한도를 넘긴 건 아닐까, 걱정하고 있던 차에 계산대에서 카드가 거절되지 않아 안도했다.

그날 저녁, 집에 혼자 있는 걸 견딜 수 없어서 산책을 나왔다. 몇 시간 동안 거리를 거닐며 린 고모를, 애리조나에서 고모가 제공해 주었던 평화로운 삶을 생각했다. 우리는 돈이 많지 않았다. 평범한 중산층 정도였지만 폭력적이고 알코올 중독자인 아버지, 마약 중독자인 형, 악담을 일삼는 쌀쌀맞은 할머니와 함께했던 삶에 비하면 그곳은 천국이었다.

그렇지만 항상 그렇게 끔찍했던 건 아니었다고, 나는 애써 되뇌었다. 적어도 엄마가 살아계실 때는 말이다. 나는 그때를 떠올리면서 그리움에 잠겼다. 당시 우리는 새 신발을 살 여유가 없었다. 엄마는 내 발을 젖지 않게 하려고 겨울 부츠를 비닐로 꽁꽁 감쌌다. 고무줄로 봉투를 고정한 엄마는 내 이마에 입을 맞추어 주었다. 그날 내가 느낀 건 사랑이었다.

하지만 엄마가 돌아가시고 누구도 내 젖은 발을 신경 쓰지 않았다. 린 고모가 도착하기 전까지는 그랬다.

고개를 푹 숙이고 걷다가 깨진 유리를 밟는 순간 생각에서 빠져나왔다. 나는 내가 사는 공장 지구에서 벗어나 서쪽으로 걷던 중이었다. 주위를 둘러보니 어느새 빈민가까지 와있었다. 고개를 돌리는 곳마다 지저분한 그라피티가 눈에 들어왔다. 주차된 차들은 높은 확률로 타이어가 빠져있었고, 아파트 건물들은 창문이 깨져있거나 나무판자로 막혀있었다. 건물 안에서 성난 고함이 들렸다. 나는 재빨리 몸을 돌려 내가 사는 동네로 되돌아갔다.

가난과 사회적 불행을 목격한 직후 다시 괴로워졌다. 오랜만에 집에 갔지만 아무것도 변하지 않은 모습을 본 다음이라서 더 그랬다. 아버지는 여전히 폭력적인 알코올 중독자였다. 음주 운전으로 엄마를 죽게 만들고 그 때문에 감옥까지 갔다 왔지만 바뀐 건 없었다. 할머니는 여전히 쌀쌀맞고 냉담했다. 어떻게든 그들을 도우려고 했던 고모는 그들이 파놓은 구덩이에서 생을 마감했다. 엄마가 그렇게 됐던 것처럼.

얼마나 많은 환자들이 유년 시절에 겪었던 어려움과 돈 문제로 인한 스트레스를 견디지 못하고 나를 찾아왔던가? 할머니는 늘 아버지의 음주 문제를 대수롭지 않게 여겼다. 우리가 가난해서 그러는 거라고, 아버지를 탓하는 게 아닌, 가난을 탓했다.

내가 듣기에는 말도 안 되는 소리였다. 술을 사는 데 돈을 덜 썼더라면 그보다는 여유롭지 않았을까?

형은 강도죄로 감옥에 갔다. 할머니는 그때도 우리가 가난하고 형은 갖고 싶은 게 있어서 그랬을 거라며 가난을 비난했다. 나는 마약을 탓했지만, 가난과 마약이 서로 얽혀서 악순환을 거듭한다는 것 역시 알고 있었다. 형은 인생의 낙이라는 게 없었기 때문에, 우울감 때문에 약을 했다. 형에게는 더 나은 삶을 위한 희망이 없었다. 형이 알고 있는 유일한 삶의 모습은 가난과 방치로 점철된 삶이었다. 반면 나는 운 좋게 그 모든 것에서 구출되었다.

왜 나였을까? 왜 나만 그런 혜택을 받았던 걸까?

어쩌면 그게 바로 내가 심리치료의 길을 가게 된 이유였을지도 모르겠다. 린 고모가 내게 해주었던 것처럼, 타인을 위해 같은 일을 해주고 싶었다.

우리 동네에 도착할 때, 건물 안으로 들어갈 때, 그리고 계단을 오를 때까지도 기분이 나아지지 않았다. 고모의 침실, 거실 재떨이에서 나는 냄새, 쓰레기로 가득 찬 부엌 쓰레기통, 더럽고 낡은 리놀륨 바닥, 그 아래 썩은 나무 바닥, 그 모든 잔상이 머릿속을 떠나지 않았다.

학자금 대출을 빨리 다 갚고 내 힘으로 클리닉을 열 수 있었더라면 얼마나 좋았을까. 내가 성공하는 모습을 볼 수 있을 만큼 린 고모가 오래 살았더라면 얼마나 좋았을까.

그날 밤 침대에 누웠을 때 나는 형언할 수 없는 깊은 외로움과 실패감에 휩싸였다.

이제 나는 누구에게 중요한 사람일까? 이제 내 꿈은 무슨 소용이 있는 걸까?

멜라니

1986. 뉴욕

"다시 보니 좋네요."

로빈슨 박사의 상담실로 들어간 나는 평소에 앉던 소파로 향하면서 말했다. 마음속으로는 이제부터 그를 딘이라고 불러도 된다는 사실을 상기했다.

대화는 보통 우리가 둘 다 편하게 자리를 잡은 이후 시작됐기 때문에, 나는 그가 노트를 무릎 위에 올리고 준비를 마치기를 기다렸다. 마침내 그가 물었다.

"이번 주는 어떻게 보내셨어요?"

마음 한편으로는 지난 상담 이후 내가 얼마나 비참했는지 몽땅 털어놓고 싶었다. 그가 얼마나 보고 싶었는지, 얼마나 그를 원했는지, 얼마나 간절하게 그를 꿈꾸었는지! 하지만 다른 한편으로는 나의 당당하고 강한 모습을 보여주고 싶었다. 그의 눈에 한심하게 보이는 건 죽기보다 싫었다. 내 감정을 억제하지 못하고 다른 상담사에게 보내지는 것도 싫었다.

"솔직히 말씀드리면 그다지 잘 보낸 것 같지 않아요. 어디서부터 이야기를 꺼내야 할지 모르겠어요."

내가 대답했다.

"어디서부터 시작하고 싶으세요? 천천히 하셔도 돼요."

나는 그의 아름다운 하늘색 눈을 유심히 바라보았다. 오늘은 뭔가 달랐다. 뭔가 잘못되었다. 직감으로 알 수 있었다.

맙소사. 그가 만약 우리의 상담을 완전히 끝내려고 하는 거라면…… 혹시 이게 우리의 마지막 상담일까? 그제야 두려움이 피어올랐다. 나는 창문 쪽으로 고개를 돌려야 했다.

"아직도 못 믿겠어요. 그 말이 사실인지."

"어떤 말이요?"

그가 물었다. 자제했어야 했다. 적어도 적당히 에둘러 말을 꺼냈어야 했다. 하지만 분출하기 시작하는 진심을 막을 길이 없었다.

"이 상담이요. 성적 전이라는 거요. 일주일 내내 그게 맞을 거라고 그것 때문이라고, 나 자신을 설득하기도 다그치기도 했지만 소용없었거든요. 당신에게 거절당해서 받은 상처, 아픔, 그게 제가 느끼는 감정 전부였어요. 마치 누군가 죽기라도 한 것처럼 속상했어요."

"그건 거절이 아니었어요. 그런 식으로 받아들이지 않아야 해요."

그가 말했다. 나는 그의 눈을 바라보았다.

"그럼 어떤 식으로 받아들여야 하는데요? 저는 당신을 사랑하는데 당신은 그렇지 않잖아요. 저랑 함께이기를 원하지도 않고요. 그러니까 저는 받아들여야겠죠. 계속 노력하는 수밖에요. 감정을 그저 묻어두는 건 쉽지 않으니까요."

"당신이 어떤 감정도 묻어두기를 바라지 않아요. 그 반대여야 해요. 우리가 같이 문제를 해결할 수 있도록 솔직하게 드러내야 해요."

"그렇지만 그 결과가 우리가 절대 함께할 수 없는 거라면 저는 문제를 해결하고 싶지 않아요. 그건 제가 감당할 수 없을 테니까요. 어쩌면 다른 상담사로 바꾸어서 그 상담사와 해결하는 게 최선이겠네요. 그쪽을 잊으려면 많은 시간이 필요할 것 같거든요."

아니에요! 그런 뜻이 아니었어요! 나는 다른 상담사를 원하는 게 아니라고요!

지금 내가 뭐라고 한 거지?

그는 손가락으로 펜을 빙글빙글 돌리면서 나를 주의 깊게 바라보았다.

"멜라니, 원하신다면 기꺼이 다른 상담사를 추천해 드릴게요."

나는 고개를 저으며 바닥을 내려다보았다.

"그냥 객기를 부려본 건데……. 진짜로 받아들일 줄은 몰랐어요."

"저는 진심이라고 생각했으니까요. 어떤 대답을 기대하신 건가요?"

"모르겠어요."

나는 맥없이 한숨을 쉬었다.

"당신은 훌륭한 상담사예요. 윤리적으로 문제가 되기 때문에 저를 거부하고 있으니까요. 옳은 일을 하려는 거잖아요. 저한테 다른 상담사를 소개해 주려는 것 말이에요. 그래서 더 힘들어요. 당신이 떳떳하고 정직한 사람이라서요. 엄마의 삶에 들어왔던 남자들처럼 거친 사람도 아니고요. 당신은 배려심 많고 책임감도 강한, 놀라울 정도로 완벽한 사람이에요."

그는 노트를 한쪽으로 치우고 내 말에 동의하지 않는다는 듯 고개를 저었다.

"왜요?"

내가 물었다. 그의 표정이 달라졌다. 나를 견디지 못하겠다는 표정을 지은 건 그때가 처음이었다.

"그게 바로 당신이 제게서 느끼는 감정이 진짜가 아니라는 걸 깨달아야 하는 이유예요."

"무슨 말인지 이해가 안 돼요."

"제가 완벽한 사람이 아니라는 거죠. 완벽이랑은 거리가 멀어요. 예전에 말했듯이 당신은 제가 어떤 사람인지 전혀 몰라요."

"그럼 말해줘요."

나는 앞쪽으로 몸을 기울이면서 간청하듯 말했다.

"제발요. 이런 게 바로 제가 해야 하는 일이라고 하지 않았나요? 현실과 환상의 차이를 인식하는 거요. 그 둘을 구분할 수 있게 도와줘요. 진심으로 속내를 밝히고 싶으신 거라면 적어도 위선자는 되지 마세요. 다음 상담사와 좋은 인연을 맺을 수 있기를 기원하는, 저한테 주는 이별 선물이라고 생각하면 되잖아요."

"이건 그런 식으로 되는 게 아니에요."

"진심이세요? 저랑은 아무것도 공유할 수 없다고요? 지난주에 말씀하셨죠. 제가 사람들과 건강한 관계를 유지하도록 돕고 싶다고요. 그런데 당신은 벽돌로 쌓아 올린 담장처럼 단단하게 막혀있네요. 이 모든 게 저한테 확신을 주는 것 같아요. 다른 누구와 관계를 맺지 않아도 된다는 확신이요. 누군가를 진정으로 아는 건 불가능한데다가 혼자인 게 더 편한 것 같아서요. 사람들은 심술궂고 악랄하거나……."

나는 그를 향해 손짓하며 말을 이었다.

"비집고 들어갈 틈도 없이 마음을 닫고 있죠. 어떤 쪽이든 상대방은 상처를 입어요."

나는 팔짱을 끼고 뒤로 기댔다. 내면에서 분노가 들끓었다.

괘종시계의 시계추가 흔들리는 소리만 빼면 상담실은 쥐 죽은 듯 조용했다. 내가 평정심을 되찾는 동안 시계추는 일정하게 흔들렸다.

마침내 로빈슨 박사, 딘이 입을 열었다. 우리의 눈이 마주쳤다. 체념한 듯 그는 목소리는 작고 부드러워졌다.

"제 차는 고물이에요."

그가 내게 말했다.

"지금 정비소에 맡겼는데 수리비조차 감당하기 힘들어요. 사실상 빈털터리나 다름없거든요. 늘 그랬어요. 빚더미에 올라앉아 있고요. 지금 당신이 보는 모습, 맨해튼의 고급 브라운스톤에서 우아한 가죽 안락의자에 앉아있는 제 모습…… 이건 원래의 저랑은 거리가 멀어요. 저는 뉴저지에 살고 있어요. 그뿐만이 아니에요. 어머니는 아버지가 음주 운전하던 차에 치여 돌아가셨고 아버지는 과실치사로 감옥에 갔었죠. 하지만 아버지는 아직도 술을 마셔요. 그리고 형은 강도죄와 폭행죄로 복역 중이에요. 5년 형을 선고받았고요. 제가 감옥에 가지 않은 건 기적이라고 할 수 있겠네요. 질 나쁜 친구들이랑 차를 훔쳐서 불을 지른 적도 있었거든요. 그저 잡히지 않았을 뿐이에요. 같이 일하는 동료들은 아무것도 모르고 있어요. 그러니 상담실 기밀 유지 원칙을 지켜주셨으면 합니다."

딘은 슬픔이 가득한 표정으로 두 손을 펼쳐 보였다.

"자, 이겁니다. 제가 완벽한 사람이 아니라는 거 말이에요."

나는 말없이 그를 쳐다보았다. 한편으로는 놀랐다. 하지만 다른 한편으로는 놀라지 않았다. 그가 털어놓은 사실에 충격을 받았어야 마땅하지만 어떤 이유에서인지 그렇지 않았다. 나는 항상 우리 사이에 설명하기 어려운 공감대가 있다고 느꼈다. 우리가 같은 사람이라는 느낌. 내가 놀란 부분은 그가 모든 진실과 감정을 한 번에, 주저하지 않고 내게 털어놓았다는 것이다.

나는 기뻤다. 그리고 계속 상황을 받아들이고 있었다.

우리는 서로에게 시선을 고정한 채 정적 속에 앉아있었다. 그는 늘 그랬듯 숙련된 기다림과 함께 내 대답을 기다리고 있었다. 내 생각을, 감정 표현을 효과적으로 이끌어내기 위한 의도적인 기다림과 멈춤. 하지만 이 순간은 조금 달랐다. 상담사는 여기 없었다. 그는 그저 한 인간으로, 친구로 나를 바라보고 있었다. 방금 들은 사실을 내가 어떻게 생각하는지 궁금해하면서.

"어머니가 돌아가셨을 때 몇 살이었어요?"

긴 정적 끝에 내가 물었다.

"열두 살이요."

"그럼 아버지가 감옥에 가신 후에는 어땠어요?"

"저는 운이 좋았죠. 고모가 와서 저를 데려갔거든요. 형은 아니고 저만요. 형은 나이가 많았고 그때 이미 일을 하고 있었어요. 형한테는 너무 늦은 셈이죠. 고모는 제게 좋은 영향을 주었어요. 학교생활을 잘할 수 있게 도와주었고 대학에 가라고 하셨어요. 약간의 장학금을 받을 수 있게 도와주었고요."

나는 소파 쿠션에 기댔다. 그리고 감탄을 금치 못하며 딘을 바라보았다. 묘한 짜릿함이 내면으로 흘러들어왔다. 결국 내 직감이 맞았다는 데서 오는 만족감이었을 것이다.

"저는 늘 우리가 같은 부류의 사람이라고 생각했어요. 당신이 제 얘기를 그렇게 잘 공감했던 것도 어찌 보면 당연해요."

그는 먼 곳을 바라보며 고개를 저었다. 나는 그가 감정적으로 다시 멀어지는 것을 느꼈다.

"그러지 말아요. 지금 이것도 당신의 일을 하고 있을 뿐이라고 얘기하지 말아요. 오늘 저한테 모든 걸 털어놓은 이유가 단순히 제 반응을 분석하기 위해서였다고 하지 말아요. 저를 마치 실험 대상인 듯 취급하지 말아줘요. 지난 8주 동안 당신은 제가 겪었던 모든 걸 이해했어요. 당신과 저는 비슷한 일을 겪었으니까요. 어머니를 구하지 못했다는 죄책감에 시달린 적이 있나요? 그 자리에 있지 못해서, 어머니를 보호하지 못해서? 사고가 있던 날 아버지와 함께 가지 말라고 어머니를 설득했다면 아마도……."

그는 나를 보면서 쓴웃음을 지었다.

"멜라니, 죄책감으로 시작하려 하지 마세요."

그가 손을 들며 말했다.

"이건 당신의 상담이지, 제 상담이 아니니까요. 게다가 우리는 이미 선을 넘었어요. 상담사와 내담자의 경계에 관해 이야기했던 거 기억하죠?"

나는 고개를 숙이고 눈을 감았다.

"이것 봐요. 또 담을 쌓잖아요. 그리고 이건 직업적 윤리에 어긋나는 게 아니에요. 여기서 일어나는 일을 흑과 백처럼 단순하고 간단하게 구분할 수는 없다고요."

그가 의자에서 움직이는 소리가 들렸다. 나는 고개를 들었다. 그는 무릎에 팔꿈치를 얹고 몸을 앞쪽으로 기울이고 있었다. 그는 양손을 맞잡고 강렬한 눈빛으로 나를 바라보았다.

"저는 당신이 요구한 대로 했어요. 제가 어떤 사람인지 말했죠. 이제 당신도 같은 방식으로 돌려주는 게 예의 아닐까요? 이번에는 제가 요구할 차례예요."

그가 말했다.

"그게 뭔데요?"

심장이 빠르게 뛰기 시작했다.

"아까 당신이 제안했던 거요. 다른 상담사로 바꾸는 게 가장 최선인 것 같네요."

불안감으로 속이 타들어갔다. 나는 생각할 겨를도 없이 본능적으로 내뱉었다.

"아니요. 그건 안 돼요. 지금은 안 돼요. 드디어 당신이 어떤 사람인지 알았으니까요."

"그건 애초에 이 상담의 목표가 아니에요. 제가 누구인지는 중요하지 않아요. 이 상담은 당신에 대한 거고 당신이 제게 느끼는 감정은 상담에 방해만 될 거예요."

"이 상담이 저에 관한 것만이 아니었으면 좋겠는데요."

그는 고개를 뒤로 젖혀 천장을 올려다보았다.

"그게 정확히 제가 우려하던 겁니다. 제 이야기를 꺼내지 않았어야 했어요. 이제 경계가 허물어졌고 되돌릴 수 없어요."

"제 생각은 달라요. 이 상담실 안에서의 목표가 뭔데요? 진실? 정직? 터놓고 얘기하는 것? 이제야 우리는 서로를 이해하고 있어요. 그게 저한테도 좋은 거 아닌가요? 다른 사람과 좋은 관계를 맺는 법을 배우는 거?"

그가 대답을 하지 않자 다시 두려움이 찾아왔다.

"제발 저를 다른 상담사에게 보내지 말아요."

"아뇨, 그렇게 해야 할 것 같아요. 이건…… 지금 여기서 벌어지는 일은 위험해요. 저는 직업을 잃을 수도 있고 그보다 더 나빠질 수도 있어요."

그가 우리의 상담을 끝내려는 걸 보고 속이 상했어야 했다. 하지민 반대로 심장이 두근거렸다. 그는 방금 우리 사이에 무언가가 있음을 인정한 거나 다름없었다. 어쩌면 성적인 욕망일까?

"좋아요."

나는 그의 요청을 전적으로 받아들인다는 듯 순순히 말했다. 더 이상 그의 환자가 되고 싶지 않다는 이유에서였다. 나는 그에게 다른 존재가 되고 싶었다.

그는 의자에서 불쑥 일어나 책상으로 가서 주소록을 뒤적이더니 노트에 무언가를 적었다. 그다음 노트를 찢어 들고 내 쪽으로 왔다.

"당신이 만나야 할 사람입니다."

나는 종이쪽지를 받아 들고 이름과 주소를 읽었다.

"샌드라 모리스 박사?"

"네. 그녀는 아주 훌륭해요. 학교에서 위치도 가깝고요. 그쪽에는 미리 이야기해 둘게요."

지금 정확히 무슨 일이 일어나고 있는 걸까, 나는 불안한 마음에 마른침을 삼켰다. 지금 그가 나를 다시는 보고 싶지 않다고 말하고 있는 건가? 환자로? 아니면 다른 관계로도? 그게 아니라면 지금 이게 우리가 다른 관계로 향하는 첫 번째 단계인 걸까? 그렇다면 이제 우리는 어떻게 되는 걸까?

그는 바로 내 앞에 서서 내가 짐을 챙겨 나가기를 기다리고 있었다. 나는 약간 위축된 기분으로 목청을 가다듬고 그를 올려다보았다.

"그럼 이렇게 끝이에요? 그냥 이렇게 가라고요?"

"그게 최선이라고 생각해요."

마치 백화점에서 물건을 훔쳐 쫓겨나는 것처럼 느껴졌다.

"화가 난 것처럼 보이네요."

내가 가방을 들면서 말했다.

"아니요. 전혀요."

그는 대답하고 다시 책상으로 돌아갔다.

나는 일어나서 그를 바라보았지만, 그는 나를 보지 않았다.

"미안해요."

그가 말했다. 그의 입을 벗어난 네 음절은 지나치게 다정하게 들렸고 갑자기 나는 충격과 두려움에 사로잡혔다. 이게 진짜 마지막일지도 모른다는 생각에 온몸이 굳어버렸다. 그는 어떤 형태로든 나를 다시는 만나지 않고 싶은 것이다. 환자로든 혹은 다른 무엇이든……. 벼랑 끝에서 밀쳐진 기분이었다. 나는 곤두박질치는 중이었다. 마음이 복잡했고 무슨 말을 해야 할지 알 수 없었다. 그가 나를 버리는 이 극심한 고통에서 그저 벗어나고 싶었다.

나는 가방을 어깨에 걸치고 문을 향해 성큼성큼 걸어갔다.

"그럼 이제 가야겠네요. 안녕히 계세요."

그 말은 화살처럼 빠르게 입 밖으로 튀어나왔다. 문을 닫고 밖으로 나오자 속이 좋지 않았다. 당장이라도 게워내고 싶었다.

계단을 뛰어 내려와 접수처의 제인에게 아무런 말도, 인사도 하지 않고 밖으로 나왔다.

지하철역 쪽으로 빠르게 발걸음을 옮기며 깊은숨을 수십 차례 들이쉬었다. 교차로에 다다라 신호등 앞에 멈추어 서서야 방금 벌어졌던 일을 이해해 보려고 생각할 수 있었다.

딘은 내게 자기 이야기를 털어놓았다. 자신의 불완전함을 드러내서 내가 느끼는 로맨틱한 감정을 사라지게 할 목적이었을 것이다. 하지만 결과는 그의 의도와는 달랐다. 그 얘기를 듣고 나는 그를 더더욱 사랑하게 되었다. 그는 나와 같은 사람이었다. 상처를 받았고 길을 잃었고 혼자였다. 살아가는 게 아닌, 살아남아야 하는 사람이었다.

보행 신호가 녹색불로 바뀌었지만 발을 뗄 수 없었다. 나는 그 자리에 망연히 서있었다. 바쁜 뉴욕 사람들이 계속해서 빠르게 내 옆을 스쳐 지나갔다.

어떻게 그렇게 딘의 상담실을 나와버렸을까? 그에게 고맙다는 말도, 상담이 도움됐다는 말도 하지 않았다. 이게 끝이라면 받아들여야 할 것이다. 그래도 도저히 그냥 갈 수는 없었다.

시계를 확인했다. 우리에게 할당된 상담 시간이 아직 10분이나 남아있었다. 전에는 한 번도 일찍 나온 적이 없었다. 지금 돌아가면 상황을 바로잡을 수 있을까? 그 사람이 나한테 얼마나 중요한 의미인지 알려주고 나로 인해 그의 인생이 복잡해지는 일은 없을 거라고, 약속하면 될까? 그가 두려워하는 게 그런 걸까? 그에게 필사적으로 매달리고, 그의 집 앞에 나타나기 시작하고, 나를 사랑해 달라고 애원하는 거?

아니다. 나는 나 자신이 그런 짓까지 하게 내버려 두지 않을 것이다. 그는 경계를 설명했고 나는 그 경계를 최대한 존중할 생각이다. 하지만 적어도 내가 괜찮다는 사실과 그의 결정을 이해한다는 사실을 알려주고 싶었다.

어느새 나는 몸을 돌려 클리닉으로 달려가고 있었다. 전력 질주로 클리닉에 도착한 다음 숨을 고르느라 잠시 멈추었다. 마음을 가다듬고 침착하게 걸어 들어가야 했다. 제인은 일을 마치고 클리닉을 나설 채비를 하고 있었다. 그녀는 어리둥절한 표정으로 내게 미소를 지었고 나는 말했다.

"죄송해요. 위층에 뭐를 놓고 왔어요. 노트를 두고 왔거든요."

"아, 아직 위에 계실 거예요. 서두르시면 만날 수 있을 거예요. 저는 퇴근하는 길이라서요. 그럼 다음 주에 봬요."

그녀가 유쾌하게 대답했다.

"좋은 주말 보내세요."

나는 계단을 오르며 말했다. 막상 2층에 도착한 나는 계단 난간 끝의 장식용 기둥을 만지작거리며 머뭇거렸다.

어쩌면 이건 실수일지 모른다. 그가 문을 열면 무슨 말을 해야 할까? 그는 경찰에 전화해서 접근 금지 명령을 받아내는 걸 고민하게 될지도 모른다. 그는 나를 통제 불능인 사람으로 여길지도 모른다. 하지만 나는 그저 고맙다고 말하고 싶을 뿐이었다. 그가 멋지고 좋은 사람이라는 걸 알려주고 싶었다. 나를 나쁘게 생각하지 말아 달라고 하고 싶었다. 내가 괜찮다는 것을,

그의 추천대로 다른 상담사를 만나겠다는 것을, 내가 그를 매우 존경한다는 것을, 그가 훌륭한 상담사라는 것을, 그리고 이제는 아무것도 걱정할 필요가 없다는 것을, 나는 이상한 사람이 아니고 경계를 잘 이해하고 있으며 전부 다 잘될 거라는 것을 알려주고 싶었다.

나는 상담실 문 앞에 다가가 주먹을 들어 노크했다.

바닥을 가로지르는 그의 발소리가 들리자 긴장감에 뱃속이 부글부글 끓었다. 문이 열리고 그와 시선을 마주쳤을 때 나는 숨을 크게 들이쉬었다. 정말이지, 그는 빼어나게 잘생겼다. 그의 두 눈을 보면…… 내 몸이 원자 단위로, 분자 단위로 분해된 다음 우리 둘만 존재하는 다른 세계로 사라지는 기분이 들었다.

우리가 얼마나 오랫동안 그 자리에 서서, 서로를 바라보며 감정적 혼란 상태에 빠져있었는지 모르겠다. 딘의 가슴이 들썩였다. 그는 얼굴을 찡그렸다. 그는 화가 난 거라고, 나는 생각했다.

하지만 그는 손을 뻗어 나를 상담실 안으로, 그의 품 안으로 끌어당겼다. 그가 문을 닫았을 때 나는 그의 품 안에서 완전한 황홀경에 빠졌다.

멜라니

1986. 뉴욕

그가 상담실 문을 잠그고 나를 품에 안은 채 있었던 그 시간은 내 인생을 통틀어 가장 짜릿한 시간이었다. 물론 그게 첫 키스는 아니었다. 성관계 경험도 여러 번 있었지만 한 번도 특별하게 느껴지지 않았었다. 적어도 나한테는 그랬다.

하지만 로빈슨 박사…… 딘은…….

아, 그는 과거의 어떤 남자들과도 달랐다. 그는 자상했고 세심했으며 세련된 사람이었다. 내 몸의 세포 하나하나가 그에게 물리적인 반응을 보였다. 그가 내게 키스하고 소파 위 부드러운 쿠션 위에 조심스럽게 나를 올렸을 때, 사랑과 욕망으로 가득 찬 내 심장은 터질 것 같았다. 내 몸은 그의 몸에 딱 들어맞게 조형된 것 같았다. 서로에게 닿는 우리의 손길에는 연민과 다정함이 녹아있었다.

내 뺨에 닿는 그의 불규칙한 호흡과 내 허리를 가로지르는 그의 손길을 느껴졌지만, 그때 그는 뒤로 물러났다.

"우리 이러면 안 돼요."

그가 말했다.

"멈추지 말아요."

내 감정은 극도로 고조되었다. 나는 떨리는 팔로 그를 안았다.

"이건 옳지 않아요."

"상관없어요. 그냥 제 옆에만 있어요. 그거면 돼요. 당신도 저와 함께하고 싶다는 거 알아요. 이건 단순한 전이가 아니에요. 그 이상의 감정이에요. 당신도 알잖아요. 그렇죠?"

그는 소파 끄트머리에 앉았다. 나는 그의 옆에 쭈그리고 무릎을 감싸며 앉았다.

"맞아요."

그의 대답에 나는 안도의 숨을 내쉬었다.

"하지만 그렇다고 해서 괜찮아지는 건 아니에요. 이 직업에는 규칙이 있어요. 이건 당연히 안될 일이고요."

나는 바닥에 발을 내리고 그에게 다가가 그의 손을 꼭 잡았다.

"제가 당신의 환자가 아니라면 우리는 계속 볼 수 있는 거잖아요. 그렇죠?"

"어느 정도 기다려야 해요."

그는 팔꿈치를 무릎 위에 올린 채 고개를 숙였다.

"지난주는 말 그대로 지옥 같은 한 주였어요. 당신은 상상도

173

못 할 거예요."

"왜요?"

나는 그의 등을 토닥이며 문질렀다.

"무슨 일인데요?"

한동안 아무런 반응도 없던 그는 뒤늦게 고개를 흔들었다.

"고모가 돌아가셨어요."

"세상에, 정말 유감이에요. 당신을 키워줬다는 그 고모요?"

"네. 암이었어요. 차도가 있다고 생각했었는데 감염이 있었나 봐요. 그런데 아무도 제게 연락하지 않았죠. 저는 고모의 마지막을 보지 못했어요. 고모가 저한테 마지막으로 쓴 편지도 아버지가 버렸다더군요."

"말도 안 돼요."

"아버지의 무자비함은 따라갈 사람이 없어요."

우리는 그렇게 한참을, 조용한 상담실 안에 앉아있었다. 딘이 일어나서 창가로 걸어갔다. 아무것도 예상할 수 없었다. 그저 우리 둘 사이에 있었던 일이 서로에게 어떤 의미인지 그가 받아들일 때까지 기다렸다. 이제 우리 사이에 불가피한 유대감이 존재한다는 사실을 그도 부인할 수 없을 것 같았다.

마침내 그가 나를 바라보았다.

"이것 때문에 나는 직업을 잃을 수도 있어요."

그가 이 운명적인 끌림을 거부할지도 모른다는 생각에 더럭 겁이 났다.

"절대 말하지 않을게요. 약속해요. 아무도 모를 거예요."

174

내가 말했다. 그는 잠시 생각하는 듯하더니 소파로 돌아왔다. 그리고 내 옆에 앉아 내 손을 잡았다.

"믿어도 되겠죠?"

"당연하죠. 우리 사이가 어떻게 되든 당신 직업을 위태롭게 할만한 일은 하지 않을 거예요. 절대로요. 그냥 당신과 함께 있고 싶어요. 그게 다예요."

"저도 그래요. 당신과 함께하고 싶어요."

그가 말했다. 살면서 누군가에게 들어본 말 중 단연 가장 사랑스러운 말이었다. 그게 무엇을 의미하는지, 우리가 함께할 미래는 어떨지 생각하면서 내 가슴은 기쁨으로 한없이 부풀었다.

"우리 집으로 와요."

내가 제안했다.

"보험 중개사 사무실 위에 있는 아파트에 살고 있거든요. 사무실은 매일 5시면 문을 닫고 주말에는 아예 안 열어요. 출입구는 뒤쪽에 있어서 사무실 영업시간이 지난 다음 드나들면 아무도 모를 거예요. 제가 더 이상 환자로 이곳에 오지 않는다면 비밀로 하기는 어렵지 않을 거예요. 필요한 때까지 얼마든지요."

그는 고개를 끄덕이고 나를 가까이 끌어당겼다. 그는 나를 품에 안고 내 이마에 입을 맞추었다.

"어느 정도 시간이 지날 때까지 공공장소는 피해야 해요."

"배달 음식 포장해 와서 먹으면 돼요."

나는 신이 나서 대답했다.

"우리 집에 숨어서 만나면 되고요."

해가 넘어가고 있었다. 나는 상담실이 얼마나 어두운지 새삼 깨달았다. 딘은 그의 시계를 확인했다.

"이렇게 말하기 싫지만 이제 당신은 가야 해요."

"그럼요. 알아요."

우리는 일어났다. 그는 내 가방을 들어서 내게 건넸다. 그의 곱슬머리는 헝클어져 있었고 셔츠 깃은 비뚤어져 있었다. 혈관을 타고 흐르는 피에 온기가 도는 느낌이었다.

"오늘 밤에 집으로 올래요?"

나는 조심스럽게 물었다.

"제가 지금 먼저 나갈게요. 나중에 와요, 따로."

우리의 시선은 서로에게 고정되어 있었다. 시선 속에는 강렬한 육체적 이끌림, 둘만의 시간을 보내고 싶은 갈망에 대한 무언의 자각이 들어있었다. 몇 주간 지속되었던 금지된 욕망과의 사투 끝에 우리는 더 이상 그 욕망을 무시할 수 없다는 것을 인정했다.

"좋아요. 남은 일을 마무리하려면 30분 정도 걸릴 거예요. 끝나면 출발할게요."

그가 말했다.

"기다리고 있을게요."

나는 어깨에 가방을 걸치고 그의 뺨에 입을 맞추었다. 황홀한 승리감에 취한 나는 미소를 지으며 상담실을 나왔다.

딘

1986. 뉴욕

멜라니 브라운과의 비밀스러운 관계를 시작한 지 5개월이
지났을 때 상사인 캐롤라인 위버 박사가 내 상담실 문을 두드
렸다. 그녀는 한 손으로는 커피를, 다른 손에는 가죽 서류 가방
을 들고 있었다. 수요일 오전 8시 45분이었고 아직 상담이 시
작되기 전이었다. 그때 나는 책상에 앉아 아침에 만나기로 한
새로운 환자에 관해 사회복지사가 작성한 보고서를 읽고 있었
다. 양부모 가정에서 지내면서 말썽을 일으키고 있는 청소년으
로, 그가 봄에 저지른 강력 범죄에 대해 법원이 심리 분석을 요
청했었다.

"오늘 일찍 왔네."

캐롤라인이 말했다.

나는 보통 수요일에는 10시에 상담을 시작해서 저녁 상담까지 진행했다. 책상 위에 펼쳐놓은 파일들을 손가락으로 두드리며 말했다.

"애벗 소년과의 상담을 준비하고 있었거든요."

"그게 오늘이었나?"

"네. 15분 남았네요."

그녀는 문간에서 잠깐 머뭇거리더니 상담실로 들어와 소파, 책장, 괘종시계를 쭉 둘러보았다. 그녀는 입술을 굳게 다물었고 나는 그녀에게서 불편한 심기를 감지했다.

"이따가 시간 괜찮을 때 내 사무실에서 좀 봤으면 하는데. 할 얘기도 있고."

그녀의 말에 심장이 덜컥 내려앉는 기분이었다.

"좋아요."

그녀는 상담실을 다시 꾸미기라도 하려는 듯 다시 주위를 둘러보았다. 내가 위반한 사항에 대해 알게 된 그녀가 나를 해고하거나, 최악의 경우 법적 처벌을 받게 하려는 건 아닐까. 공포감이 밀려왔다. 그녀는 아무 말도 하지 않고 돌아서서 나갔다.

☾

그날 오전은 상담에 집중하기가 힘들었다. 내 산만함을 환자들도 알아챘는지 모르겠지만 어느 시점에 가서는 그들에게 양해를 구하고 상담실을 잠시 나와야 했다. 나는 화장실에 들어가 심호흡으로 스트레스를 잠재우려 노력했다. 다시 자리로 돌아와 환자가 자신의 죽은 형 이야기를 이어갈 때쯤에, 나는 거의 공포에 질려있었다. 멜라니와의 관계가 발각됐을 거라는 생각에 겁이 났다.

맙소사, 환자랑 엮이다니. 대체 무슨 생각을 했던 걸까? 그건 명백한 권력 남용이었다. 그게 잘못된 일이라는 것은 당시에도 알았다. 당연히 알았다. 하지만 나는 외로웠고, 심적으로 약해져 있었고, 린 고모의 죽음으로 처참하게 산산조각이 난 상태였다. 그때 바로 존 매슈스에게 전화를 걸었어야 했다. 나는 그와 상담을 시작했어야 했고 적절한 절차를 따랐어야 했다. 하지만 그러지 않았다. 그리고 지금 이렇게 되어버렸다.

점심시간에 오전 마지막 환자를 보내고 마음의 준비를 단단히 한 다음 캐롤라인의 사무실이 있는 위층으로 올라갔다.

☾

"들어와. 앉아."

캐롤라인은 책상 위에 쓰고 있던 노트에서 고개도 들지 않고 말했다. 그녀가 하고 있던 업무를 내가 방해하기라도 한 듯 그녀는 재빠르게 손을 흔들었다. 나는 그녀가 일을 끝낼 때까지 묵묵히 기다렸다.

나는 자리에 앉았다. 그녀는 뭔가를 쓰는 내내 내가 있다는 사실을 무시했다. 마침내 그녀는 쾅 소리가 나게 펜을 내려놓고 파일을 덮고 양손을 포갠 다음 커다란 책상 너머로 나를 바라보았다.

"어젯밤에 링컨 센터에 갔었는데 거기서 누군가를 소개받았어. 나한테 뭔가 부탁할 게 있는 사람이라고 할 수 있지."

나는 조그맣게 숨을 내쉬었다. 다른 일 때문이었어? 아니면 꺼내기 어색한 주제라서 이런 식으로 빙 돌려서 시작하는 걸까?

"부탁이요?"

나는 그녀의 말을 되풀이했다.

"응."

그녀는 일어서서 책상 주위를 서성이다가 내 바로 앞쪽으로 와서 책상에 기댔다. 나는 그녀를 정면으로 올려다보았다. 클리닉의 원장인 캐롤라인은 전문적인 권한을 행사하는 재능은 물론이고 모두를 위축되게 하는 재능을 겸비한 사람이었다.

"공교롭게도 그 누군가는 오스카 해밀턴이었어."

그녀가 내게 말했다.

경직되었던 어깨가 조금 풀리는 느낌이 들었다. 뉴욕에서 가장 부유한 비즈니스 거물 중 한 명인 오스카 해밀턴의 일이라면 내 하찮은 실수와는 관련이 없을 테니까.

"그의 딸 중 하나가 티시 예술대학에서 영화를 전공하나 봐. 그 딸이 사랑하는 사람이 죽고 난 다음 남은 사람들이 슬픔을 어떻게 다루는지에 관한 다큐멘터리를 만들고 있다더라고."

나는 의자에서 자세를 바꾼 다음 그 부탁이 나와 무슨 상관이 있는 건지 캐롤라인이 좀 더 설명해 주기를 기다렸다.

"해밀턴 씨의 부탁은 자기 딸이 여기 와서 상담사와 인터뷰를 할 수 있게 해달라는 거였어. 애도의 심리학을 설명해 줄 수 있는 상담사로. 딘 선생, 박사 논문 주제가 그거였지? 그래서 딱이다 싶었지."

캐롤라인은 다시 책상 뒤 의자로 돌아갔다.

"게다가 딘 선생은 외모도 출중하잖아. 카메라에 잘 잡힐 거야."

나는 불편한 웃음을 지으며 시선을 바닥으로 내렸다.

"그건 잘 모르겠는데요."

"딘 선생은 너무 겸손해. 그래서 더 매력적이야."

그녀는 잠시 내 얼굴을 쳐다보았다.

"어쨌든 조금 전에 오스카의 딸, 올리비아와 통화를 했는데 내일 오후에 오고 싶다고 하더군. 인터뷰는 한두 시간쯤 걸린다고 해서 이미 제인한테 말해두었어. 딘 선생 오후 예약을 전부 변경하라고."

나는 자리에서 약간 뒤로 물러났다.

"알겠어요. 그러니까……."

나는 잠깐 말을 멈췄다.

"제가 곧 영화에 데뷔한다는 의미인가요?"

그녀가 내 의견을 미리 묻지 않았다는 점에 화가 났지만, 최대한 상냥하게 말했다.

"아주 멋지게 나올 거야. 정말 고마워."

그녀는 말했다. 그리고 다시 일해야 한다는 신호로 펜을 집어 들었다. 나는 내 상담실로 돌아와 안도감을 느끼며 의자에 털썩 주저앉았다.

☾

그날 밤 멜라니의 집에 도착했을 때 밖은 이미 어두웠다. 나는 상담실에 늦게까지 남아 양부모 가정의 소년에 대한 심도 있는 보고서를 작성했다. 소년은 이웃들이 잠든 사이에 그들의 집에 무단으로 침입했다. 한밤중에 출출해서 일어난 집주인에게 발각됐을 때 소년은 집주인에게 커다란 부엌칼을 던졌다.

아직 결론을 내릴 준비가 되지 않았다. 더 많은 상담이 필요했다. 무슨 일이 있었던 건지, 그때의 감정이 어땠는지, 소년은 도무지 입을 열지 않았다. 밑 빠진 독에 물을 붓는 심정이었다.

보험 중개사 사무실 뒤편의 빈 주차장에는 깜박거리는 가로등 하나만이 흐릿하게 불을 밝히고 있었다. 2층, 멜라니의 집으로 향하는 건물 외부 계단은 그녀가 집 밖에 켜둔 야외 조명 덕에 환하게 빛나고 있었다. 나는 기다란 계단을 올라가 창문을 가볍게 두드렸다.

그녀가 대답하기까지는 시간이 걸렸다. 마침내 문이 열렸을 때 그녀는 언짢은 표정을 짓고 있었다.

"늦었네."

그녀가 말했다. 길고 힘든 하루를 보낸 나는 기운이 없었다. 먼저, 해고될지도 모른다는 두려움에서 기인했던 스트레스에

시달렸다. 그리고 오후 상담 때는 분노 조절 장애가 있는 환자
가 내뱉는 고함과 욕설, 모욕적인 말들에도 시달려야 했다.

"미안해. 내일까지 제출해야 하는 보고서를 작성하느라고."

"그럼 미리 전화를 했어야지."

그는 내가 들어갈 수 있게 문을 열어둔 채 몸을 획 돌렸다.

"저녁 만들어 놨는데 닭은 다 마르고 브로콜리는 이제 흐물
거려. 전부 망쳐버렸어."

문을 닫고 나자 하얀 식탁보, 양초들, 그리고 와인 한 병이 눈
에 들어왔다. 그녀는 내가 술을 마시지 않는다는 사실을 이미
알고 있었다.

"특별한 계획이 있는지 몰랐어."

보통은 내가 도착할 때까지 그녀는 논문을 썼고, 설령 내가
늦는다 해도 별로 개의치 않아 했었다.

그녀는 오븐으로 가서 따뜻하게 넣어둔 닭가슴살 두 개를 꺼
냈다. 그리고 채소와 밥을 곁들였다. 그녀는 탁탁 소리를 내며
접시 두 개를 식탁에 올려놓았다. 그러고는 와인 병을 들어 남
은 와인을 전부 잔에 따랐다. 그녀는 와인 병을 쓰레기통에 내
던지며 말했다.

"자, 앉아."

그녀는 의자에 앉아 포크와 나이프를 들고 고기에 화풀이하
듯 거칠게 잘랐다.

"가죽 씹는 것 같아도 내 탓 하지 마."

"분명 맛있을 거야."

나는 그녀의 맞은편에 앉아 대답했다. 내가 분위기 전환을 시도할 때까지 우리는 침묵 속에서 밥을 먹었다.

"멜라니, 이거 정말 맛있어. 요리하는 데 한참 걸렸겠다."

"당연하지."

닭고기는 질겼고 딱딱하게 말라있었지만 나는 고기를 거칠게 자르지 않으려고 조심했다.

"아직 나한테 화가 난 것 같은데."

"아니야."

그녀는 내게 눈길도 주지 않고 와인을 꿀꺽꿀꺽 마셨다.

"혹시 왜 그러는지 얘기할 수 있을까?"

"아니, 별로."

"어째서?"

그녀는 포크와 나이프를 접시 위로 탁 내려놓았다.

"좋아. 내가 왜 화가 났는지 말해줄게. 오늘 논문을 끝냈어. 그래서 특별한 저녁 식사를 기대했고."

나는 포크를 내려놓고 그녀에게 집중했다.

"대단하다! 축하해."

그녀는 내 말은 들은 척도 않고 다시 식사를 시작했다.

"마음에도 없는 소리 하지 마."

"뭐가 마음에도 없는 소리야? 대단하다고 얘기한 거? 그건 진심이야."

"그럼 제시간에 도착했어야지."

나는 인내하려고, 이해심을 가져보려고 노력했다.

"논문이 오늘 끝난 줄 몰랐어. 심지어 끝나가는 줄도 몰랐어."

"아, 그게 바로 문제야. 그렇게 생각하지 않아? 자기도 알았어야 한다고."

이번이 처음은 아니었다. 멜라니는 내가 알아챘어야 한다고, 이해해야 한다고 종종 화를 냈다. 평소 나는 직업적 기술을 이용해 그녀의 분노를 다루었지만, 오늘 밤은 정신적으로 지치기도 했고 그녀의 상담사가 되고 싶지도 않았다. 그냥 저녁을 먹고 싶었다.

"내가 초능력자도 아니고 어떻게 사람 속마음을 알겠어."

그 말이 입을 벗어나자마자 후회했다. 나는 분노한 사람에게 맞받아치지 않아야 한다는 걸 어릴 적 경험에서 배웠다. 그건 항상 상황을 악화시킬 뿐이다.

그녀는 접시에서 고개를 들고 경멸을 담은 눈으로 나를 쏘아보았다.

"지금 뭐라고 했어?"

다시 시작이다.

나는 그녀를 달래는 부드러운 어투를 쓰려고 노력했다.

"말을 안 해주면 무슨 생각을 하는지 내가 알 수가 없잖아."

"예전에는 알았잖아! 매번 알았어. 가끔은 나 자신도 모르는 걸 미리 알아차리기도 했었어. 질문하는 방식으로 나한테서 이야기를 끌어내기도 했었잖아."

"우리가 상담실 안에서 나누던 대화를 말하는 거라면, 그건 다르지."

"그게 어떻게 달라? 그때도 지금 우리가 대화하는 거랑 다를 게 없었잖아."

"맞아. 그렇지만 그때는 내가 자기의 상담사 입장이었잖아."

나는 설명하려고 노력했다.

"상담실 밖에서 우리끼리 시간을 보낼 때는 그런 걸 하고 싶지 않아……. 자기한테서 뭔가를 끌어내고 그런 거."

그녀는 통렬하게 비웃었다.

"지금 그 말이 무슨 의미야? 나한테 손이 많이 간다는 거야? 그런 뜻이야?"

그녀는 남은 와인을 전부 입에 털어넣었다. 그 순간 술에 취한 그녀가, 그녀의 초점 잃은 눈이 역겹게 느껴졌다. 나에게는 너무 익숙한 광경이었다.

"내가 말하는 건 그런 게 아니야."

나는 그녀를 나락에서 끌어낼 방법을 궁리하면서 말했다. 하지만 그녀는 내게 기회조차 주지 않았다. 식탁에서 일어나 침실로 들어가더니 문을 쾅 닫아버렸다.

피곤했던 데다가 좌절감까지 몰려왔다. 나는 관자놀이를 문지른 다음 억지로 지친 몸을 일으켜 침실 문을 부드럽게 노크했다.

"꺼져!"

그녀가 안에서 소리쳤다.

"얘기하고 싶지 않아!"

나는 문 앞에 서서 매번 어머니와 애인들이 싸우는 소리를 들었을 어린 시절의 그녀를 상상해 보았다. 멜라니가 본보기로 삼을만한 또 다른 사례가 있었더라면 얼마나 좋았을까. 그녀가 조종사였던 할아버지를 만나보지 못한 건 불행한 일이었다. 만약 그녀의 할아버지가 살아있었다면 지금 그녀의 삶이 달라졌을까?

나는 숨을 깊게 들이마시고 어쩌면 지금이 그녀가 알아차릴 수 있는 적기일지도 모른다고 생각했다. 모든 건 괴성이 난무하는 싸움으로 끝날 필요가 없다는 것을. 우리는 더 효과적으로 의사소통할 수 있다는 것을 그녀에게 알려줄 기회가 될 수 있었다.

"화난 거 이해해. 그리고 내가 기분을 상하게 했다면 미안해. 우리 얘기 좀 하게 내가 안으로 들어가면 안 될까?"

"안 돼. 그냥 가. 이제 지긋지긋해."

아주 잠깐, 희망의 무지개가 떴다. 우리 사이는 상상했던 것과 달랐고 나는 결국 자신이 원하던 사람이 아니었다고 말하며 그녀가 우리 관계를 끝내려고 하는지도 모른다는 생각이, 기대감이 들었다. 내 영혼은 그 가능성을 타고 훨훨 날아올랐다. 어쩌면 이 모든 게 끝날 수도 있다. 더 이상, 이 비밀스러운 관계가 발각될지 모른다는 두려움 속에서 살지 않아도 된다. 발각된 이후 따라붙을 수치심, 불명예와도 안녕이다.

"뭐가 지긋지긋한데?"

내가 물었고 그녀는 대답하지 않았다. 나는 그녀가 말할 준비가 될 때까지 잠자코 기다리기로 했다. 잠시 후 침대가 삐걱거리는 소리, 바닥을 가로지르는 그녀의 발소리가 들렸고 문이 열렸다.

그녀의 얼굴은 눈물로 축축하게 젖어있었고 눈 화장은 번져 있었다.

"내가 창피한 거야?"

그녀는 비참하게 흐느끼며 물었다.

"내가 자기한테 충분하지 않다고 생각하는 거야? 그래서 나와 함께 있는 모습을 남한테 보이지 않으려고 하는 거냐고!"

"당연히 아니지."

나는 그녀를 안심시키려고 다정하게 말했다. 우리는 전에도 여러 번 이런 이야기를 했다.

"우리가 왜 조심해야 하는지 알고 있잖아."

내가 덧붙였다.

"그렇지만 벌써 5개월이나 지났어!"

그녀는 화장지로 코를 풀었다.

"같이 돌아다니면서 이것저것 하고 싶단 말이야. 이제 논문도 끝났으니까 조금 더 같이 있고 싶어."

나는 그 말이 무슨 의미인지 이해할 만큼 그녀에 대해 충분히 알고 있었다. 그녀는 나를 새로운 집착 대상으로 삼으려고 했다. 미래를 위한 그녀의 꿈과 희망의 중심에 내가 있기를 원했다. 한마디로 나는 그녀 내부에 깊게 자리 잡은 불행의 탈출 수단이었다.

하지만 나는 그녀를 괴롭게 하는 병의 치료제가 될 수 없었다. 오히려 대부분 내가 그 병의 원인이었다. 우리가 처음 만났을 때 내가 갑의 위치에 있었기 때문이다. 그녀는 나를 전문가로서 신뢰했고 나는 그녀의 신뢰를 저버렸다. 나는 그녀의 약점을 이용한 셈이었다. 상호 동의로 시작된 관계라고 애써 합리화했지만, 결코 동등한 관계가 아니었음을 마음 깊은 곳에서는 알고 있었다. 이제 그녀는 사면초가에 처했다. 그녀는 무력감을 느꼈다. 당연히 그럴 것이다. 지금 그녀에게 필요한 건 다시 상담을 받는 것이다. 하지만 그녀가 다른 사람에게 상담을 받는다면 우리 관계가 노출될 게 뻔하다. 그러니 내가 하는 수밖에 없었다. 그녀가 치유되도록 돕는 건 온전히 내 몫이었다.

그녀는 애처롭게 흐느끼며 말했다.

"그리고 요즘에 뭔가 달라졌어. 예전처럼 자주 전화하지 않잖아."

"점심시간마다 전화했잖아."

"전에는 더 자주 했었다고."

안타깝게도 그 문제에 대해서는 어떤 합리화도 할 수 없었다. 내가 할 수 있는 거라고는 고작 그녀를 달래주는 것뿐이었다.

"나는 매일 밤 자기랑 함께 있고 싶단 말이야!"

그녀는 계속 흐느꼈다.

"여기 있는 게 어려운 일도 아닌데 왜 꼭 자기 집으로 돌아가려고 하는지 모르겠어."

"왜 그런지 이미 알고 있잖아."

나는 설명했다.

"겉으로 우리 관계를 드러내면 안 되니까. 그렇지 않으면 나는 해고당할 거야. 그럼 우리는 어떻게 되겠어?"

그녀는 빠르게 앞으로 다가오더니 내 허리를 감싸 안고 내 어깨에 눈물로 얼룩진 얼굴을 묻었다.

"알아. 미안해. 혼자 있는 것도 싫고 자기가 없으면 힘들어서 그랬어. 자기는 항상 모든 걸 좋아지게 만들잖아. 계속 그렇게 해줬으면 좋겠어."

짊어지기 어려운 짐이었다. 멜라니의 행복을 위한 완전하고 절대적인 책임. 집 한 채를 등에 진 것처럼 무겁게 느껴졌다. 내가 저지른 일을 원상태로 되돌릴 수만 있다면 얼마나 좋을까.

그녀는 애원하는 눈빛으로 나를 올려다보다가 나를 끌어당겨 키스했다. 그녀의 코에서는 콧물이 흘렀고 그녀의 입에서는 괴로움을 불러일으키는 술맛이 느껴졌다. 그건 곧장 나를 고통스러운 어린 시절로 데리고 갔고 순식간에 내부에 잠들어 있던 혐오감을 끌어냈다. 하지만 그녀를 거부할 수는 없었다. 지금은 그럴 수 없었다.

"와서 내 옆에 누워."

그녀는 내 손을 잡아당기며 애원하듯 말했다.

"자기가 나를 안고 전부 다 괜찮을 거라고 약속해 줬으면 좋겠어."

나는 지쳤고 배가 고픈데다가 저녁 식사도 끝내지 못했지만 거절할 수 없다는 것도 알고 있었다. 그녀는 부서질 만큼 약해진 상태였고 비참한 그녀의 마음을 달래주는 데는 시간이 걸릴 터였다. 이미 와인 한 병을 다 마셨기 때문에 어쩌면 빨리 잠이 들지도 몰랐다. 정신적으로도, 감정적으로도 많이 지친 나는 그렇게 되기만을 바랐다.

☾

다음 날 아침 환자들을 본 다음 1시에 오기로 한 영화과 학생들을 맞이하기 위해 책상과 책장을 정리하면서 점심시간을 보냈다. 그들이 도착하기 전 캐롤라인이 불쑥 들어왔다.

"전부 좋아 보이네. 그리고 부탁 들어줘서 고마워. 이게 우리한테는 큰 도움이 될 거야."

그녀는 말했다. 나는 그녀가 무슨 말을 하는지 몰랐지만 뉴욕에서 가장 부유한 가족 중 하나에게 호의를 베푸는 일과 관련 있는 말이겠거니 여겼다. 캐롤라인은 대단한 야심가였다. 가끔은 브루클린, 심지어 그녀가 살았던 코네티컷까지 클리닉을 확장할 것이라는 계획을 이야기하기도 했다. 주머니가 두둑한 투자자를 찾는 건 그녀의 중요한 전략이었을 것이다.

"별말씀을요."

내가 대답했다. 오히려 의자에 앉아 타인의 문제에 귀 기울일 필요가 없는 오후를 보낼 수 있어 좋았다. 최근에는 내 문제를 감당하기만도 벅찼다.

시계가 1시를 가리키자 때마침 전화벨이 울렸다.

"분명 그 사람들일 거야."

캐롤라인은 삐져나온 머리카락을 귀 뒤로 넘겼다.

"내가 내려가서 데리고 올게. 긴장할 필요 없어. 그냥 학생들이니까."

그녀는 덧붙였다. 그녀의 말은 나보다는 자기 자신에게 하는 것처럼 들렸다.

"어떤 얘기를 해도 마음에 들어 할 거야. 행운을 빌어."

"노력할게요."

나는 웃으며 대답했다.

잠시 후 상담실 문을 두드리는 소리가 났다. 캐롤라인이 영화과 학생들과 함께 들어왔는데 예상보다 사람이 많지 않았다. 파일을 가슴에 끌어안고 백팩을 멘 젊은 여성과 커다란 카메라 케이스와 삼각대를 든 키가 크고 마른 남성뿐이었다.

구름 뒤에서 나온 태양이 창밖의 떡갈나무 잎사귀 사이로 빛을 비추기 시작했을 때, 내 시선은 방금 들어온 여자에게 고정되었다. 금발머리칼을 가진, 마른 체형의 그녀는 북유럽 사람처럼 보였다. 나를 향해 짓는 그녀의 눈부신 미소에 하마터면 의자에서 중심을 잃을 뻔했다. 나는 재빨리 자리에서 일어났다.

"안녕하세요. 어서 오세요."

캐롤라인은 손을 뻗어 나를 가리키며 말했다.

"이분은 로빈슨 박사예요. 로빈슨 박사는 뉴욕에서 가장 주목받는 심리학자입니다. 특히 애도 분야에서요. 우리 클리닉에 굉장히 고마운 존재죠."

젊은 여성은 당당하게 앞으로 걸어와 손을 내밀었다.

"이렇게 도와주셔서 정말 감사합니다. 저는 올리비아 해밀턴입니다. 이쪽은 브렌던 데이비스고요."

나는 그들과 악수를 했다.

"그럼 저는 이만 자리를 비켜드리죠."

캐롤라인은 경쾌한 목소리로 말하고 문으로 향했다.

"뭐든 필요한 게 있으면 알려줘요. 제 사무실은 바로 위층에 있어요."

"정말 고맙습니다."

올리비아가 말했다. 그녀는 다시 나를 바라보았고 우리는 몇 초간 서로를 응시했다. 그녀의 왼쪽 뺨에는 조그만 흉터가 있었지만, 흉터마저도 그녀의 타고난 아름다움을 해치지 못했다. 모험을 즐기는 사람이라는 느낌까지 더하며, 오히려 아름다움을 배가시켰다.

"시작하겠습니다."

상담실을 둘러보던 그녀의 시선이 소파 맞은편에 있는 커다란 가죽 안락의자에 안착했다.

"보통 이 자리에 앉으세요?"

"네."

그녀는 창문을 힐끗 바라보았다. 빛이 들어오는 각도와 한쪽 벽면에 배경처럼 자리 잡은 책장을 살펴보는 것 같았다.

"의자를 조금 옮겨도 괜찮을까요? 책장 가까운 쪽으로요. 물론 끝나면 다시 제자리로 옮길게요."

"그럼요. 뭐든 좋을 대로 하세요."

내가 책상에 앉아 파일을 정리하는 동안 그녀와 브렌던은 의자를 재배치하고 카메라와 조명 몇 개를 설치했다. 올리비아는 브렌던에게 내가 책상에서 일하는 모습과 상담실의 모습을 담은 영상을 찍어달라고 한 다음 말했다.

"로빈슨 박사님, 이제 다 준비가 된 것 같네요."

"딘이라고 부르세요."

나는 일어나서 그녀를 따라가며 말했다. 그녀는 가구들 주위를 서성이며 말했다.

"이렇게 진행될 거예요. 제가 선생님 맞은편에 앉아 몇 가지 질문을 드릴 거예요. 카메라는 쭉 선생님을 향할 거고요. 렌즈는 쳐다보지 마시고요. 그냥 아무것도 없다고 생각하세요. 그냥 저를 바라보시면 돼요. 그냥 둘이서 사적인 대화를 나누는 것처럼 하시면 됩니다."

"그렇게 어려울 것 같지는 않네요."

그녀는 2미터 정도 떨어진, 내 맞은편 작은 의자에 앉아 노트를 뒤적거리기 시작했다.

"촬영 시작해도 돼."

그녀는 뒤에서 삼각대에 있는 카메라를 조작하고 있던 브렌던에게 말했다. 그녀는 다정한 표정으로 나를 보면서 말했다.

"어떻게 심리 치료사가 되셨는지부터 시작할게요. 이 일에 매력을 느낀 계기가 있었나요?"

그녀는 몸을 약간 기울이며 친근감 있는 말투로 말했다.

"카메라에 익숙해지고 저를 조금 더 편안하게 느낄 수 있게 가벼운 이야기부터 좀 하려고요."

"네, 좋아요."

나는 이번 한 번쯤은 질문을 받는 입장이 되어보는 것도 좋다고 생각했다.

"좋습니다."

그녀는 얼굴을 살짝 붉히며 노트를 내려다보았다.

"그럼 시작하겠습니다. 어떻게 심리학에 관심을 갖게 되셨는지 말씀해 주세요."

나는 처음 몇 분 동안 내가 받았던 교육에 관해, 대학 교육을 받을 수 있게 해준 장학금 제도에 얼마나 감사하는지에 관해 이야기했다. 평소 나는 동료들이나 환자들에게 과거를 숨겨왔다. 하지만 어떤 이유에서인지 지금은 유소년기에 처했던 상황을 솔직히 털어놓고 싶었다. 극심했던 가난과 어린 나이에 엄마가 돌아가신 일까지.

"놀라운 삶을 살아오셨네요."

그녀의 푸른 눈이 내 눈에 고정되었다.

"그런 경험이 다른 사람들이 겪는 감정적 어려움을 다루는 데 큰 도움이 되겠어요. 경험에서 얻은 값진 통찰력을 갖고 계실 테니까요."

"그럴 수도 있겠네요. 사실 최근에 고모가 돌아가셨거든요. 그래서……."

"유감이에요."

"감사합니다."

"가깝게 지내셨나요?"

"아주요."

그녀는 잠깐 말을 멈추었다가 따뜻한 눈빛으로 나를 바라보았다.

"그래서 선생님은 여기서 보람을 느끼시는 건가요? 어려운 일을 겪은 다른 사람들을 도우면서요?"

"가끔은요. 하지만 솔직히 말씀드리면 제가 이 일에 끌렸던 이유는 인간의 행동 양식을 배우고 싶어서였어요. 아버지가 저지른 실수를 반복하고 싶지 않았거든요. 패배한 전장에서 어떻게든 승리한 기분을 느껴보고 싶어서였을 수도 있고요. 어쨌든 그래서 그 끔찍한 쳇바퀴 안에서 탈출할 수 있었어요."

나는 감옥에 있는 형 이야기, 그리고 운이 좋았던 내가 어떻게 그 길에서 벗어날 수 있었는지도 이야기했다. 올리비아는 고개를 끄덕이면서 나를 보았다. 갑자기 부끄러워졌다.

"죄송해요. 쓸데없이 제 얘기를 너무 많이 해버렸네요. 제가 필름을 얼마나 낭비한 거죠?"

나는 브렌던을 보며 가볍게 웃었다.

"그런 건 걱정 안 하셔도 돼요. 멋진 이야기였으니까요. 온종일 들을 수도 있을 것 같은데요. 하지만 환자분들과의 약속이 있으실 테니 이제 다음 질문으로 넘어가는 게 좋겠어요."

올리비아가 대답했다. 다시 노트를 내려다보던 그녀는 약간 망설이는 눈치였다.

"좋아요. 그럼…… 이걸 여쭤볼게요."

그녀의 시선을 마주한 나는 그녀의 눈빛에 빠져들 것만 같았다. 그녀의 눈빛에는 내 안에 생명력을 불어넣는 무언가가 있었다.

"사랑했던 누군가를 보내주는 데 어려움을 겪는 환자를 치료한 적이 있으신가요?"

"수없이 많았죠. 물론 구체적인 사례를 언급할 수는 없지만요. 일반적으로 어떤 부분을 알고 싶으세요?"

그녀는 앞으로 몸을 기울였다.

"사랑했던 사람의 영혼이 여전히 그들의 삶에 함께 존재한다고 믿는 경우를 말씀해 주시겠어요? 그들이 그런 생각을 하게 되는 요인은 무엇일까요?"

"음, 심리학적 관점에서 보면 그들은 애도의 단계를 통과하는 데 어려움을 겪고 있을 확률이 높아요. 사랑하는 사람이 영원히 떠났다는 현실을 끊임없이 부정하는 단계에 갇힌 거죠. 혹시 애도의 단계에 대해 알고 계시나요?"

"네."

"좋아요. 그들이 단계를 밟아나가 수용에 도달할 수 있도록 돕는 게 제 일이죠. 수용 끝에 마침내 그들은 슬픔을 내려놓고 다시 행복을 찾아 앞으로 나아가요. 때가 되면요."

"혹시 그게 사실일지도 모른다고 생각해 본 적은 없나요?"

올리비아가 물었다.

"사랑하는 사람, 그러니까 영혼이 실제로 주변을 떠돌고 있다고 가정했을 때, 어쩌면 남아있는 사람이 앞으로 나아가는 데 어려움을 겪게 만드는 건 그 영혼들일 수도 있지 않을까요?"

나는 그녀를 보며 미소를 지었다.

"제가 유령을 치료해야 한다고 말씀하시는 건가요?"

그녀는 웃으면서 시선을 내리깔았다.

"우스꽝스럽게 들리네요. 그럼…… 실례가 안 된다면 이걸 여쭈어볼게요. 혹시 사후세계를 믿으세요?"

나는 의자에서 약간 자세를 바꾸었다.

"그건 예상 못 했던 질문이네요."

그녀는 사과하며 바로 말을 돌리려고 했다.

"아니에요. 괜찮아요. 최선을 다해서 대답해 볼게요."

나는 잠깐 말을 멈추고 생각에 빠졌다.

"명확한 답변을 드릴 수는 없겠는데요. 과학적 증거가 없으니까요. 그러니까……."

나는 미안한 표정으로 그녀를 바라보았다.

"죄송해요. 별로 도움이 안 되는 답변이죠?"

그녀의 다큐멘터리가 정말 애도에 관한 것일까? 궁금해졌다.

"전혀 문제없어요. 괜찮아요. 무슨 말씀이신지 알겠어요. 그럼 꿈에 관해 이야기해 볼까요? 꿈은 아주 현실적으로 느껴지기도 하잖아요. 사랑했던 사람이 꿈을 통해 자신을 만나러 왔다고 믿는 환자들에 대해서는 어떻게 생각하세요?"

그녀가 말했다.

"사실 그건 아주 흔한 일이에요."

나는 내가 잘 아는 분야로 돌아왔다는 점에 안도하면서 대답했다.

"지금껏 광범위하게 연구되었던 주제이기도 하고요. 그런 종류의 꿈은 위안과 즐거움을 주기도 하죠. 특히 고인이 더 이상 아프지 않은 상태로 등장하거나 다시 젊어진 상태로 등장하는 경우에는요. 하지만 때로는 그 꿈 때문에 불안함을 느끼기도 해요. 둘 중 어떤 쪽이든 애도의 과정에 영향을 미치죠. 그로 인해 더 슬퍼질 수도, 반대로 위로를 받을 수도 있거든요. 궁극적으로는 둘 다 같은 결과를 가져와요. 남은 사람이 사랑하는 사람의 죽음을 받아들이는 단계를 빠르게 밟을 수 있게 만들어요."

올리비아는 나를 잠시 바라보더니 고개를 기울였다.

"최근 돌아가셨다던 고모님의 꿈을 꾼 적이 있나요?"

그 질문은 나의 지난 몇 달간을 되돌아보게 했다.

"의아하게도 없었네요."

최근 겪었던 모든 스트레스를 고려했을 때 그건 놀라운 일이었다. 멜라니에 대한 복잡하고 혼란스러운 감정에 사로잡혀 있었던 내 모습을, 내 내면을 들여다보았다. 나는 요즘 감정의 롤러코스터에 탑승해 있었다. 욕망으로 출발해, 수치심, 후회의 선로를 따라갔고 우리의 관계가 발각되리라는 두려움에 늘 사로잡혀 있었다. 린 고모 생각을 그리 자주 하지 못했다.

"통계에 따르면 남은 사람들 중 60퍼센트만이 고인이 등장하는 생생한 꿈을 꿉니다. 그리고 우리는 우리가 꾸는 꿈 중에서 고작 5퍼센트만 기억할 수 있어요. 그러니 아마 저도 고모 꿈을 꾸었을 거예요. 기억을 못 할 뿐이죠."

올리비아는 고개를 끄덕이고 노트를 확인했다.

"사랑하는 사람의 죽음과 관련한 예지몽에 대해서도 말씀해 주실 수 있으신가요?"

"그게 정확히 무슨 뜻이죠?"

그녀는 뒤로 기대앉아 설명을 덧붙였다.

"이건 그저 수많은 사례 중 하나인데요. 오후에 낮잠을 자던 여성에 관한 이야기를 읽은 적이 있어요. 그 여성의 꿈속에서 친언니가 문을 쿵쿵 두드리면서 자신의 이름을 불렀다고 해요. 꿈에서 깨서 문으로 달려갔을 때는 아무도 없었고요. 한 시간이 지나고 형부의 연락을 받았는데 언니가 쇼핑몰에서 심장마비를 일으켜 사망했다는 소식이었어요."

나는 고개를 끄덕였다.

"저도 그런 경험을 한 사람들의 이야기를 읽어본 적 있어요."

"그럼 그건 어떻게 설명되는 걸까요?"

그녀의 물음에 나는 잠시 생각에 빠졌다.

"음, 이런 식으로 생각해 보죠. 세상에는 대략 50억 명의 사람들이 있어요. 매년 수백만 명이 사망하고요. 그런 꿈은 늘 꾸지만, 누군가가 죽을 때마다 꾸는 건 아니에요. 그 두 가지가 같은 날 일어날 확률이 전혀 없는 건 아니라는 말이죠."

"그럼 그저 우연이라고 생각하시는 거군요."

"네. 그렇게 생각해요."

그녀는 나를 골똘하게 살폈다.

"선생님이 그들의 이야기를 믿지 않는다고 환자들이 좌절감을 표현한 적이 있나요? 아니면 보다 열린 마음으로 봐달라고 했던 적은요?"

"실은 꽤 자주 그래요. 하지만 그런 얘기 들어본 적 있나요? 지나치게 마음을 열고 받아들이면 판단력을 잃어서 바보가 된다는 말."

그녀는 고개를 뒤로 젖히고 웃음을 터뜨렸고 브렌던은 몸을 숙여 카메라 초점을 맞추고 영상이 제대로 찍히고 있는지 확인했다.

다음으로 올리비아는 호스피스 병동의 환자들이 가끔 임종을 앞두고 본다는, 죽은 사람의 환영에 대해 물었다.

"때로는 죽기 몇 주 전부터, 심지어 수개월 전에도 그런 환영을 본다고 해요. 이미 저승에 간 사람의 방문이라고 생각하시나요, 아니면 다른 걸까요?"

올리비아가 말했다. 나는 숨을 깊게 들이마신 다음 뱉어냈다.

"제 직업적 견해로는 용어 자체에 이미 의미가 들어있다고 봐요. 사랑했던 사람의 환영. 그건 곧 죽음의 공포를 극복하기 위한 무의식의 대처 방식이자 상상력의 산물이죠."

"흥미롭네요."

올리비아가 말했다. 그녀는 환자가 애도 과정을 잘 거쳐나가도록 돕기 위해 어떤 치료법을 사용하는지 등 몇 가지 추가 질문을 했다. 그러고 나서 브렌던을 바라보며 말했다.

"전부 다 찍었어?"

"물론이지. 전부 다."

"좋아요. 음, 제가 궁금했던 건 다 여쭤본 것 같네요."

올리비아는 파일을 닫고 일어섰다.

"정말 감사합니다. 너무 유익한 인터뷰였어요."

"정말요?"

나는 자리에서 일어나면서 물었다.

"제 생각에는 삶과 죽음, 그리고 죽음 이후의 세계에 대한 결정적인 무언가를 찾고 계셨던 것 같아서요."

"아니요. 전혀 그렇지 않아요. 여기서 기대한 건 그런 게 아니에요. 오늘 제가 원했던 건 사별의 슬픔을 다루는 과학적인 방법에 대한 거였어요. 이미 많은 심령술사, 영매, 장례식장에서 집으로 돌아간 후 침대 위에서 분홍색 아지랑이를 봤다고 말하는 사람들을 만나 이야기를 들었거든요. 이게 딱 제가 원하던 거였어요. 균형을 맞출 수 있게 도와주셨어요."

안도감이 들었다.

"다행이네요. 재미있기도 했고요."

"재미있으셨다니 좋은데요."

올리비아는 시계를 힐끗 보았다.

"장비 정리해서 나가기까지 그리 오래 걸리지 않을 거예요. 혹시 오늘 보셔야 할 환자가 더 있나요?"

"없어요. 위버 박사가 제 오후 진료를 전부 취소했거든요. 그러니 천천히 하세요. 제가 도울 게 있을까요?"

"감사합니다. 그렇지만 저희가 해도 충분해요."

그녀와 브렌던이 카메라와 조명을 케이스에 넣고 가구를 원래 자리로 옮기는 동안 나는 그녀의 다큐멘터리에 관해 물었다.

"다큐멘터리는 언제쯤 완성되나요?"

"이게 이번 학기에 가장 중요한 과제라서요. 몇 주 안에는 최종 영상을 제출해야 해요. 이번이 제 마지막 학기거든요."

"그럼 이제 졸업이에요?"

"네. 그다음에는 독립 영화계로 갈 생각이에요."

"계속 다큐멘터리를 만들 생각이신가요?"

내가 다정하게 물었다.

"잘 모르겠어요. LA에 있는 스튜디오에서 일자리 제안을 받았는데 TV 프로그램 일이라서요. 솔직히 서부로 가는 건 별로 끌리지 않기도 하고요. 시간은 충분하니 천천히 결정하려고요. 저는 아직 스물넷이거든요. 당분간은 독립적이고 창작의 자유가 보장되는, 제가 선택한 프로젝트만 하려고요."

만약 다른 사람이었다면 나는 '생계를 위해서는 때때로 원하지 않는 일도 해야 하죠' 하고 말했을 것이다. 하지만 그녀에게는 그런 게 조금도 문제가 되지 않을 터였다.

짐을 다 꾸린 그녀와 브렌던이 문으로 향했다.

"다시 한번 감사합니다."

올리비아가 말했다. 우리는 복도에서 악수를 나누었다. 그녀의 손은 따뜻했다. 오늘이 지나면 이 여자와 교류할 자유가 내겐 없다는 사실을 자각하자 후회가 파도처럼 밀려왔다. 멜라니와 관계를 맺음으로써 저지른 도덕적 잘못은 결국 덫이 되어 나를 가두었다. 반면 올리비아는 나를 존경의 눈빛으로 바라보았다. 그녀는 지식적인 면에서, 그리고 경험적인 면에서 나를 우러러보는 것 같았다.

나 자신이 이때보다 더 사기꾼처럼 느껴진 적이 없었다.

"그럼, 안녕히 계세요."

나는 문을 닫고 책상으로 돌아와 의자에 주저앉은 채 천장을 올려다보았다. 앞으로 나는 어떻게 되는 걸까? 나는 비참한 기분으로 앞날을 걱정했다.

만약 멜라니가 계속해서 사랑받지 못한다는 감정, 불행함을 느낀다면 치료사로서의 비윤리적 처신이 들통나게 될까. 그렇게 되지 않도록 막을 방법이 있기는 한 걸까. 모든 게 그녀가 꿈꾸던 대로 될 거라고 안심시키기 위해 나는 얼마나 더 오랫동안 말과 행동을 꾸며내야 하는 걸까. 영원히 그녀만을 사랑할 것이며 절대 떠나지 않겠다고 말이다. 최근 들어 그녀의 불안정한 상태는 이루 말할 수 없이 심각해졌다. 프러포즈 외에 그녀를 만족시킬 수 있는 건 아무것도 없어 보였다. 비록 징계위원회의 처벌을 피할 수 있을 때까지, 오랜 시간 약혼 상태에 머물러 있어야 한대도 말이다. 그녀는 내가 애정과 욕망을 쏟아붓는 순간에만 행복해 보였다.

새롭고 설렜던 처음에는 그 모든 감정과 행동이 자연스러웠다. 하지만 내가 한 일이 잘못된 것이라는 사실을 재차 깨달은 이후부터는 두려웠다. 초기의 열정을 보여주기 위한 기만행위를 지속해야 한다는 생각에 겁이 났다.

바로 그때 전화벨이 울렸다. 가슴이 철렁했다. 멜라니일 것이다. 그녀는 어째서 점심시간에 전화하는 것을 잊어버렸는지 추궁할 터였다. 온몸에 공포의 매듭이 단단히 조여졌다. 나는 수화기를 들고 말했다.

"로빈슨 상담실입니다."

"여보세요. 안녕하세요."

여자의 목소리였지만 멜라니는 아니었다. 올리비아 해밀턴이었다.

딘

1986. 뉴욕

전화기 너머로 올리비아의 목소리가 들리자 기분이 한결 가
벼워졌다.

"다시 귀찮게 해드리는 것 같아 죄송해요. 촬영 동의서에 사
인받는다는 걸 깜박했거든요."

그녀는 말했다.

"촬영 동의서라, 그게 뭔가요? 제 얼굴과 목소리를 사용해도
된다고 동의하는 건가요?"

"네, 정확해요. 그리고 최종 작업물에 대한 권한을 포기한다
는 내용도 포함돼요."

"이해했어요. 만약 다큐멘터리가 대성공을 거둔다 해도 제가
수익의 일정 비율을 요구할 수 없게 되겠군요."

그녀는 전화기 너머로 가볍게, 유혹적인 웃음을 터뜨렸다. 유혹은 당연히 그녀의 의도와는 거리가 멀었겠지만, 다시 듣게 된 그녀의 목소리가 너무 반가운 나머지 그렇게 느껴졌다.

"그렇게 된다면 좋겠어요. 기대해 볼만한 일이지 않아요?"

그녀가 말했다.

"그럼요."

"그럼 이렇게 하면 어때요?"

그녀는 망설임 없이 물었다.

"월요일 근무하시는 시간에 제가 상담실에 잠깐 들를 수 있어요. 혹은 지금 시간 괜찮으시다면 공원에서 만나도 좋고요. 지금 개 산책시키러 가는 길이거든요."

"산책이요?"

"네. 오늘 오후 진료 취소했다고 하지 않으셨어요? 날씨가 아주 좋거든요."

좋다고 말하고 싶은 충동과 함께 혈관에 뜨거운 피가 돌았다. 하지만 바람피운다는 느낌을 떨칠 수가 없었다. 이 상황을 멜라니가 알게 된다면 분노를 금치 못할 것이다. 내가 제안에 반응하지 않자 올리비아는 한발 뒤로 물러났다.

"죄송해요. 제가 너무 앞서간 것 같아요. 혹시 만나는 사람 있어요? 반지를 못 본 것 같아서 물어봐도 괜찮을 것 같았거든요."

나는 그녀의 솔직함에 감탄했다. 대답은 순식간에 내 입 밖으로 튀어나왔다.

"아니요. 만나는 사람 없어요."

군이 변명하자면 멜라니와의 관계는 비밀에 부쳐져야 했기 때문에 지금 입 밖으로 튀어나온 건 꾸준히 연습해 온 대답이었다. 그건 멜라니도 이해하고 있었다.

"지금 만날 수 있어요. 어디 있어요?"

내가 물었다.

"지금은 부모님 집이에요. 상담실 건물에서 보이는 공원 맞은편이죠. 5번가와 79 교차로에서 볼까요? 거기 소프트아이스크림 트럭이 있는데 금방 찾을 수 있을 거예요. 빨간색, 노란색이 섞인 트럭이라 잘 보이거든요. 20분 후에 보면 어떨까요?"

"좋아요. 잠시 후에 거기서 만나요."

나는 전화를 끊고 서둘러 책상을 정리한 다음 문을 잠갔다.

☾

5번가의 아이스크림 트럭 앞에 도착했을 때 올리비아는 먼저 와서 기다리고 있었다. 그녀는 아까와 같은 백팩, 흰 셔츠, 청바지 차림으로 공원 벽에 기대어 서있었다. 커다란 검정개 한 마리가 그녀 앞에 느긋하게 앉아있었다. 올리비아는 다른 쪽을 보고 있었다. 올리비아의 시선이 향한 곳에는 사이렌을 울리고 있는 구급차가 어떻게든 교통 체증을 벗어나려 하고 있었다. 내가 인사를 건네자 그녀는 소스라치게 놀랐다.

"미안해요. 놀라게 할 생각은 없었어요."

내가 말했다. 나를 본 그녀의 얼굴에 화색이 돌았다. 그녀가 벽에서 몸을 떼자 분위기를 감지한 그녀의 개도 일어나서 꼬리를 흔들기 시작했다.

"아니에요. 괜찮아요. 여기가 너무 소란스러워서 정신이 팔렸었나 봐요. 오셔서 기뻐요."

그녀가 대답했다.

"네, 저도요."

우리는 몇 초간 서로에게 따뜻한 미소를 건넸다. 어색한 기운이 돌기 시작할 때쯤, 나는 털이 수북한 그녀의 친구를 내려다보았다.

"이분은 누구실까요?"

"소개를 깜박했네요."

올리비아는 개의 머리를 쓰다듬었다.

"여기는 지기예요. 지기, 이분은 딘이야."

나는 무릎을 꿇고 지기의 부드러운 귀와 턱을 긁어주었다. 지기가 내 턱을 핥아 나는 웃음을 터뜨렸다.

"그래그래, 너 너무 사랑스럽다."

"당신이 좋은가 봐요."

올리비아가 말했다.

"저도 좋은데요. 종류가 뭐예요?"

나는 일어서며 물었다.

"저도 잘 모르겠어요. 작년에 동물 보호소에서 데려왔거든요. 아마 래브라도 리트리버와 다른 종이 섞인 것 같아요. 어쨌든 아주 영리하답니다."

"그렇게 보이네요."

나는 거리 쪽을 바라보며 지기에게 물었다.

"아이스크림 먹고 싶니?"

"당연하죠. 지기는 여기 도착한 다음부터 아이스크림 트럭만 보고 있었거든요. 못 먹으면 실망이 클 거예요."

우리는 넓은 보도를 가로질렀고 나는 뒷주머니에서 지갑을 꺼냈다.

"어떤 거 드실래요? 아니, 지기가 뭘 좋아하는지 물어봐야 하나요?"

그녀는 미소를 지었다.

"지기가 제일 좋아하는 건 바닐라 맛이에요."

나는 계산을 했고, 우리는 센트럴 파크로 들어가 램블 산책로 쪽으로 걸어갔다.

"이 근처에 사세요?"

나는 아이스크림을 핥으며 물었다. 지기는 종종걸음으로 신나게 앞장섰다.

"부모님은요. 저는 그리니치 빌리지에 있는 아파트에서 친구들이랑 살아요. 하지만 같이 사는 친구들 사이에 개 기르기 금지 규칙이 있어서 제가 학기를 마칠 때까지 부모님이 지기를 대신 돌봐주고 있어요."

"관대하신 분들이네요."

"네. 그렇지만 제가 매일 집에 들러서 지기와 산책하고 놀아줘야 한다는 엄마의 조건이 붙었죠. 물론 부모님과 함께하는 게 나쁘다는 건 아니지만 그런 조건으로 지기를 맡아준다고 했을 때는 어쩐지 협박당하는 느낌이 들었거든요."

나는 웃었다.

"그쪽은요? 어디 살아요?"

그녀가 물었다.

"뉴저지요."

언젠가 맨해튼으로 이사하는 게 꿈이라는 건 말하지 않았다. 그때쯤 올리비아는 아이스크림콘을 거의 다 먹었다.

"지기! 여기 간식."

지기는 멈추어서 몸을 돌렸고 그녀는 지기가 남은 콘을 먹을 수 있도록 무릎을 구부렸다.

"잘했어, 지기."

그녀는 지기의 머리를 쓰다듬고 다시 걷기 시작했다.

"잊어버리기 전에 사인을 받아야겠어요."

그녀는 지기의 목줄을 내게 건네고 백팩에서 서류와 펜을 꺼냈다.

"한번 살펴보세요. 주의 깊게 읽어보시고 동의하신다면……."

그녀는 내게 펜을 내밀며 기대에 부푼 미소를 지었다.

"정말 감사드려요."

그건 한 장짜리 간단한 문서였다. 읽고 사인하는 데까지 고작 30초가량 걸렸다.

"괜찮아 보이는데요."

"좋아요."

그녀는 서류를 백팩에 넣었고 우리는 다시 걷기 시작했다.

"궁금한 게 있는데요."

내가 말했다.

"뭐든 물어보세요. 아, 지기! 그거 뱉어. 더러운 거야."

그녀는 지기의 턱에서 햄버거 포장지를 빼내기 위해 재빨리 움직였다. 지기는 잠깐 으르렁거렸지만 이내 포기했다.

"죄송해요. 뭐라고 하셨었죠?"

그녀가 움직일 때 머리카락의 향기가 코를 찔렀다. 아이보리 비누처럼 상쾌한 향이었다.

"다큐멘터리에 관해서 질문했을 때요. 유령이라든지 영혼이라든지, 그런 것들에 초점이 맞추어진 느낌이 들었거든요. 그리고 저한테 사후세계를 믿느냐고 물어보셨죠."

"네, 그랬죠."

우리는 숲이 우거진 나무 그늘 속에서 한가롭게 거닐고 있었다.

"그게 당신의 관심사인가요?"

나는 정말 궁금한 마음에 물었다.

"그게 다큐멘터리의 실제 주제인가요?"

그녀는 걸음을 옮기면서 가볍게 웃었다.

"당신과 다르게 저는 그런 것들을 최대한 열린 마음으로 바라보려고 노력해요. 판단은 다큐멘터리를 보는 관객들의 몫이고요. 하지만 정말 솔직히 얘기하면 저는 사후세계를 믿지 않아요. 부모님이 기독교 신자이기는 하지만 저는 죽음 이후에 뭔가 존재한다고 생각하지 않아요. 죽음은 그저 죽음일 뿐이죠. 그걸로 끝이라고 생각해요. 우리 몸은 다시 땅으로 되돌아가고요. 어쩌면 나무의 비료가 되어 그들에게 영양을 주는 방식으로 계속 살아간다고 볼 수도 있겠네요. 하지만 죽은 후에 천국을 간다거나 그런 걸 생각하지는 않아요. 천국이라는 게 어떤 형태이든 말이에요. 제가 이렇게 생각해서 혹시 놀라셨나요?"

"아니요. 전혀요. 당신한테는 흙의 느낌이 있거든요. 제 말은, 그러니까 자연스럽다는 뜻이었어요. 현실적인 사람이라는 뜻이기도 하고요."

나는 대답했다. 그녀는 나를 보고 웃었다.

"칭찬이었으면 좋겠는데요?"

"당연히 칭찬이죠."

"그럼에도 불구하고……."

그녀는 말을 이었다.

"저는 제가 영적인 존재라고 생각하는 게 좋아요. 도시 불빛에서 한참 떨어진 바다 한가운데 있을 때는 별을 바라보기만 하면서도 몇 시간이고 보낼 수 있거든요. 가만히 앉아서 우주의 경이로움을 생각하는 거죠. 가끔은 저도 헷갈려요."

길에 깨진 유리가 떨어져 있어서 나는 올리비아의 팔꿈치를 잡으며 말했다.

"조심해요."

그녀는 깃털처럼 가볍게 나를 따라 발을 옮겼다.

"고마워요."

그녀의 눈빛에 담긴 행복과 감사의 표현이 내 안의 무언가를 밝혀주었다. 아니, 내 안의 무언가에 불을 붙였다. 그녀는 아주 아름다웠지만, 그녀가 가진 건 외적인 아름다움만이 아니었다. 그녀에게는 뭔가 다른 것이 있었다. 내면에 깊숙이 자리 잡은 환희 같은 것.

그 순간 린 고모가 떠올랐다. 아버지가 감옥에 간 후 나를 데리러 왔던 고모, 나는 애리조나의 고모 집에서 보낸 첫날 밤을 회상했다. 고모는 내가 원한다면 읽어주고 싶은 동화가 있다면서 동화를 들으면서 꿈나라로 가는 게 유치하다고 생각하는지 물어봤었다. 나는 괜스레 심술이 나서 나는 더 이상 애가 아니라고 뾰로통하게 대답했다.

"그래, 다행이네. 그럼 이건 어때?"

고모는 침대 아래서 매드 잡지*가 가득 든 상자를 꺼냈고 우리는 같이 누워서 잡지를 보았다. 그날 나는 오랜만에 웃으면서 잠이 들었다. 기억의 끝자락에서 순식간에 나는 위스콘신에 있는 아버지 집으로 돌아왔다. 린 고모가 말년을 보낸 우울한 침실이 있는 그곳. 무거운 후회가 내 가슴을 짓눌렀다.

올리비아는 내 팔을 건드렸다.

"괜찮아요? 뭔가 심각해 보여서요."

"괜찮아요."

나는 심연의 구렁텅이에서 몸을 건져 올렸다.

---

* EC코믹스가 발행하는 미국의 풍자 잡지

"그냥 고모 생각을 좀 하느라고요."

"최근 돌아가셨다던 분이요?"

나는 고개를 끄덕였다. 그녀는 걸으면서 나를 바라보았다.

"정말 유감이에요. 당신한테 굉장히 중요한 분이셨나 봐요."

"그랬죠."

나는 고개를 돌려 올리비아를 바라보았다.

"가까운 누군가를 잃어본 적이 있나요?"

"아니요. 잘 알지 못하는, 조금 먼 친척들만요. 이상할 정도예요. 그렇죠? 제가 얼마나 운이 좋았는지를 생각하면요."

"네. 정말 운이 좋았네요."

"당연히 행운이 영원히 지속되지 않을 거라는 건 알아요."

그녀는 덧붙였다.

"죽음은 누구에게나 찾아오니까요. 언젠가 저도 누군가를 아주 오랫동안 애도하게 되겠죠."

그녀는 몸을 틀어 나를 바라보았다.

"당신은 매일 그런 상황을 다룰 수밖에 없겠네요. 직업 때문에요."

"네. 항상 쉽지만은 않아요."

올리비아와 지기, 나는 숲길을 지나 호수 가장자리에 한적하게 자리 잡은 바위 근처까지 도달했다. 올리비아는 지기의 목줄을 풀어주고 백팩을 벗어둔 다음 작고 노란 테니스공을 꺼냈다.

"자, 가서 가져와!"

그녀는 물속으로 공을 던지면서 외쳤다. 지기가 물에 뛰어들자 물이 사방으로 튀었다. 신이 난 지기의 모습에 린 고모 생각을 잠시나마 덜 수 있었다.

"서두를 필요 없어요."

올리비아가 내게 말했다.

"지기는 몇 시간이든 저렇게 놀 수 있거든요."

그녀가 공을 던지는 동안 우리는 물가에 앉아 정치와 최근 사회 문제들에 관한 긴 이야기를 나누었다. 그녀는 어떻게 하면 일에서 느끼는 감정적 부담이 내 삶까지 침투하는 걸 막을 수 있는지 물었다. 나는 압박감에 대해 솔직하게 이야기했지만, 멜라니에 관해서는 어떤 언급도 하지 않았다.

나는 올리비아의 질문들이, 내 일에 대한 그녀의 관심이 좋았다. 게다가 그녀는 자신의 문제만 이야기하려고 들지 않았다. 어쩌면 그녀는 문제라는 게 없을지도 모른다. 그녀는 너무나도 편안해 보였다. 미래를 바라보는 긍정적이고 행복한 관점. 다른 게 기적이 아니었다. 바로 그게 기적이었다. 밝은 빛과 기쁨으로 가득 찬, 트라우마 없는 삶. 지기마저도 올리비아의 긍정적인 정신에 동화된 것 같았다. 지기는 물에서 펄쩍 뛰어올라 흠뻑 젖은 공을 그녀 앞으로 가져왔고, 그녀가 공을 주워 다시 던지기만을 흥분한 채 기다렸다. 그녀는 지기가 물속으로 뛰어들 때마다 애정을 담뿍 담은 미소를 지었다. 이 세상에 걱정거리라고는 티끌만큼도 없는 듯한 미소였다.

5시가 지나자 그녀는 지기의 목줄을 다시 채웠다. 우리는 램블을 벗어나 다시 넓은 길로 나왔다.

그녀와 함께 걸을 때 나는 마치 꿈속을 둥둥 떠다니는 기분, 이건 내 삶이 아닌 것 같다는 기분이 들었다. 이건 다른 누군가의 삶이었다. 마치 타인의 삶을 훔친 사기꾼이 된 것 같았다. 올리비아와 함께하는 이 순간이 끝나지 않기를 바랐다. 가장 가까운 지하철역으로 걸어가 계단을 내려가면 현실로 돌아가야 한다. 멜라니의 집으로 가야 한다. 만약 멜라니가 오후에 상담실로 전화를 걸었다면 그녀는 화가 많이 났을 것이다. 내가 자리에 없어서, 내가 상담실을 일찍 나올 거라고 미리 얘기하지 않아서…… 그녀는 내가 어디에 있었는지, 누구랑 있었는지 따져 물을 것이다. 나는 뭐라고 말해야 할까?

올리비아와 나는 우리가 처음 만났던 5번가 79번 교차로에 도착했다. 그녀는 손을 내밀어 악수를 청했다.

"만나주셔서, 그리고 동의서에 사인해 주셔서 다시 한번 감사드려요. 이제 작업을 시작할 수 있겠어요. 내일은 하루 종일, 아마 주말 내내 편집해야 할 것 같아요."

"행운을 빌어요."

나는 관습보다 오래, 그녀의 손을 잡고 흔들었다. 이 기분을 그냥 흘려보내기 싫었다. 행복하고 희망적인 존재가 된 것 같은 가벼움. 내 안에 있는 줄도 몰랐던 생경한 기쁨.

"어쩌면 행운은 필요 없을 거예요."

그녀의 반짝이는 눈에 장난기가 서렸다. 어쩌면 유혹의 눈빛이었을지도 모른다. 발을 딛고 있는 땅이 움직이는 것 같았다. 조그마한 배 위에 타고 있는 것처럼 흔들리는 기분이었다. 불현

듯 모든 것이 불안정하게 느껴졌다. 균형을 잃고 쓰러져 버릴 것만 같았다. 어둡고 차갑고 깊은 심해로 가라앉을 것 같았다. 혼자서, 숨도 쉬지 못하는 채로. 올리비아 때문이 아니다. 내 숨통을 조이는 건 멜라니와 내가 저지른 끔찍한 실수였다.

☾

다행히도 내가 센트럴 파크를 걷는 동안 멜라니는 도서관에서 논문을 수정하고 있었다. 그녀는 생산적인 하루를 보내고 있었고 상담실에도 전화하지 않았다.

다음 날 나는 평소처럼 안락의자에 앉아 환자들의 이야기를 주의 깊게 들었다. 하지만 예약 시간 중간중간, 상담 노트를 작성할 때마다 올리비아 생각이 머릿속을 떠나지 않았다. 위험에 처했다는 걸 인정해야 했다. 올리비아 해밀턴. 지금 막 알게 된 여자, 잠깐 함께 시간을 보냈던 여자. 기껏해야 몇 시간? 공원에서 그녀의 개를 산책시키고 서류에 사인한 게 전부다. 그런데…… 그녀 생각을 멈출 수 없었다. 건강하게 보이던 그녀의 탄탄한 체형, 긴 속눈썹과 깊고 푸른 눈, 호수로 뛰어드는 지기를 보면서 열정 넘치는 웃음을 짓던 모습. 그녀의 에너지에 숨이 멎을 것만 같았다.

그리고 다시 만나러 간 멜라니는 우울감에 젖어있었고 매사에 부정적이었다. 내 마음속에 있던 아름다움과 놀라움은 곧바로 날아갔다. 나는 올리비아를 잊으려고 애썼다.

그렇게 힘겨운 평일을 지내고 주말을 앞둔 어느 날, 일을 마치고 책상을 정리할 때 캐롤라인이 가볍게 노크했다. 그녀는 퇴근하는 길이었는지 한 손에는 서류 가방을, 다른 쪽 팔에는 트렌치코트를 걸치고 있었다.

"잘됐다. 내가 잡았네."

그녀가 말했다. 나는 책상 서랍을 잠그고 의자를 뒤로 밀었다.

"현장에서 검거됐네요."

나는 친근하게 웃으면서 말했다. 그녀는 웃으며 문틀에 어깨를 기댔다.

"한 가지 부탁이 더 있는데, 꼭 들어주지 않아도 되니까 부담 갖지는 마. 주말이고 이미 계획이 있을 수도 있으니까."

"무슨 일인데요?"

내가 물었다. 그녀는 상담실 안으로 들어와 서류 가방을 내 안락의자에 내려놓았다.

"오늘 저녁 해밀턴 부부가 여는 만찬에 초대받았는데 리즈가 딘 선생도 데려오라고 해서."

"리즈요?"

"이런, 진정한 뉴욕 사람이 되려면 아직 멀었네. 리즈는 오스카 해밀턴의 두 번째 아내야. 꽤 오래전에 세상을 떠난 첫 번째 아내보다는 훨씬 어리고, 올리비아의 엄마지."

"그렇군요."

갑자기 그 집안의 내력이 궁금해졌다.

"저녁 식사는 7시에 5번가 펜트하우스에서 시작할 거야. 또 누가 참석하는지 잘 모르겠지만 아마 작은 모임일 거야. 혹시 시간 괜찮아?"

어째서 내가 손님 명단에 추가된 건지 의문이 들었다. 딸의 학교 과제를 도와준 것에 대한 감사 표현일까? 아니면 올리비아의 생각이었을까?

자연스럽게 멜라니가 떠올랐다. 딱히 계획은 없었지만, 금요일 저녁이었다. 그녀가 집에서 나를 기다릴 것이다. 멜라니에게 전화를 해야 할 것이다.

"네. 마침 시간 괜찮아요."

내가 말했다.

"잘됐네. 바로 리즈에게 연락해서 갈 수 있다고 얘기할게."

캐롤라인은 내 책상으로 와서 종이에 주소를 적었다.

"그럼 거기서 봐. 그리고 정장 차림이어야 해."

"네, 그럴게요."

흔쾌히 대답은 했지만, 마음이 초조했다. 내가 가진 유일한 정장은 10년이나 된 것이었다. 저녁 식사에 가기 전에 쇼핑부터 해야 했다. 캐롤라인이 나가자 전화기를 들어 멜라니의 번호를 눌렀다.

"여보세요?"

그녀가 말했다.

"나야."

"응, 자기야."

그녀의 기분이 좋은 듯해서 조금은 안심이 되었다. 그럼에도 나는 잠깐 머뭇거리며 손가락 끝으로 책상 위를 몇 차례 두드린 다음 말을 꺼냈다.

"음, 할 말이 있는데 오늘 퇴근 후에 자기 집에 못 갈 것 같아. 일이 생겼거든."

내 통보는 침묵의 벽을 맞닥뜨렸다. 나는 혼자 말을 이어 나갈 수밖에 없었다.

"방금 상사인 캐롤라인이 와서 오늘 저녁 식사에 갈 수 있느냐고 물어봐서 말이야. 클리닉 확장 계획이랑 관련 있는 것 같아. 내가 같이 갔으면 하더라고."

"어디에서? 식당에서?"

멜라니가 물었다. 나는 셔츠 깃을 조금 느슨하게 풀었다.

"아니. 집에서 하는 저녁 식사인가 봐. 조금 사적인 자리인 것 같아."

"누구 집?"

나는 의자를 돌려 책장을 향하도록 했다.

"혹시 오스카 해밀턴이라고 알아?"

"당연하지. 바보도 아니고 뉴욕에 사는 사람이 어떻게 해밀턴을 모르겠어."

"맞아. 그렇지, 그래서……."

일거수일투족을 설명해야만 하는 지긋지긋함, 멜라니의 기분을 상하게 할지도 모른다는 두려움, 지금부터 멜라니의 기분을 풀어줘야 하거나 아예 저녁 식사에 못 갈지도 모른다는 걱정이 뒤엉켜 짜증이 났다.

"며칠 전에 캐롤라인이 링컨 센터에서 오스카 해밀턴과 그의 아내를 만났거든. 그들은 딸이 작업 중인 다큐멘터리 인터뷰를 우리 클리닉에서 해도 되냐고 물었고 캐롤라인은 흔쾌히 수락했대. 그래서 감사의 표시로 저녁 식사에 초대한 것 같아. 나까지."

다시 침묵.

"어떤 딸?"

나는 눈을 질끈 감고 대답했다.

"작은딸."

"올리비아?"

"응, 맞아."

멜라니는 잠깐 말을 멈추었다.

"그녀를 이미 만났던 거야? 그녀가 자기를 인터뷰한 거야?"

"응. 애도 상담과 관련한 몇 가지 기본적인 질문이 다였어. 몇 분밖에 안 걸렸고."

이어지는 침묵.

"왜 얘기 안 했어?"

나는 패배감 가득한 무거운 한숨을 뱉으며 의자에 등을 기댔다.

"인터뷰는 어제 있었던 일이고 어젯밤에 우리는 논문 얘기를 했잖아. 그래서 깜박했어."

"딘……."

나는 대답하지 않았다. 그저 곧 들이닥칠 폭풍을 조마조마한 마음으로 기다릴 뿐이었다.

"좋아."

예상외로 그녀는 담담하게 말했다.

"그러니까 오늘 저녁 식사는 그들 집에서 한다는 거지? 5번 가에 있는 집, 맞지?"

나는 다시 몸을 세우고 앉았다.

"맞아. 캐롤라인이 주소를 줬거든."

"올리비아도 거기 있는 거야?"

"그건 모르겠어."

멜라니의 목소리는 점점 잦아들었다. 그녀는 실망한 듯 이야 기했다.

"알겠어. 원래는 오늘 밤 같이 영화를 보려고 했었는데……. 그럼 저녁 식사는 언제쯤 끝날 것 같아?"

"모르겠어. 감이 안 와."

"끝나고 늦게라도 올 수 있어? 자기가 어두운 밤에 뉴저지 집 까지 운전하고 갈 필요 없게."

그녀의 요구를 거절할 적당한 핑계가 없었기에 그러기로 했 다. 한편으로는 빨리 전화를 끊고 상담실에서 나가 정장을 사고 싶은 마음도 있었다. 하지만 그보다 더 큰 이유는 전화로 시간 을 할애하며 말다툼도, 공짜 상담도 할 여유가 없어서였다. 거 기에 쓸 에너지가 없었다.

딘

1986. 뉴욕

약속 시간 15분 전에 해밀턴의 집 앞에 도착했지만, 안달이 난 것처럼 보이지 않으려고 길 건너편, 한 블록 떨어진 곳에서 서성이며 기다렸다. 내려앉은 석양 한가운데 우뚝 선 건물을 올려다보니 저 중 몇 개의 층이나 해밀턴 가족의 소유일까 궁금해졌다. 그중 세 개의 층에 흐드러지게 핀 녹색 식물이 난간 너머까지 덮여있었다. 1층에는 세련된 유니폼을 입은 문지기가 적갈색 차양 아래 서있었다. 그는 검은 리무진에서 나와 건물 안으로 들어가는 노부부에게 인사를 건넸다. 따뜻한 저녁이었음에도 여성은 모피 코트를 입고 있었다.

나는 계속해서 시계를 확인했다. 캐롤라인과 그녀의 남편이 노란 택시에서 내려 건물 안으로 들어가는 모습을 보았을 때,

들어가도 되겠다고 판단했다. 나는 교차로를 건너 문지기에게로 향했다.

"안녕하세요. 해밀턴 가족과의 저녁 식사 약속이 있어 방문했습니다. 그냥 들어가면 될까요, 아니면……."

"선생님 성함이 어떻게 되시죠?"

"딘 로빈슨입니다."

"안녕하세요, 로빈슨 박사님. 가족분들이 기다리고 계세요. 이쪽으로 오시면 됩니다."

그는 유리문을 열어주었고 나는 흰색 대리석으로 마감된 로비로 걸어 들어갔다. 로비는 여타 연회장만큼이나 넓었다. 거대한 크리스털 샹들리에 바로 아래는 천으로 씌운 원형 소파가 놓여있었다. 로비를 장식한 값비싼 호사품들을 마주하자 나는 이런 세계에 속한 사람들과는 거리가 멀다는 생각에 당장이라도 이곳을 벗어나고 싶은 충동이 일었다.

내면에서 불안감이 솟구쳤다. 문지기는 안내 데스크에 앉은 남자에게 말했다.

"이분은 해밀턴 가에 초대받으신 로빈슨 박사님이세요."

남자 안내원이 일어났다.

"환영합니다. 엘리베이터는 저쪽입니다."

"감사합니다."

나는 경직된 발걸음으로 문이 열려있는 엘리베이터를 탔다. 고급스럽고 깨끗한 붉은 카펫, 광나는 황동 난간과 버튼. 문이 닫히고 엘리베이터는 빠르게 꼭대기까지 올라갔다.

벨이 울리며 다시 문이 열리자 커다란 현관이 나타났다. 나는 흑백 대리석 벽으로 된 현관에 발을 디뎠다. 바로 앞에는 커다란 문 하나가 있었다. 초조한 마음으로 마른침을 삼키고 벨을 눌렀다. 곧 문이 열리고 검은 턱시도 차림의 남자가 나를 맞아주었다.

"안녕하세요. 로빈슨 박사님이시죠? 제가 외투를 받아드려도 될까요?"

나는 외투를 벗어 그에게 건넸다. 드넓은 입구의 양쪽에는 마호가니 탁자가 각각 놓여있었다. 탁자 위를 장식하는 싱싱한 꽃들 역시 좌우로 균형 있게 배열돼 있었다. 바로 앞에는 다른 층으로 이어지는 화려한 돌계단이 있었고, 보이지 않는 스피커에서 클래식 음악이 흘러나오고 있었다.

매력적인 금발의 여성이 활짝 웃으며 내게 다가왔다. 그녀는 요즘 유행하는 어깨를 강조한 자홍색 드레스를 입고, 목에는 진주 초커를 하고, 하이힐로 바닥을 또각또각 가로지르며 걸어왔다.

"안녕하세요, 로빈슨 박사님. 만나서 반갑습니다. 저는 올리비아의 엄마, 리즈라고 해요. 이렇게 와주셔서 정말 감사드려요."

"초대해 주셔서 감사합니다. 편하게 딘이라고 불러주세요."

"네, 그럴게요. 이쪽으로 오세요."

그녀는 내게 팔짱을 끼고 빅토리아 시대의 가구들이 배치된 커다란 거실을 지나 대형 벽난로와 아늑한 소파들, 의자들이 놓인 작은 거실로 나를 안내했다. 그곳에는 열 명 남짓 되는 사람들이 손에 마실 것을 들고 잡담을 나누고 있었다. 캐롤라인과 눈이 마주치자 그녀는 내게 고갯짓으로 알은체를 했다. 나는 올리비아를 찾아 두리번거렸지만, 이곳에 나보다 어린 사람은 없는 것 같았다.

"몇몇 분 소개 좀 해드릴게요. 물론 위버 박사님과 남편분은 알고 계시죠?"

리즈가 말했다. 그녀는 나를 또 다른 두 커플에게로 데리고 갔다. 그들은 해밀턴 가족의 일원이었다. 그중 한 여성은 오스카 해밀턴이 그의 첫 번째 결혼에서 얻은 딸이었다.

"이쪽은 올리비아의 이복 자매인 사라 그리고 사라의 남편 리언이에요. 여기는 제 동생 제임스와 아내 얀이고요. 마이애미에서 왔어요."

나는 모두와 악수를 나누었다. 리즈는 마이애미 출신이었다. 리즈의 아버지는 유리로 된 초고층 빌딩을 설계한 유명 건축가로, 현대적인 호텔과 아파트 등 도시의 절반이 넘는 스카이라인을 만들어낸 사람이기도 했다.

리즈가 뭘 마시겠냐고 물어서 나는 콜라를 요청했다. 레몬 조각이 올라간 콜라는 고급스러운 크리스털 잔에 담겨 도착했다. 턱시도 차림에 흰색 장갑을 착용한 젊은 남자가 순은으로 된 쟁반에 올려 가져다주었다.

모두가 이야기 삼매경에 빠져있을 때 나는 창밖으로 황혼에 물들어 가는 센트럴 파크의 환상적인 모습을 슬며시 엿보았다. 호수에 공을 던지는 올리비아, 물보라를 일으키며 그 공을 뒤쫓던 지기의 모습이 머리에 맴돌았다. 길 한복판에 멈추어서 지기에게 남은 아이스크림콘을 먹이던 그녀의 모습이 떠올랐다.

오늘 밤 그녀는 어디에 있을까? 집에는 없는 듯했다. 실망감은 이루 말할 수 없었다.

그때 해밀턴 씨가 도착했고 내 관심은 온통 그에게로 쏠렸다. 그는 꽤 나이가 들어 보였고 실제로도 생각했던 것보다 나이가 많았다. 리즈는 재빨리 그의 뺨에 입을 맞춘 다음 그의 귀에 대고 무언가 속삭였다. 그녀는 그를 캐롤라인과 캐롤라인의 남편에게로 안내했다. 나는 넥타이를 반듯하게 정리하고 긴장을 풀려고 노력했다. 잠시 후 해밀턴 씨는 내 쪽으로 돌아서며 말했다.

"당신이 로빈슨 박사인가 보군요."

"만나 뵙게 되어 영광입니다."

우리는 몇 분 동안 이야기를 나누었다. 그때 일하는 사람이 들어와 저녁 식사가 준비되었음을 알렸고 우리는 단체로 식당으로 이동했다. 식당 벽에는 은은한 조명들이 설치되어 있었고 하얀 식탁보 위에는 은색 촛대들이 놓여있었다. 바로 그때 올리비아가 거친 숨을 몰아쉬며 문 앞에 나타났다. 그녀는 목에 두르고 있던 실크 스카프를 빼면서 말했다.

"죄송합니다. 제가 너무 늦었나요? 옷도 못 갈아입었네요."

그녀를 나무라는 표정으로 바라보는 해밀턴 씨를 포함해, 누구도 자리에 앉지 않은 채 그대로 멈추었다.

"많이 늦은 건 아니야."

그녀의 어머니가 대답했다.

"가서 옷 갈아입고 와. 기다리고 있을 테니 서둘러."

올리비아는 잽싸게 뛰어갔다.

"요즘 젊은 애들은 참."

해밀턴 씨의 말에 다들 멋쩍은 웃음을 터뜨렸다.

우리는 자리에 앉아 올리비아를 기다리며 대화를 재개했다. 마침내 그녀가 다시 식당으로 들어왔다. 몸에 딱 맞는 흰색 오프숄더 드레스를 입은 그녀의 모습에 숨이 턱 막혔다. 그녀는 내 옆에 앉아 늦어서 미안하다고 재차 사과했다. 사람들은 죽은 사람과 대화할 수 있다는 영매에 관한 필름을 편집하느라 늦었다는 그녀의 해명을 무척이나 재미있어 했다.

"그래도 로빈슨 박사님의 인터뷰가 있어서 다행이에요. 그 인터뷰 덕에 영화가 공포 다큐멘터리로 분류되지 않을 것 같거든요."

그녀는 매력 넘치게 말했다. 모두가 웃음을 터뜨렸고 첫 번째 코스 요리가 도착했다.

☾

커피와 디저트가 나왔을 때 올리비아는 내 쪽으로 몸을 돌려 나직하게 물었다.

"혹시 식사 끝나고 따로 계획 있으세요?"

"글쎄요. 지금처럼 부모님 집에서 저녁 식사를 마친 다음에는 보통 뭘 하는데요? 숙녀분들이 응접실에서 차를 마시는 동안 신사분들은 함께 시가를 피우나요?"

그녀는 가볍게 웃었다.

"다행히도 아니에요. 아빠는 일찍 잠자리에 들고 싶으실 거예요. 예전만큼 젊지 않으시니까."

"연세가 어떻게 되시는데요?"

내가 조그맣게 속삭였다.

"여든이 넘으셨어요."

그녀 역시 속삭였다.

"하지만 엄마는 아직 쉰다섯이에요. 보통 엄마가 아빠를 피곤하게 만들죠."

나는 더 이상 그에 관한 질문은 하지 않기로 했다.

"보통 주말에는 아빠가 굉장히 너그러워져요. 뭐든 받아주세요."

올리비아는 계속 말을 이었다.

"제가 어디를 가고 싶어 하든 허락해 주세요. 혹시 재즈 좋아해요?"

"글쎄요……."

"제 친구가 색소폰을 연주하는데 오늘 밤 소호에 있는 커피하우스에서 공연하거든요. 저는 그거 보러 갈 생각인데 혹시 같이 가실래요?"

나는 멜라니를 생각했다. 그녀는 전화기 옆에서 기다리고 있거나 뒤쪽 주차장에서 들려올 내 차 소리를 오매불망 기다리고 있을 터였다. 하지만 앞으로 몇 시간 동안 올리비아 해밀턴과 함께할 기회가 바로 눈앞에 있었다. 그 유혹을 뿌리친다는 건 사실상 불가능했다. 나는 좋다고 말했다.

식탁이 치워진 후에 해밀턴 씨는 50년 된 마데이라 포트와인를 가져오겠다고 했지만, 올리비아가 서둘러 말했다.

"아빠, 괜찮다면 딘과 함께 가브리엘의 색소폰 공연을 보러 가고 싶은데, 가도 되죠?"

해밀턴 씨는 다시 의자에 앉았다.

"갈 수만 있다면 나도 가고 싶지만, 젊은 사람들과 달리 내겐 보약 같은 잠이 더 필요해서 말이야. 잘 다녀와. 좋은 시간 보내고."

"아빠, 고마워요."

그녀는 의자에서 일어나 양팔을 그의 목에 두르고 뺨에 입을 맞추었다. 그러고 나서 나를 향해 돌아섰다.

"몇 분이면 돼요. 옷만 갈아입고 올게요."

이쯤 되니 부자들은 옷을 하루에도 여러 번 갈아입는다는 사실을 모를 수가 없었다.

포트와인이 놓여졌을 때 나는 정중하게 거절하고 해밀턴 씨와 애도의 심리적 영향에 관해 흥미로운 대화를 나누었다. 그는 1961년 그의 아버지가 돌아가신 후 몇 년 동안 우울해했던, 지금은 돌아가신 그의 어머니에 대해 많은 질문을 했다. 나는 테이블 끄트머리에서 조용히 우리의 대화를 듣고 있는 캐롤라인의 존재를 의식했다.

올리비아가 다시 나타났을 때 내 심장은 또 멎을 것 같았다. 그녀는 커다란 링 귀걸이, 검은색 터틀넥과 검은색 펜슬 스커트에 플랫슈즈를 신고 있었다.

"준비됐어요?"

그녀는 가죽 클러치를 겨드랑이 아래 끼워 넣으며 말했다.

나는 멋진 저녁 식사를 대접해 준 해밀턴 부부에게 감사의 인사를 하고 그녀를 따라서 문 쪽으로 향했다. 올리비아와 내가 외투를 입고 있을 때 해밀턴 부인이 급하게 뒤따라왔다. 또각거리는 그녀의 발소리가 넓은 현관에 울려 퍼졌다.

"딘, 가기 전에 물어볼 게 있어요. 혹시 일요일에 시간 괜찮으면, 우리와 함께 요트 타고 나갈 수 있나요? 정오에 출발할 생각이에요. 캐롤라인 부부도 갈 거고요."

일요일, 멜라니의 계획에 따르면 우리는 롱아일랜드로 드라이브를 가야 했다. 당황한 나는 캐시미어 코트 위에 벨트를 채우고 있던 올리비아 쪽으로 몸을 돌렸다.

"같이 가시나요?"

내가 물었다. 나는 그녀에게 편집해야 할 다큐멘터리 필름이 있다는 사실을 기억하고 있었다.

"그쪽이 가면 저도 갈게요."

내가 어떻게 거절할 수 있겠는가? 이 초대를 거절한다면 캐롤라인은 불만을 가질 것이다. 그리고 그녀는 이유를 궁금해할 것이다. 내가 무슨 이유를 댈 수 있겠는가?

"기꺼이 가겠습니다."

나는 해밀턴 부인에게 말했고 그녀는 내게 세부 사항을 알려주었다.

잠시 후 올리비아와 나는 엘리베이터에서 내려와 1층의 고급스러운 로비를 가로질렀다. 문지기는 재빠르게 길가에 있는 검은색 롤스로이스로 우리를 안내했다.

택시를 부를 거라 예상했던 나는 이른 저녁에 정장을 사느라 지갑에 현금이 얼마나 남았는지 몰라 걱정하던 참이었다. 이건 분명 요금을 치를 필요가 없을 것이다. 우리는 뒷좌석에 올라탔다. 올리비아가 운전사에게 익숙한 태도로 친절하게 인사를 건네는 동안 나는 얼떨떨한 모습을 보이지 않으려고 애썼다. 이곳은 내가 알던 세상이 아니다. 완전히 다른 세계에 온 것 같았다.

☾

나는 이 여자를 거의 알지 못했다. 그녀는 나와는 다른 세상에서 온 사람이었다. 하지만 설명할 수 없는 이유로 올리비아에게 유대감을 느꼈다. 유대감은 저항할 수 없을 정도로 강렬했다. 우리는 어둑한 커피하우스에 함께 앉아 재즈를 들었고 음악이 끝나는 중간중간에 나직이 대화를 나누었다. 그 순간만큼은 이 세상에 서로를 향해 가까이 몸을 기울인 우리 말고는 아무것도 존재하지 않는 것처럼 느껴졌다.

연주를 쉬어가는 동안 나는 그녀의 친구, 가브리엘과 사중주단의 다른 멤버들과 인사를 나눴다. 나중에 불이 켜지고 커피하우스가 문을 닫을 무렵 가브리엘은 우리를 근처의 파티에 초대했다. 하지만 올리비아는 밤새도록 필름 편집을 해야 한다는 이유로 거절했다. 가브리엘이 떠나자 나는 거의 한도에 다다른 신용카드로 계산했다.

"제가 일을 방해한 게 아니었으면 좋겠네요. 오늘 밤 해야 하는 일이요. 저 때문인 것 같아서 마음도 무겁고요."

내가 말했다.

"전혀 아니에요. 그리고 오늘 밤새야 한다고 한 것도 사실이 아니에요. 그냥 그 파티에 가고 싶지 않았거든요. 핑계가 그것밖에 떠오르지 않았어요."

그녀가 대답했다. 나는 그녀가 코트를 입는 것을 도와주었다. 그녀는 전화로 차를 부른 다음 다시 내 쪽으로 고개를 돌렸다.

"집에 어떻게 가세요? 괜찮다면 벤저민이 태워다 줄 수 있어요."

"고맙지만 그럴 필요 없어요."

나는 재빠르게 대답했고 우리는 밖으로 나왔다.

"부모님 집에서 몇 블록 거리에 주차해 놨거든요."

우리는 벤저민이 차를 세울 때까지 인도에 서서 이야기를 나누었다. 차의 뒷좌석에 올라탄 우리의 대화는 점점 줄어들었다. 늦은 시간이었고 올리비아는 피곤해 보였다. 아니면 뭔가 다른 이유가 있었을까.

마침내 그녀가 나를 바라보았다.

"이 얘기를…… 해야만 할 것 같아요. 사실 가브리엘은 전 남자친구예요."

내 눈썹이 치켜 올라갔다. 질투심이 일었다.

"아, 저는 몰랐……."

"당연하죠. 당연히 알 수가 없죠. 당신을 거기 데려가지 말았어야 했어요. 제가 왜 그랬는지 저도 모르겠어요. 그에게 질투를 느끼게 하려고 했다든지 그런 이유는 아니었어요. 그와 다시만나고 싶은 것도 아니었고요. 실은 정반대예요."

"그게 무슨 말이에요?"

내 가슴이 두근거리기 시작했다. 올리비아가 손을 뻗어 내 손을 잡았다. 그녀의 손길을 통해 전기가 내게 흘러들어왔다.

"우리 사이가 완전히 끝났다는 사실을 그가 받아들였으면 했어요. 희망 고문을 멈추고 그가 앞으로 나아가야 한다는 걸 알려주고 싶었거든요. 우리가 여전히 친구이고 같은 친구들 그룹을 갖고 있어서 그렇게 하기 더 어려웠어요. 말하고 보니 제가꼭 당신을 이용한 것처럼 들리네요. 그렇지만 그것도 절대 사실이 아니에요."

나는 무슨 말을 해야 할지 몰라 그녀를 물끄러미 바라보았다. 도시의 불빛이 어두운 차 안으로 들어와 그녀의 사랑스러운 얼굴을 비추었다.

"아무것도 섣불리 추정하고 싶지 않아요."

내가 마침내 입을 열었다.

"그런데 지금 뭐가 어떻게 되는 건지 도무지 모르겠어요."

"그래요?"

그녀는 살짝 웃었다. 그녀가 얼핏 보이는 감정적인 연약함이 매력적으로 느껴졌다.

"당연히 그럴 거예요. 제가 너무 뻔히 들여다보이는 행동을 했어요. 인터뷰 후에 사인 양식을 잊었다고 한 것도 그렇고, 당신을 저녁 식사에 초대하도록 부모님께 부탁한 것도 그렇고요. 아마 놀라셨을 거예요. 지금 와서 보니 제가 너무 한심하게 느껴지네요."

"한심이라니, 그런 소리 말아요."

나는 은근히 기뻐하면서 말했다. 아니, 사실 기쁨 이상이었다. 하늘을 나는 기분이었다.

"처음에 당신이 없어서, 저는 당신이 저녁 식사에 오지 않을 줄 알았거든요. 그러다 당신이 모습을 드러냈을 때 다시 봐서 너무 좋았어요."

그녀는 숨을 삼키는 것 같았다. 가로등 아래를 지날 때 얼핏 보인 그녀의 얼굴은 미소로 빛나고 있었다. 그녀는 가까이 다가와 내 입술 위에 입술을 포갰다. 그녀의 입술은 부드럽고 따뜻했다. 달콤한 크림, 그리고 캐러멜 맛이 났다. 차가 건물 앞에 멈추었을 때 나는 손으로 그녀의 턱을 감싸며 짧게 키스했다.

우리의 입술이 다시 멀어졌을 때 멍한 기분이 들었다. 창문에 모습을 드러낸 문지기가 올리비아를 위해 문을 열어주었다.

"해밀턴 양, 로빈슨 박사님, 좋은 저녁입니다."

그가 인사했고 우리는 차에서 나왔다. 우리는 인도에 서서 서로를 마주 보며 활짝 웃었다. 문지기가 더 이상 자신이 필요하지 않다는 사실을 깨달을 때까지, 우리는 그렇게 서있었다. 문지기는 민첩하게 안으로 들어갔고 롤스로이스는 점점 멀어졌다.

"그럼 일요일에 봐요."

그녀는 밀했다. 그리고 항구에서 어떻게 요트를 찾을 수 있는지 알려주었다. 그녀는 내 뺨에 키스한 다음 건물 안으로 들어갔다.

마음 한구석에는 그 자리에 서서 그녀가 엘리베이터를 타는 모습을 지켜보고 싶다는 생각이 들었다. 그녀에게서 눈을 뗄 수가 없었다. 하지만 애써 발길을 돌려 차를 세워둔 쪽을 향해 걸었다. 거리를 걷는 내내 웃음이 나왔다. 이렇게까지 행복한 적이 있었던가.

하지만 곧 시계를 보고 자정이 넘었다는 사실을 알아차렸다. 멜라니는 궁금해하고 있을 것이다. 도착하면 맞닥뜨려야 할 멜라니의 표정을 떠올리자 웃음은 싹 가시고 온몸이 차갑게 식었다. 그녀는 매우 우울한 상태일 것이다. 나는 걸음을 재촉하며 차 키를 찾으려고 주머니를 뒤졌다.

멜라니

1986. 뉴욕

자, 침착하자, 침착해야 해. 드디어 딘이 주차장에 차를 세우고 차에서 나왔을 때 나는 혼자 되뇌었다. 그만 울어.

하지만 도저히 참을 수가 없었다. 나는 밤새 그가 오기만을 기다렸다. 10시부터 끊임없이 시간을 확인했고 15분마다 소파에서 일어나 창밖을 내다보았다.

그는 왜 계속 이러는 걸까? 그가 없으면 어김없이 내가 우울의 늪에 빠진다는 사실을 그는 분명 잘 알고 있었다. 그를 얼마나 사랑하는지, 그가 나한테 얼마나 필요한 존재인지 알려주기 위해 나는 내가 할 수 있는 모든 것을 했다. 하지만 최근 몇 주간 그는 물리적으로도, 정신적으로도 나에게서 멀어졌다. 그는 내 행복감의 원천이며 우리가 떨어져 있는 시간은 내게 아무런 의미도 없다는 것을 그도 분명 알고 있을 것이다. 우리가 떨어져 있는 시간은 지구가 자전을 멈추고 태양이 빛을 잃은 것 같았다. 그가 저 문을 열고 나를 향해 웃으면서 들어오는 순간이 되어서야 세상이 제자리로 돌아갔다. 다시 지구가 자전하고 태양이 빛을 뿜었다.

왜 그는 늦을 것 같다고 전화하지 않았을까? 적어도 나를 생각하고 있다는 걸 알려줄 마음조차 들지 않았던 걸까?

나는 문에서 뒤로 물러나 심호흡을 몇 번 하고, 오늘 밤 그가 부유하고 멋진 사람들과 어울렸다는 사실을 스스로에게 재차 상기시켰다.

그에게 소리치지 마. 그의 편이 되어줘. 아니면 그가 떠날지도 몰라.

그가 문을 두드렸고 나는 부어오른 눈을 살살 눌러 가라앉히려고 했지만 소용 없었다. 어차피 온몸이 부은 상태였다. 지난 한 달간 나는 감자칩과 아이스크림을 마구 먹어댔다. 내 자신이 싫었다. 내 모습이 싫었다.

나는 힘겹게 걸어가 걸쇠를 풀고 문을 열었다. 그는 어두운 색의 새 정장과 반짝이는 새 신발 차림으로 서있었다. 그의 멋진 모습을 마주하자 화려한 저녁 파티, 그곳에 참석했을 세련된 여성들과의 사교 모임 등 괴로운 상상들이 금세 머릿속을 채웠다. 상상 속 여성들은 구찌 드레스를 입고, 하이힐을 신고, 값비싼 프랑스 향수를 뿌렸다. 반면 나는 허리 고무줄이 늘어난 낡은 잠옷에 낡은 가운을 걸치고 부엌에 서있었다. 상황이 이럴진대 내가 그토록 걱정하고 고민하는 게 당연한 것 아닌가? 딘이 나를 버릴까 봐 두려운 게 당연한 것 아닌가?

"안녕."

그는 소심한 표정을 지으며 말했다.

그의 옷깃을 잡고 격렬하게 흔들고 싶은, 갑작스러운 충동이 일었다. 다시는 이러지 말라고 애원하고 싶었다. 나를 두고 이렇게 늦게까지 밖에 있으면 안 된다고, 무엇을 하고 있는지 누구랑 있는지 궁금해하는 나를 무작정 기다리게 하면 안 된다고 소리치고 싶었다.

"들어와."

나는 뒤로 물러나면서 최대한 차분하게 말했다. 그가 들어온 다음 나는 걸쇠를 다시 고정했다.

"저녁 식사가 늦게 끝났나 봐. 그건 새로 산 정장이야?"

"응. 고등학교 졸업식 때 입었던 낡은 정장을 입으면 캐롤라인이 좋아하지 않았을 거 같았어. 그래서 퇴근하자마자 급하게 가서 샀어."

"멋지네."

"고마워."

그는 재킷을 벗어 부엌 의자 등받이에 걸고는 내 뺨에 키스하기 위해 다가왔다.

"오늘 저녁 어떻게 보냈어?"

그는 지쳐 보였다. 무기력해 보였다.

아, 세상에! 지금 뭐 하자는 거야?

나는 그의 무심한 태도를 견딜 수 없었다. 그는 나를 조금도 신경 쓰지 않는 것 같았다.

"괜찮았어."

나는 끓어오르는 분노를 애써 감추며 대답했다.

"자기는 어땠어?"

그는 나를 따라와 소파에 앉았다. 그러고는 마침내 집에 와서 마음이 놓인다는 듯 넥타이를 풀었다. 하지만 나는 한순간도 그의 행동을 믿지 않았다. 그도 그럴 것이 그가 계속 내 눈을 피하고 있었다. 볼륨이 아주 낮았음에도 그의 시선은 텔레비전에 고정되어 있었다.

"흥미로웠어."

그는 대답했다. 그러더니 활기찬 목소리로 말을 이어 나가기 시작했다.

"자기도 그곳을 봤으면 좋았을걸. 로비는 온통 대리석으로 되어있었고 유니폼을 입은 문지기도 있더라니까. 꼭대기에 있는 세 개의 층이 그 가족들 소유인데 센트럴 파크가 내려다보이는 야외 테라스가 따로 있었어. 문을 열어주는 집사도 있었고 일하는 사람들도 넘쳐났어. 전부 공식적인 행사를 진행하는 것처럼 차려입었는데 보아하니 매일 밤 저녁 식사 때마다 그러는 것 같더라."

드디어 그가 내 눈을 바라보았다.

"너무 이상한 삶이야. 안 그래?"

나는 그의 표정을 세심하게 살폈다.

"응. 이상하네. 그래도 좋은 시간 보낸 거 아니야?"

"그랬지."

그가 일부러 상황을 가볍게 묘사하고 있다는 느낌이 들었다.

"캐롤라인은 아주 만족스러워했어. 그녀는 항상 해밀턴 씨에게 깊은 인상을 주고 싶어 했는데, 내가 애도 상담을 주제로 그와 꽤 괜찮은 대화를 나누었거든. 무슨 일이 생길지 누가 알겠어?"

딘은 어깨를 으쓱하며 모든 걸 대수롭지 않게 여기는 척했지만, 나는 그의 속내를 꿰뚫어 볼 수 있었다. 나는 바보가 아니었다. 그는 그들의 세상에 완전하게 매료되었다.

"캐롤라인이 새 클리닉을 몇 개 더 개원하면……."

그가 덧붙였다.

"아마 그중 하나를 나한테 맡길지도 몰라. 내 인생을 송두리째 바꿔줄 엄청난 기회가 될 거야."

"우리 인생이지."

나는 그에게 다시 확인시켜 주었다.

"그럼, 당연하지."

하지만 그의 시선은 여전히 텔레비전에 고정돼 있었다.

속이 부글부글 끓기 시작했다. 그가 나를 바라볼 때까지 나는 그를 집요하게 쳐다보았다. 하지만 그는 계속 바보상자만 응시했다. 그럴 때마다 그가 싫었다. 이럴 때마다 온몸의 세포 하나하나마저도 그를 혐오했다.

"뭐야? 뭐 하자는 거야?"

나는 그의 팔을 붙잡고 흔들며 필사적으로 물었다.

"왜 나랑 얘기를 안 하려고 해? 뭔가 잘못됐다는 느낌이 들잖아."

항복의 한숨이었을까, 좌절의 한숨이었을까. 한숨으로 그의 가슴이 들썩거렸다. 확신할 수 없었지만, 어느 쪽이었든 그게 내 화를 더 돋우었다. 울며불며 그를 비난하고 그를 때리고 싶은 욕구와 싸우느라 이를 악물고 주먹을 움켜쥐었다.

왜 이렇게 늦게까지 밖에 있었던 거야? 누구랑 같이 있었어? 돈도 많고 예쁘기까지 한 올리비아 해밀턴?

"일이 좀 있었어. 미안해. 자기가 너무 실망하지 않았으면 좋겠는데…… 사실 그들이 일요일에 같이 요트를 타자고 초대했거든. 허드슨강에서. 자기랑 롱아일랜드로 드라이브 가기로 한 건 기억하고 있어. 하지만 거절할 수가 없었어."

"왜 거절할 수가 없었는데?"

내 비참한 물음은 참을 수 없는 흐느낌과 함께 새어 나왔다. 마침내 내 불안함을 인지한 그가 나와 시선을 마주했다.

"일에 영향을 미치는 거라서, 그래서 거절하지 못했어. 캐롤라인은 내가 꼭 같이 가기를 원해. 이유는 아까 말한 대로야."

"그래. 그렇지만……"

왜 이런 일이 벌어지는 걸까? 어째서 인생은 나한테만 이렇게 불공평할까? 내가 원하는 대로 풀리는 게 단 하나도 없잖아!

"그렇지만 나는 일요일만 기다리고 있었는데……"

나는 그의 책임감에, 내 안녕을 걱정하는 그의 마음에 간절하게 호소하고 싶었다. 그가 진심으로 나를 걱정한다면 이건 그에게도 중요한 문제일 것이다. 그렇지 않을까?

"우리가 함께 하루를 보냈으면 했어."

"나도 그랬어. 하지만 이건 중요한 일이야. 중요한 사람들이기도 하고……."

그가 대답했다. 나는 그를 바라보았다.

"그럼 나는 중요하지 않다는 말이야? 그런 뜻이야?"

"당연히 아니지."

"그렇게 들려."

일요일 데이트 약속을 어떻게 그렇게 쉽게 어길 수 있을까. 나는 그를 이해할 수 없었다. 우리는 일주일 전에 계획을 세웠다. 나는 그날 우리가 뭘 할지, 서로에게 어떤 이야기를 할지, 매일같이 상상했다. 나는 그날의 데이트가 결정적인 기회가 될 거라고 여겼다. 초기에 서로에게 가졌던 열정을 되살릴 기회 말이다.

하지만 지금 상황은 이렇게 되어버렸다. 그는 뉴욕의 대부호, 해밀턴 가족과 함께 고급 요트를 타고 허드슨강을 유람하고 싶어 한다. 젊은 여성들도 그 자리에 있을까? 올리비아도? 부유하고 세련되고 자신감 넘치는 그녀는 모든 걸 가졌다. 그녀는 딘에게 뭐든 해줄 수 있을 것이다. 반면에 나는 아무것도 해줄 수 없었다. 당연히 그도 어둡고 우울하고 칙칙한 나 같은 사람보다 막대한 재력과 세련된 아름다움을 소유한 그녀를 더 좋아할 터였다. 냅다 소리를 지르고 싶었다.

나는 벌떡 일어서서 부엌으로 갔다. 딘은 일어나지 않았다.

그는 앞으로 고개를 푹 숙인 채 소파에 앉아있었다.

왜 따라오지 않는 거지? 이런 감정이 들게 해놓고 신경도 안 쓰는 거야?

눈물이 터져 나왔다. 어느새 그는 나를 따라와 품에 안고 부드러운 목소리로 위로의 말을, 안심시키는 말을 쏟아냈다.

"제발 울지마. 드라이브는 다음에 꼭 가자. 게다가 논문도 완전히 끝난 게 아니잖아. 조금 더 다듬어야 한다고 했으니까 일요일에 하면 되겠다. 논문 마무리하면 그때 홀가분한 기분으로 멀리 드라이브 가자. 논문 완성도 축하할 겸, 더 좋은 시간을 보낼 수 있을 거야. 그렇게 생각하지 않아?"

나는 그를 믿고 싶었다. 하지만 어쩐지 거리감이 느껴졌다. 그건 진심이 아니었다. 그는 우리의 일요일 계획이 취소된 것에 대해 조금도 실망하지 않았다. 그저 해밀턴 가족과의 하루를 원하고 있었다.

"그 여자도 같이 가?"

나는 볼에 흐른 눈물을 닦아내며 물었다.

"누구?"

"누구 말하는지 알잖아. 그 집 딸, 올리비아."

그는 한 발짝 뒤로 물러섰다.

"글쎄. 아마도."

"그래서 가고 싶은 거야? 그 여자를 다시 보려고?"

"아니야."

그는 얼굴을 붉히며 대답했다.

"말했잖아. 일 때문이라고. 멜라니, 제발 그만 좀……."

"나는 자기가 나를 사랑했으면 좋겠어. 내가 바라는 건 그게 전부야!"

나는 흐느꼈다.

"그게 아니라면, 뭘 어떻게 해야 할지 나도 모르겠어. 제발, 딘. 자기는 나를 떠나면 안 돼. 안 떠나겠다고 약속했잖아."

그가 실제로 약속한 적이 있었던가? 나도 잘 모르겠다.

불현듯 그의 눈에 무언가가 스쳤다. 걱정, 아니면 두려움, 어쩌면 체념일 수도 있다. 그는 여전히 나의 소유고 그는 이 관계를 끝내지 못할 것이라는 의미였기에 나는 안도의 숨을 내쉬었다. 그는 나를 벗어날 수 없다. 우리 사이에 존재했던, 존재하고 있는 그 위대한 사랑에서 벗어날 수 없다. 지금껏 나는 누군가를 이렇게까지 사랑한 적이 없었다. 생을 통틀어 단 한 번도 없었다. 우리는 함께할 운명이었다. 그는 내 꿈의 집합체였다.

"배에서 내리자마자 나한테 오겠다고 약속해."

나는 애원했다.

"약속할게. 자기도 나랑 약속해. 나를 기다리느라 아무것도 하지 않으면서 하루를 낭비하지 않겠다고. 오늘 밤처럼 불안한 상태로 있지 않겠다고. 논문에 집중하겠다고. 멜라니, 그건 중요한 논문이잖아. 자기한테 중요한 거라고."

나는 콧물을 닦아내며 훌쩍거렸다.

"좋아. 약속할게. 도서관에 갈 거야. 전화기 옆에만 앉아있지는 않을 거야."

"좋은 생각이야. 이제 다시 거실로 가자."

그는 거실 쪽으로 발을 옮기며 내게 따라오라고 재촉했다.

"같이 텔레비전 보자."

기분이 조금 누그러진 나는 그의 손을 잡고 소파로 갔다.

딘

1986. 뉴욕

일요일 아침, 알람이 울렸을 때 마음 한구석에는 가면 안 된다는 생각이 들었다. 캐롤라인에게 전화를 걸어 전염성이 있는 위장병에 걸렸다고 말해야 하나, 진지하게 고민했다. 그렇게 되면 나는 빠져나갈 수 있을 것이다. 멜라니는 내가 다른 여자와 키스한 사실을 절대 알 수 없을 것이고 우리 관계는 계속 비밀을 유지할 수 있을 것이다. 하지만 올리비아 생각을 멈출 수가 없었다. 처음 만난 순간부터 그녀를 갈망했다. 머릿속에서 그녀를 몰아내 보려고 했지만 부질없는 노력이었다. 나는 사랑에 빠지고 있다는 것을 인정할 수밖에 없었다. 그 사랑의 감정은 너무나도 강렬했다.

몇 시간 후 나는 고급스러운 요트의 갑판으로 이어지는 통로

를 걸어 오르고 있었다. 요트는 생각보다 커서 조그만 유람선과
더 비슷했다.

배 위에 오르자마자 샴페인 잔이 놓인 쟁반을 들고 있던 승
무원이 나를 맞아주었다. 나는 예의상 잔 하나를 집어 들었다.
승무원은 사람들이 모인 널찍한 라운지로 나를 안내했다. 저녁
파티 때 왔던 사람들이 전부 그 자리에 있었다.

올리비아와 눈이 마주치는 순간 온 세상이, 그곳에 있던 모두
가 시야에서 사라져 버렸다. 그녀는 내게 다가왔다.

"왔네요. 와주셔서 고마워요."

행복이 다시 찾아왔다. 짜릿한 전율을 동반한 행복이었다. 그
의 부모님이 다가왔다. 그녀의 아버지는 내게 악수를 청하며 반
가워했다.

"해산물이 입에 맞았으면 좋겠는데, 점심 식사로 갑각류를
준비했거든요. 혹시 알레르기가 있나요?"

그가 말했다. 나는 고개를 돌려 타원형 테이블이 있는 식당
구역을 바라보았다. 테이블 위에는 크리스털 잔들과 꽃장식들
이, 테이블 주위에는 세련된 가죽 의자가 놓여있었다.

"해산물 좋아해요. 정말 멋진 곳이네요."

내가 대답했다. 우리는 엔진에서 굉음이 나기 시작할 때까지
잠깐 대화를 나누었다. 요트가 부두에서 부드럽게 멀어질 때 발
밑의 갑판이 진동했다.

＊

    허드슨강 상류로 몇 킬로미터 정도 이동했을 때 우리는 점심 식사를 위해 자리에 앉았다. 구운 감자, 형형색색의 샐러드를 곁들인 먹음직스러운 랍스터와 러시아 대게가 차려졌다. 사전에 자리 배치가 이루어진 건지 궁금했다. 이번에 나는 올리비아의 이복 자매인 사라 옆자리로 안내되었고 올리비아는 대각선 건너편, 나와 마주 보는 위치에 앉았다. 사라는 능란한 화술의 소유자였기에 나는 편하게 그녀와의 대화를 즐겼다.

    점심 식사가 끝난 다음 해밀턴 씨는 캐롤라인의 남편과 나를 조타실로 데리고 갔다. 그곳에서 우리는 선장을 만나고 최첨단 장비들을 구경했다. 해밀턴 씨는 신이 나서 온갖 장치의 기능들을 설명했다. 살면서 처음 마주하는 것들이었기 때문에 나는 놀라움을 감출 수 없었다.

    이후 라운지로 돌아오자 여성들은 카드 게임을 하고 있었다. 그들은 웃음을 터뜨리기도, 결과에 따라 비명을 내지르기도 했다. 아버지가 잘한 일을 단 하나 꼽자면 내게 카드 게임을 가르쳐준 것이었다. 첫 번째 판이 끝났을 때 올리비아는 내가 게임에 끼기를 바랐다. 그때부터 주위 환경에 점점 익숙해졌고 그들과 제법 어울리기 시작했다.

    배는 뉴욕의 태리타운에 도착했다. 우리는 내려서 앤티크 상점들을 구경하고 아이스크림을 먹었다. 다른 사람들이 쇼핑 삼매경에 빠져있는 동안 올리비아와 나는 부두에 있는 벤치에 앉아 대화를 나누었다. 주로 너무나도 달랐던 우리의 성장환경과 그 환경이 어떻게 한 사람의 인생을 결정하는지에 관한 대화였다.

나는 아무것도 숨기지 않았다. 그녀에게 모든 걸 털어놓았다. 아버지와 형의 수감을 포함해 가족사 전부를 이야기했다. 내 세상은 그녀의 세상, 그녀의 경험과는 정반대였지만―경제적으로도, 정서적으로도―어쩐 일인지 우리는 여러모로 비슷한 기질을 가지고 있었고 가치관도 거의 일치했다. 숱한 고난과 역경을 헤쳐오면서 어떤 원한이나 자격지심도 갖고 있지 않은 나에게, 그녀는 깊은 인상을 받은 듯했다. 그리고 그건 대부분 사실이었다. 나는 내 미래를 낙관적으로 바라보았다. 그리고 다른 사람들의 내면에서 낙관적인 감정을 끌어내면서, 그들을 돕는 삶을 살고 싶었다. 내 바람과 신념을 들은 그녀는 내게 가까이 다가와 키스했다.

"어떤 장애물을 맞닥뜨리든지, 어떤 어려움을 겪든지, 사람들은 그걸 극복하고 행복을 찾아낼 수 있다는 당신의 견실한 믿음을 좋아해요."

"나는 그렇게 믿어요. 그렇게 믿어야만 하고요."

그녀는 내 손에 입을 맞추었다.

"당신의 관점이 너무 놀라워요. 대부분 제 친구들은, 감사해야 할 게 많은 전부 다 가진 이들인데 당신만큼 낙관적이지 않거든요. 제멋대로이면서 이기적이죠. 그들은 상황이 마음대로 흘러가지 않는다고, 완벽하지 않다고 불평해요. 그럴 때 저는 화가 나요."

"예를 들면 어떤 거요?"

내가 물었다. 그녀는 잠깐 생각하는 듯했다.

"음…… 음식이 원하는 대로 조리되지 않았거나 정확히 자기네들이 요구한 대로 나오지 않으면 웨이터에게 무례하게 굴죠. 당연히 팁도 생략하고요. 바깥에는 어렵고 힘든 사람들도 많은데 제가 이런 세상의 일원이라는 사실이 부끄럽게 느껴질 때도 있어요."

나는 벤치 등받이 위에 한쪽 팔을 올리고 몸을 살짝 그녀 쪽으로 틀었다. 그녀는 내 어깨에 머리를 기댔다.

"가브리엘도 그런 사람이었어요?"

나는 조심스럽게 물었다.

"그래서 헤어진 거예요?"

"아니요. 사실은……."

그녀는 고개를 들면서 천천히 대답했다.

"그는 좋은 사람이에요. 부유한 집안 출신이기는 하지만요. 그의 부모님은 사회의 부당함에 의식적으로 맞서시는 분들이시거든요. 그의 아버지는 인권 변호사셨어요."

"그럼 가브리엘과는 얼마나 만났어요?"

"2년이요."

그녀는 나를 올려다보며 미소 지었다.

"그런데 지금 왜 이런 얘기를 하는 거죠?"

나는 잠깐 말을 멈추고 손가락으로 그녀의 긴 머리카락을 쓸어내렸다.

"당신에 대해서 전부 알고 싶거든요. 저보다 당신을 오래 알았다는 사실 때문에, 그에게 약간 질투가 나는 것 같기도 해요."

'약간의 질투'는 절제된 표현이었다. 그녀가 다른 누군가와 함께했다는 생각만으로도 나는 괴로웠다. 특히 상대는 아직도 그녀를 사랑하는 게 눈에 보이는, 재능있는 색소폰 연주자였다.

"그가 첫사랑이었어요?"

그녀는 한동안 우리의 맞잡은 손을 내려다보다가 대답했다.

"아니요."

나는 고개를 한쪽으로 기울였다.

"그렇게 망설이니까 더 궁금한데요. 그가 첫사랑이 아니라면 누구였어요?"

"고등학교 때, 별로 질이 안 좋은 남자애였어요."

그녀는 수줍은 듯 한숨을 내쉬며 설명했다.

"그는 담배를 피웠고 부모님이 집을 비울 때마다 광란의 파티를 열었죠. 아빠는 그와 만나는 걸 금지했지만 그럴수록 저는 그 애가 더 보고 싶었어요. 저는 집에서 몰래 빠져나오기도 했고, 어디에 가는지 어디에 있는지 거짓말을 하기도 했어요. 어떻게 보면 평범한 십 대들이 하는 행동들이었죠. 우리는 6개월 정도 만났어요. 그러다가 그 애가 바람을 피웠고 그제야 그가 나쁜 놈이라는 걸 깨닫고 완전히 차버렸죠."

그녀는 내게 가까이 다가와 그녀의 코로 내 뺨을 간질거렸다.

"당신은요? 당신도 당연히 첫사랑이 있었겠죠."

나는 그녀에게 고등학교 때 만난 로빈이라는 소녀 이야기를 해주었다.

"특별할 건 없었어요. 그냥 평범했어요."

내가 설명했다.

"착하고 좋은 친구였지만 대학에 가면서 서로 멀어졌어요."

올리비아와 나는 이전 관계에서 배운 게 무엇인지, 미래의 관계에서 우리가 원하는 건 무엇인지에 대해 조금 더 대화를 나누었다. 가장 중요한 건 그들과의 인연이 끝난 후에도 우리는 살아남았고 새 출발 할 수 있다는 걸 배웠다는 것이다. 한때는 그 사람이 없이는 절대 살 수 없을 것 같다고 여기기도 했지만, 실은 그렇지 않았다. 오히려 우리는 앞으로 더 나아갔다.

요트로 돌아갈 시간이 되어 우리는 손을 잡고 강둑으로 걸어갔다. 우리는 출발 시간에 딱 맞추어 요트에 도착했다. 요트는 항구에서 점점 멀어지며 다시 항해를 시작했다. 태양이 지평선 너머로 서서히 모습을 감추기 시작할 때 맨 위의 갑판에서는 따뜻한 전채 요리가 제공되었다. 갈매기들은 우리 머리 위에서 큰소리를 내며 서로를 불렀다.

나는 저 멀리 야외 갑판에서, 올리비아와 그녀의 어머니가 다정하게 대화하는 모습을 지켜보았다. 그리고 그 순간 강력한 욕망의 물살에 휘말렸다. 주의하지 않으면 한순간에 욕망에 잠식당해 익사할 정도로 강력한 갈망이었다. 나는 두려웠다. 하지만 물살을 막을 방도가 없다는 것도 알았다. 강 위에서 느껴지는 달콤한 오후의 내음, 아름다운 일몰의 마법에 흠뻑 취한 지금은 물살을 멈출 수 없었다. 이곳에서 뭔가 엄청난 일이 벌어지고 있다는 것을 분명히 알 수 있었다. 그게 좋은 건지, 나쁜 건지는 모르겠다. 하지만 내가 사랑에 빠졌다는 것은 확실했다.

우리가 도시에 도착했을 때는 이미 어두웠다. 나는 여러 가지 이유로, 감히 접근할 수 없는 환경의 여자와 함께하고 싶다는 위험한 욕망에 사로잡혔다. 우리가 강둑 쪽으로 걸어갈 때쯤 나는 이 감정에서, 이 상황에서 벗어나야 한다고 나 자신을 설득하고 있었다. 그때 올리비아가 물었다.

"오늘 밤에 혹시 일정 있어요?"

나는 그녀에게 계획이 있다고 말했어야 했다. 친구를 만나야 한다거나 해야 할 일이 있다고 말했어야 했다. 하지만 열정으로 가득 찬 내 욕망은 끝없이 그녀를 갈망했다. 그녀와 더 많은 시간을 보내고 싶었다. 아무리 벗어나려고 애를 써도 그 바람만큼은 확고부동했다.

"딱히 없어요."

내 생각과는 다른 대답이 튀어나왔다.

"우리 집에 갈래요?"

그녀는 수줍게 물었다.

"룸메이트들이 있지만 신경 쓰지 않을 거예요. 우리 가서 파스타 만들어 먹어요."

"맛있겠는데요."

행복하고 비참한 감정이 동시에 찾아왔다. 나는 극도로 혼란스러운 감정 속에서 다른 사람들과 작별 인사를 나누었다.

☾

우리 둘 다, 서로에게 느끼는 감정을 분명히 알고 있었다. 심지어 같이 요리하는 동안에도 우리는 더 가까이 붙어있기를 원했다. 우리는 조그만 부엌 식탁에 마주 앉아 밥을 먹었다. 어색함과는 거리가 먼 침묵이 있었고 그 침묵마저도 우리의 뛰는 심장과 뜨거운 피로 채워졌다. 만난 지 고작 며칠 만에 그녀에게 완전히 빠져버렸다는 사실을 고백하지 않고는, 그녀를 품에 안지 않고는 견딜 수 없을 것 같았다.

식사 후 싱크대에 나란히 서서 설거지를 하면서 나는 슬쩍 시계를 확인했다. 10시였다. 항상 그랬듯 멜라니는 불현듯 내 머릿속에 강제로 침입했다.

두려움에 몸서리가 쳐졌다. 나 자신이, 내가 한 일이 혐오스러웠다. 슬픔과 외로움에 굴복해 상담사의 양심과 인간의 도의를 저버린 일.

동시에 멜라니가 원망스러웠다. 그녀는 늘 강요했고 아니라는 대답은 받아들이지 않았다. 게다가 모든 감정적인 문제는 내게 떠넘겼다. 그녀를 돕고 그녀의 고통을 치료하는 것이 마치 내 의무인 것처럼 말이다.

나는 잠긴 방에 갇힌 죄수나 마찬가지였다. 유일한 열쇠는 멜라니에게 있었다. 내 안위는 그녀가 얼마나 자비를 베푸느냐에 달려있었다. 그리고 그건 내 탓이었다. 내가 잘못된 방식으로 그녀를 원했기 때문이다.

그리고 지금, 나는 다시 한번 금지된 여자를 원하고 있었다.

"무슨 일 있어요?"

올리비아는 우리가 같이 닦은 접시를 정리하면서 조심스럽게 물었다.

"마음이 다른 곳에 가있는 것 같아요."

나는 악몽에서 깨어나려고 고개를 흔들었다.

"미안해요. 생각보다 피곤했나 봐요."

그녀는 걱정스러운 얼굴로 내 표정을 살피더니 내 손을 잡고, 거실 소파로 이끌었다.

"자, 편하게 앉아요."

나는 그녀와 함께 부드러운 소파에 앉았다. 그녀에게 전부 털어놓고 싶었다. 멜라니라는 이름의 여자와 사랑에 빠졌었다. 그녀는 내 환자였기 때문에, 나는 해서는 안 될 실수를 저지른 것이다. 결국 그녀는 나를 망가뜨릴 힘을 가지게 되었다. 지금도 그녀가 나를 기다리고 있다. 해결책은 없다. 나는 멜라니를 사랑하지 않는다. 아니, 그녀를 사랑했던 적이 없었던 것 같다. 하지만 이제 어떻게 빠져나와야 할지 모르겠다.

하지만…… 올리비아에게 말할 수는 없었다. 그녀는 실망할 것이다. 역겹다고 느낄 수도 있다. 그녀의 첫사랑이 바람을 피웠다고 했다. 그녀는 그런 상황에 본능적인 경계심이 있을 터였다. 내가 한 일들에 대한, 나 같은 남자에 대한 경계심. 당연히 그녀는 내게서 등을 돌릴 것이다. 그녀는 나를 떠날 것이다. 다시는 그녀를 볼 수 없을 것이고 나는 혼자 남겨질 것이다. 지금

257

보다 더 많은 후회와 함께 혼자.

갑자기 귓속이 먹먹하고 어지러웠다. 나에게는 도움을 청할 사람도, 이 문제를 해결해 줄 사람도 없었다.

"왜 그래요? 말해봐요."

그녀가 내 표정을 살피며 말했다.

"말할 수 없어요."

"뭐든 말해도 돼요. 왜 그러는지 알고 싶어요."

그녀를 쳐다보기가 부끄러웠다.

"당신은 나와 함께 있으면 안 돼요. 나한테 너무 과분한 사람 이에요."

"제발 그런 말은 하지 마요. 나는 특별한 사람이 아니에요. 그 냥 운이 좋게 부잣집에서 태어난 것뿐이에요. 나한테 무슨 자격 이 있어서 그걸 누리는 것도 아니고요. 그건 내 힘으로 얻은 게 아니잖아요. 반면 당신은 열심히 노력해서 지금 이 자리에 왔어 요. 고된 삶에서 벗어나려고 애썼고요. 딘, 당신은 아주 강한 사 람이에요. 나보다 훨씬 대단한 사람이라고요."

그녀는 내게 키스했다. 그녀의 입술은 촉촉하고 따뜻했다. 나 는 그녀의 사랑을 거부할 수 없었다. 그녀는 순식간에 이 어둠 을 빛으로 바꾸었다. 우리 사이의 모든 장애물은 돌담이 무너져 내리듯, 그렇게 붕괴되었다. 나는 머릿속에서 멜라니를 몰아내 고 품 안에 있는 이 아름다운 여자를 받아들였다. 비록 가난하 게 살아갈지언정 뉴욕을 떠나서 함께 어디론가 도망가고 싶었 다. 올리비아와 함께할 수만 있다면, 내가 저지른 일에서 발을 뺄 수만 있다면 그게 뭐가 됐든 하고 싶었다.

그 순간 머릿속에는 멜라니와의 관계를 끝낼 방법을 어떻게든 찾아야 한다는 생각뿐이었다. 올리비아와 내가 원하는 게 일치한다는 것을 알게 된 이상 더 지체할 수는 없었다. 그녀에게 나는 착하고 올곧고 강한 사람이었다.

그건 내가 되고자 했던 사람의 모습이기도 했다. 그리고 어쩌면 실제로도 그런 사람이 되었는지도 모르겠다.

나는 꽤 큰 성과를 거두었다. 비참한 어린 시절에서 벗어나 여기까지 왔다. 그 무엇도 나를 다시 돌아가게 둘 수는 없었다.

바로 그때 열쇠를 돌리는 소리가 났다. 올리비아와 나는 재빨리 소파 위에서 자세를 바르게 했다. 우리는 흐트러진 옷매무새를 고치고 대화하는 척했다. 두 젊은 여성이 안으로 들어왔다. 올리비아는 그들을 맞이했다.

"여기는 룸메이트이기도 하면서 가장 친한 친구이기도 한, 레이첼과 캐시예요."

우리는 짧은 대화를 나누었다. 멜라니가 기다리고 있는 지금, 그곳을 나올 수 있는 핑곗거리를 만들어 준 그들에게 고마웠다.

이제 이 고통스러운 비밀 관계에 종지부를 찍을 시간이다.

딘

1986. 뉴욕

멜라니 아파트의 뒤편 주차장으로 들어갔을 때는 이미 꽤 늦은 시간이었다. 부엌 창문에 아직 불이 켜져있는 것을 보니 내가 도착한 소리를 그녀가 들었을 것이다. 나는 계단 꼭대기 창문을 흘끗 바라보았다. 그녀가 커튼을 한쪽으로 열고 바깥을 내다보는 모습이 눈에 들어왔다. 하지만 그녀는 손을 흔들거나 하지 않고 그저 가만히 바라보았다.

이내 커튼이 다시 드리워졌다. 나는 피곤한, 괴로운 일이 닥칠 거라는 것을 알았다. 공포가 덩어리째 엄습해 왔다. 차에서 나와 길고 가파른 계단을 올라가 문을 두드렸다.

그녀는 대답하는 데 뜸을 들였다. 나를 불안하게 만들려는 의도였으리라. 새삼스러운 건 아니었다. 그녀가 내게 보여왔던

수동적인 공격 행동 중 하나였다. 그녀는 종종 자신이 내게 영향력을 행사할 수 있다는 것을 그런 식으로 표현했다. 그녀는 자신이 소중한 존재라고 느끼기 위한 수단으로 그런 행동을 했다. 그걸 우리 관계의 기틀이 되게 만들었던 나 자신이 원망스러웠다.

"멜라니, 집에 있는 거 알아. 화가 난 것도 이해해. 늦어서 정말 미안해. 그렇지만 내가 어떻게 할 수 있는 상황이 아니었어. 배가 허드슨 밸리의 중간쯤까지 갔거든. 그리고 몇 시간 동안은 밖에 나와있기도 했고."

나는 상황을 설명하면서도 올리비아와 단둘이 저녁 식사를 한 사실은 이야기하지 않았다. 스스로가 비열하게 느껴졌지만 일단 멜라니가 문을 열어야 이 문제를 해결할 길도 열릴 터였다.

그녀가 문을 열어주기를 기다리며 밖에서 계속 문을 두드렸지만, 그녀는 꿈쩍도 하지 않았다. 나는 좌절감에 싸여 고개를 푹 숙였다. 이대로는 안 된다는 걸, 우리 관계는 이렇게 이어 나갈 수 없다는 걸, 어떻게 하면 그녀를 이해시킬 수 있을까? 우리 관계는 건강한 관계가 아니며 그녀는 다른 상담사를 만나야 한다는 걸, 어떻게 하면 그녀를 설득할 수 있을까? 그녀는 망연자실할 것이다. 그게 그녀를 죽게 할 수도 있다.

강렬한 죄책감이 들이닥쳤다. 내가 떠나는 것, 그녀를 버리는 것, 그녀를 사랑하지 않는 것, 그게 바로 그녀의 가장 큰 두려움이었다.

내 생각이 맞을까?

나는 다시 문을 두드리면서 아까보다 단호하게 말했다.

"멜라니, 문 좀 열어."

드디어 부엌 바닥을 가로지르는 그녀의 무거운 발소리가 들렸다. 곧이어 걸쇠가 풀리고 문이 휙 열렸다.

그녀는 수건 재질의 빨간 로브를 입고 서있었다. 그녀의 눈은 퉁퉁 부어있었다. 그녀는 한마디도 하지 않고 몸을 돌려 거실로 갔다. 어딘가에서 텔레비전 소리가 들려와 나는 안으로 들어가 문을 닫고 그녀를 따라갔다. 그녀는 구겨진 화장지를 손으로 움켜쥔 채 소파 위에 태아처럼 몸을 웅크리고 누웠다.

소파 옆 바닥에 나뒹구는 와인 병이 눈에 들어왔다. 보기만 해도 속이 메스꺼웠다. 나 스스로에게 화가 났다는 것은 두말할 필요도 없었고 술을 마신 후의 멜라니의 모습에도 넌더리가 났다. 그녀는 나의 할머니, 아버지와 너무 비슷했다. 그때의 삶으로 돌아갈 수는 없었다. 그 삶에서 벗어나고 싶었다.

한편으로는 멜라니가 왜 그런 문제를 겪고 있는지 이미 잘 알고 있었다. 나는 이제 그녀의 치료사로서도, 연인으로서도, 친구로서도 실패했다. 그녀에게는 도움이 필요했지만 나는 그녀를 도울 수 없었다. 우리가 서로에게 어떤 존재가 된 이후에는 말이다. 나는 가까이 다가가 그녀 앞에 무릎을 꿇고 그녀의 이마 위로 흘러내린 머리칼을 쓸어 넘겼다.

"자기야."

나는 다정한 목소리로 말했다.

"늦어서 미안해. 전화를 했어야 했는데."

"배 위에 있었다며 어떻게 전화할 수 있었겠어? 그렇게 중요한 사람들이랑 같이 있으면서?"

그녀는 혀 꼬부라진 소리를 냈다. 입에서는 술 냄새가 났다.

"상황이 그랬지만…… 그래도 미안해."

나는 무엇을 해야 할지 생각하면서 대답했다.

"물 한잔 가져다줄게. 그다음에 얘기하자."

말은 그렇게 했지만, 지금이 대화하기 좋은 시점이 아니라는 건 알고 있었다. 먼저 그녀가 술에서 깨야 한다. 그래야 차분하고 이성적인 대화가 가능할 것이다.

나는 일어나서 부엌 찬장에서 컵을 꺼냈다. 물을 가득 채워서 몸을 돌리자 그녀가 식탁 옆에 서 있었다. 그녀는 분노와 절망이 범벅된 눈으로 나를 노려보았다. 그녀의 관자놀이에 있는 혈관이 두드러지게 불거졌고 그녀의 뺨은 빨갛게 불타올랐다.

"다 봤어. 나 선착장에 갔었어. 자기가 그 여자랑 배에서 내리는 걸 봤어. 둘이 손잡고 있는 것도 봤고."

나는 말하는 법을 까먹은 사람처럼 그 자리에서 말없이 얼어붙었다. 나는 가만히 바닥을 내려다보았다.

"거실로 가서 얘기하자."

그녀의 얼굴이 점점 붉게 달아올랐다.

"아니, 너랑은 어디도 가고 싶지 않아. 네가 나를 사랑하지 않는다는 거 알아. 한 번도 사랑한 적 없었지. 나는 너한테 늘 부족했으니까. 너는 야망으로 똘똘 뭉친 사람이야. 안 그런 척해도 소용없어. 그저 외로웠기 때문에 나를 이용한 거야. 나는 취약했으니까, 한마디로 쉬운 먹잇감이었던 거지."

"그렇지 않아."

내 대답은 사실이었다. 맹세코 그녀를 이용하려던 적은 없었다. 어떤 식으로든 그녀가 상처받는 것도 원하지 않았다. 그것만은 막으려고 최대한 노력했다. 그리고 나도 취약했었다.

"더 이상 나를 원하는 게 아니라면 여기서 당장 꺼져."

그녀가 소리쳤다. 나는 물이 든 컵을 식탁에 올려놓고 조심스럽게 그녀에게 다가갔다.

"제발 얘기 좀 하자. 응? 이런 식으로 끝내고 싶지 않아. 앉아서 얘기하자."

그녀는 비틀거리며 지그재그로 걸었다. 혹시 와인을 한 병 넘게 마신 걸까. 그녀는 손가락으로 문을 가리켰다.

"나가. 내 인생에서 사라져버려."

그건 내가 바라는 바이기도 했다. 하지만 이런 식으로는 아니다. 감수해야 할 위험이 너무 많다. 우리는 가능한 한 원만하게 헤어져야 한다. 나는 내가 그녀를 도울 수 있다고 믿었다. 상담실 밖에서의 우리 관계는 결코 건강한 관계가 아니었음을 그녀가 받아들일 수 있게끔 말이다. 대화를 하고 싶었다. 대화를 통해 우리 둘 다, 각자에게 필요한 도움을 받고 새롭게 앞으로 나아가는 계획에 도달하고 싶었다.

"멜라니……."

내가 앞으로 몇 걸음 내딛자 그녀는 소리를 질렀다.

"나가라고!"

그녀는 내 팔을 잡아 문으로 끌고 갔다. 문을 연 그녀는 나를 밖으로 거칠게 밀쳤다.

"꼴도 보기 싫어. 다시는 나타나지 마!"

"잠깐만."

나는 이 모든 걸 대화로 풀고 싶었기 때문에, 어떻게든 그녀의 얼굴을 마주하려고 뒤돌며 말했다. 하지만 그때 그녀가 나를 향해 재빠르게 돌진했고 나는 난간에 부딪혔다. 그녀는 내 뺨을 때렸다.

그런 식으로 맞아본 건 까마득한 옛날 일이었다. 나는 잊고 살았던 그 충격을, 타오르는 듯한 그 느낌을 다시금 맞닥뜨렸다.

내가 충격에서 빠져나오기도 전에 그녀는 "나가!"라고 소리치며 나를 계단 아래로 밀었다.

나는 떨어지지 않으려고 그녀의 어깨를 붙잡았다. 그러지 말았어야 했다.

우리는 균형을 잃고 계단 아래로 같이 굴러떨어졌다. 쿠당탕 하는 소리와 고통스러운 괴성, 실타래처럼 뒤엉킨 팔다리와 살점이 나무 계단과 쇠 난간에 부딪히면서 만들어낸 날카로운 불협화음이 뒤따라왔다.

찌릿한 고통은 온몸을 관통했고 이렇게 죽는구나, 생각했다. 몸이 아스팔트에 닿자 빙빙 돌던 세상이 멈추었다.

순간적으로 나는 마비되었다. 숨이 쉬어지지 않았다. 심장은 고동쳤고 머리는 깨질 듯 아팠다. 천천히, 비틀거리며, 떨리는 손을 간신히 두피까지 들어 올렸다.

피다. 피가 흥건하다. 나는 고통으로 신음하며 몸을 굴렸다. 겨우 손을 무릎에 가져갈 수 있었고 부러진 곳은 없는 것 같았다.

그리고 토해 버렸다. 온몸이 쑤셨다.

왼쪽으로 고개를 돌리자 아스팔트 위에 엎드려 있는 멜라니의 모습이 눈에 들어왔다. 무슨 일이 벌어진 건지 바로 파악하기 어려웠다. 그녀는 괜찮은 걸까?

심하게 타박상을 입은 나는 그녀 쪽으로 간신히 기어갈 수 있었다.

"멜라니……."

나는 그녀를 뒤집었다. 커다랗게 뜬, 공포 서린 그녀의 눈을 보는 순간 그녀가 죽었다는 걸 한눈에 알았다.

걷잡을 수 없는 두려움이 나를 휘감았다. 고통을 잊은 채 내가 틀렸음을 간절히 바라며 그녀의 목에서 맥박을 찾았다. 하지만 아무것도 잡히지 않는다. 그녀의 가슴에 귀를 가져다 댔지만 아무런 소리도 나지 않는다.

심폐소생술을 하면 그녀를 되살릴 수 있을지도 모른다. 하지만 그녀의 로브를 젖히고 가슴을 압박하자마자 그녀의 입에서 피가 용솟음쳤다. 공포에 질린 나는 뒤로 넘어져 게처럼 기었다. 그러다가 드러누워 멍하니 밤하늘을 올려다보았다.

만신창이 상태로 하늘을 향해 눈을 깜박이면서 얼마나 오랫동안 누워있었는지 모르겠다. 빗방울이 이마를 때렸다. 다른 빗방울이 뺨을, 그리고 손을. 비는 순식간에 거세지기 시작했다. 차갑고 단단한 빗방울이 무감각 상태에 있던 나를 깨웠다. 나는 통제할 수 없을 정도로 떨고 있었다. 쇼크에 빠졌다. 911에 전화해야만 한다. 나는 일어나서 다시 멜라니에게 기어갔다. 심폐소생술을 하려고 밀어젖혔던 로브 안에 그녀는 벌거벗고 있었다는 사실을 그제야 알아차렸다.

도와주세요. 부디, 누구든 저를 좀 도와주세요…….

하지만 만약 구급차가 온다면 그들은 무슨 일이 있었는지 물어볼 것이다.

이 여성과는 어떤 관계인가요? 경찰은 물어볼 것이다.

나는 그녀의 상담사였음을 설명해야만 할 것이다. 그들은 우리가 연인관계였다는 증거를 찾아낼 것이다. 그 이야기는 헤드라인을 장식할 것이다. 캐롤라인은 충격을 받을 것이고 크게 실망할 것이다. 나는 직업을 잃게 될 테고 아마도 체포될 것이다. 그리고 올리비아……. 아, 안 돼. 올리비아는 안 돼. 그녀는 내가 무슨 일을 저질렀는지 알게 될 것이고 다시는 나를 보려고 하지 않을 것이다. 나는 그녀가 아는 사람 중 가장 파렴치한이 될 것이다. 그녀가 느낄 배신감과 증오의 골은 깊게 파일 것이고 나를 용서하지 않을 것이다.

나는 주저앉아 흐느끼기 시작했다. 왜…… 대체 왜 이런 일이 생긴 걸까? 내가 감옥에 가면 모두가 그럴 줄 알았다고 말할 것이다. 그곳이 마땅히 내가 있어야 할 곳이라고 할 것이다. 내가 풀려나기를 바라는 사람은 없을 것이다. 누구도 나를 도우려 하지 않을 것이다. 그 누구도 내 결백을 입증할 만큼 나를 걱정하지 않을 것이다. 나는 결백하지 않다. 나는 죄를 지었다. 나는 무시무시한 일을 저질렀다. 멜라니가 죽은 건 내 잘못이다.

갑자기 눈앞의 세상이 빙글빙글 돌기 시작했다. 나는 공황 상태에 빠졌다. 이후의 모든 게 어렴풋했다.

멜라니를 내 차 트렁크에 넣은 장면이 거의 기억나지 않는다. 우리 관계에 대한 증거가 남아있는 건 아닌지 확인하려고 그녀의 아파트에 달려갔던 것 역시 거의 기억나지 않는다. 그녀가 비에 젖고 있었기 때문에 로브를 덮어준 것만 기억난다.

드디어 그 밤이 지났다. 나는 새벽이 되어서야 침대로 기어 올라갔다. 그때 비로소 수건 재질의 밝은 빨간색 로브를 입고 포장된 도로 위에 죽은 채 누워있던 멜라니의 잔상이 평생 나를 쫓으리라는 것을 알았다.

딘

1986. 뉴욕

그다음 며칠간은 충격과 공포, 죄책감과 악몽으로 희미해진 의식 속에서 보냈다. 나는 수도 없이 땀에 흠뻑 젖은 채 잠에서 깼다. 경찰에 신고하고 싶었다. 자수하는 게 이것보다는 낫지 싶었다. 언제 발각될지 모른다는 두려움, 나를 좀먹는 공포보다 나을 것 같았다. 불쌍한 멜라니를 생각하면서 밤마다 혼자 흐느꼈다. 내가 무슨 짓을 저지른 거지? 절망과 황폐함이 내게 남은, 내가 느낄 수 있는 전부였다.

그 주의 후반에 캐롤라인이 근심 가득한 표정으로 상담실 문을 두드렸다.

"아래층에 형사 두 명이 찾아왔어. 몇 가지 질문할 게 있다던데."

그녀는 말했다. 식은땀이 나기 시작했다.

"무슨 일인데요?"

"예전 환자 일인가 봐. 지금 올라오고 있어."

그녀는 말을 마치고 복도에서 그들을 만나 상담실 안으로 안내했다. 남자와 여자, 둘이었다. 캐롤라인은 상담실 문을 닫고 나가면서 불쾌한 표정을 지었다. 환자들이 건물 안에 있는 형사를 보고 안전하지 않은 곳이라고 생각하지는 않을지 걱정하는 눈치였다.

나는 일어나기 전에 작업 중이던 파일을 한쪽으로 치워두고 천천히, 그리고 깊게 호흡했다. 그들이 무슨 말을 꺼내든 직면하는 수밖에 없었다.

"로빈슨 박사님이시죠?"

남자 형사가 물었다. 반면 여자 형사는 나를 보지 않고 눈으로 스캔하듯 상담실을 둘러보았다.

"네."

심장이 갈비뼈 밖으로 튀어나올 만큼 쿵쿵 뛰었다. 얼굴은 분명 창백하게 질려있을 터였다.

"무슨 일 때문인가요?"

"저는 스미스, 이쪽은 메이슨 형사입니다. 실종 사건을 조사 중입니다. 실종된 여성이 선생님께 상담을 받았다고 들어서요."

"그렇군요. 여성분 성함이 뭔가요?"

"멜라니 브라운입니다."

나는 놀란 척하려고 했지만, 불안감으로 얼굴이 찌푸려졌다.

"네, 맞아요. 멜라니는 제 환자였어요. 몇 달 전부터 상담을 오지 않았지만요."

"왜 그랬을까요?"

흔하디흔한 일이었기에 나는 어깨를 으쓱해 보였다.

"상담을 통해 필요한 걸 이미 얻었다고 느꼈을 수도 있고요. 혹은 더 이상 오기가 어려웠을 수도 있지요. 제 기억에 그녀는 학교 일로 바빴던 것 같아요."

"네. 그래서 그녀가 실종됐다는 걸 알게 됐죠. 며칠 전에 물리학 논문을 발표했어야 했는데 그 자리에 없었다더군요. 사람들도 걱정하고 있어요."

스미스 형사는 한동안 나를 주의 깊게 바라보았다. 나는 그가 모든 걸 알고 있다고 확신했다. 이제 곧 내게 묵비권을 행사할 권리가 있다고 말할 것이다.

"그녀가 상담을 그만해도 된다고 생각하셨나요?"

메이슨 형사가 물었다. 나는 그녀 쪽으로 몸을 돌리며 무거운 한숨을 뱉었다.

"솔직히 말씀드리면 아니에요. 그녀는 학교 일로 많은 스트레스를 받고 있었어요. 그리고 개인적인 문제들도 꽤 있었어요."

"예를 들면 어떤 거죠?"

나는 망설였다.

"그건 말씀드릴 수가 없습니다."

스미스 형사는 내 대답을 예상했다는 듯 고개를 끄덕였다.

"그녀를 찾는 데 도움이 될만한 정보가 있으면 말씀해 주시겠어요? 혹시 남자친구 이야기를 한 적이 있나요, 아니면 이곳을 떠나고 싶다는 이야기를 한 적이 있었나요?"

나는 팔짱을 끼고 곰곰이 생각하는 척했다.

"제가 알기로 그녀는 논문 발표 때문에 매우 긴장하고 있었어요. 그녀는 주제가 너무 가볍게 느껴지지는 않을지 걱정했어요."

"버뮤다 삼각지대에 관한 논문 말씀이시죠? 사라지는 비행기들에 대한? 제가 듣기에는 꽤 흥미로운데요."

스미스 형사는 다시 고개를 끄덕였다. 타자기로 작성한 후 제본한 멜라니의 논문이 집에 있었다는 사실 때문에 심장은 더 빠르게 뛰었다. 그녀가 죽던 날, 나는 그녀의 논문을 가져왔다. 감사의 말에 내가 들어가 있었고, 우리 관계의 많은 부분이 논문에 언급되었기 때문에 선택지가 없었다. 만약 그들이 유죄를 입증할 증거를 찾고 있다면 논문에서 나를 찾아낼 것이었다. 그들이 수색 영장을 받는 과정이 아니기만을 바랐다.

"남자친구 이야기를 한 적은 없었나요? 몇 달 전에 대학원 동기에게 어떤 남자를 언급하면서 '사랑 때문에 아프고 힘들다'는 표현을 썼다고 들었습니다. 동기 말에 따르면 멜라니가 한동안은 행복해 보였지만 이후에는 극심하게 우울해 보였답니다. 더이상 그 얘기는 하고 싶지 않아 했고요. 아마 관계가 잘 풀리지 않았던 것 같아요."

지금 내가 미끼를 물도록 유도하고 있는 걸까.

"저도 잘 모르겠어요. 이곳에 발걸음을 끊은 이후에 누군가를 만났을 수도 있고요."

"그녀의 동기 중 한 명은 그녀에게 술 문제가 있었다고도 하던데요. 성적으로도 문란했다고 하고요. 동기가 썼던 말이 뭐더라……."

그는 메모를 확인했다.

"'원 나이트 스탠드의 여왕'이라고 했네요. 그래서 상담을 받았던 건가요? 성 중독 때문에?"

처음 듣는 얘기였다. '원 나이트 스탠드'라니, 우리가 상담하는 동안 멜라니는 한 번도 그런 성향을 드러낸 적이 없었다. 오히려 그 반대였다. 그녀는 자기 어머니의 그런 성향을 비난했었다. 아마도 나는 생각만큼 멜라니를 잘 알지 못했던 것 같다. 또 다른 실패다.

나는 목청을 가다듬고 형사들을 바라보았다.

"말씀드렸듯이 상담에서 이야기한 내용은 기밀이지만 그녀의 친구가 그렇게 말했다면…… 제가 반박할 수는 없을 것 같네요."

"알겠습니다. 그럼 혹시 그녀가 특정한 사람을 언급한 적은 없었나요? 우리가 조사해 볼만한 사람으로요. 그게 뭐가 됐든 정보를 주시면 큰 도움이 될 것 같습니다."

"죄송합니다."

나는 고개를 저으며 말했다.

"그녀가 누군가의 이름이나 구체적인 정보를 언급한 기억이 없네요. 그런 종류의 정보가 필요하시다면 적법한 절차에 따라 언제든 기꺼이 제 상담 노트를 제공하겠습니다."

메이슨 형사는 셔츠 주머니에서 명함을 꺼냈다.

"또 다른 의문점은 그녀의 자살 가능성입니다. 하지만 그 부분도 대답할 수 없으시죠?"

"글쎄요……."

"사실 그럴 것 같지는 않아요. 특히 이런 사건은……."

그는 나에게 명함을 건넸다.

"오늘 시간 내주셔서 감사합니다. 브라운 씨를 찾는 데 도움될 만한 어떤 정보라도 생각나면 연락주세요. 낮이든 밤이든 상관없습니다."

"그렇게 할게요."

나는 대답했다. 그러고는 그들이 나가기를 기다렸다가 손으로 머리를 감싸고 소파에 주저앉았다.

메스껍고 현기증이 나서 그대로 누워버렸다. 괘종시계를 올려다보니 다음 환자가 도착하기까지 10분 정도가 남아있었다. 나는 간신히 몸을 일으켜 멜라니와의 상담 노트를 꺼냈다. 지금까지는 차마 그걸 볼 수 없었지만, 이제는 봐야 할 필요가 있었다. 의심을 살만한 내용이 없는지 확인해야 한다. 그리고 그녀의 논문을 없애야만 한다.

☾

그날 퇴근 직전에 전화벨이 울렸다. 이미 5시가 넘었기 때문에, 벨이 울리게 놔두고 그냥 나가버릴까 고민하다가 마지막 순간에 전화를 받기로 마음을 바꿨다.

"여보세요. 로빈슨 상담실입니다."

전화선 너머로 가벼운 웃음소리가 들렸다. 단번에 올리비아라는 것을 알았다.

"너무 사무적인 말투인데요. 저예요."

그녀의 아파트에 전화도 몇 번 하고 메시지도 몇 번 남겼지만 우리는 일주일 내내 대화하지 못했다. 다행히도 그녀는 영상을 편집하느라 바빴고, 말인즉슨 내가 사고 후에 정신을 차릴 시간이 조금은 있었다는 뜻이다.

"잘 있었어요? 목소리 들으니까 좋네요."

내가 말했다.

"저도요. 이번 주 내내 보고 싶었거든요. 미안해요. 너무 바빴어요."

"괜찮아요. 저도 바빴어요. 편집은 어디까지 진행됐어요?"

"실은 그것 때문에 연락했어요. 오늘 오후에 끝냈거든요. 드디어 찾게 된 이 자유를 기념하고 싶어서요."

"멋진데요. 축하해요. 기대한 만큼 잘 나왔어요?"

"네. 기대보다 잘 나왔어요. 지난 며칠간 끝내주게 마무리했거든요. 좋은 점수를 받을 수 있을 것 같아요. 그건 그렇고 이번 주말에 시간 어때요? 저한테 함께하고 싶은 계획이 있어서요."

나는 책상에 앉았다.

"뭔지 궁금한데요."

"음……."

그녀는 긴장감을 끌어내리려는 듯 장난스럽게 말을 딱 멈추었다.

"엄마가 가족들 만나러 마이애미에 갈 예정인데 저한테 같이 가자고 해서요. 저는 이미 알았다고 했고, 오늘 밤에 출발할 계획이에요. 혹시 우리랑 같이 갈 수 있을까요? 너무 촉박하게 알려서 미안해요."

"마이애미요?"

나는 뜻밖의 제안에 깜짝 놀라며 물었다. 그리고 시계를 확인했다.

"이렇게 바로 직전에 비행기 표를 구할 수 있어요?"

"그런 건 걱정 안 해도 돼요. 전용기를 타고 가서 엄마 소유의 별장에 머물 거라서요. 당신은 손님방을 쓰면 되고요. 일요일이 할아버지 생신이라 오후에 파티가 열릴 거예요. 일요일에는 파티에 참석해야 하지만 토요일에는 우리가 원하는 건 뭐든 할 수 있어요. 해변에 가거나 사라 언니, 형부랑 요트를 타거나 쇼핑, 영화, 뭐든지요."

그녀가 대답했다. 나는 그녀의 제안을 머리로 빨아들이려고 노력했다. 전용기를 타고 마이애미로 날아가서 주말을 함께한다니. 심지어 나는 비즈니스석도 타본 적이 없었다.

"음……."

"만약 다른 계획이 있었던 거라면 이해해요. 아까 말했듯 너무 촉박하게 얘기를 꺼내서."

그녀가 말했다.

"그런 게 아니에요. 그냥……."

그냥, 뭐?

"다른 계획 없어요."

"좋아요. 8시 30분에 탑승장에서 만날까요? 우리는 뉴저지의 뉴어크에서 출발할 거거든요. 어떻게 하면 우리를 찾을 수 있는지 알려줄게요."

그녀가 대답했다.

"좋아요."

그녀는 내게 구체적인 정보를 주면서 일요일 파티 때 입을 와이셔츠를 가져오라고 말했다.

우리가 전화를 끊고 5분 후, 캐롤라인이 상담실 문을 노크했다.

"네. 들어오세요."

나는 책상을 잠그면서 말했다. 그녀는 안으로 들어와 소파의 팔걸이에 기대앉았다.

"오늘 밤 마이애미에 간다고 들었는데."

나는 깜짝 놀라며 고개를 끄덕였다.

"소식 한번 빠르네요. 올리비아와 통화한 지 5분밖에 안 됐거든요. 같이 가시나요?"

"아니, 그건 가족 행사니까. 조금 아까 리즈랑 이런저런 이야기를 하던 중이었거든. 올리비아가 딘 선생도 초대해 달라고 부탁했나 보더라고."

나는 일어나서 옷걸이에서 코트를 집어 들었다. 캐롤라인은 내 행동을 쭉 지켜보고 있었고 나는 그녀가 원하는 게 뭔지 궁금해졌다.

"그래서 말인데……."

마침내 그녀가 소파에서 일어나면서 말했다.

"지난 주말 요트에 있을 때 둘 사이에 뭔가 있다는 건 알고 있었어. 누가 봐도 티가 났으니까. 이후에 둘이 같이 나가는 것 같던데……. 그랬어?"

나는 캐롤라인의 시선을 똑바로 마주했다.

"그랬을 수도 있고요."

그녀는 미심쩍은 듯 잠깐 말을 멈추었다.

"내가 상관할 바는 아니지만, 내가 요즘 리즈와 자주 시간을 갖는다는 사실을 알아뒀으면 좋겠어. 그녀가 클리닉 사업을 확장하는 데 관심을 보이고 있거든. 나한테는 큰 도움이 될 거야. 알고 보니 리즈의 오빠에게 정신적인 문제가 있었는데 상담을 통해 꽤 많이 개선됐다고 하더라고. 그래서……."

캐롤라인은 이 이야기를 어디로 끌고 가려는 걸까. 나는 갈피를 잡지 못한 채 재킷의 단추를 채우면서 그녀의 이어질 말을 기다렸다.

"그냥 나를 봐서라도 일을 망치지 마. 알겠지?"

"그게 무슨 뜻이에요?"

"그러니까 내 말은…… 둘 사이가 어떻게 되어가는지는 잘 모르겠지만 올리비아의 마음을 다치게 한다면 내 거래도 물 건너갈 수 있다는 말이야."

그녀는 한동안 내게 시선을 고정했다. 그녀의 시선은 조금도 흔들리지 않았다.

"이해했어요."

"그랬기를 바랄게."

그녀의 말투와 몸짓에는 엄중한 경고가 담겨있었다. 심지어 위협이라고까지 느껴졌다.

"반면에 올리비아와의 관계가 더 발전하면…… 그렇게 되면, 딘 선생이 공동 경영자로 다른 지점을 맡아도 좋지 않을까 싶네. 함께한다면 대단히 잘 해낼 수 있을 거야."

그 순간 완벽하게 이해가 되었다. 내가 할 수 있는 일이라고는 그녀의 메시지를 명확하게 알아들었다는 의미로 고개를 끄덕이는 것뿐이었다.

"흥미로운데요. 고려할 것도 많고요."

내가 말했다. 그녀는 내게 분명하게 말하고 있었다. 오스카 해밀턴의 딸을 행복하게 만들어주는 대가로 충분한 보상을 받으리라는 것을. 아니면 그 반대의 일도 일어날 수 있다는 것을. 캐롤라인은 피도 눈물도 없는 사업가였다. 성공을 향한 그녀의 거대한 야망에 내가 걸림돌이 된다면 가차 없이 나를 내칠 것이다. 에너지가 고갈되는 느낌이 들었다.

또다시, 나는 나에게서 무언가를 원하는 여성에 의해 좌지우지되고 있었다. 그리고 다시 한번, 나는 누군가를 행복하게 만들어야 한다는 책무를 부여받았다. 말을 마친 캐롤라인은 문으로 향했다.

"듣자 하니 즐거운 주말 보내게 될 것 같네."

그녀는 내게 윙크했다.

"자기는 운도 좋아. 월요일에 전용기 얘기 들려줘."

나는 대답하지 않았다. 짐을 챙기며 올리비아에게만 집중하려고 노력했다. 올리비아 외에 다른 건 생각하고 싶지 않았다. 내가 원하는 건 그녀와 함께함으로써 다시 행복을 찾는 것뿐이었다. 고급스러운 전용기를 타든, 무너져가는 컨테이너에서 잠을 청하든, 우리가 함께라면 상관없었다. 그게 어느 곳이든 지금 내가 있는 지옥보다는 나을 테니까.

올리비아

1986. 뉴욕

허드슨강을 유람하고 파스타로 낭만적인 저녁 식사를 한 다음, 아파트 계단에서 딘 로빈슨과 키스한 지 거의 일주일이 지났다. 마감일까지 필름을 편집해야 했기에 집중할 수 있도록 스스로를 채찍질했다. 하루빨리 편집을 끝내야 다시 딘을 볼 수 있었다. 마이애미로 가는 주말, 딘을 초대해도 된다는 엄마의 허락을 받았을 때는 하늘을 날아갈 듯 기뻤다.

딘과는 비행기 안에서 만나기로 했고 나는 떨리는 가슴으로, 기대에 잔뜩 부풀어 앉아있었다. 파일럿들은 안전 점검을 하는 중이었고 승무원은 이미 음료를 가져다주었다. 몇 분 후면 출입구가 닫힐 것이다. 나는 창가에 앉아 그가 어떤 이유에서든 마음을 바꾸지 않았기를, 늦지 않기를 기도했다. 우리는 밤 9시

15분에 출발할 예정이었고 일단 문이 닫히면 그걸로 끝이었다. 그가 없이 떠날 것이다.

드디어 창밖으로 비행기를 향해 걸어오는 그의 모습이 보였다. 파란 아디다스 더플백을 어깨에 걸친 그의 걸음걸이는 자신감이 넘쳐 보였다. 짜릿한 쾌감이 온몸을 관통했다. 나는 건너편, 하얀 가죽 의자에 앉은 엄마를 보려고 몸을 돌렸다.

"그가 보여. 지금 오고 있어."

"음, 딱 맞춰서 도착했네."

엄마는 반들반들한 잡지 페이지를 휙휙 넘기며 대답했다. 그리고 차가운 피노 그리지오가 담긴 와인 잔에 손을 뻗었다.

엄마, 아빠가 이제 막 시작한 딘과 나의 관계를 받아들였는지 아직 잘 모르겠다. 엄마, 아빠는 가브리엘을 좋아했고 마음을 열어 그를 가족으로 받아들였다. 한동안은 당연히 우리가 약혼할 거라고 여겼다. 그렇기 때문에 우리가 헤어졌을 때 부모님은 놀라고 실망했다. 심지어 엄마는 눈물을 보이기까지 했다. 엄마는 내가 굴러온 복을 걷어찼다고 나무랐다.

당연히 이별은 고통스러웠다. 고통을 덜기 위해, 나는 가브리엘에게 6개월의 생각할 시간을 달라고 했다. 그 6개월은 꽤 오래전에 지났다. 그리고 딘이 나타났다. 살면서 본 사람 중 가장 매력적인 남자, 금발에 파란 눈을 가진 내 이상형, 운동선수와 같은 다부진 체형에 심장을 뛰게 만드는 미소. 가슴속에 작은 고무공을 계속 튕기는 느낌이었다. 하지만 내 가슴을 두근거리게 하는 건 단지 그의 겉모습 때문만이 아니었다. 그와 함께할 때마다 빈틈없는 조화로움이 느껴졌다. 세상 모든 것이 올바르게 흘러가는 것 같았다.

물론 우리 관계는 아직 시작 단계였고, 그도 내게 마음이 있다는 건 알았지만 그 깊이가 나의 마음과 같은지는 자신할 수 없었다. 나는 거리낌 없이 진지한 관계로 뛰어들 준비가 되어있었다.

하지만 무언가가 그의 발목을 잡고 있는 것처럼 보였다. 아마도 그의 성장 환경에서 기인한 무언가일 터다. 보다 구체적으로는 어머니의 죽음과 버려질지 모른다는 뿌리 깊은 두려움에서 비롯한 무언가. 그렇다고 해도 내가 뭐라고 그런 판단을 하겠는가? 나는 심리학자가 아니었다. 그건 그의 전문 영역이었다.

그가 계단을 올라 비행기 안으로 들어오는 모습을 창밖으로 쭉 지켜보았다. 승무원 세레나는 문 앞에서 그를 맞이했다.

"로빈슨 박사님, 환영합니다. 가방 주시겠어요? 그리고 마실 것 좀 드릴까요?"

"오렌지 주스 있나요?"

그가 물었다.

"웬만한 건 다 준비되어 있습니다."

세레나는 갤리 안으로 사라졌고 나는 일어서서 딘의 뺨에 키스했다.

"당신이 와서 너무 기뻐요. 슬슬 걱정하고 있었거든요."

"미안해요. 차가 너무 밀려서요."

그는 나와 함께 엄마의 건너편 좌석에 앉았다.

"딘, 잘 왔어요. 다시 만나서 반가워요."

"저도요. 다시 봬서 기쁘네요."

그는 대답하고 객실을 둘러보았다.

"여기 정말 멋진데요."

엄마는 그의 말을 못 들은 척했다. 나는 그의 향기를 들이마시며 그의 목 주위를 감싸고 있는 곱슬머리를 감탄의 눈으로 바라보았다. 아직 이륙 전인데도 마치 공중을 붕붕 떠다니는 기분이 들었다.

나는 그에게 팔짱을 끼고 오늘 하루가 어땠는지 물었다.

"그럭저럭 괜찮았어요."

그는 살짝 앞으로 몸을 숙여 신발을 내려다보며 대답했다.

그에게서 묘하게 불편한 감정이 느껴졌다. 하지만 그는 이내 다시 고개를 들어 내 눈을 바라보며 말했다.

"다시 봐서 너무 행복해요. 지금 얼마나 행복한지 당신은 모를 거예요."

그의 말에, 그와의 교감에 가슴이 한없이 부풀어 오르고 온몸에 온기가 돌았다.

세레나는 오렌지 주스가 담긴 쟁반을 들고 다시 모습을 드러냈다. 그녀가 객실 출입구를 닫자 내부 방송을 통해 기장의 목소리가 흘러나왔다.

"안녕하세요. 좋은 저녁입니다. 오늘 하늘이 맑네요. 마이애미까지는 순조로운 비행이 될 것입니다. 편하게 자리에 앉아 이륙 준비를 해주시기 바랍니다."

우리는 안전벨트를 채웠다. 발밑에서 엔진의 굉음이 나면서 비행기는 활주로를 질주하기 시작했다.

☾

비행기가 안정권에 진입했을 때 나는 딘의 귀에 대고 속삭였다.

"깜짝 선물이 있어요."

우리의 얼굴은 고작 몇 센티미터 떨어져 있었다. 아름답고 부드러운, 그의 입술에 키스하고 싶었다. 끓어오르는 욕망으로 현기증이 날 지경이었지만 채 1미터도 떨어져 있지 않은 엄마는 잡지에 싫증이 난 것 같았기 때문에 나는 욕망을 잠재워야 했다. 우리가 사랑에 목마른 십 대들처럼 행동하기 시작한다면 엄마는 내 깊은 마음을 알아차리고도 남을 것이다.

"깜짝 선물이요?"

그가 물었다. 우리 사이의 아주 비좁은 공간에 전기가 흐르는 것 같았다.

"지난주에 배에서 그랬죠. 어린 시절, 비행기에 완전히 빠져서 한때는 조종사가 될 생각도 했었다고요."

"그랬죠."

"당신이 도착하기 전에 조종석을 둘러봐도 되는지 기장님께 물어봤는데 그래도 된다고 하셨어요. 원한다면 부조종석에 앉아도 된대요."

딘은 믿을 수 없다는 듯 고개를 흔들었다.

"정말이에요?"

"네. 그렇게 하고 싶어요?"

"물어볼 필요도 없죠."

나는 웃음을 터뜨리고 세레나를 보면서 손을 흔들었다. 그녀가 가까이 다가왔다.

"뭐 필요하세요?"

"혹시 테일러 기장님께 딘이 조종석을 방문하고 싶은데 언제가 좋을지 여쭤봐 주시겠어요?"

"그럼요."

그녀는 앞으로 이동했다. 잠시 후 그녀가 돌아왔다.

"지금도 괜찮으시대요. 원하신다면 제가 안내해 드릴까요?"

딘이 나를 바라보았다.

"그거 알아요? 당신은 정말 멋진 사람이에요. 꼭 마법의 세계에 들어온 기분이에요."

나는 손으로 어깨를 쓱쓱 쓸어내리는 시늉을 했다.

"이제부터 저를 마법사라고 불러주세요. 공상을 현실로 바꾸는 마법사."

그는 웃으며 안전벨트를 풀고 세레나를 따라 조종석으로 갔다. 이후 몇 분 동안 나는 자리에 앉아 파일럿들과 이야기하는 그를 바라보았다. 꿈을 현실로 마주하는 그의 모습을 보고 있자니 뿌듯함과 만족감이 밀려왔다.

부조종사가 그에게 자기 자리를 내어주었다. 그들 셋은 계기판을 가리키며 대화를 나누었다. 나는 투명 인간이 되어 그들에게 몰래 다가가 이야기를 엿듣는 상상에 빠졌다. 엄마가 빈정거리는 말투로 상상에 찬물을 끼얹기 전까지는.

"그가 비행기를 추락시키는 건 아닌지 모르겠네."

나는 엄마를 바라보았다.

"엄마, 그런 식으로 말하지 마. 그럴 일 없으니까."

엄마는 어깨를 으쓱해 보였다. 나는 알고 있었다. 엄마는 내가 가브리엘과 헤어졌다는 이유로 은근한 트집을 잡고 있다는 걸 말이다.

나는 통로 쪽으로 몸을 기울였다.

"제발 딘에게도 기회를 줘. 나 정말 딘이 좋거든."

"나도 그가 좋아."

엄마가 말했다. 엄마는 흔쾌히 대답했지만 그다지 설득력 있게 들리지는 않았다.

"엄마……."

나는 엄마의 눈을 똑바로 바라보면서 말했다.

"그가 내 운명의 짝일 수도 있어."

엄마 역시 한동안 나를 똑바로 응시했다. 그러더니 한숨을 내쉬었다.

"좋아. 그에게 기회를 줄게. 나는 네가 그저 행복하기를 바랄 뿐이야. 그게 다야."

"나 행복해. 너무너무 행복해."

나는 다시 바르게 앉아 팔걸이를 꽉 잡았다. 내 인생을 살 수 있게, 내가 원하는 사람을 선택할 수 있게 나를 내버려 두기를 바랐다. 엄마는 내 마음속에 무엇이 있는지, 누가 있는지 모른다.

딘은 마이애미로 가는 비행시간 대부분을 조종실에서 보내다가 착륙할 때가 되자 자리로 돌아왔다.

"끝내줬어요."

그는 벨트를 채우며 말했다.

"방금 있었던 일을 믿을 수가 없어요. 고마워요."

"재밌었다니 기뻐요. 어떤 느낌이었어요?"

그는 내 손을 꽉 잡았다.

"그들이 자동 조종 기능을 해제한 다음에 직접 조종해 보라고 했어요. 고도가 올라가는 거 알고 있었어요?"

"네."

"그거 제가 한 거예요. 그리고 다시 수평으로 조종했죠. 마치 죽어서 천국에 와있는 것 같았어요."

나는 그의 의기양양한 모습에 매료되었다. 그 순간, 그의 기쁨이 곧 나의 기쁨이라는 것을 깨달았다. 내가 열정적인 사랑, 광란의 사랑에 빠져버렸다는 것도 깨달았다. 그건 깊은 사랑, 영혼을 품은 사랑이기도 했다. 조건 없는 사랑이었다.

20분 후 우리는 마이애미에 착륙했다. 나는 빨리 비행기에서 내리고 싶어 안달이 났다. 지나치게 사랑스러운 이 남자와 한시라도 빠르게 주말을 보내고 싶어 견딜 수가 없었다. 나는 겨우 흥분을 억누를 수 있었다.

다음날 우리를 태운 사라 언니의 요트는 마치 전장으로 돌진하는 전투함처럼 파도가 거세게 포효하는 탁 트인 바다 위를 내달렸다. 갈매기들은 바람을 타고 우리 머리 위를 유영했다. 파도와 함께 오르내리는 뱃머리를 따라 마이애미의 스카이라인도 지평선 위아래로 움직임을 거듭했다. 밝은 태양, 맑은 하늘, 태양 빛을 받아 하얗게 올라오는 파도는 아름답게 반짝거렸다.

늘 그렇듯 엄마가 쇼핑하러 간 동안 사라 언니와 리언 형부는 나와 딘을 요트에 초대했다. 딘은 요트를 몰아본 적이 없었지만, 돛을 제어하고 조절하는 방법이나 바람이 부는 방향에 따른 항해 등 모든 것을 배우고 싶어 했다. 그는 순식간에 모든 정보를 흡수해 버리는 훌륭한 학생이었다. 언니와 형부는 딘을 좋아하는 게 분명해 보였고 그들에게 고마운 마음이 들었다. 그들은 다른 가족들에게 어떻게든 입김을 행사할 수 있을 것이다.

해가 질 무렵 요트의 오른쪽 난간에 서있던 딘과 나는 병코돌고래 무리를 발견했다. 돌고래 무리는 요트를 따라 빠르게 헤엄치며 파도를 뛰어넘었다.

"저기 봐요!"

나는 우리와 속도를 맞추면서 헤엄치는 그들을 손가락으로 가리켰다.

"돌고래예요!"

눈 앞에 펼쳐진 장관에 기쁨의 미소가 지어졌다. 하지만 고개를 돌려 바라본 딘의 모습은 어딘가 우울해 보였다. 그는 난간에 올린 자신의 왼손을, 무기력하게 응시하고 있었다. 텅 빈 눈빛, 무표정한 얼굴, 그의 마음은 다른 곳에 가있는 것 같았다. 나는 그의 어깨를 슬며시 흔들었다. 그가 눈을 들어 다시 내 존재를 인식하기까지, 몇 초는 걸린 것 같았다.

"딘."

"아, 네."

그는 막 깨어난 것처럼 대답했다.

"돌고래들 봤어요?"

그는 물 위를 쳐다보았다. 돌고래들은 방향을 틀어 우리에게서 벗어나는 중이었다.

"와, 저것 좀 봐요."

그는 팔로 내 허리를 감싸고 나를 가까이 당겼다.

정신이 팔렸었다는 것을 본인도 알고 있었을까. 잠깐 걱정했지만, 곧 찝찝한 마음을 내려놓고 그의 뺨에 입을 맞추었다. 우리는 함께 시원한 바람을 맞으며 저 멀리 마이애미를 바라보았다.

☾

그날 밤 우리는 둘이 저녁을 먹으러 나갔다. 나는 내가 가장 좋아하는 이탈리안 레스토랑의 칸막이가 있는 구석 자리를 예약했다. 빨간색 가죽 의자, 빨간색과 흰색의 체크무늬 식탁보,

로마 콜로세움이 그려진 대형 벽화가 매력적인 레스토랑이었다. 이곳의 치즈 마카로니를 좋아했던 어린 시절부터 부모님과 함께 자주 드나들던 곳이라 레스토랑의 주인과도 잘 아는 사이였다. 그는 나를 반겨주었고 우리를 가족처럼 대해주었다.

바다 위에서 스릴 넘치는 하루를 보낸 후 구릿빛으로 그을린 딘은 촛불 아래서 더 잘생겨 보였다. 나는 그의 무릎에 손을 올렸다.

"요트에서 좋은 시간 보냈어요?"

내가 물었다. 그는 앞으로 다가왔다. 그의 숨결이 내 입술을 스쳤다.

"정말 좋았어요. 이번 주말 경험하고 있는 모든 것이 멋져요. 비행기를 조종한 것, 처음으로 요트를 몰아본 것 때문만은 아니에요. 가장 좋은 건 당신과 시간을 보낼 수 있다는 거예요. 지구상에서 가장 운이 좋은 남자가 된 기분이에요."

"저도 같은 기분이에요. 이번 주말이 영원했으면 좋겠어요."

우리 자리에 칸막이가 있어 다행이었다. 그는 내게 오랫동안, 부드럽고 다정하게 키스했다. 내 입술과 코가 깨끗하게 면도한 그의 턱에 닿았다. 그의 팔을 끌어안고 있을 때 테이블 아래로 그의 손이 내 무릎에 안착했다.

우리는 다음 날 오후에 있을 할아버지 생신 파티에 대해서도 잠깐 이야기를 나누었다. 첫 번째 요리가 도착했고 꼭 붙어있던 우리는 빨간 가죽 의자 위에서 미끄러지듯 멀어졌다.

파스타를 다 먹은 후 나는 딘의 손을 잡으며 물었다.

"궁금한 게 있는데…… 오늘 무슨 생각에 빠져있던 거예요?"

하마터면 그가 돌고래를 놓칠 뻔했던, 그 순간을 이야기했다. 긴장한 듯 딘의 목젖이 위아래로 움직였다. 그는 내게서 살짝 고개를 돌리며 기운 없는 모습으로 고개를 저었다.

그는 내 질문이 아닌, 자기 자신에게 불만을 느끼고 있는 듯했다. 나는 계속 시도했다.

"딘?"

"미안해요. 그때 다른 생각 중이었어요."

"혹시 무슨 생각이었는지 얘기해 줄 수 있어요?"

그는 나를 바라보았고 나는 그의 허벅지를 쓰다듬었다.

"얘기하고 싶지만 그럴 수가 없어요."

그가 힘없이 대답했다.

"왜요? 뭐가 됐든 나한테는 이야기해도 돼요. 도움이 될 수도 있으니까."

"그럴 것 같지 않아요."

그는 식탁보에 떨어진 빵 부스러기를 손으로 쓱쓱 털어냈다.

"나는 잘 들어주는 사람이니까 얘기해 봐요."

그는 몸을 앞쪽으로 기울이며 식탁 위에 팔을 얹었다. 그의 강렬한 시선이 내 눈에 고정되었다. 그의 시선은 내 입술로 내려왔고 다시 눈으로 올라갔다. 순간적으로 그가 모든 고민거리를 털어놓을지도 모른다고 생각했지만, 그는 다시 뒤로 기대앉아 한숨을 내쉬었다. 그와 걱정까지도 공유하기를 바랐던 나는 내심 실망했다.

"비밀 유지를 해야 해서요. 직업적 윤리 같은 거죠. 그래서 말하기 어려워요."

나도 뒤로 물러나 앉았다.

우리는 한동안 정적 속에서 앉아있었다. 어떻게든 그를 우울함의 늪에서 건져내고 싶었다.

"무슨 일인데요? 제발 말해줘요."

드디어 그가 눈을 마주쳤다. 나는 그의 눈에서 깊은 불안을 감지했다. 그건 두려움에 가까운 불안이었다.

"꼭 알고 싶다면 얘기할게요. 실은, 지금 하는 일이 항상 만족스럽지는 않아요."

"왜 그렇죠?"

그는 등을 기대고 앉아 포크 손잡이를 만지작거렸다. 그는 초조한 마음을 어찌하지 못하겠다는 듯 포크를 옆으로 비스듬히 놓았다가, 왼쪽으로 놓았다가, 다시 원래 자리로 놓았다.

"하루에 여덟 시간씩 자리에 앉아 사람들의 문제를, 후회를 듣는 건 쉽지 않아요. 그들 각자의 지옥에서 벗어나도록 돕는 것도 쉽지 않고요. 엄청난 압박감이 있죠. 사실 굉장히 지치는 일이에요."

나는 그를 이해했다.

"당연히 그럴 거예요. 나라면 절대로 못 할 것 같아요. 그래서 당신이 더 존경스러워요."

다음 코스 요리를 가지고 온 웨이터가 접시를 내려놓았다. 그는 겨드랑이에 끼고 온 후추 그라인더를 건네주었다.

293

잠시 후 다시 우리 둘만 남았다. 나는 조금 전 우리가 멈추었던 곳에서 다시 대화를 이어가고 싶었다.

"우리가 지기랑 공원에서 산책했던 날⋯⋯."

"그날 정말 좋았어요."

그가 내 말을 끊으며 말했다.

"맞아요. 좋았죠."

나는 미소를 지으며 대답하고 계속했다.

"그때 호수에 앉아서 당신이 그런 얘기를 했어요. 가장 잘하는 과목인데다가 장학금을 받을 수 있어서 심리학을 전공으로 택했다고요."

"맞아요."

"하지만 조종사가 되는 게 어린 시절 꿈이라고 했었죠. 혹시 그 꿈을 이루면 더 행복할 것 같다고 생각해 본 적 있어요?"

그는 접시 위 부드러운 오리고기를 자르며 그 질문에 대해 생각하는 듯했다.

"그런 생각은 늘 해요."

안에서 만족감이 솟구쳤다. 무엇이 만족감을 불러일으켰는지는 모르겠다. 그를 위해 한 가지 가능성을 제시한 스스로가 대견해서였을까. 나는 그가 스트레스에서 벗어나 지금보다 행복한 어딘가로 날아갈 가능성을 제시한 것이다. 바로 눈앞에서 물 밖으로 튀어 오르는 돌고래들을 더 이상 놓치지 않아도 되는 어딘가.

"알다시피 뭐든 불가능한 건 없어요."

나는 부드러운 오리구이를 맛보며 말했다.

"나는 잘 모르겠어요. 확신이 서지 않아요."

그가 대답했다.

"왜요? 조종사가 되는 게 꿈이라면 당신은 그 꿈을 이룰 만큼 충분히 똑똑한 사람이잖아요. 되고 싶은 건 뭐든 될 수 있어요."

그는 애정과 놀라움이 깃든 눈으로 나를 바라보았다.

"당신은 정말 공상을 현실로 바꾸는 마법사가 맞네요."

"그런 것 같아요. 눈앞에 장애물이 보이면 약간의 점프가 필요한 허들일 뿐이라고 생각하거든요. 그럼 대부분 쉽게 해결돼요."

"그건 당신이 숨이 멎을 정도로 세게 부딪혀야 하는 높은 허들을 만난 적이 없어서이지 않을까요."

나는 한동안 내게 주어진 특권을, 내가 누렸던 삶을 생각했다. 그러자 쑥스럽고 민망한 느낌이 들었다.

"맞아요. 꽤 편안하고 안정적인 삶을 살았으니까요. 어쩌면 지금 제가 하는 말이 무슨 말인지도 스스로 모르고 있는 것 같아요. 모든 꿈은 그저 바라기만 하면 이루어진다고 생각하는 철없는 부잣집 딸이니까요. 때가 되면 열매를 따듯 그냥 꿈을 수확하면 된다고 여겼어요."

그는 내 손 위에 손을 얹었다.

"그런 뜻이 아니었어요. 당신을 철없는 부잣집 딸이라고 생각하지 않아요. 당신이 얼마나 멋지고 아름다운 사람인데요. 지금도 다른 사람의 행복을 바라고 있잖아요."

나는 물을 홀짝이고 오리요리를 다 먹었다.

"그렇게 말해줘서 고마워요. 정말로요."

"당신이 내 안에서 보는 것, 나는 그게 고마워요. 나한테 그게 얼마나 큰 의미인지 당신은 모를 거예요. 누군가가 나를 행복할 자격이 있는 사람으로 봐주는 거요. 내가 그런 대접을 받아도 되는 사람인지 확신이 없었거든요."

그가 말했다. 나는 믿을 수 없다는 눈으로 그를 바라보았다.

"당연히 행복할 자격이 있죠. 과거의 일들이 당신이 앞으로 나아갈 길을 조종하게 두면 안 돼요. 지금 말하는 과거는 출신과 배경이에요. 힘들었던 어린 시절과 당신의 아버지, 그리고 형이 한 일들이요. 그중에 당신 잘못은 하나도 없어요. 당신은 착한 사람이에요. 그러니까 이제라도 꿈을 좇으면서 살아야 해요."

"말은 쉽지만, 현실은 어려울 때가 있어요. 당장 갚아야 할 학자금 대출만 산더미거든요. 그리고 이번 주에 캐롤라인이 당근을 내밀더군요. 지점을 확장하면 공동 경영자 자리를 줄 수도 있다고 하면서요. 그런 기회를 마다하는 건 굉장히 무책임한 일이에요. 특히나 경력을 위해 투자했던 모든 것들을 고려하면요."

그가 대답했다. 나는 물을 마시며 목을 축였다.

"그녀가 당신의 능력을 높이 사는 건 분명하네요."

그는 캐롤라인이 왜 그렇게 생각하는지 잘 모르겠다는 듯 어깨를 으쓱해 보였다.

그는 아주 겸손했다. 그게 그를 사랑하는 이유 중 하나였다.

내 주위의 수많은 젊은 남성들처럼 거만하지 않았다. 그래서 그를 더 돕고 싶었다. 가능한 한 높은 곳으로 딘을 끌어올리고 싶었다. 행복과 성공의 태양 빛이 그에게 닿는 곳까지 말이다. 만약 그의 내부에 텅 빈 구멍이 존재한다면─나는 그 구멍이 업무 스트레스와 어린 시절 생긴 정서적 상처에서 기인했다고 생각한다─모든 방법을 동원해 구멍을 행복으로 채워주고 싶었다.

그게 사랑의 진정한 의미가 아니던가? 아끼는 사람의 행복과 안녕을 바라는 거? 만약 그 사람의 삶에 폭탄이 떨어졌다면 폭탄을 해체하기 위해 내 능력을 다하는 게 인지상정 아니던가? 아니면 나 자신을 희생해서라도 폭탄 위에 내 몸을 던지거나?

그게 바로 내가 하는 사랑의 방식이었다. 내가 딘에게 느끼는 감정은 깊고 순수했으며 지속적이었다. 내 영혼의 아주 작은 부분까지도 그렇게 느꼈다. 그날 밤 레스토랑에서 나는 다짐했다. 그의 행복을 위해서라면, 그를 영원히 내 곁에 있게 하기 위해서라면, 무엇이든 하겠다고.

올리비아

1986. 뉴욕

딘과 마이애미에서 주말을 보내고 한 달 후쯤 엄마에게 전화가 왔다. 엄마는 지금 당장 집으로 오라고 했다.

"아빠가 너한테 할 얘기가 있으시대."

엄마는 말했다. 엄마의 목소리에 담긴 긴박감으로 미루어봤을 때 뭔가 나쁜 일이 생긴 건 아닌지 겁이 났다.

"지기 일은 아니지?"

"아니야. 지기는 괜찮아. 다른 일이야."

"알았어. 30분 안에 갈게."

나는 불안감을 느끼며 조심스럽게 말했다.

5번가의 펜트하우스 17층으로 올라가는 엘리베이터 안에서 불안과 두려움으로 속이 뒤틀렸다. 이유는 모르겠지만 꼭 사형

장에 들어가는 기분이었다. 나와 관련된 대부분의 일은 엄마에게 맡겼던 아빠가 직접 관여한다는 건 분명 심각한 문제일 터였다.

엘리베이터 문이 열리자 그 '할 얘기'라는 게 딘과 관련이 있는 건 아닌지 궁금해지기 시작했다. 솔직히 말하면 엄마, 아빠와 딘에 대해 터놓고 얘기하기까지, 이렇게 오래 걸릴 거라고는 예상하지 못해서 오히려 놀랍기도 했다. 요트 유람 후 부모님은 이미 그가 나에게 충분하지 않다고 판단했기 때문이다. 정확하게 그런 식으로 말한 건 아니지만, 딘을 저녁 식사에 부르는 걸 달가워하지 않았고 엄마는 계속해서 가브리엘의 안부를 물었다. 최근에는 딘을 초대할 때마다 부모님께 어렵게 사정해야 했다.

문을 열고 들어가기 전에 몇 초간 멈추어 서서 긴장을 가라앉혔다. 마음의 준비를 마치고 문턱을 넘자 엄마가 입구에서 기다리고 있었다.

"안 오는 줄 알았어."

엄마가 조바심을 내며 말했다.

"네 아빠 지금 화났어."

"그게 무슨 말이야? 왜?"

나는 가정부인 마리아에게 가방을 건네며 물었다.

그때 부엌에 있던 지기가 달려 나왔다. 나는 애정을 담아서 지기의 귀, 턱을 긁어주었다. 내 용기를 북돋아 주는 지기의 신난 모습이 고맙게 느껴졌다.

"아빠는 서재에 계셔."

엄마는 내 질문에 대답하지 않고 이야기했다.

나는 마음을 굳게 먹고 서재로 향하는 엄마를 따라갔다. 지기가 경쾌한 걸음으로 우리를 쫓아왔다. 우리는 거실을 지나 메인 식당을 지나 기다란 복도를 걸어갔다. 서재 문은 닫혀있었고 엄마는 문을 열기 전 가볍게 노크했다. 안으로 들어가자 아빠가 대형 안락의자에서 일어났다.

"아빠."

나는 초조한 마음으로 아빠가 있는 쪽으로 다가갔다. 아빠는 몸집이 큰 사람이었다. 키가 크고 뼈대가 굵은 아빠가 습관처럼 나를 품에 안고 내 머리에 입을 맞추는 순간, 그때만큼 아빠가 위협적인 존재로 느껴진 적은 없었다.

"우리 꼬맹이."

아빠는 마치 내 강아지가 죽었다는 소식을 알려야 하는 사람처럼 다정하게 말했다. 물론 지기는 코를 킁킁거리며 멀쩡하게 방안을 돌아다니고 있었지만.

나는 아빠의 품에서 목을 빼고 올려다보며 말했다.

"엄마가 무슨 할 얘기가 있다고 그러던데?"

"맞아. 앉아봐."

나는 아빠의 맞은편에 있는 의자로 가서 앉았고 엄마는 소파에 앉았다.

"딘에 관한 얘기인데, 안타깝지만 좋은 얘기는 아니야."

갑자기 숨이 막히는 기분이 들었다.

"그는 괜찮은 거야?"

"아, 당연히 그는 괜찮아."

아빠는 딘의 안녕이 정의에 어긋난다는 듯 말했다.

"그는 괜찮아. 하지만…… 너한테 이런 말을 하려니 힘들구나, 우리 딸. 하지만 너도 진실을 알아야만 해."

아빠는 앞으로 약간 몸을 숙였다.

"그는 우리에게 뭔가를 숨기고 있었어. 그는 우리가 알고 있는 사람이 아니야."

"그게 무슨 말이야?"

아빠는 다시 몸을 뒤로 기대고 기다란 다리를 꼬았다.

"먼저, 그의 가족은……."

아빠는 잠깐 말을 멈추었다.

"네가 어울려도 될만한 사람들이 아니야."

나는 방어 태세를 취하며 화가 나서 말했다.

"무슨 소리를 하려는 건데?"

"지금 네가 만나고 있는 남자가 어두운 과거를 가지고 있다는 말이야. 너는 그 남자를 믿어서는 안 돼."

나는 코웃음을 쳤다.

"그게 지금 진심이야? 만약 그가 가난한 집안 출신이고 열두 살에 어머니가 음주 운전 사고로 돌아가신 사실을 얘기하려는 거라면 나는 이미 알고 있었어. 그리고 그게 내가 그 사람을 사랑하는 이유이기도 해. 그는 그 모든 걸 극복했고, 착하고 올바른 사람이거든. 게다가 다른 사람들을 도우면서 자기 삶을 개선

했지. 그건 커다란 용기와 지혜가 필요한 일이야.”

아빠는 얼굴을 찡그렸다.

“네가 모든 걸 다 알고 있는 것 같지는 않구나.”

놀라우리만치 오만한 아빠의 태도에 나는 웃음을 터뜨렸다.

“알아야 할 건 다 알고 있는 것 같은데.”

아빠는 다시 몸을 앞으로 기울였다. 아무래도 나를 시험하려
는 모양이었다.

“그의 아버지가 살인죄로 감옥에 갔던 건 알고 있어? 딘의 어
머니를 죽인 사람이 그의 아버지라는 것도?”

“응. 알고 있었어.”

아빠는 놀랍다는 듯 뒤로 물러났다.

“그럼 그의 형이 폭행과 강도 혐의, 그리고 수많은 다른 범죄
들을 저지르고 지금 감옥에 있다는 사실도 알고 있어?”

“그것도 알고 있었어.”

아빠는 한숨을 뱉더니 한동안 침묵에 빠졌다.

“너는 우리한테 아무런 얘기도 하지 않았어. 마치 딘이 아이
비리그 출신인 것처럼 보이게 만들었지.”

나는 어이가 없어 고개를 흔들었다.

“그가 어떤 학교 출신인지가 무슨 상관이야? 누가 그런 걸 신
경 써? 그리고 내가 그런 걸 숨겨서 놀랐다는 거야? 내 예감이
적중했어. 아빠는 지금 내가 걱정하던 그대로, 내가 두려워하던
그대로 반응하고 있거든. 그의 집안, 사회적 신분과 경제적 상
황을 기반으로 그 사람을 판단하고 있잖아.”

"돈 얘기를 하는 게 아니야."

아빠가 반박했다.

"그 사람의 성품, 인격에 관한 거지. 그리고 나는 판단하는 게
아니야. 그저 너를 보호하려는 것뿐이야."

"무엇으로부터의 보호? 진정한 사랑으로부터의 보호?"

"아니. 불행한 밑바닥에서 어떻게든 벗어나 보려고 하는 남
자로부터 보호하려는 거야. 그가 사는 집에 가본 적은 있어? 그
가 어떤 차를 모는지는 알고?"

타오르는 분노로 호흡이 가빠졌다. 나는 경직된 자세로 앉아
숨을 몰아쉬었다.

"아빠는 그가 돈 때문에 나를 만난다고 생각해?"

아빠의 짐작이 터무니없다는 사실을 알고 있었기 때문에 화
가 났다. 딘은 나를 나 자체로 사랑했다. 그 점에는 추호의 의심
도 없었다. 내가 화가 난 이유는 아빠의 거만한 가정과 억측, 무
슨 꿍꿍이가 있지 않고서는 나를 사랑할 남자가 없을 거라는 아
빠의 그릇된 신념 때문이었다. 특히 딘이 나를 있는 그대로 사
랑할 리 없다는 신념.

나는 자리에서 일어났다.

"더 이상 얘기하고 싶지 않아. 그리고 아빠한테 엄청나게 실
망했어."

아빠는 머리끝까지 화가 난 모습으로 나를 쳐다보았다.

"지금 뭐라고 했니?"

아빠에게 꽤 모욕적인 말을 했다는 것을 알아차린 나는 그

자리에서 얼어붙었다.

"그게 다가 아니야. 다시 앉아."

아빠는 차갑게 말했고 나는 어느 틈에 다시 의자 쿠션 위에 앉아있었다.

"딘의 아버지가 어젯밤에 다시 체포됐어."

아빠는 말을 이었다.

"또 다른 음주 운전 사고로. 이번에는 온 가족을 죽였더구나. 부모와 아이 두 명. 아홉 살 된 여자아이와 다섯 살 된 남자아이 까지."

충격으로 다시 숨이 가빠졌다. 나는 간신히 말을 뱉어냈다.

"세상에나."

불쌍한 피해자 가족들, 그리고 딘……. 아, 안 돼……. 불쌍한 딘.

나는 다시 이성을 찾으려 노력했다. 분노가 내 말투를 더 딱딱하게 만들었다.

"어떻게 그 모든 걸 알았어?"

"어떻게 알았는지는 중요한 게 아니야."

"사람을 고용한 거지? 딘의 뒤를 캐고 딘의 가족들을 뒷조사 하려고?"

아빠는 잠깐 머뭇거리더니 양심의 가책은 조금도 느끼지 않는 모습으로 털어놓았다.

"그래. 그를 볼 때마다 느낌이 안 좋았거든. 우리에게 뭔가 숨기고 있다는 느낌이 들었지."

"맞아. 그랬어!"

나는 소리치며 응수했다.

"그리고 나도 그랬어. 그의 배경을 알게 되면 편견 때문에 아빠가 그를 충분히 괜찮은 사람이라고 여기는 데 방해가 될 것 같았어. 그리고 이제 알겠지? 내 생각이 틀리지 않았다는 사실을. 아빠, 그는 정말 좋은 사람이야. 나는 그의 마음속에 무엇이 있는지 알거든. 착하고 똑똑하고 올곧은 사람이야. 내가 아는 사람 중에서 가장 좋은 사람이라고. 그리고 내가 만약 그의 꿈을 이루게 해줄 수 있다면, 그게 왜 나쁜데? 그는 행복해질 자격이 있어. 그리고 나는 나를 돌봐줄 돈 많은 남자가 필요한 게 아니야. 사치품 따위는 필요 없어. 물질적 가치는 나한테 중요하지 않아. 나는 딘의 재정적 상황이 우리 관계에 방해가 된다고 생각하지 않지만, 아빠는 분명 그렇게 생각하는 것 같네. 그의 가족이 무슨 짓을 했는지는 나에게 중요하지 않아. 딘은 자기 아버지랑은 완전 다르거든. 그는 아버지보다 나은 사람이 되기를, 더 나은 삶을 살기를 원해. 아빠가 그의 그런 면을 볼 수 없다면 나도 더 이상 아빠 딸이고 싶지 않아."

이번에는 집을 나와 버릴 생각으로 나는 다시 일어났다. 엄마 역시 자리에서 일어났다.

"올리비아, 잠깐만 기다려."

엄마와 지기는 나를 따라 서재에서 나왔다.

"가지 마."

"아니, 갈 거야!"

나는 현관으로 향하며 말했다.

"나는 딘을 사랑해. 그리고 이런 얘기는 그만하고 싶어."

커다란 아빠의 발소리가 거실을 가로지르며 사납게 울렸다. 아빠는 내게 소리쳤다.

"어디 내 말이 틀렸는지 두고 봐! 그는 돈 때문에 너를 원하는 거니까. 높은 위치에 올라가려고 너를 이용하는 거야!"

거기까지였다. 나는 한계에 다다랐다. 더 이상 견딜 수가 없었다.

"아니, 아빠가 틀렸어!"

나는 소리치며 반박했다.

"그리고 아빠 생각은 이제 상관없어! 할 수만 있다면 오늘 당장 딘이랑 결혼할 거야."

"바보 같은 소리 하지 마, 올리비아!"

아빠는 앞으로 걸어왔다.

"내가 원하는 만큼 바보가 될 거야. 우리는 그만한 자유를 누릴 수 있어. 뭐든 할 거야."

"좋아. 돈 문제가 아니라고 했으니 경제적인 지원을 모두 끊어버려도 괜찮겠지! 장담하건대 우리 가족이 누군가의 물주 노릇을 하는 일은 없어. 그를 원하면 네 능력으로 가져."

"그는 돈줄을 구하는 게 아니야!"

나는 소리쳤다.

"맙소사, 아빠! 어떻게 그런 생각을 할 수 있어? 누군가가 나를 있는 그대로 사랑한다는 걸 받아들이기가 그렇게 어려워?"

나는 옷걸이에 걸려있던 지기의 목줄을 들고 문을 향해 걸어갔다. 지기가 꼬리를 흔들며 따라왔다. 나는 지기의 목에 목줄을 채웠다.

"올리비아, 제발 가지 마."

엄마는 나를 따라오면서 간청했다. 나는 엘리베이터 버튼을 반복해서 눌렀다.

"엄마, 나는 가야만 해. 나는 그와 함께해야 해."

"네 아빠는 그저 너를 보호하려고 그러는 거야. 그러니까 네가 이해해야 해."

"보호받을 필요 없어. 나는 스스로 생각하고 판단할 수 있으니까. 그리고 용돈도 신경 안 써. 나한테는 딘이 훨씬 중요해."

엘리베이터 문이 열리자 지기와 함께 안으로 들어갔다. 손으로 목걸이 펜던트를 만지작거리던 엄마의 눈에 점점 눈물이 차올랐다. 닫히는 엘리베이터 문 사이로 엄마의 팔을 잡는 아빠의 모습이 보였다. 아빠는 엄마를 달래서 집으로 데리고 들어가려고 했다. 하지만 엄마는 아빠의 손을 찰싹찰싹 때렸다.

아빠가 마지막으로 한 말은 "걱정하지 마. 올리비아는 집으로 돌아오게 되어있어."였다.

바닥이 흔들리기 시작했고 엘리베이터는 내려갔다.

☾

한 시간 후 나는 지기와 함께 뉴저지의 길거리에 서서 딘의 아파트 건물을 올려다보고 있었다. 무작정 부모님 집을 나왔지만 무엇을 해야 할지 몰랐다. 개 출입이 금지된 내 아파트로 갈 수는 없었다. 더군다나 아직 분노에서 벗어나지 못한 상태였다. 흥분이 가시지도 않은 상황에서 뭘 해야 할지, 어디로 가야 할지 이성적으로 생각할 수 없었다.

나는 가장 먼저 딘에게 연락해 아빠와 있었던 일을 이야기했다. 그는 곧장 자신에게 오라고 했다. 가족에게 버림받은 나는 여전히 술렁이는 마음을 감당하지 못한 채 들어가지도 못하고 그렇게 덩그러니 서있었다.

그래도 나에게는 딘이 있었다. 그는 내 구명보트나 다름없었다. 나는 지기의 머리를 쓰다듬어주고 딘의 아파트 건물로 들어갔다. 계단을 올라가 그의 집 문을 두드리자 즉시 문이 열렸다. 그는 나를 안으로 안내했다.

딘이 나를 안고 있는 동안 지기 역시 인사를 받고 싶어 안달을 냈다. 지기는 발로 딘의 허벅지를 긁고 신이 나서 빙글빙글 돌았다. 지기의 행동은 적절한 때에 긴장 해소제로 작용했다. 딘이 무릎을 꿇고 지기가 핥을 수 있게 턱을 내주었을 때 우리는 웃음을 터뜨렸다. 지기는 딘의 냄새를 맡으며 행복에 겨워 낑낑거렸다. 지기를 나무랄 수는 없었다. 나 역시 딘에게서 같은 안도감을 느꼈기 때문이었다.

"지기가 당신만큼 좋아하는 사람은 없는 것 같아요. 지기가 사람 보는 눈이 있네요. 좋은 사람을 알아보는 것 같아요."

"글쎄요. 그건 잘 모르겠네요."

딘이 일어나면서 대답했다.

"어쩌면 지난주에 내가 준 소고기 스튜 통조림 때문이 아닐까요? 그 이후로 계속 그 생각을 했을지도 몰라요."

딘은 내게 의미심장한 눈길을 보내더니 내 손을 잡고 소파로 갔다. 지기가 따라와서 우리의 발치에 누웠다.

"힘든 날이었겠어요."

그는 흘러내린 내 머리카락 한 올을 귀 뒤로 넘겨주면서 말했다.

"괜찮은 거예요?"

그 단순한 질문 한마디에 내 분노가 눈 녹듯 녹아내렸다. 나는 그의 어깨에 머리를 기댔다.

"이제 괜찮아요."

나는 눈을 감으며 대답했다.

"얘기하고 싶어요? 무슨 일이 있었던 건지?"

내 생각은 즉시 딘의 아버지, 젊은 가족의 죽음, 또 다른 음주운전으로 흘러갔다. 그게 오늘 일의 도화선이 되었다. 나는 딘의 손을 꼭 잡으며 뒤로 기대앉았다.

"최악이었어요. 지금껏 집에서 나누었던 대화 중에서도 가장 끔찍했어요."

"정말 미안해요. 내 잘못인 것 같아요. 당신과 당신 아버지 사이에 불화를 일으키는 원인이 되고 싶지는 않아요."

"당신 잘못이 아니에요. 아빠는 특권층으로 태어난 사람이 아니면 무시하는 경향이 있어요. 하지만 내가 이토록 아끼는 사람까지 그렇게 취급할 줄은 몰랐죠."

우리는 소파 위에서 서로에게 더 가까이 다가갔다.

"할 얘기가 있어요."

나는 딘의 아버지와 그의 음주 운전 사고를 생각하면서 주저했다.

"혹시 오늘 가족들과 연락했어요?"

딘은 고개를 저으며 내 어깨를 쓰다듬었다. 나는 똑바로 앉아 그의 가슴에 손을 올렸다.

"오늘 아빠가 대화하려고 했던 이유가 있었어요. 지난밤에 벌어진 일 때문인데…… 어떻게 얘기를 꺼내야 할지 모르겠어요. 하지만 조만간 알게 될 테니 이야기할게요. 음……."

목구멍에 뭔가 걸리는 느낌이 들었다.

"당신 아버지가 어젯밤 술에 취해 운전하시다가 또다시 교통사고를 냈어요. 지금은 체포된 상태고……."

나는 잠깐 말을 멈추었다.

"아주 심각한 사고였어요. 일가족 전부 사망했어요. 부부와 두 아이 전부요."

딘은 눈을 커다랗게 뜨고 나를 응시했다. 그는 경직된 얼굴로 눈만 끔벅였다. 뒤이어 그의 얼굴이 하얗게 질렸다.

"어디서 들었어요? 당신 아버지께서 말씀하신 거예요?"

"네. 아빠가 당신의 뒷조사를 한 것 같아요. 당신을 더 이상 만나지 못하게 할 이유를 캐낼 목적으로요. 하지만 딘, 나는 그런 건 신경 쓰지 않아요. 그러니까 내 말은, 신경은 쓰이죠. 그렇지만 당신 아버지가 알코올 중독자라는 것도, 다시 감옥에 갈 거라는 것도, 그 어느 것도 당신 잘못이 아니라는 거예요. 당신은 아버지와 다르잖아요. 당신은 그냥 당신이에요. 좋은 사람이고요."

딘은 고통스러운 표정으로 자리에서 똑바로 일어나려고 애썼다.

"괜찮아요?"

내가 물었다.

"물을 좀 마셔야겠어요."

딘이 일어나자 지기의 귀가 쫑긋 섰다. 지기는 딘을 따라 부엌으로 들어갔다. 딘은 싱크대에서 물을 몇 모금 마신 다음 지기를 위해 그릇에 물을 담아 바닥에 놓았다.

"이런 일이 다시 생길 거라는 건 늘 예상했어요. 아버지는 술을 마신 후에 꼭 운전대를 잡았으니까요. 내가 뭐라도 해야 했어요. 상담사로서요. 아버지를 돕거나 적어도 감시라도 했어야 하는 건데……."

"당신이 그곳에 머물렀다면요."

나는 소파에서 일어나 그가 있는 부엌으로 가면서 대답했다.

"그리고 만약 그랬더라도 결과는 크게 다르지 않았을 수 있어요. 그건 모르는 일이에요."

딘은 무릎에 두 손을 올리고 몸을 앞으로 숙였다. 아무래도 속이 안 좋은 것 같았다.

"뭐 좀 가져다줄까요?"

나는 그의 등을 문지르면서 물었다.

"아니요."

그는 의식적으로, 천천히 심호흡했다.

"나와 함께하는 걸 당신 아버지가 반대하는 것도 당연해요. 누구를 탓할 수 있겠어요. 내가 그런 사람인걸요."

"아니요. 아빠가 틀렸어요. 나는 당신이 필요해요. 왜냐하면…… 왜냐하면 당신을 사랑하니까요."

딘은 그대로 멈추었다. 그는 몸을 일으켜 세우고 자포자기한 모습으로 나를 바라보았다.

"나도 사랑해요."

나는 그의 눈에서 기쁨을 발견할 수 있기를 바랐다. 하지만 그의 눈에서 보이는 건 불확신과 후회였다. 두려움으로 등골이 서늘해졌다.

"제발 그러지 마요. 당신이 내게 충분하지 않다거나 내가 당신 없이 사는 게 더 나을 거라는 생각은 하지 마요. 나는 당신과 함께여야만 해요."

나는 그의 가슴에 두 손을 올렸다.

"아빠가 모르는 돈이 조금 있어요. 사실 꽤 큰 액수죠. 열여덟 살 때 엄마가 따로 준 거예요. 당분간 버티기에는 충분할 거예요. 그러니까 아빠가 재정적 지원을 끊어버린다 해도 상관없어요. 우리는 괜찮을 거예요."

지기는 그릇의 물을 다 마시고 턱밑으로 물을 뚝뚝 떨어뜨리면서 우리를 올려다보았다.

"그리고 있잖아요……."

나는 신중하게 운을 뗐다.

"지금 하는 일이 계속해서 불만족스러울 것 같다면 직업을 바꾸면 돼요. 뭔가를 시작하기에 늦은 건 아무것도 없어요."

딘은 고개를 끄덕였지만 할 말을 찾지 못하는 듯 보였다. 아버지 소식으로 받은 충격에서 여전히 빠져나오지 못한 것 같았다.

"둘이 같이 떠날 수도 있어요. 얼마 전 마이애미에서 비행학교를 수료한 사람을 알고 있거든요. 원한다면 당신도 그렇게 할 수 있어요. 늘 꿈꾸던 일이잖아요. 그렇죠?"

나는 제안했다. 그는 다시 고개를 끄덕였다.

"그리고 나는 뉴욕이 지긋지긋해요. 여기서는 가족을 피할 길이 없잖아요. 학교도 졸업했겠다, 이제 변화를 받아들일 준비가 됐어요."

내가 덧붙였다.

"그게 무슨 말이에요?"

"우리가 다른 어딘가로 옮겨서 새 출발을 할 수 있다는 말이에요. 둘이 함께요. 당신과 함께라면 뭐든, 어디든 좋아요. 아빠한테도 얘기했어요. 딘이 프러포즈하면 오늘 당장이라도 결혼할 생각이라고요. 아, 그렇다고 그걸 기대하는 건 아니에요."

나는 마지막 말을 재빠르게 덧붙였다.

"내가 얼마나 확신이 섰는지 당신에게 알려주고 싶었어요. 당신과 있으면 더할 나위 없이 행복해요."

그는 내게 이야기를 계속하길 바라듯이 나를 보며 연신 고개

를 끄덕였다. 마치 내가 더 열심히, 더 강력하게 설득해 주기를
바라는 것 같았다.

"지금은 엄청난 일로 들리겠지만 때가 되면 별일 아니라는
걸 알게 될 거예요."

"네……."

그는 '네'라는 말만 거듭했다. 지기가 꼬리를 흔들기 시작했
지만, 그는 내게 고정한 눈을 떼지 않았다. 딘은 나를 끌어당겨
품에 꼭 안았다. 그의 불규칙한 숨결이 내 목에 닿았다. 바로 그
순간 나는 그와 함께 어디론가 도망쳐 새 삶을 시작할 수 있기
를 간절히 바랐다. 이곳만 아니라면 어디든 괜찮다.

딘은 뒤로 물러나서 내 얼굴을 손으로 감쌌다.

"그래요. 그렇게 해요. 우리 마이애미로 가요."

"정말요?"

나는 믿을 수 없다는 듯 웃었다.

"확실해요?"

"확실해요."

그는 부엌에서 한쪽 무릎을 꿇고 내 손등에 키스했다. 마치
내가 그를 지옥의 불구덩이에서 건져 올리기라도 한 것처럼 끊
임없이 내 손등에 키스를 퍼부었다.

"나랑 결혼해 줄래요?"

그가 말했다. 신이 난 지기는 뒤로 물러서서 짖기 시작했다.
놀란 나는 양손으로 내 얼굴을 감쌌다. 온몸이 떨렸다. 나는 딘
을 일으켜 세우고 그에게 키스했다. 갈망해 마지않았던 이 남

자와의 삶, 앞으로 다가올 삶에 대한 기쁨에 젖어 열정적으로 키스했다. 그는 내가 꿈꾸던 모든 것이었다. 내면 깊숙한 곳, 그 낭만적인 곳에서는 그가 완벽한 사람이라는 것을 이미 알고 있었다.

2부

1993 뉴욕

올리비아

나는 딘과 처음 만난 날 같이 걸었던 램블을 지나 센트럴 파크의 호숫가에 서있었다. 속으로 날짜를 계산해 봤다. 마이애미에서 다녀오겠다는 인사와 함께 딘이 엘리베이터를 타고 비행을 나갔던 날로부터 2년 11개월, 그리고 하루가 지났다. 그게 마지막이 될 줄은 꿈에도 몰랐다.

몸을 돌려 유모차에서 잠이 든 로즈를 확인한 다음 마침내 발표한 미국연방교통안전위원회의 보고서에 대해 생각했다. 조사관들은 기기 결함으로 조종사가 방향감각을 상실해 바다로 추락했을 가능성이 다분하다고 결론지었다. 기기 고장의 원인은 밝혀지지 않았다. 아마 영원히 수수께끼로 남을 것이다.

잔해나 파편이 왜 발견되지 않았는지에 관해서는 무시무시한 속도와 위력으로 바다와 충돌했기 때문에, 흔적이 남지 않았다고 그들은 주장했다. 해류가 작은 파편들을 넓은 바다로 흩뜨렸고 정확한 지점을 찾아 수색하는 건 불가능에 가깝다고 했다.

친구들은 내게 딘이 고통을 느낄 새도 없이 즉사했을 거라고 했다. 어떻게든 나를 위로하려는 말이라는 것을 알았지만 전혀 위로가 되지 않았다. 보고서가 발표되고도 몇 주가 지나도록 나는 비행기 파편이 단 한 조각도 발견되지 않았다는 사실을 받아들이지 못하고 있었다.

그런데 사망신고서가 도착했다. 나한테는 돌봐야 할 딸도 있다. 이제 때가 된 것이다. 보험 회사로부터 보험금을 받고, 버뮤다 삼각지대에 대한 집착을 버리고, 로즈에게 온전히 집중할 때. 로즈는 딘이 내게 남긴 선물이었다.

하지만 나는 지금도 밤의 가장 어두운 순간이 되면 그가 집으로 돌아오는 꿈을 꾼다. 꿈속에서 그는 항상 같은 모습이었다. 그는 바람에 머리칼을 휘날리며 방향키를 잡고 요트에 서있었다. 그의 피부는 3년에 가까운 바다 생활로 볕에 그을려 있었다. 나는 마이애미 선착장에 서서 멀리 있는 그를 향해 손을 흔들며 외친다. 집에 돌아온 걸 환영해! 그는 내게 밧줄을 던지고 나는 배를 고정한다. 그는 선착장으로 올라와 나를 끌어안고 격렬하게 키스한다. 그리고 자신의 모험담을 들려준다.

나는 센트럴 파크의 잔잔하고 고요한 호수를 바라보며 한숨을 쉬었다. 내 손에는 사망신고서가 있었다. 그게 어느 정도 안도감을 주었다. 딘의 실종 미스터리에 매달리는 걸 멈추고 일상을 살아갈 수 있겠다는 마음가짐에서 오는 안도감. 딘을 놓아주어야 한다고 모두 입을 모았고 결국 나도 그들이 옳다는 것을 받아들였다. 로즈는 죽음 너머, 닿을 수 없는 무언가를 찾아 헤매는 엄마가 아니라 현재에 머무는 엄마와 자라나야 했다.

이제 로즈는 내게 남은 전부였다. 그가 남긴 아이에게 좋은 엄마가 되어 주는 것, 그게 딘을 기리는 가장 좋은 방법이라고 생각했다.

유모차 안의 로즈는 뒤척이더니 잠에서 깼다. 아이는 비몽사몽 상태로 주위를 둘러보았다. 나는 웃으며 집게손가락으로 로즈의 통통한 볼을 문질렀다.

"이봐, 잠꾸러기. 이제 집에 갈 준비됐니?"

로즈는 고개를 끄덕였고 나는 지기를 향해 휘파람을 불며 유모차를 돌렸다.

우리는 뉴욕의 작은 아파트에서 살고 있었다. 나만의 공간이 필요했다. 주말이면 엄마가 초대한 사람들로 북적이는 5번가의 펜트하우스가 아닌 소박한 나만의 공간. 나는 로즈를 보다 평범한 환경에서 키우고 싶었다. 로즈가 1달러의 가치도 소중히 여기기를, 원하는 건 일을 해서 스스로 얻어야 한다는 사실을 배우기를 바랐다. 로즈의 아빠가 그랬고 그의 그런 점이 내가 그를 사랑한 수많은 이유 중 하나이기도 했으니까.

☾

산책을 마치고 돌아오는 길에 나는 주말에 볼 비디오테이프를 몇 개 빌리기로 했다. 동네 비디오 대여점 바깥 가로등에 지기의 목줄을 묶고 여기서 기다리라고 말했다.

오후 5시가 다 된 시간이었고 내부는 손님들로 가득했다. 최신 개봉작들은 대부분 대여 중이었다. 하지만 나는 로즈를 재워놓고 고전 영화를 볼 생각이었다.

늘 그렇듯 고전 영화 구역은 한산했다. 선반을 쭉 훑어보던 나는 엘리자베스 테일러와 밴 존슨이 나오는 〈내가 마지막 본 파리〉를 집어 들었다. 케이스 뒷면의 설명을 읽고 있을 때 누군가가 자꾸만 나를 훔쳐보는 듯한 느낌이 들었다. 불안한 마음으로 고개를 들자 가브리엘이 보였다.

"안녕."

그가 긴장을 풀면서 말했다.

"아무래도 너인 것 같더라고. 스릴러 구역에 있다가 네가 맞는지 확인하러 왔어."

나는 영화를 다시 선반에 올려놓았다.

"어머나, 만나서 너무 반가워."

나는 로즈의 유모차에서 손을 뗐고 우리는 서로를 껴안았다.

"여기는 어쩐 일이야?"

나는 내 질문이 어처구니가 없어 웃음을 터뜨리며 덧붙였다.

"당연히 비디오를 빌리러 왔겠지만."

그는 손에 들고 있던 비디오테이프를 손가락으로 툭툭 건드렸다.

"맞췄네. 이게 누구야? 로즈일 리가 없는데."

그는 쪼그리고 앉아 로즈에게 인사를 건넸다.

"와, 많이 컸구나."

"로즈, 엄마 친구 가브리엘 아저씨야. 안녕하세요, 해야지."

내가 말했다. 로즈는 사랑스러운 미소를 지으며 인사를 건넸다.

"안녕하세요."

"이 보라색 친구는 누구지?"

그는 복슬복슬한 공룡 인형을 가리키며 물었다.

"바니!"

로즈는 인형을 내밀어 보였다. 가브리엘은 굵은 목소리를 꾸며내며 말했다.

"안녕, 바니. 만나서 정말 반가워."

그는 바니의 손을, 아니 발이 맞을까? 그게 뭐든, 잡고 흔들었다. 그 모습을 본 로즈는 깔깔거리며 웃어댔다.

가브리엘은 일어나서 내게 미소를 지었다.

"사랑스럽고 귀여운 아이야. 꼭 엄마를 닮았네."

"아, 됐어."

나는 그의 팔을 찰싹 때리며 대답했다.

"너는 항상 칭찬받는 걸 민망해했었지."

그가 다정하게 대답했고 그 지점에서 어색한 정적이 생겼다.

"여기서 뭐 하고 있었던 거야?"

그가 물었다.

"여기는 너네 집 근처가 아니잖아."

"아니었지. 실은 이 주변에 익숙해지려고 노력 중이야. 얼마

전에 여기서 몇 블록 떨어진 아파트로 이사했거든. 침실 두 개짜리 아파트."

우리는 선반에 꽂힌 영화로 관심을 돌렸다. 그러고는 영화를 살펴보는 척하며 대화를 나누었다.

"내가 맞춰볼게. 어머니의 화려한 주말 모임을 견딜 수 없었던 거지?"

그의 말에 나는 크게 웃었다.

"너는 나를 너무 잘 알아서 탈이야. 혹시 요즘에 엄마가 상원의원이랑 데이트하는 것도 알고 있었어? 지난달부터 만나기 시작했거든."

"역시, 리즈 아주머니야. 네 기분은 어때?"

그의 질문에 나는 어깨를 으쓱했다.

"좋은 분인 것 같아. 엄마도 행복해져야 한다고 생각하고. 하지만 그분이 나이가 꽤 많아. 뭐 엄마한테는 새삼스러운 일이 아니겠지만."

"뭐가 됐든 어머니가 원하시는 거라면."

"뭐가 됐든 엄마의 이성을 잃게 만드는 거라면."

우리는 웃음을 터뜨리고 계속해서 고전 영화 구역을 둘러보았다.

"그건 뭐야?"

나는 그가 들고 있는 테이프를 가리키며 물었다. 그는 내게 비디오테이프를 건넸다.

"재미있을 것 같아서."

"〈야곱의 사다리〉."

나는 뒤집어서 설명을 읽었다.

"재미있겠다. 이거 하나밖에 없었어?"

"아니, 꽤 남아있었어."

"그럼 나도 빌려야겠다. 〈인어공주〉 보고 난 다음에 스릴러 영화 보는 것도 괜찮을 것 같아."

"물론이지."

그는 로즈를 내려다보았다.

"이 꼬마 숙녀는 언제 잠들어?"

그가 로즈의 머리를 쓰다듬자 로즈는 몸을 꿈틀거리며 낄낄 웃었다. 그리고 바니를 다시 가브리엘에게 내밀었다.

"7시 정각에. 그렇지, 로즈?"

내가 물었다.

"맞아!"

로즈는 대답했다. 바니 인형을 받아 든 가브리엘은 선반 위에서 아장아장 걸음마 하는 시늉을 해보였다. 그러더니 바니가 그에게 비밀을 말하기라도 하듯 바니에게로 귀를 기울였다.

"바니가 그러는데 오늘 밤, 바니는 〈인어공주〉를 보고 싶대. 그게 네가 보려던 거지?"

"응!"

로즈가 팔을 내밀었다. 가브리엘은 바니를 유모차 안전 바 위를 가로지르며 걷게 하다가 로즈의 무릎 위에 올려놓았다. 로즈는 바니를 껴안으며 조그만 다리를 쭉 뻗었다.

"우리 집에 가?"

로즈가 물었다.

"응. 우리 이제 가야겠다. 지기를 밖에 놔두었거든. 지금쯤 참을성이 바닥났을 거야."

가브리엘은 내게 〈야곱의 사다리〉를 건넸다.

"자, 이거 가져가. 나는 다른 거 가져가면 돼. 만나서 정말 반가웠어."

"나도."

내가 대답했다. 우리는 인사를 나누고 그는 통로를 돌아서 사라졌다.

계산대 줄을 기다리면서 그가 아직 주위에 있는지 힐끔거렸지만 그는 보이지 않았다.

가게를 나와 다시 지기와 만났을 때는 저녁 어스름이 깔리고 있었다. 사방에 흐릿한 빛이 마법처럼 살포시 내려앉았다. 나는 유모차를 밀면서 걷기 시작했다. 우리는 집으로 가는 내내 노래를 불렀다.

☾

"그래서 그냥 각자 집으로 갔다고?"

다음 날 아침 놀이터에서 커피를 마시고 있을 때 레이첼이 물었다. 우리는 나란히 서서 로즈와 아멜리아가 타고 있는 아기용 그네를 밀어주고 있었다.

"금요일 밤에?"

"응, 나는 로즈 목욕시키려고 집으로 갔고 그는 아마 여자친구랑 〈야곱의 사다리〉를 함께 보려고 집으로 갔겠지."

레이첼이 웃었다.

"그의 여자친구라고? 너 걔네 헤어진 건 알고 있는 거지?"

약간의 놀라움, 그리고 예상치 못했던 만족감이 나를 덮쳤다. 가브리엘, 아니 다른 누구와도 함께할 계획이나 관심이 없었기에 뜻밖의 감정이었다. 그래도 한때 연인이었던 그가 다른 여자에게 진심으로 마음을 다 주지 않았다는 사실에 묘한 만족감이 드는 건 어쩔 수 없었다.

"몰랐어. 왜 헤어진 거야?"

"여자친구는 수술실 간호사였는데 알고 보니 가브리엘 몰래 마취과 레지던트를 만나고 있었던 거야. 그러더니 갑자기 그 남자랑 일본으로 이주한다고 하더래."

"와, 힘들었겠다."

"딱히 그렇지는 않았어. 케빈 말에 따르면 가브리엘은 별로 놀라지도, 실망하지도 않았다고 했어. 케빈은 그 여자를 별로 안 좋아했거든. 내 생각에는 가브리엘도 그녀에게서 벗어날 방법을 찾고 있었던 것 같아."

나는 흥미롭게 이야기를 들었다.

"너도 그 여자 봤어?"

"아니. 나랑 가브리엘은 연락 안 하고 지냈거든. 그가 너희 집 근처에 살고 있는지도 전혀 몰랐어. 알았다면 네가 아파트를 구하러 다녔을 때 얘기했을 거야."

나는 한숨을 쉬었다.

"음, 큰 도시니까. 아마 자주 마주치지는 않을 거야."

우리가 딸들의 그네를 밀어주는 동안 레이첼은 잠깐 조용해졌다.

"그래서 말인데 우리가 뭔가 해야 하지 않을까 싶어."

그녀는 마침내 입을 열었다.

"그게 무슨 말이야?"

"다 같이 만나는 거지."

"어떻게 다 같이 만날 수 있겠어? 각지에 뿔뿔이 흩어져 있는데."

"우리 전체를 말하는 게 아니라 나랑 토머스, 너, 가브리엘 넷이 말이야. 토머스가 베이스 기타를 연주하니까 가브리엘이랑 금방 친해질 거야. 같이 연주할 수도 있고."

나는 레이첼의 제안을 곰곰이 생각했다.

"그럼 재미있을 것 같기는 한데 잘 모르겠어. 지금 나는 누구랑도 만날 생각이 없어서. 예전에 가브리엘한테 내가 너무 심하게 대했잖아. 그래서 아직 죄책감이 들어. 그를 혼란스럽게 하고 싶지도, 다시 마음을 아프게 하고 싶지도 않아."

"왜 그렇게 될 거라고 가정하는 건데?"

"그게 가장 있을법한 시나리오잖아. 안 그래? 나는 아직 딘을 잊지 못했고, 어쩌면 영원히 그를 잊지 못할 것도 같아."

우리는 딸들의 그네를 더 힘차게 밀었고 아이들은 신나서 손을 공중으로 들었다.

"그런 식으로 속단하지 말고 편하게 생각해 봐. 가브리엘을 우리 집으로 초대해서 얘기할 수도 있어. 네가 아직 감정적으로 힘든 시간을 보내고 있고 딘은 잊지 못했지만, 친구로서 다 같이 어울렸으면 좋겠다는 얘기 말이야. 가브리엘은 성숙한 사람이잖아. 다 이해할 거야. 만약 원치 않으면 거절할 거고."

레이첼이 제안했다.

"나는 그가 거절할 확률이 높아 보이는데. 자기방어기제로 말이야. 이기적인 전 여자친구랑 다시 엮이면 필연적으로 따라올 온갖 감정적 혼란을 피하기 위해서라도 멀리 도망갈 것 같거든."

"너는 이기적이지 않아."

레이첼이 반박했다.

"네가 바람을 피웠던 것도 아니고 딘과 사귀기 몇 달 전에 둘은 이미 헤어진 상태였잖아."

"하지만 내가 가브리엘 재즈 공연에 딘을 데리고 갔었어. 가브리엘 바로 앞에 있던 테이블에서 딘과 나는 꼭 붙어있었고. 내가 가브리엘이었다면, 내가 정말 싫었을 거야."

아멜리아가 소리를 지르기 시작해 우리는 쇠사슬을 잡아 그네를 멈추었다.

"모래 가지고 놀까?"

레이첼이 물었고 아이들은 환호했다. 우리는 그네에서 아이들을 안아서 뛰어놀 수 있게 내려놓았다.

"부탁인데 그에게 연락하지 마. 안 그래도 지금 내 인생은 너무 복잡해. 당장은 연애 같은 건 관심 없어."

"누가 연애라고 했어? 그는 오래된 친구잖아. 그리고 너는 밖에 나가서 어른들이 하는 대화를 좀 해야 해. 디즈니 만화만 봐서는 언제까지고 버틸 수가 없거든. 그건 내가 알아."

나는 웃었다.

"그건 부정 못하겠지만 그래도…… 그런 상황을 만들지 않겠다고 약속해 줘. 지금은 그냥 슬픔에 잠긴 과부로 있을래."

레이첼은 한숨을 쉬었다.

"알겠어. 그냥 놔둘게."

"정말 고마워. 진심이야."

우리는 도시락 가방에서 주스 팩을 꺼냈다. 그리고 아이들을 불러 주스와 간식을 먹였다.

☾

수요일 저녁 로즈를 재운 지 한 시간쯤 지났을 때 전화벨이 울렸다. 나는 탁자에서 앨범을 정리하던 중이었다. 로즈가 깰까 봐 서둘러 일어나 전화를 받았다.

"여보세요?"

"여보세요. 올리비아?"

나는 상대방의 목소리를 알아채고 눈을 몇 차례 깜박였다.

"응."

"나야. 가브리엘. 혹시 바쁜 시간에 전화한 건 아니야?"

나는 잠시 말을 멈추고 전화선을 천천히 집게손가락에 감기 시작했다.

"아니, 전혀. 한 시간 전에 로즈를 재웠거든. 나는 그냥……."

나는 거실 바닥에 널브러진 사진들을 슬쩍 바라보았다.

"정리 좀 하고 있었어."

그는 몇 초간 아무런 말도 하지 않았다. 나는 식탁 의자에 앉았다.

"내 번호 어떻게 알았어?"

내가 물었다.

"어머니께 여쭈어봤지. 그래도 괜찮은 거 맞지?"

"그럼. 당연하지."

우리가 헤어진 다음에도 그는 꽤 오랫동안 엄마와 연락했었다는 사실이 기억났다.

"그날 밤 영화 어땠어? 혹시 봤어?"

그가 물었다.

"〈야곱의 사다리〉? 응. 봤지. 영화 끝내주더라. 결말이 너무 놀라웠어."

"맞아. 나도 그랬어. 결말이 예상 밖이었어."

"추천해 줘서 고마워."

"천만에."

그가 다시 조용해졌고 나는 엄지손톱을 깨물기 시작했다.

"사실 내가 왜 전화했냐면……."

마침내 그는 입을 열었다.

"이번 주에 나랑 저녁 같이 먹을래? 목요일이나 금요일에?"

내가 바로 대답하지 않자 그가 덧붙였다.

"부담 갖지 말고, 그냥 친구로."

"아……."

불편한 마음에 속이 좋지 않았다. 이런 상황이 싫었다. 그는 정말 좋은 사람이고 그의 감정을 상하게 하고 싶지 않았다. 하지만 지금 나는 어떤 종류의 관계에도 관심이 없었다. 그게 우정이든 다른 것이든.

"음, 이제 좀 민망한데. 내가 너를 난처하게 한 것 같아."

그가 가라앉은 목소리로 말했다.

"아니야. 미안해. 그냥 놀랐을 뿐이야. 저녁 초대가 익숙하지 않아서……. 최근에는 사회적인 활동이랑 거리를 두고 지냈거든."

우리는 둘 다 말을 하지 않았다. 고통스러울 정도로 어색했다.

"그래. 이해해."

그의 말에 죄책감이 밀려왔다.

"가브리엘, 혹시라도 내가 너를 피한다고 생각하지는 말아줘. 전혀 그렇지 않아. 단지……."

"응?"

"요즘 내 생활은 아주 단조롭고 지루하거든. 매일 밤 로즈를 씻기고 동화를 읽어주면서 재우고…… 그게 요즘 내 일상이야. 그래도 이런 생활이 만족스러워. 지루한 삶도 괜찮더라고."

"내가 너무 재미있는 사람이라는 소리인가?"

나는 웃음을 터뜨렸다.

"그러네. 그렇게 말할 수도 있겠다."

침묵. 그리고 다시 밀려드는 어색함.

"안타깝지만 어쩔 수 없지."

"정말 미안해."

"아니야. 아니야. 미안해하지 마. 네 목소리만 들어도 얼마나 미안해하는지 느껴져. 솔직히 얘기하면 우리가 같은 동네에 살고 둘 다 혼자 사니까 같이 저녁 정도는 먹으면 좋겠다고 생각했어. 하지만 다 이해해. 정말 괜찮아."

그의 대답에 더욱 무슨 말을 해야 할지 몰랐다.

"가브리엘……."

"아니야. 괜찮아, 올리비아. 그만 걱정해. 알겠지? 혹시라도 마음이 바뀌거나 식사든 영화든 밖으로 나오고 싶은 일이 생기면 나한테 전화해. 알겠지? 우리는 친구잖아. 내 번호 알려줄게."

"응. 펜 좀 가져올게."

나는 조그만 메모지를 찾아 그의 번호를 적고 전화해 준 그에게 고맙다고 말하고 전화를 끊었다.

한동안 그 자리에 앉아 냉장고 문에 붙은 자석들과 조리대 위 크레용이 든 단지를 바라보았다. 거실 바닥에는 여전히 사진들이 널려있었다. 그것들이 제 발로 앨범 안으로 들어갈 리는 없었기에 작업을 계속했다.

30분 후 정리를 끝냈지만 정리하는 내내 가브리엘과 나눈 대화가 머릿속을 맴돌았다. 기분이 찝찝했다. 그는 그저 호의를 베풀려고, 친구로서 만나자고 전화한 것뿐인데 내가 다시 한번 그를 거절한 것 같았다.

내심 그가 아직도 친구 이상의 관계를 원할지도 모른다는 우려가 있어서 그와의 우정을 거부했는지도 모르겠다. 가브리엘이 색소폰을 연주하던 커피하우스에 딘을 데리고 갔던 것도 그런 이유에서였다. 내가 그를 잊었다는 것을 보여주고 그 역시 새 출발 해야 한다는 것을 알려줄 유일한 방법이라고 생각했었으니까. 언제까지고 그가 나를 기다리게 할 수는 없었다. 로즈를 임신 중이던 그해 크리스마스에 나를 찾아왔던 그가 누군가를 만나는 중이라고 했을 때 비로소 마음이 놓였다. 그제야 그의 마음을 아프게 했다는 이유로 느꼈던 죄책감을 내려놓을 수 있었다.

하지만 지금 우리 둘 다 다시 혼자가 되었다. 어떤 관계도 시작하고 싶지 않다는 걸 어떻게 하면 그에게 납득시킬 수 있을지, 도무지 방법을 모르겠다.

어쩌면 단순한 착각인지도 몰랐다. 그가 아직 나를 원한다는 근거 없는 착각. 어쩌면 그는 내게 이성적인 관심이 전혀 없을지도 모른다. 그냥 나를 딱하게 여겼을지도 모른다. 매일 유모차를 밀며 뉴욕 거리를 돌아다니고, 금요일 밤에는 집에서 혼자 고전 영화를 보는 싱글맘.

그건 사실이었다. 그게 내 일상이고 일이었다. 로즈는 내 전부였다. 내 삶의 전부이자 존재의 중심이었다. 가끔은 걱정이 되기도 했다. 격식 있는 저녁 식사 모임에서 나누는 성인들과의 대화법을 잊어버린 건 아닐까. 내가 모임에 나간다면 무슨 얘기를 할 수 있을까? 기저귀 발진? 땅따먹기 놀이?

나는 캐모마일 차 한잔을 들고 한동안 부엌에 서 있었다. 그러다 마음이 바뀌기 전에 메모지를 집어 가브리엘의 번호로 전화를 걸었다.

"여보세요?"

그는 세 번째 벨이 울린 후에 대답했다.

"나야, 올리비아. 내가 너무 늦게 전화했나?"

"아니, 전혀."

그의 목소리가 약간 차갑게 느껴졌다. 가브리엘은 혼란스럽거나 애매한 상황을 원치 않는 것 같았다.

"저기 말이야. 그냥 미안하다는 말 하고 싶어서⋯⋯. 아까는 내가 너무 선을 그었던 것 같아. 네가 좋은 친구가 되어주려고 했던 것도 알고 있어."

내가 말했다.

"사과할 필요 없어. 이해해."

"아니. 네가 다 이해하는 것 같지는 않아서. 내가 친구들에게 고마움을 느끼지 않는 건 아니야. 네가 전화한 것도 나한테는 의미가 커. 너는 나한테 특별한 사람이니까. 대학 때 우리가 헤어졌던 방식도 그렇고⋯⋯. 그리고 소호에 있는 커피하우스에 갔던 날⋯⋯ 그때는 정말 미안했어. 거기에 딘을 데려가지 않았어야 했어. 사실 나는 그걸 항상 후회했어."

그는 목청을 가다듬었다.

"별일 아니야, 올리비아. 사과는 고마워."

나는 식탁 의자에 털썩 주저앉았다.

"너는 분명 내가 싫었을 거야."

"싫다는 표현은 너무 심하기는 한데."

나는 웃음을 터뜨렸다.

"싫었다고 해도 내가 너를 탓할 수는 없지."

가브리엘 역시 웃었다.

"그때는 우리 둘 다 어렸잖아. 이십 대들에게 인생은 아주 극적이고. 네 기분이 조금 나아질 만한 말을 하자면 그제야 네 입장을 알게 되었어. 네 의도를 내가 정확히 알아듣기 위해서 그런 충격이 필요했던 것도 사실이야. 너는 자유를 원하는 사람이었고 나는 그런 사람이 아니었던 거지."

맞는 말이다. 가브리엘은 그런 사람이 아니었다. 딘이 그런 사람이었다. 딘은 앞으로도 계속 그런 사람일 것이다.

"나는 이해하는 데 시간이 걸리는 사람이라서, 교훈을 얻기까지도 시간이 걸릴 뿐이야."

가브리엘이 덧붙였다.

"아니야, 그렇지 않아. 그건 내 잘못이기도 해. 한편으로는 네가 없이 세상에 나가는 게 겁이 났던 것 같아. 네가 언제든 내 곁에 있는 사람이라고 여기고 싶었어. 너는 내 가장 친한 친구이기도 하니까."

"딘이 나타나기 전까지는."

그의 말에 나는 한숨을 내쉬었다.

336

"맞아."

더 많은 이야기를 덧붙일 수도 있었다. 딘을 만났을 때 죽는 날까지 내 곁에 있어줄 사람을 찾은 것 같았다는 이야기. 우리의 사랑은 즉각적이었고 열정적이었으며 상호적이었다는 이야기. 가족의 반대와 금전 지원 중단조차도 내가 그와 함께 도망치는 걸 막지 못했다는 이야기. 그와 함께하기 위해 내가 가진 모든 걸 포기했다는 이야기.

하지만 가브리엘에게 그런 말을 하지는 않았다. 그런 얘기를 하는 건 오래된 상처를 들쑤시는 거나 마찬가지였다.

"네가 전화해 줘서 기쁘다. 우리가 계속 친구였으면 좋겠거든. 너는 아직 나한테 의미가 큰 존재니까. 필요한 게 있으면 언제든 내가 옆에 있다는 걸 알았으면 좋겠어. 이성적으로 접근하려는 것도, 너랑 다시 어떻게 해보려는 것도 아니야. 맹세해. 처음에 전화했을 때 같이 식사나 하면서 요즘 어떻게 지내는지, 그런 이야기를 듣고 싶어서 그랬어. 그게 다야."

"나도 너 사는 이야기 듣고 싶어. 간호사 이야기도 궁금해. 레이첼이 말해줬거든. 네 일 이야기도 듣고 싶어. 음반사를 차리려던 사람이 어떻게 학교에서 하는 음악 프로그램에 들어갔는지도 궁금하고."

그가 웃음을 터뜨렸다.

"음반사는 열아홉 살 때의 꿈이었지."

"그럼 이제는 다 컸다는 거네?"

"응. 후회는 하지 않아. 지금 하는 일이 좋거든. 요즘 애들은 재즈를 좀 들어야 해."

마음속이 따뜻해졌다.

"그 얘기 더 듣고 싶다. 저녁 식사 제안을 받아들이기에는 너무 늦은 건가? 저녁에 엄마한테 로즈 맡기면 되거든. 엄마도 좋아할 거야."

"그럼 금요일 어때? 내가 예약해 놓을게."

그가 제안했다.

"좋아."

그는 오후 7시에 데리러 오겠다고 했고 나는 집 주소를 알려주었다. 전화를 끊자 놀랍게도 설렘이 밀려왔다. 오랫동안 느끼지 못했던 감정이었다. 이미 머릿속으로는 그날 어떤 옷을 입을지 생각하고 있었다.

하지만 뒤이어 죄책감이 밀려왔다. 마치 딘을 배신하는 듯한 기분이었다. 아니, 딘과의 추억을 배신하는 듯한 기분이 더 정확할까.

그가 정말로 떠났다는 걸, 다시는 집으로 돌아올 수 없다는 걸 영원히 스스로에게 상기시켜야만 했다. 그는 내가 계속 살아가기를, 어떻게든 행복하기를 바랄 터였다. 하지만 불현듯 상상 속에서 그가 집에 돌아오는 장면이 다시 한번 모락모락 피어올랐다. 상상 속 그는 바람에 머리칼을 흩날리며 요트 위에 서있다. 손을 흔들며 선착장에 도착한 그는 내게 바다에서의 삶을 빨리 이야기하고 싶어 안달이 나있다.

다들 미쳤다고 할지도 모르겠지만 언젠가 딘이 돌아올지 모른다는 생각을 멈출 수 없었다. 시간이 지나면 멈출 수 있기는 한 걸까.

그때 머릿속에서 엄마의 목소리가 들렸다. 시간이 약이야. 엄마는 늘 그렇게 말했다. 나도 노력 중이었다. 하지만 얼마나 더 오래 걸리는 걸까?

올리비아

이건 데이트가 아니야.

저녁 7시, 가브리엘이 문을 두드렸을 때 나는 자신에게 되뇌었다. 이른 오후 로즈를 엄마 집에 데려다주었기 때문에, 나는 느긋하게 샤워를 마치고 옷을 차려입을 수 있었다. 너무 신경 쓴 것처럼 보이고 싶지 않아서 무난한 실크 블라우스와 바지, 플랫 슈즈를 골랐다. 그래도 목걸이와 링 귀걸이로 포인트를 주었다.

"안녕. 어서 들어와."

나는 그가 들어올 수 있게 한 발짝 물러서면서 말했다.

"가방이랑 코트만 챙기면 돼."

안으로 들어온 가브리엘은 잽싸게 문 앞으로 마중 나간 지기를 쓰다듬었다.

"집 좋다."

"고마워. 한 시간 전에 봤으면 그런 소리 못했을 거야. 여기도 장난감, 저기도 장난감, 사방이 장난감이었거든."

"그 장면을 놓쳐서 아쉽네."

내가 트렌치코트를 입는 동안, 가브리엘은 거실에서 빙글빙글 돌다가 드러눕는 지기의 모습을 바라보며 기다렸다. 가브리엘과 나는 엘리베이터로 향했다.

"이렇게 얼굴 보니까 좋다."

그가 엘리베이터 버튼을 누르며 말했다.

"그리고 솔직히 조금 놀랐어. 네가 언젠간 마음을 바꿀 거라고 약간은 예상했지만, 그래도……."

"지금 같이 있다는 게 중요하지. 이제 7시야. 우리는 결국 결승선을 넘은 거야."

"적어도 출발선은 넘었지."

그가 웃으며 대답했다. 우리는 엘리베이터를 타고 내려와 건물 밖으로 나오면서 날씨 이야기를 했다. 습하지만 산들바람이 불어오는 6월의 아름다운 저녁이었다. 나는 누군가의 정원에서 풍겨오는 라일락 향기를 맡고 걸음을 멈추었다.

"너무 예쁘다."

"라일락 향기를 맡으면 항상 어릴 때가 생각나."

가브리엘이 말했다.

"코네티컷에 있는 집? 토끼들이 있었던?"

"응, 맞아. 그 집."

우리는 다시 걷기 시작했다.

"그 집 정말 멋졌는데. 거기 가는 것도 좋았고. 부모님께서 그

집을 팔아서 아쉬워?"

"가끔 그리워. 그래도 생각해 보면 부모님이 작은 집으로 이사한 게 더 나은 것 같아. 관리하기도 편하고."

나는 그를 보면서 미소 지었다.

"내가 로즈를 낳았을 때 어머니께서 선물 보내주셨는데, 혹시 알고 있었어? 하얀 레이스가 달린 조그맣고 귀여운 파란색 벨벳 원피스였어. 로즈의 첫 번째 생일 때 입혔지."

"듣기만 해도 엄마 스타일이네."

내가 한 번도 가본 적 없는 그리스 레스토랑을 향해 여섯 블록을 걸어가면서 우리는 끊임없이 대화를 나누었다. 레스토랑 내부의 흰색 벽에는 군데군데 하늘색 포인트가 들어가 있었고 바닥에는 판석이 깔려있었다. 직원은 우리를 안쪽에 있는, 인조 올리브나무 아래 안락하게 자리 잡은 테이블로 안내해 주었다. 검은색 천장에 달린 작은 조명들은 마치 밤하늘의 별처럼 반짝였다.

가브리엘은 나를 위해 의자를 빼주었다.

"미안. 나도 이렇게 로맨틱한 곳인 줄은 몰랐어. 신경 쓰지 마."

그의 말에 나는 웃었다.

"사과하지 마. 여기 진짜 멋지다. 꼭 산토리니의 테라스에 있는 기분이야."

웨이터가 와서 음료를 주문했다. 가브리엘은 자킨토스산 레드 와인 한 병을 골랐다. 우리는 대학교 1학년을 마치고 다 같이 프랑스, 오스트리아, 독일로 배낭여행을 갔던 때를 회상했다.

"그때 우리는 전부 가족처럼 붙어 다녔잖아."

나는 그해 여름 가브리엘과 내가 어떻게 사귀게 되었는지 기억하면서 말했다.

와인이 도착했고 메뉴를 살펴보기 위해 대화를 잠시 중단했다. 우리는 한 접시 위에 구운 채소, 할루미 치즈, 올리브, 바삭하게 구워진 빵이 올라간 애피타이저로 식사를 시작했다. 나는 파스티치오 파스타와 그릭 샐러드를 주문했고 가브리엘은 가자미 요리를 주문했다.

"이런 게 바로 천국이지."

나는 한숨을 쉬면서 말했다.

"정말 고마워."

"네가 좋다니 내가 더 기쁜데."

그의 눈에 애정이 서려있었다. 어딘지 모르게 가슴 한편이 찡했다. 서로에게 모든 걸 쏟아부으며 같은 길을 걸었던, 우리가 사귀었던 시절에서 시간이 멈춘 느낌이었다. 언젠가 딘에게 했던 말이 기억났다. 고등학교 시절의 내 첫사랑은 담배를 피우고 바람이나 피웠던 나쁜 남자였다는 말. 사실 그건 하얀 거짓말이었다. 내 진정한 첫사랑은 가브리엘이었다. 하지만 솔직하게 말하면 딘이 불안해지지는 않을까 걱정했었다. 딘과 함께 가브리엘의 연주를 보러 가기도 했었으니 말이다.

가브리엘은 음악 교사 일과 교내 밴드 지휘자 일이 어떤지 이야기했다. 그는 내게 한때 열정을 쏟았던 영화 제작 일을 다시 할 생각이 있느냐고 물었다.

"만약 대학교 때 누군가가 나한테 너는 졸업하자마자 영화 일과는 안녕이라고 말했다면 믿지 않았을 거야."

"왜 계속하지 않은 거야?"

나는 빵을 후무스에 찍으면서 어깨를 으쓱했다.

"뉴욕을 떠난 다음에 나한테는 다른 것들이 더 중요해졌거든. 딘의 새로운 직업을 지원하는 것도 그렇고. 처음부터 완전히 새로운 일을 시작하는 게 그한테도 쉽지는 않았으니까. 그래도 그건 옳은 일이었어. 아니다, 만약 그가 그 일을 안 했더라면…… 너도 알다시피……."

"나는 그가 대단하다고 생각해."

그는 올리브를 집으며 말했다.

"상담사가 되려고 수년 동안 공부한 다음에, 어린 시절 꿈을 이루려고 미련 없이 떠나버린 것도 그렇고……. 분명 엄청난 용기가 필요했을 거야."

"맞아. 그랬지."

나는 딘이 악몽에서 깨던 숱한 밤들을 회상하면서 대답했다. 그는 악몽 속에서 학대받는 환자들 혹은 끔찍한 일을 저지르기 직전에 놓인 위태로운 환자들과의 상담으로 느꼈던 스트레스 상황을 거듭 마주했었다.

"떠나는 건 딘에게 어려운 일이었어. 그에게 의지하고 있던 환자들을 떠나는 거였으니까."

가브리엘은 이해한다는 듯 고개를 끄덕였다.

"미안해. 죽은 남편 이야기나 듣자고 저녁 식사 제안을 한 건

344

아닐 텐데."

나는 의자 등받이에 다시 기대며 말했다.

"괜찮아. 그는 네 삶의 아주 중요한 부분이니까. 그런 사람을 잃었다는 건 정말 힘든 일이지. 나는 감히 상상도 안 가."

"고마워."

가브리엘은 와인을 한 모금 마셨다.

"그날 밤에는 무슨 일이 있었던 거야? 그가 사라진 날?"

희한하게도 그 얘기를 하고 싶어졌다. 나는 가브리엘에게 모든 걸 말했다. 이야기는 딘이 일을 나가기 전, 집에서 했던 말다툼으로 시작해 내가 딛고 있던 세상 전체를 무너지게 만든 한밤중의 전화로 끝났다. 그리고 버뮤다 삼각지대에서 사라진 비행기들과 배들이 외계인에게 납치된 거라고 믿는 남자를 만나려고, 플로리다주의 반이나 되는 거리를 운전했었던 이야기까지 털어놓았다.

"로즈를 임신했을 때도 추락에 관한 자료들을 도저히 손에서 내려놓을 수가 없었어. 몇 달 동안 거기에만 매달렸지. 정확히 뭘 찾으려 했던 건지도 모르겠어. 나침반이 회전하기 시작하는 이유에 관한 과학적 설명, 어째서 많은 조종사들이 그 이상한 안개를 마주했는지에 관한 과학적인 설명, 그런 것들을 찾고 있었던 것 같아. 그런 내용을 다룬 책이 있었으면 했는데 찾을 수 없었어. 그냥 마트에서 파는 타블로이드지의 자극적인 기사들뿐이었지."

나는 와인을 홀짝거리고 음식을 한 입 먹었다.

"그러다가 어느 날 밤……. 로즈가 배 속에서 발차기하는 게 느껴지는 거야. 꼭 나한테 무슨 말을 하려는 것 같았어. 그때 이 제 더는 딘의 실종에 집착하지 말고 엄마가 되어야겠다고 생각 했지. 그제야 마이애미에 나 혼자 남았다는 사실을 깨달았어. 그래서 뉴욕으로 돌아와 엄마랑 지내기로 했지. 그건 옳은 결정 이었어. 현실로 돌아올 수 있었으니까. 플로리다에서 딘과 함께 했던 삶을 보내주는 데 도움이 됐어."

"그럼 그 이후에는 다시 간 적이 없어?"

"딱 한 번 갔었어. 지난가을 할머니 생신 때. 그렇게 많은 시 간이 흘렀는데도 아파트 안으로 들어가는 건 이상하더라. 이상 하다기보다 우울함에 가까웠지."

"유감이야."

가브리엘이 말했다. 나는 이제 그 모든 것에 초연해 보이기를 바라면서 와인 잔을 들었다.

"뭘 어떻게 할 수 있겠어? 엄마는 그 집을 팔고 다른 건물에 있는 집을 사고 싶어 해. 이제는 그렇게 하라고 해야 할 때가 된 것 같아."

가브리엘은 포크를 내려놓고 접시를 한쪽으로 밀었다.

"다 먹었어?"

"응."

나는 한동안 그를 바라보았다.

"딘 이야기를 물어본 걸 후회하고 있는 것 같은데, 맞지? 입 밖으로 꺼내지 말고 추억으로 남겨두었어야 했는데……."

"괜찮아. 후회하지 않아. 전부 이야기해 줘서 기뻐. 네 생각을 많이 했었거든. 우리 모두 그랬지. 그러니까 내 말은…… 뉴스며 신문이며 온갖 매체에서 떠들어댔으니까. 악몽이나 마찬가지였을 거야."

"그랬지. 록스타까지 연관되는 바람에 마트에 가는 것도 어려웠어. 나가면 신문에 도배된 딘과 비행기 사진을 봐야만 했으니까. 뭐가 잘못된 건지, 혹시 마약이 관련된 건 아닌지 등 온갖 억측들이 난무했고 나는 그런 건 생각조차 하기 싫었거든."

"그렇지. 상상만 해도 끔찍하지."

가브리엘은 고개를 끄덕이며 내 말에 동의했다.

웨이터가 다 먹은 접시를 치웠고 우리는 커피를 주문했다. 나는 커피를 기다리면서 테이블에 팔꿈치를 올리고 몸을 앞으로 기울였다.

"우리, 딘 얘기는 그만하자. 네가 연출한 뮤지컬 얘기 듣고 싶어."

"안 그래도 얘기하려고 했는데."

가브리엘 역시 앞으로 몸을 숙이며 말했다.

"다음 주 주말이야. 로즈랑 같이 와야 해. 토요일에 아이들을 위한 오후 공연이 있거든. 어머니도 모시고 와. 레이첼과 레이첼 딸도 오면 좋을 것 같은데."

"재미있겠다!"

"가는 길에 우리 집에 들르자. 티켓 줄게."

가브리엘이 말했다. 우리는 주립 학교와 교육, 지역 정치 등을 이야기하면서 마저 시간을 보냈다. 어른들의 대화와 느긋하게 마시는 커피가 이렇게 즐거운 일이었다니.

☾

돌아오는 주말에 우리는 뮤지컬 〈신데렐라〉를 보러 갔다. 고등학교 강당에는 울고 있는 아기, 쉬지 않고 떠들어대는 아이들로 가득했지만, 가브리엘은 모든 상황을 침착하게 받아들였다. 어느 시점이 되자 그는 쥐 분장을 한 합창단을 통로로 내려보내 아이들과 춤을 추게 했다.

공연은 우레와 같은 두 번의 박수갈채로 마무리되었고 우리는 축하한다는 말을 전하려고 북적북적한 로비에서 그를 기다렸다. 마침내 그가 나왔을 때 로즈와 아멜리아는 유모차 안에서 잠이 든 상태였고 엄마는 드라이 마티니를 간절하게 원하고 있었다.

"너무 멋있었어."

나는 감동한 표정으로 가브리엘에게 말했다. 레이첼은 그를 안아주었다.

"가브리엘, 너무 멋졌어. 아멜리아가 정말 좋아했어. 아멜리아 좀 봐. 몇 분 전에 왕자가 지나갈 때 신이 나서 난리를 치더니 결국 기절한 듯 잠들었네."

가브리엘은 웃음을 터뜨렸다.

"재미있었다니까 좋다. 학생들이 아주 잘해줬어. 그렇지?"

"그럼, 다들 훌륭했어."

엄마가 감탄했다는 듯 말했다.

"그리고 왕자 역을 맡은 소년? 그 학생은 목소리가 너무 좋더라. 언젠가 토니상 트로피를 벽난로 위에 올려놓게 될 거야. 두고 봐. 가브리엘, 너는 멋지게 해냈어."

"고맙습니다. 듣기 좋은데요."

그는 앞으로 걸어가 엄마의 뺨에 입을 맞추었다.

"그럼 그런 의미에서……. 오늘 저녁 다들 뭐 해? 가브리엘, 시간 괜찮아? 레이첼은? 레이첼의 멋진 남편은?"

"계획 없어요."

레이첼이 대답했다.

"그럼 우리 집에 다 같이 가자. 파스타도 먹고, 여자들은 내 침대에서 같이 자고 가."

엄마는 가브리엘을 바라보았다.

"네가 꼭 왔으면 좋겠구나. 내 기억이 정확하다면, 네가 가장 좋아하던 음식이 해물 링귀니 맞지? 마리아에게 준비해 놓으라고 할게."

"마리아의 해물 링귀니를 마다하는 건 멍청한 짓이죠."

가브리엘이 대답했다. 엄마는 가브리엘의 허리를 감싸 안았다.

"너는 참 사랑스러운 사람이야."

한 가족이 가브리엘에게 다가와 악수를 청하고 음악 수업 이야기를 했다. 우리는 작별 인사를 하고 유모차를 출구 쪽으로 밀었다. 왜 그랬는지 모르겠지만 문 앞에 다다랐을 때 나는 그를 돌아보았다. 그 역시 나를 바라보았고 우리는 한동안 시선을 교환했다. 학교 밖으로 나오자 내리쬐는 강한 햇볕에 눈을 가늘게 떠야 했다.

☾

엄마의 제안으로 가브리엘과 토머스는 저녁 식사에 각자의 악기를 가지고 왔다. 가브리엘은 아이들을 위한 마라카스와 탬버린 가방을 나와 레이첼에게 주었다.

"소리 나는 악기라니. 만세!"

레이첼은 웃으며 말하고는 내게 고개를 돌렸다.

"저녁 식사가 끝날 때까지 이걸 숨겨놔야 할까?"

"그래야 할 거야. 그래도 가져와 줘서 고마워. 재미있겠다."

나는 가브리엘에게 말했다.

해산물과 크림 냄새가 공중에 가득 퍼졌다. 엄마는 가브리엘 뺨에 입을 맞추며 인사를 한 다음 그의 팔짱을 끼고 거실로 갔다. 레이첼은 내 귀에 대고 속삭였다.

"어떻게든 어머니가 너희 둘을 다시 만나게 하려는 속셈인거, 너도 알고 있지? 그리고 가브리엘이 입은 검은색 셔츠 좀 봐. 끝내주게 잘 어울린다."

나는 팔꿈치로 그녀를 쿡 찔렀다.

"꿈도 꾸지 마."

우리는 그들을 따라 거실로 갔다. 로즈와 아멜리아, 토머스는 바닥에 앉아 음악이 나오는 장난감 시계를 가지고 놀던 중이었다. 가브리엘을 본 로즈는 곧장 일어나서 그에게 달려갔다. 로즈는 가브리엘에게 바니 인형을 내밀었다.

"안녕, 바니."

그가 무릎을 구부리며 말했다.

"안녕, 로즈. 잘 지냈어?"

"네!"

로즈는 조그만 손으로 가브리엘의 엄지를 감싸 쥐더니 엄마의 그랜드 피아노 쪽으로 끌고 갔다.

"어머나, 세상에."

나는 레이첼에게 말했다.

"가브리엘을 구해줘야겠다."

레이첼이 내 팔을 잡았다.

"하지 마. 그는 괜찮을 거야."

가브리엘은 로즈를 들어 올려 피아노 의자에 조심스럽게 앉혔다. 그리고 로즈 옆에 앉아 〈반짝반짝 작은 별〉을 연주하기 시작했다. 로즈는 건반을 몇 개 눌러보려고 했고 가브리엘은 꽤 조화롭게 받아주었다. 그 모습을 보고 있으니 흐뭇했다.

☾

다음날, 레이첼과 나는 로즈와 아멜리아를 데리고 놀이터에 갔다.

"어젯밤에 재미있었어."

레이첼은 아멜리아의 아기용 그네를 밀어주면서 말했다.

"토머스와 가브리엘은 확실히 금방 친해지더라."

아이들이 엄마 방에서 잠든 이후에 가브리엘과 토머스는 악기를 세팅하고 자정까지 유명한 재즈곡들을 연주했다.

"소리가 잘 어울렸지. 엄마도 좋아했고."

"너는 어땠어? 너도 좋았어?"

나는 그녀를 슬쩍 보았다.

"물론이지. 가브리엘의 색소폰은 정말⋯⋯."

"섹시하다고?"

나는 웃음을 터뜨렸다.

"그래. 그렇다고 치자."

"더 빨리!"

로즈가 소리쳤다.

"그가 어째서 아직도 싱글일까? 나는 그게 궁금해."

레이첼이 물었다. 나는 로즈의 그네를 더 힘차게 밀었다.

"나도 모르지. 하지만 솔직히 말하면⋯⋯ 어제 너무 즐거워서 기분이 찝찝했어."

"혹시 딘을 배신하는 느낌이라서?"

"응. 말도 안 되는 소리라는 거 알아. 그는 이제 없으니까. 그래도 배신하는 기분이더라. 우리 딸을 예전 남자친구와 피아노 앞에 나란히 앉게 했으니까. 저녁 먹은 다음에 같이 마라카스를 연주하는 걸 보고 마음이 조금⋯⋯."

나는 말을 멈추었다.

"조금 뭐?"

"모르겠어. 들떴다고 해야 할까? 잘못된 거지?"

레이첸은 아멜리아의 그네를 밀어주면서 무슨 말을 해야 하는지 고민하는 것 같았다.

"있잖아. 나는 네가 항상 딘이 어디 여행을 갔다거나 어딘가에서 길을 잃은 상태인 듯 말하는 게 신기하다고 생각했어. 너는 죽음이라든지, 세상을 떠났다는 말은 절대 하지 않아."

"나도 알고 있어."

그녀는 나를 지긋하게 바라보았다.

"그렇게 믿고 있는 거야? 그가 집에 올 수도 있다고? 그래서 다른 남자에게 감정을 가지면 안 된다고 느끼는 거야?"

나는 잠시 생각에 잠겼다.

"엄마는 그의 죽음을 받아들이기 위해서라도 내가 상담사를 만나야 한다고 생각해. 웃기지? 그건 딘의 일이었잖아. 사람들이 애도의 단계를 거쳐나가도록 돕는 일 말이야. 어쩌면 그래서, 나는 그게 의미가 없다고 생각하는지도 몰라. 바로 그 주제로 다큐멘터리를 찍기도 했기 때문에 지금 상황을 충분히 잘 직시하고 있어. 단지 나는 그의 시체를 본 게 아니라서 받아들이지 못하는 거야. 수용 단계에 도달할 수가 없는 거지. 여전히 부정 단계에 있는 나를 상담사가 어떻게 다음 단계로 이끌어 줄지 모르겠어. 비행기 파편이라도 발견된다면 모를까."

"그냥 다시 사랑에 빠지면 해결될지도 몰라."

레이첼이 제안했다.

"그리고 지금 그렇게 되어가는 것 같은데."

나는 고개를 흔들었다.

"아니야. 아직은 그럴 준비가 안 됐어."

"너는 아직 준비가 안 됐다고 하지만, 어젯밤에 가브리엘이 로즈랑 마라카스 연주하는 모습에 매료되었다고도 말했잖아."

"맞아. 그런데 정확히 가브리엘 때문에 그런 기분이 들었다고는 생각하지는 않아. 내 딸에게 아버지라는 존재를 만들어주고 싶은 꿈이 있었으니까, 그래서 그렇지 않았을까 싶어. 만약 딘이 지금 당장 놀이터로 걸어온다면 해결될 문제인 거지."

"하지만 딘은 돌아오지 않아, 올리비아."

레이첼이 내게 상기시켜 주었다.

"다시는. 그러니까 로즈에게 아빠의 존재를 주고 싶은 거라면 실제로 가능한 사람 중에서 찾아봐야지."

레이첼은 움직이던 아멜리아의 그네를 멈추었다.

"이제 내려올래?"

"응!"

우리는 둘 다 그네를 멈추게 하고 안전 바를 들어 올린 후 아이들을 땅에 내려놓았다. 로즈는 미끄럼틀을 향해 달려갔고 우리는 뒤따라갔다.

"네가 나를 도우려고 하는 거 알아."

조그만 사다리 위로 올라갔다가 다시 땅으로 미끄러져 내려오는 아이들을 잡아주면서 나는 레이첼에게 말했다.

"너는 내가 행복해지기를 바라잖아. 당연히 나도 그걸 바라고. 하지만 가브리엘과 나는 그냥 친구야. 내가 잘못된 신호를 보내서 그를 다시 아프게 하고 싶지는 않아."

그녀는 항복의 한숨을 내쉬었다.

"알겠어. 하지만 그가 아직도 싱글이라는 건 기적이야. 그 사실은 잊지 마. 그 상태가 길게 지속되지는 않을 테니까. 그가 영원히 기다려줄 거라고 생각하면 안 돼."

"나는 그가 기다리는 걸 바라지 않아."

내가 응수했다.

"그게 바로 예전에 있었던 일이잖아. 그래서 한참 동안 마음이 안 좋았어."

레이첼은 나를 보면서 고개를 저었다.

"우리가 더 논쟁해 봤자 소용없겠다. 그렇지?"

"이 문제에 한해서는 그렇지. 때가 되면 나도 준비가 될 거야. 지금이 아닐 뿐이지. 뭐가 됐든 운명에 따라 흘러가겠지."

"가끔은 신의 개입이 필요한 일도 있지. 네 삶에 다른 남자를 들여보내는 일 말이야."

"그럴지도."

나는 대답하고 로즈를 불렀다.

"아이스크림 먹을 사람?"

로즈는 유모차에 타려고 내게 달려왔다.

☾

2주가 지나도록 가브리엘 이야기는 다시 나오지 않았다. 레이첼도, 엄마도 그를 언급한 적이 없었다. 그리고 가브리엘도 다시 전화하지 않았다.

한 달이 지나자 그에게서 연락이 없는 이유가 궁금해지기 시작했다. 그리스 레스토랑에서 저녁을 먹을 때 내가 너무 딴 얘기만 했었나? 아마 그게 이유였을지도 모른다.

다시 금요일 밤이 돌아왔다. 나는 로즈와 지기를 데리고 센트럴 파크를 산책한 후 비디오 대여점에서 고전 영화 구역을 훑어보고 있었다. 대여점은 여느 때처럼 사람들로 북적였다. 가브리엘과 우연히 마주치지는 않을까 하는 생각에 나는 계속 힐끗거렸다.

만약 가브리엘을 마주치면 어떻게 해야 할까. 이번에는 로즈가 잠든 후 우리 집에서 같이 영화를 보자고 하면 어떨까. 그는 고작 몇 블록 거리에 살았다. 지금껏 친구로 어울리지 않은 게 이상하게 느껴질 정도였다.

나는 영화 하나를 집어 뒷면의 설명을 읽은 다음 다시 선반에 내려놓고 다른 영화를 훑어보았다. 그러다가 지금 내가 얼마나 바보 같은 짓을 하고 있는지 깨달았다. 대여점을 어슬렁거리면서 상상의 마법을 걸어 어떻게든 가브리엘과 함께 시간을 보내려고 했다니 멍청하기 짝이 없었다. 그는 나타나지 않았다. 결국 나는 주말을 위한 세 편의 영화를 골라 줄을 섰다.

집에 돌아와 로즈를 씻기고 동화를 읽어주었다. 마침내 로즈가 잠들었을 때 팝콘을 만들어서 앨프리드 히치콕의 첫 번째 컬러 영화인 〈로프〉를 보았다.

잠자리에 들었을 때 조금 더 가벼운 영화를 봤다면 좋았을 걸 하는 가벼운 후회가 들었다. 영화 속에서 사람들이 음식을 맛보던 식탁, 식탁으로 사용된 그 궤짝 안에 숨겨져 있던 시체 생각을 멈출 수가 없었다. 그날 밤은 쉽게 잠들기 어려웠다.

올리비아

9월의 공기는 시원하고 상쾌했다. 그날은 어린이집 수업이 시작되는 첫 번째 날이라, 나는 아침에 로즈를 데려다주었다. 우리는 그리니치 빌리지에 위치한 어린이집에서 일주일에 세 번 진행하는 수업을 신청했다. 수업은 미술, 공예, 게임과 노래 시간으로 구성되어 있었다. 나는 로즈가 새로운 것들을 배운다는 사실에 신이 났다. 하지만 로즈를 두고 나올 때 로즈는 울면서 내 다리에 매달렸다. 고맙게도 선생님이 다가와 손가락으로 그림을 그리러 가자며 로즈를 교실 안으로 유인했다. 안정을 되찾은 로즈의 모습을 확인한 다음 건물을 나와 카페로 걸어갔다. 예전에 이 동네에 살았을 때 자주 가던 곳이었다. 주문한 커다란 사이즈의 라테와 초콜릿 칩 머핀을 받아 들고 나가려던 중 가게 안으로 들어오는 옛 친구와 마주쳤다.

"올리비아! 오랜만이야. 잘 지내?"

티시 예술대학에서 같이 공부했던 브렌던이었다. 그는 요즘 유행하는 헤어스타일에 갈색 가죽 재킷과 청바지 차림이었다.

"나는 잘 지내지. 만나서 너무 반갑다. 요즘 어떻게 지내?"

내가 대답했고 우리는 서로를 껴안았다.

"NBC에서 방영하는 텔레비전 시리즈를 만들고 있어. 근처에서 촬영하던 중이었어. 너는 어떻게 지냈어?"

문밖으로 나와 인도로 자리를 옮겼을 때 그가 말했다.

나는 어깨에 멘 가방끈을 조절하고 어린이집 방향을 손가락으로 가리켰다.

"지금 막 딸을 어린이집에 데려다주고 오는 길이야."

그의 뺨이 약간 붉어졌다.

"아, 참……. 네 남편에게 있었던 일 들었어. 정말 유감이야. 편지를 보내고 싶었는데 네 주소를 몰라서……."

나는 손사래를 치며 말했다.

"아니야, 괜찮아. 이미 몇 년이나 지난 일인 걸. 지금은 다 좋아."

자칫 어색해질까 봐 나는 서둘러 주제를 바꾸었다.

"졸업 후에 LA로 간 줄 알았는데?"

"그랬지. NBC의 여러 프로그램에 참여했으니까. 그들이 뉴욕에서 사람을 필요로 하길래 빠르게 자원했고."

"일은 재밌어?"

"100퍼센트 즐기고 있지. 너는? 하는 일은?"

"그냥, 엄마야."

그는 마땅한 대답을 찾지 못한 듯 불안한 표정으로 자세를 바꾸었다.

마치 그의 일보다 중요하지 않다는 듯 '그냥, 엄마'라고 말한 나 자신에게 짜증이 났다.

"있잖아. 커피 한잔 사서 돌아갈 생각이었는데 혹시 같이 가서 세트장 구경할래? 나랑 가면 바리케이드를 통과할 수 있으니까. 막상 가서 보면 너한테 영감을 줄 수도 있고."

영감이나 동기가 부족해서 내가 어려움을 겪고 있다는 그의 은근한 추측을 기분 나쁘게 받아들이지 않으려고 애썼다. 누가 뭐래도 로즈는 내 세상의 중심이었다. 나는 로즈 때문에 충분히 바쁘고 행복하다. 로즈는 내게 충분한 영감을 주며 나는 24시간 온전히 엄마가 될 수 있어서 좋다. 나는 내 삶에 만족했다.

"가서 구경하고 싶은데……."

나는 시계를 보면서 대답했다.

"딸을 데리러 가기 전에 처리해야 할 일이 산더미라서. 그래도 초대해 줘서 정말 고마워. 다시 만나서 너무 반가웠어."

그는 내가 기회를 낚아채지 않아 놀라고 실망한 눈치였다. 그는 어깨를 약간 늘어뜨리며 말했다.

"나도 만나서 너무 좋았어."

그렇게 인도에 서있을 때 다시 한번 어색한 정적이 찾아왔다.

"그럼 잘 가, 브렌던."

나는 카페 안으로 들어가는 그를 바라보다가 돌아서서 차 쪽으로 걸어갔다.

"아무래도 작업 거는 것 같았어."

그날 오후 나는 레이첼과 통화하면서 말했다.

"여자들한테 영화 촬영장에 가서 연예인을 볼 수 있게 해준다고 하면 대부분은 넘어갔을 테니까. 그 작업 대사는 평소에 잘 먹혔을 거야. 그렇지만 너는 그 대부분에 속하지 않지."

레이첼이 대답했다.

"맞아. 나는 아니야."

나는 한숨을 쉬며 말했다. 로즈는 낮잠을 자고 있었고 나는 얼그레이 차를 한잔 마시며 식탁에 앉아있었다.

"어쩌면 나한테 문제가 있는지도 몰라. 일반적인 여성이라면 내 상황에서, 지금쯤이면 새로운 관계를 염두에 두지 않을까? 3년이 더 지났는데 나는 아직도 결혼한 것처럼 행동하고 있잖아."

나는 손을 들어 여전히 끼고 다니는 결혼반지를 보았다.

"때가 되면 준비가 될 거라고 했던 사람은 바로 너잖아."

"그건 모두가 나한테 가브리엘과 다시 만나라고 강요하는 것 같아서 그렇게 말한 거지."

"누구도 강요하지 않았어."

그녀가 응수했다.

"어머니는 〈신데렐라〉 티켓에 고마움을 표현하려고 저녁에 초대한 거였고. 그게 다야."

나는 티백에 붙어있는 줄을 컵 안에서 위아래로 움직였다.

"으음. 그는 그 이후에 왜 연락하지 않을까? 그날 이후에 그에게서 아무런 소식도 없었거든."

"그의 연락을 기다리고 있었던 거야? 내가 보기에는 안 그래 보였거든."

나는 등을 기대며 앉았다.

"음, 진지한 관계를 시작할 준비가 안 됐었으니까."

"그럼 이제는 준비가 됐다는 거야?"

"아니, 그런 말이 아니고……. 그렇지만 가끔 그를 생각하기는 해."

문득 뭔가 떠올라 몸을 세워 앉았다.

"혹시 지금 그가 누구 만나고 있어? 그래서 나한테 연락하지 않고 모두가 내게 강요하던 것도 멈춘 건가?"

레이첼이 웃음을 터뜨렸다.

"수백 번 얘기하지만, 누구도 너한테 강요하지 않았다니까. 그리고 물음에 답하자면 맞아. 몇 번의 데이트를 했다는 이야기는 들었어."

속이 조금 불편해졌다.

"누구랑?"

"이름은 몰라. 다른 정보도 없고. 그냥 소개팅했다는 것만 들었어."

"누가 주선했는데?"

분명 레이첼이나 토머스는 아닐 것이다.

"학교에서. 아마 같이 일하는 선생님 중 한 명이 주선한 거 같아. 하지만 걱정할 거 없어. 잘 안됐으니까."

"걱정하는 건 아니야."

나는 내 감정을 확신한다는 듯 말했다. 그렇다고 해서 소개팅이 잘 안됐다는 소식이 안타깝게 느껴지지는 않았다.

"당연히 그도 사람들이랑 데이트할 권리가 있지. 나도 그렇고. 언젠가 마음이 내키면 나도 그렇게 할 거야."

레이첼은 수화기에 대고 크게 웃었다.

"그럼, 그래야지. 나 이제 가봐야겠다. 여행 짐도 싸야 하고, 아멜리아도 방금 일어났거든."

"필요하면 공항까지 태워다 줄게. 부담 갖지 말고 얘기해. 어차피 나는 할 일도 없으니까."

내가 제안했다.

"고마워. 그런데 토머스가 이미 차를 준비했어. 애틀랜타 도착해서 내가 또 전화할지도 몰라. 토머스는 회의 때문에 바쁠 테고. 아마 나는 엄청 지루한 시간을 보낼 테니까."

"아니야. 막상 가면 좋은 시간 보낼 거야."

☾

다음 날 밤, 드라마 〈사인필드〉를 보던 중 오른쪽 아랫배에서 조금씩 통증이 느껴지기 시작했다. 하루 종일 별로 먹은 게 없어서 그런가, 하는 마음에 토스트 한쪽을 만들어 억지로 먹었다.

자정이 되니 통증은 더 심해졌다. 아기 침대에서 평화롭게 잠들어 있던 로즈를 보자 걱정이 밀려왔다. 만약 이 복통이 심각한 거라면, 내가 쓰러지거나 죽는다면 어떻게 될까. 심각한 병에 걸린 거라면? 엄마는 유럽 여행 중이었고 레이첼은 토머스와 애틀랜타에 있었다. 누가 로즈를 돌봐줄 수 있을까?

화장실에 달려가 토할 정도로 통증이 극심해져, 병원에 가야겠다고 결정했다. 겁에 질린 나는 서둘러 책상 서랍을 열고 주소록을 꺼냈다. 그리고 가브리엘의 전화번호를 찾을 때까지 페이지를 넘겼다.

그는 벨이 두 번 울린 후 대답했다.

"여보세요?"

"가브리엘? 나야, 올리비아. 늦은 시간에 미안한데, 내가 지금 아예 움직일 수가 없어서."

나는 배를 움켜쥐고 괴로워하며 몸을 구부렸다.

"왜 그래? 무슨 일이야?"

그는 걱정하며 물었다.

"나도 모르겠어. 지금 배가 너무 아파. 누구에게 도움을 청해야 할지 모르겠어."

"병원 가야 할 것 같아?"

"응. 엄마는 지금 여행 중이거든. 더군다나 한밤중이라서, 만약 맹장염 같은 거면 입원할지도 모르는데 로즈를 데리고 갈 수가 없잖아. 너는 여기서 가까운 데 사니까 혹시나 해서……."

"언제부터 아팠어?"

그가 물었다.

"오늘 저녁에, 로즈를 재운 다음부터."

"당장 검사부터 받아야겠다. 바로 갈게."

"고마워."

나는 전화를 끊고 기다렸다.

☾

"구급차를 불러야 할 것 같아."

집에 들어오면서 찡그린 채 몸을 구부리고 고통스러워하고 있는 나를 본 가브리엘이 제안했다.

"택시가 빠를 거야. 응급실로 가면 돼."

내가 겨우 대답했다.

"내가 같이 가는 게 좋겠어? 로즈를 데려가서 내가 보고 있으면 되니까."

"아니야. 로즈는 여기 있는 게 나아."

나는 부엌을 가리키면서 밤중에 로즈가 배고파서 깨면 뭘 줘야 하는지 알려주었다.

"너는 내 침대에서 좀 자."

"그런 건 걱정하지 마. 만약 네가 입원하면 내가 내일 일을 쉬면 돼."

"정말 그래도 돼?"

"그럼. 문제없어. 다른 수업으로 대체될 거야."

"정말 고마워. 신세를 어떻게 갚아야 할지 모르겠다."

그는 나를 엘리베이터까지 부축해 주고 버튼을 눌렀다. 문이 열리고 나는 비척비척 안으로 들어갔다.

"결과 나오면 바로 연락할게."

너무 고통스러워서 그 이상은 말할 수가 없었다. 엘리베이터 문이 스르륵 닫혔다.

☾

여섯 시간 후 나는 병원 공중전화로 집에 전화를 걸었다. 마치 전화기 옆에서 기다렸다는 듯 가브리엘은 즉시 전화를 받았다.

"올리비아?"

"응, 나야. 전부 끝났어. 다 괜찮아. 집에 가도 된대. 로즈는 일어났어?"

"아니, 아직 자고 있어. 왜 그랬던 거래?"

"미텔쉬멜츠라고 부르는 증상인가 봐."

"미텔쉬멜츠라니, 처음 들어보는데."

"나도 몰랐어. 난소에서 나온 액체가 복강으로 새면서 통증이 생기는 거래. 내 경우에는 통증의 강도가 심했지만…… 어찌 됐든 자연스럽게 해결된 것 같아."

가브리엘은 한동안 조용했다.

"그게 다야? 확실해? 혹시라도 그들이 놓친 게 있는 건 아니겠지? 심각한 게 아니었으면 좋겠는데."

"나도 그래. 하지만 웬만한 검사는 다 했거든. 피검사, 초음파, 심지어 임신 테스트도 했어. 그건 할 필요가 없다고 내가 얘기했는데도 말이야. 임신 가능성은 눈곱만큼도 없다고 말이지. 그랬더니 의사가 뭐라고 했는지 알아?"

"뭐라고 했는데?"

"나한테 자궁이 있냐는 거야. 나는 있다고 했지. 그랬더니 그의 대답은 '그렇다면 우리는 임신 테스트를 합니다'였어."

가브리엘은 가볍게 웃었다.

"아마 그들은 모든 가능성을 고려해야 했을 거야. 상태가 나아지지 않는 한 다른 문제가 없다는 걸 확인해야 하니까."

"나아졌어. 병원 도착하고 한 시간쯤 후부터 통증이 점점 가셨거든. 그래도 검사를 받아야 한다고 하더라. 나는 당연히 맹장염이라고 생각했는데 지금 수술대에 올라가 있지 않아서 정말 다행이야."

"맞아. 다행이다."

그는 안도의 숨을 내쉬었다.

"그럼 이제 집으로 와도 되는 거야?"

"응. 지금 택시 탈 거야. 15분 후에 봐."

☾

아침 6시 30분, 문을 열고 집 안으로 들어가자 갓 내린 커피 냄새가 훅 풍겼다. 가브리엘은 가스레인지 앞에서 무언가를 휘

젓고 있었다. 내가 들어가는 소리를 들은 그는 지기와 나란히 문 앞으로 와서 나를 맞아주었다.

"집으로 돌아온 걸 환영합니다."

"고마워."

나는 지기의 머리를 쓰다듬었다.

"네가 없었다면 뭘 어떻게 해야 했을지 몰랐을 거야. 아마 로즈를 데리고 병원에 갔겠지. 그랬다면 고생깨나 했을 거야."

그는 내 어깨에 손을 올렸다.

"배 안 고파? 오트밀 죽을 좀 끓이고 있었어."

"안 그래도 배고파 죽을 것 같아. 듣던 중 반가운 소리다."

나는 가방과 재킷을 벗어서 걸어두고 가브리엘과 지기가 있는 부엌으로 갔다.

"너는 지금이라도 출근해야 되지 않을까."

나는 전자레인지 위의 시계를 힐끗 확인하면서 말했다. 그는 고개를 저었다.

"아니야. 이미 대체할 사람을 구했을 거야. 그냥 하루 쉴래. 너도 지쳤겠다. 밤새 한숨도 못 잤잖아."

"지금 나는 좀비처럼 보일 거야."

나는 머리카락이 풍성해 보이도록 부풀리는 헛수고를 하면서 대답했다.

그는 냉장고로 가서 우유를 꺼냈다.

"자, 앉아. 밥부터 먹고 가서 좀 자. 일어날 때까지 내가 여기 있을게."

누군가가 나를 챙겨주는 게 익숙하지 않아서 기쁘기도, 당황스럽기도 했다. 늘 로즈와 나뿐이었고 나는 챙김을 받는 게 아닌, 주는 쪽이었다.

"정말 그래도 돼? 이미 너무 많이 신세를 졌는데."

"신세라니, 전혀 아니야. 그리고 아침에 로즈 어린이집에 간다고 하지 않았었나? 네가 잘 동안 내가 데려다주면 돼. 위치랑 시간만 알려줘."

그가 다정하게 대답했다.

"너는 정말 끝내주게 멋진 사람이야."

나는 하품을 하면서 말했다. 그는 웃음을 터뜨린 후 오트밀 죽을 가져다주었다.

"위에다가 블루베리나 얇게 썬 바나나 올려줄까?"

"응. 둘 다. 맛있겠다."

"곧 대령하겠습니다."

그는 껍질을 벗긴 바나나를 얇게 썰고 싱싱한 블루베리와 함께 오트밀 죽에 올렸다. 그리고 그 위에 우유를 붓고 내 맞은편에 앉았다.

"또 뭐가 필요하지? 맞다. 숟가락, 잠깐만."

바로 그때 복도를 따라 움직이는 작은 발소리가 들렸다. 곧이어 부엌 문간에 유니콘이 그려진 분홍색 잠옷을 입은 로즈가 나타났다. 눈을 비비던 로즈는 가브리엘을 올려다보며 입을 살짝 벌렸다.

"좋은 아침이네요. 로즈 양."

그는 상냥한 목소리로 말했다.

"바니 어린이도 좋은 아침."

로즈는 엉덩이를 긁으며 대답했다.

"우리는 지금 일어났어요."

"그런 것 같네. 오늘은 멋진 날이 될 거야. 혹시 바니도 오트밀 죽을 좋아하니?"

로즈는 내 맞은편에 있는 의자 위로 기어 올라갔다.

"우리는 치리오스 시리얼 좋아해요."

"좋아."

가브리엘은 나를 바라보았다.

"치리오스 있어?"

내 입안은 블루베리와 오트밀로 가득 찼다. 나는 손가락으로 식기세척기 위 찬장을 가리켰다.

"저기 위에."

잠시 후 우리 셋은 식탁에 앉아 아침 식사를 즐겼다. 가브리엘은 로즈에게 어린이집은 어떤지 물었다. 로즈는 냉장고에 붙어있는 자기 그림을 가리켰다.

"오늘 우리 같이 가요?"

"너무 좋지! 엄마가 허락하면 우리 같이 갈까?"

가브리엘은 말하고 나를 쳐다보았다. 나는 격하게 고개를 끄덕였다.

"너무 재미있을 것 같다. 로즈가 직접 가브리엘 아저씨한테 카시트 벨트 매는 법 알려줄 수 있겠어?"

로즈는 고개를 끄덕였다.

"좋았어!"

가브리엘은 하이파이브를 하려고 손을 들어 올렸다. 로즈는 작은 손바닥으로 그의 손을 찰싹 치더니 사랑스럽게 웃었다.

아침 식사 후에 로즈는 인형 놀이를 하러 거실로 갔고 가브리엘은 나를 향해 몸을 돌렸다.

"어린이집이 끝나는 시간은 언제야?"

"정오."

"그리고 보통 낮잠을 재우나?"

"응. 점심 먹인 다음에, 2시쯤."

한동안 우리는 거실에 있는 로즈를 바라보았다. 그리고 가브리엘이 제안했다.

"내가 점심 도시락을 싸서 정오에 로즈를 데리고 공원에 가면 어떨까? 지기도 같이. 낮잠 시간인 2시까지는 데려올 수 있어. 그럼 너는 그때까지 잘 수 있잖아."

나는 기쁨에 겨워 황홀한 숨을 내쉬었다.

"맙소사. 그럼 천국이 따로 없겠다. 지금 눈꺼풀이 천근만근 무겁게 느껴지거든."

"그럼 지금 당장 자러 가."

"그럴게. 로즈 옷만 입히고, 나가는 거 본 다음에."

나는 식탁에서 일어나 로즈를 불렀다.

"로즈, 양치하러 가자. 어린이집 갈 준비해야지."

로즈가 재빠르게 자리에서 일어났다.

371

로즈를 방으로 데려갔을 때 가브리엘은 식탁을 치우고 부엌을 정리하는 중이었다. 그에게 느끼는 고마움의 크기는 가늠조차 할 수 없었다.

☾

　거실에서 들려오는 로즈의 목소리에 잠에서 깨 서서히 눈을 떴다. 가브리엘이 로즈를 어린이집에 데려다주고 공원으로 소풍을 가기로 했던 사실을 기억해 내는 데까지 시간이 조금 걸렸다. 지금 몇 시지? 나는 몸을 옆으로 굴려 침대 옆 알람 시계를 확인했다. 오후 1시 45분이다. 그들은 지금 막 집에 도착한 것 같았다.

　나는 본능적으로 침대에서 뛰쳐나왔다. '엄마의 역할' 버튼을 꺼버리는 건 쉽지 않았다. 하지만 로즈와 가브리엘이 조용하고 편안한 목소리로 이야기하는 걸 듣는 순간—그가 이미 작은 목소리로 대화하자고 가르친 것 같았다—머리를 다시 베개에 묻고 잠깐 더 쉬기로 했다.

　15분 후 잠에서 완전히 깼을 때 침대에서 일어나서 그들이 보낸 하루는 어땠는지 확인하러 나왔다. 전날 밤 병원에 갈 때 입었던 옷을 그대로 입은 채 나는 거실로 발을 옮겼다. 로즈와 가브리엘은 무릎 위에 커다란 그림책을 올려놓고 소파에 앉아 있었다. 지기는 탁자 앞 바닥에 몸을 쭉 펴고 누워있었다.

　나를 발견한 로즈가 벌떡 일어났다.

"엄마!"

로즈는 뛰어와서 내 무릎을 끌어안았다.

"우리 소풍 갔었어. 지기가 원반 던지는 걸 따라다녔어!"

"정말 재미있었겠는데."

나는 대답하며 소파에 앉아있던 가브리엘을 쳐다보았다.

"같이 놀아줘서 정말 고마워."

"내가 더 좋았어. 우리는 정말 좋은 시간을 보냈거든. 그렇지, 로즈?"

로즈는 다시 소파로 돌아가 그의 옆에 꼭 붙었다.

"응! 동화 끝나면 낮잠 잘 거야!"

"맞아. 그다음에 낮잠 시간이야. 그리고 봐봐. 지기는 벌써 잠들었어."

"지기는 피곤해."

로즈는 말하면서 입을 크게 벌려 하품했다. 나는 조용히 부엌으로 갔다.

"동화 끝내게 자리 비켜줄게."

지금 나한테 필요한 건 커피였다. 나는 부엌에서 신선한 커피를 내리는 데 집중했다. 몇 분 후 커피가 추출되기 시작했을 때 로즈가 다가왔다.

"가브리엘 아저씨가 나 재워줘? 이야기도 읽어줘?"

"그럼. 가브리엘 아저씨가 그렇게 하겠다고 하면."

내가 대답했다. 그때 가브리엘이 부엌으로 들어왔다.

"가브리엘은 좋아. 이제 다른 이야기 고르러 가자, 로즈. 이번에는 짧은 걸로."

그들은 내게 커피를 즐길 수 있는 여유를 주기 위해 부엌에서 나갔다. 나는 식탁에 앉아 커피를 마셨다.

약 20분 후 그는 다시 부엌으로 들어왔다.

"로즈 잠들었어."

"잘됐다."

나는 목소리를 낮추었다.

"커피 마실래?"

"좋지."

나는 일어나서 컵에 커피를 따랐다.

"블랙?"

"응."

우리는 거실로 자리를 옮겨 소파에 앉았다.

"아침에는 좀 잤어?"

그가 물었다.

"아기처럼 푹 잤어. 네가 나가자마자 바로 잠들었어. 다 괜찮았어? 어린이집에 내려줄 때 떼를 쓰거나 투정을 부리지는 않았어?"

"전혀. 로즈는 자기가 얼마나 용감하고 어른스러운지 보여주더니 뿌듯해하더라."

그의 말에 나는 웃음을 터뜨렸다.

"로즈가 어린이집 가는 첫날을 못 봐서 그래. 고목나무에 붙은 매미처럼 나한테 매달려 있었어. 어쨌든 이제 적응을 한 것 같아서 다행이다."

"로즈는 멋진 소녀야. 자랑스러워해도 돼."

나는 내 가슴 위에 손을 얹으며 감격했다.

"그거야말로 네가 나한테 해줄 수 있는 최고의 칭찬이야. 왜냐하면 가끔은 걱정이 되거든."

"무슨 걱정?"

"알다시피 혼자서 아이를 키우는 건 가끔 힘들 때가 있어."

"당연히 그럴 거야."

가브리엘은 커피를 홀짝였다. 우리는 고요한 오후를 즐기며 조용히 앉아있었다.

"그 얘기는 거기까지 하자."

대화가 다시 내 비극적인 과부 생활로 흘러가는 것을 원치 않았다.

"소풍 이야기 들려줘. 로즈는 원반 던지는 걸 처음 봤을 거야. 우리는 지기에게 공만 던져주니까."

자기 이름이 들리자 지기는 고개를 들어 나를 바라보았다. 그러더니 이내 다시 눈을 감고 턱을 앞발에 기댔다.

"로즈는 원반을 엄청 좋아했어. 내일 다시 가지고 놀 수 있냐고 묻던데. 그래서 엄마한테 허락받아야 한다고 말했지."

가브리엘은 말을 잠시 멈추었다.

"원한다면 내 원반 가져가. 나는 몇 개 더 있어."

"아, 정말 고마워."

그의 제안에 나는 살짝 헛헛한 실망감이 들었다. 더 이상 우리와 함께하고 싶지 않다는 의미로 느껴졌기 때문이었다. 하지만 어떻게 그를 나무랄 수 있겠는가. 길고 힘든 하루였을 것이다.

"많이 피곤하겠다. 내가 병원에 있을 때 눈이라도 붙였어?"

"응. 소파에서 네 시간 정도 잤어."

우리는 커피를 마셨다. 난생처음 우리 사이에서 어색한 기운을 느꼈다. 가브리엘이 빨리 가고 싶어 한다는 것을 나는 직감으로 알 수 있었다.

아니나 다를까, 그는 단숨에 커피를 털어 넣고 빈 컵을 탁자에 올렸다.

"이제 가야겠다."

그는 일어섰다.

"서두를 필요 없는데."

나도 일어나서 그를 문까지 배웅하며 말했다.

"오늘 정말 재미있었어."

그가 웃으며 말했다.

"학교도 땡땡이쳐서 좋았고."

"그렇게 얘기해 주니 다행이네."

나는 그가 재킷을 입는 모습을 바라보았다.

"네가 괜찮다니 다행이야."

그는 몸을 돌려 문을 열었다.

"로즈에게 대신 인사 전해줘."

"그럴게. 다시 한번 정말 고마워, 가브리엘."

문밖으로 나간 그는 엘리베이터를 타는 대신 계단 속으로 사라저버렸다.

나는 문을 닫고 몇 초간 멍하니 서있었다. 그는 왜 그렇게 서둘러서 가려고 했을까? 혹시 누군가와의 데이트가 있는 걸까.

그가 떠난 거실을 정리하면서 혼란스러운 내 감정을 차분히 들여다보았다. 가브리엘은 좋은 남자다. 거기에는 의심의 여지가 없었다. 새삼스러운 깨달음도 아니었다. 내가 알고 지내는, 남자인 친구들 중에서도 가브리엘은 가장 신사적인 사람이었다. 로즈는 그에게 푹 빠졌고 그와 노는 걸 좋아했다. 그리고 그는 전보다 멋져 보였다. 내가 대학 때 만났던 어리고 마른 소년이 아니었다. 지금 그는 자신감이 넘쳤고 더 남자다워졌다.

무릎을 꿇고 카펫 위의 빵 부스러기를 치우면서 침실에서 나왔던 순간을 떠올렸다. 그림책을 무릎에 올리고 로즈와 소파에 앉아있던, 전보다 성숙해진 옛 남자친구의 모습.

갑자기 갖가지 감정들이 가슴속에서 소용돌이쳤다. 일종의 해방감 같은 게 느껴졌다. 뒤이어 예기치 못한 흥분, 설렘이 솟구쳤다. 그게 무엇인지 나는 정확히 알고 있었기 때문에 놀랐다. 지난 몇 년 동안 그런 감정을 느낀 적이 없었다.

육체적인 끌림, 설렘이었다.

맙소사. 나는 내 감정의 일정 부분이 굳게 닫혀버렸다고 생각했었다. 영원히 닫혀버렸다고도 생각했었다. 어쩌면 내가 틀렸는지도 모른다. 감정이 죽어버린 게 아닐지도 모른다.

뜻밖의 깨달음과 함께 나는 가브리엘이 그의 집에 도착하기까지, 약 10분 정도를 기다렸다. 그러고 나서 부엌에 있는 전화기로 그에게 전화했다.

"내 목소리를 듣는 게 지겨울 것 같기도 하지만……."

나는 경쾌한 목소리로 가볍게 말했다.

"내일 오후에 시간 괜찮은지 궁금해. 우리랑 같이 공원에 가면 어떨까 해서. 만약 네가 좋다면 말이야."

그는 한동안 말이 없었다. 거절의 말을 예감한 나는 긴장감과 불안함으로 당장이라도 속이 뒤집힐 것 같았다.

"잘 모르겠어, 올리비아. 나도 가고 싶어. 하지만……."

그 순간 나는 알았다. 나는 이 남자에게 감정이 있었고 그건 단순한 우정이 아니었다. 우정은 오늘 다른 형태로 바뀌었다.

가브리엘이 제안을 받아들이고 내게 기회를 주기만을 바랐다. 과거에 내게서 받은 상처를 용서해 주고 우리가 다시 새롭게 시작할 수 있기를 바랐다. 딘을 뒤로 하고 다시 앞으로 나아갈 준비가 되었다는 걸, 다시는 그의 감정을 가볍게 여기지 않을 거라는 걸. 어떻게 하면 나는 가브리엘을 설득할 수 있을까?

"내가 너를 얼마나 아끼는지 네가 알았으면 해."

한참을 망설이던 가브리엘이 입을 열었다.

"당연히 알고 있어."

하지만 너는 나를 원하는 게 아니구나. 뼈아픈 상실감이 느껴졌다. 그는 낮고 진지한 목소리로 말했다.

"올리비아, 우리가 친구가 되기를 원한다고 내가 말했었지. 그리고 우리가 정말로 그렇게 지낼 수 있을지도 모른다고 생각했어. 하지만 실은……."

그는 다시 말을 멈추었다. 내 심장이 파괴될까 봐, 무너져내 릴까 봐, 불안해졌다.

"내가 네 곁에 있는 게 어렵다는 것을 알았어."

그는 계속 말을 이어 나갔다.

"왜냐하면 나는 친구 이상을 원하거든. 항상 그랬어. 그래서 너를 볼 때마다 내 안에 괴로움이 차곡차곡 쌓이는 기분이 들어."

평소처럼 연민이나 죄책감을 느껴야 했다. 어렸을 때 그에게 준 상처를 생각하면 늘 그랬으니까. 그렇지만 이번에는 달랐다. 가슴이 뛰었다. 하늘을 날아오르는 듯한 기분이었다.

"나도 너랑 친구로 지내는 게 어렵다는 걸 깨달았어."

내가 그에게 말했다.

"나는 늘 우리 사이에 있었던 일을 후회했어. 네 마음을 다치 게 한 걸 후회했고. 하지만 지금 하려는 건 그런 이야기가 아니 야. 다른 이야기야, 가브리엘."

나는 말을 멈추었다.

"무슨 얘기야?"

나는 초조한 마음으로 목청을 가다듬었다.

"사랑은 늘 그 자리에 있었어. 그 사랑은 사라진 적이 없었어. 그렇지만 나는 그 사랑을 묻어두고 피해야만 했어. 왜냐하면 나 는 다른 사람을 만나서 결혼했고 그다음에는 그 사람이 죽어서 슬퍼해야 했으니까."

그랬다. 지금껏 입 밖으로 내뱉지 못했던 그 말을 해버렸다.

"하지만 영원히 슬퍼하고 싶지만은 않아. 그리고 나는……."

나는 마른침을 삼켰다.

"네가 그리워."

"올리비아, 나도 네가 그리워……."

그가 말했다.

"하지만 차선책이 되기는 싫어. 내일이라도 딘이 문을 열고 들어온다면 나는 두 번째로 밀려날 테니까."

그는 한동안 말이 없었다. 나는 자리에 앉았다.

"너는 두 번째가 아니야. 이제는 그렇지 않아."

게다가 그런 일은 절대 일어나지 않는다. 딘은 다시는 문을 열고 들어오지 않는다. 그는 죽었다. 내 인생의 그 부분은 영원히 끝이 났다.

벽에 걸린 시계가 끊임없이 똑딱똑딱 소리를 냈고 에어컨이 돌아가고 있었다.

마침내 가브리엘이 말했다.

"그럼 이제 어떻게 하면 좋을까?"

나는 신중하게 생각한 다음 말했다.

"잘 모르겠어. 너한테 달린 것 같아."

나는 그의 대답을 애타게 기다렸다.

"우리 천천히 시작해 볼까? 어떻게 흘러가는지 보면서. 아니면 내일은 그냥 부담 없이, 편안하게 원반 던지기 하면서 노는 게 어떨까?"

그가 드디어 말했다. 형용할 수 없는 기쁨이 북받쳤다.

"좋아."

우리 둘 다 전화를 끊을 생각이 없는 것 같아 나는 다른 제안을 던졌다.

"아니면 여기 다시 오는 건 어때? 내가 저녁 만들어 줄게."

나는 잠깐 멈추었다.

"혹시 이미 계획이 있는 거야?"

"계획은 없어."

그가 재빠르게 대답했다.

"그리고 나도 가고 싶어. 언제 갈까?"

나는 민망해하며 아랫입술을 깨물었다.

"지금은 너무 빠른가?"

"전혀."

거기에는 일말의 망설임도 없었다. 나는 속으로 웃었다. 우리는 인사를 하고 전화를 끊었다.

다음 몇 분 동안 조금도 가만히 있을 수가 없었다. 가브리엘을 기다리며 온 집안을 서성거렸다. 마침내 엘리베이터 소리가 들렸고 나는 복도로 뛰쳐나갔다.

가브리엘이 엘리베이터에서 내리고 있었다. 그는 그 자리에 서서 웃고 있는 나를 바라보았다. 우리 주위의 모든 것이 느려졌다. 지금 느끼는 황홀함은 헤아리기 어려울 정도였다. 마치 구름 위를 떠다니는 듯한 기분이었다. 온 우주에 우리 둘만 존재하는 것 같았다. 가슴이 행복으로 벅차올라 한껏 웃고 싶었다. 동시에 한껏 울고 싶었다.

가브리엘은 우리 사이에 빈틈이 없어질 때까지 천천히 내게 걸어왔다.

"안녕."

그는 다정하게 말하며 내 손을 잡았다. 우리의 손가락이 닿으며 온기가 느껴졌다. 나는 그와 접촉하는 이 순간을 즐기며 그의 눈을 바라보았다. 우리의 눈이 마주치자 입꼬리가 조심스럽게 올라가며 웃음이 새어 나왔다.

"네가 다시 와서 너무 좋아."

"나도."

천천히, 그리고 조심스럽게 그는 나를 품 안으로 당겼다. 그 순간 나는 깨달았다. 지금 이 기분은 과거로부터의 해방이라는 사실을 말이다. 과거를 놓아주는 건 달콤하면서 눈부시게 아름다운 선물 같았다.

3부

1997 뉴욕

올리비아

두 번째 결혼 생활에서 나는 찬란한 사랑을 두 번이나 느낄 수 있는 운이 좋은 사람이라고 생각했던 순간들이 있었다.

첫 번째 결혼 생활은 희망과 가능성으로 가득 찬 삶이었지만 오래 지속되지 않았다. 그래서 잠깐이었지만 나는 행복한 미래를 부정했었다. 깜깜한 동굴 속에서 공처럼 몸을 웅크린 채 한동안 머물렀다. 하지만 기적적으로 두 번째 기회가 주어졌고 그 선물 같은 기회를 잡을 수 있었다는 점에 감사했다.

고등학교 체육관에 앉아 어린이 합창단의 〈즐거운 크리스마스 보내세요Have Yourself A Merry Little Christmas〉를 재즈 버전으로 들으며 무릎 위에 있는 두 살 난 아들 조엘을 껴안았다. 이제 여섯 살이 된 로즈는 바로 옆 의자에 의젓하게 앉아있었다. 가브리엘은 앞에서 합창단을 지휘하고 있었고, 배 속의 아기는 스타덤에 오를 미래의 드러머처럼 일정한 박자에 맞추어 배를 차고 있었다.

이번 주 초 나는 가브리엘에게 올해 크리스마스는 살면서 경험하는 최고의 크리스마스가 될 것 같다고 말했다.

"정말이야?"

그는 내가 이전의 삶보다 현재의 삶을 더 즐기고 있다는 사실을 아직도 믿을 수 없다는 듯 불안한 기색으로 물었다. 나는 그의 손등에 입을 맞추며 미심쩍어하는 그를 놀리듯 장난스럽게 말했다.

"그럼 정말이지, 이 바보야."

이제 그는 어떤 의문도, 의심도 가질 필요가 없었다. 나는 열과 성을 다해 그를 사랑했다. 내 영혼의 모든 조각마저도 그를 사랑했다. 그가 내 삶에 들어와 줘서 고마웠다. 나는 부족함 없이 행복했다. 우리는 가족, 좋은 친구들, 음악, 사랑하는 아이들, 곧 태어날 아기에 둘러싸여 아름다운 삶을 만들어 나가고 있었다. 더 바랄 게 뭐가 있겠는가?

게다가 곧 크리스마스였다. 1년 중 내가 가장 좋아하는 시기.

음악회가 끝나자 눈이 내리기 시작했다. 기상 캐스터가 심한 눈보라를 예보했기 때문에 우리는 안전한 밤을 보내기 위해 집으로 돌아왔다. 어퍼웨스트사이드에 있는 안락한 우리 집. 부드럽게 눈이 내리는 도시는 고요하고 평화로웠다. 이웃들의 창문마다 형형색색의 크리스마스 전구가 불을 밝히고 있었다. 불이 밝혀진 우리의 크리스마스트리 아래에는 선물들이 높게 쌓여 있었다.

우리는 함께 집에서 〈나 홀로 집에〉를 보았고 지기는 내 발 옆, 바닥에서 잠들어 있었다. 꽤 나이를 먹은 지기는 이제 원반을 쫓지 않았다.

아이들을 재우고 거실을 정리할 때 내가 말했다.

"내일만 가면 방학이네. 그런데 내일도 눈이 올 것 같아."

"그럴 것 같아. 뉴욕 시내의 아이들 전부 눈이 내리기를 바라고 있을걸."

가브리엘이 대답했다.

"선생님들도 마찬가지지."

내가 웃으면서 말했다. 그는 내게 다가와 손으로 내 얼굴을 감쌌다. 그가 그렇게 나를 볼 때마다, 그의 손길이 내게 닿을 때마다 나는 녹아내렸다.

"당신은 정말 아름다워. 알고 있지?"

"아름다움은 보는 사람의 눈에 아름다움이 담겨있어서 그런 거야. 주관적인 거지."

그렇게 말하면서도 나는 마치 열기구처럼 자신감으로 부풀어 올랐다. 그는 가볍게 웃으며 내게 키스했고 내 몸은 곧장 반응했다.

"지금 침대로 갈까?"

그가 물었다.

"내 생각을 읽었구나."

그는 트리의 불을 끈 후 내 손을 잡고 계단을 올랐다. 우리는 아이들이 깰까 봐 조용히 옷을 벗었다. 가브리엘이 내 옆에 누우면서 속삭였다.

"사랑해."

내게 닿는 그의 입술이 온몸의 피를 뜨겁게 달구었다. 그가 따뜻한 품 안으로 나를 소중하게 감싸 안았을 때 나는 그에게 몸을 돌려 황홀한 숨을 내쉬었다.

☾

꿈속에서 유니콘이 얼어붙은 호수 위를 가로지르며 나를 향해 달려왔다. 그때 조엘이 침대로 뛰어 올라와 소리쳤다.

"눈 온다!"

겨우 잠에서 깬 나는 시계를 힐끗 보았다.

"8시가 넘었어!"

나는 놀라서 일어나 앉았다.

"우리 늦잠 잤어!"

"아니야. 우리 늦잠 잔 거 아니야. 왜 그런 줄 알아?"

가브리엘이 말했다. 그는 레슬링 선수처럼 조엘을 침대 위로 던진 다음 간지럼을 태우기 시작했다.

"오늘은 눈이 오는 날이거든!"

나는 침대에서 일어나 가운을 입었다. 그때 로즈가 눈을 비비면서 방으로 들어왔다.

"오늘 학교 안 가도 돼?"

"당연하지. 팬케이크 먹을 사람?"

가브리엘이 말했다.

"나!"

조엘이 소리쳤다. 로즈가 침대 위로 뛰어 올라왔다.

"나도!"

"둘 다 간지럼을 받기 전에는 안 돼!"

가브리엘은 로즈를 난투극에 끌어들였다. 로즈는 비명을 지르며 웃었고 조엘은 베개 싸움을 시작했다.

"내가 가서 커피 먼저 내릴게."

나는 잠옷 차림으로 뛰어노는 그들을 뒤로하고 방을 나서면서 말했다. 아래층으로 내려와 밖을 내다보기 위해 커튼을 걷었다. 해가 쩅쩅했다. 이웃들은 현관 계단의 눈을 치우고 있었다. 옆집에서 삽으로 도로를 긁는 소리가 났고 큰길에서는 제설차의 굉음이 들려왔다. 적어도 30센티미터 높이의 눈이 쌓인 듯했고 우리 차는 눈에 파묻혔다.

"오늘은 집 안에만 있어야겠네."

나는 혼잣말을 했다. 그러고 나서 아침 식사를 준비하기 시작했다. 팬케이크, 베이컨, 커다란 그릇에 담은 과일샐러드까지.

프라이팬에 팬케이크 반죽을 부으려고 할 때 아이들이 계단을 뛰어 내려왔다. 아이들은 창문 앞으로 달려갔다.

"우리 눈사람 만들어도 돼?"

로즈가 물었다.

"좋은 생각이야."

하지만 지금 내 몸 상태로는 거대한 눈덩이를 밀 수가 없었기 때문에 가브리엘의 일이 될 터였다. 아래층으로 내려온 그는 가스레인지 앞에서 베이컨을 뒤집고 있던 내 거대한 허리를 감싸 안았다.

"맛있는 냄새가 나는데."

나는 집게를 내려놓고 그를 마주 보면서 손을 그의 가슴팍에 올렸다.

"좋은 아침이야, 우리 남편."

"좋은 아침이야."

가브리엘이 내게 가볍게 입을 맞추었다. 그때 로즈가 부엌으로 들어왔다.

"웩, 닭살 돋아."

가브리엘은 껄껄 웃으며 내게서 물러났다.

"누군가 눈사람을 만들고 싶다고 한 것 같은데?"

가브리엘이 냉장고를 열어 오렌지 주스를 꺼내는 동안 나는 뜨거운 팬 위에서 지글거리고 있는 베이컨으로 돌아왔다.

"나!"

로즈가 대답했다.

"그럼 식탁 차리는 걸 도와줘야겠는데, 우리는 아침을 먹고 나갈 거니까."

아기가 배를 차는 것이 느껴졌다. 나는 그 활기찬 발차기 위에 손을 얹었다.

"그래, 듣고 있어. 같이 놀고 싶다는 거지? 곧 그렇게 될 거야."

"누구랑 얘기해?"

로즈가 식탁 위에 냅킨을 놓으면서 물었다.

"네 여동생, 혹은 남동생이랑."

로즈는 다가와서 내 배꼽에 대고 소리쳤다.

"우리 오늘 눈사람 만들 거야! 그래도 걱정하지 마. 여기 나오면 또 만들어 줄게!"

나는 로즈의 머리를 쓰다듬었다.

"우리 착한 로즈. 너는 아기에게 멋진 언니, 누나가 되어줄 거야."

한 시간 후 나는 로즈와 조엘을 방수복, 목도리, 장갑, 장화로 무장시켰고 가브리엘은 아이들을 데리고 뒷마당으로 갔다. 그들이 커다란 눈을 굴리면서 녹색 잔디 위에 눈덩이가 지나간 흔적을 남기는 동안 나는 위로 올라가 샤워를 하고 옷을 갈아입었다.

다시 부엌으로 내려왔을 때 제설차는 이미 사라졌다. 뒷마당의 눈사람은 완성되었고 아이들은 눈사람에 눈을 붙이고 있었다. 나는 뒷문을 열고 그들을 불렀다.

"눈사람 코에 붙일 당근 줄까?"

"응! 목도리랑 모자도!"

로즈가 대답했다.

"바로 가져다줄게."

나는 냉장고를 열고 눈사람에 완벽하게 어울릴만한 코를 찾기 위해 야채칸을 뒤졌다. 그리고 나서 현관에 있는 수납형 벤치 뚜껑을 열어 낡은 모자와 목도리를 찾았다. 무릎을 꿇은 채로 짝이 맞는 장갑을 찾아 장갑 더미를 샅샅이 뒤지고 있을 때 초인종이 울렸다. 이웃에 사는 로즈의 친구인 메리 베스가 온 것 같았다. 나는 벤치에 손을 짚으며 힘겹게 일어나 문 쪽으로 무거운 발걸음을 옮겼다.

나는 미소를 지으며 문을 열었다. 하지만 현관 계단에 서있는 건 메리 베스가 아니었다. 어두운 롱코트를 입은 두 명의 남성이었다. 둘 중 한 명이 내게 배지를 보여주었다. 나는 엄마에게 무슨 일이 생겼을까 봐 덜컥 겁이 났다.

"안녕하세요."

둘 중 키가 큰 남자가 말했다.

"올리비아 해밀턴, 맞으십니까?"

"네. 지금은 올리비아 모리슨이지만요."

둘은 내 배를 슬쩍 보더니 다시 내 눈을 바라보았다.

"저는 존슨 형사, 이쪽은 루소 형사입니다. 몇 가지 질문이 있어서요. 들어가도 될까요?"

"그럼요."

나는 대답하고 한쪽으로 비켜섰다. 그들은 매트 위에서 부츠를 벗은 다음 나를 따라 거실로 들어왔다.

"앉으세요. 뭐 좀 드릴까요? 커피나 차 어떠세요?"

"감사합니다. 하지만 괜찮아요."

루소 형사가 대답했다. 그들은 소파에, 나는 맞은편 크리스마스트리 옆 의자에 앉았다.

"무슨 일 때문인가요?"

루소 형사는 재킷 주머니에서 조그만 메모장과 펜을 꺼냈다.

존슨 형사는 몸을 앞으로 약간 기울였다.

"얼마 전 젊은 여성의 시체가 발견되었어요. 뉴저지의 오클랜드 북쪽 숲에서요. 혹시 뉴스에서 들어보셨나요?"

시체가 발견됐다는 무시무시한 사실이 나와 어떤 연결고리가 있다는 건지 짐작조차 할 수 없어서 속이 메스꺼워졌다. 하지만 어떻게든 연관이 있을 터였다. 그런 게 아니라면 지금 이들이 우리 집 거실에 있지 않았을 테니까.

"네, 들어봤어요. 끔찍한 일이에요."

"희생자의 신원을 확인한 결과 멜라니 브라운이라는 이름의 여성이었습니다. 혹시 이름을 듣고 기억나는 게 있으신가요?"

그들은 내 표정을 유심히 살폈다.

"제가 기억해야 하나요? 그러니까 제 말은…… 아니요. 그 사람이 누군데요?"

형사들은 잠시 서로 시선을 공유했다. 그리고 루소 형사가 내 질문에 솔직하게 대답했다.

"지난주까지 멜라니 브라운은 실종상태였어요. 그녀는 1986년에 실종됐고요. 당시 컬럼비아대학에 다니던 스물네 살의 학생이었습니다."

그들은 갑자기 내가 뭐라도 떠올리기를 바라는 듯 나를 계속 지켜보았다. 하지만 나는 그 이름에서 아무것도 떠오르지 않았기에 고개를 저었다.

"죄송해요. 그 사람에 대해서는 아무것도 모르겠어요."

루소 형사는 나를 뚫어질 듯 바라보았다.

"고인이 되신 남편분은요? 딘 로빈슨. 그분이 혹시 그녀를 언급한 적이 있었나요?"

나는 약간의 충격과 함께 고개를 뒤로 젖혔다.

"아니요. 한 번도요. 왜죠?"

그들은 딘이 이것과 무슨 관련이 있다고 여기는 걸까.

"그녀가 실종된 게 언제라고 하셨죠?"

"1986년 10월 14일이요."

나는 다시 고개를 저었다.

"그때쯤 우리는 막 데이트를 시작했어요."

"네, 그래서 여기 온 겁니다. 조사해 보니 멜라니는 남편분의 환자였더군요. 웬트워스 웰니스 클리닉에서 일했을 때요."

"그렇군요."

나는 뒤로 기대앉아 곰곰이 생각했다.

"안타깝지만 그는 환자들에 대해서라면 그 어떤 것도 누설하지 않았어요. 기밀 유지와 관련해서는 민감할 정도로 신경을 썼거든요. 캐롤라인 위버 박사와는 이야기해 보셨어요? 그녀가 클리닉의 소유주였어요. 제 생각에 클리닉은 아직도 그녀의 소유일 거예요. 뭔가 알고 있을지도 모르죠. 멜라니의 파일을 가지고 있다거나……."

"그녀와는 이미 이야기했어요."

존슨 형사가 내게 말했다.

"그래서 여기 온 거고요. 위버 박사는 브라운 양의 파일을 찾지 못했어요. 파일은 사라졌고 그녀도 이유를 모르겠다더군요.

그래서 이제, 남편분이 멜라니 양의 실종과 죽음에 관련되어 있다는 가설도 배제할 수 없습니다."

나는 그럴 리 없다는 듯 웃었다.

"그건 불가능해요. 딘은 절대로 그런 일과 관련 있을 사람이 아니에요."

두 형사는 내게 어디까지 말해야 할지 고민하는 듯 슬쩍 눈빛을 교환했다. 존슨 형사가 내게 숨김없이 말했다.

"브라운 양이 실종된 직후인 1986년에 남편분이 조사를 받았어요. 당시에는 단순 실종 사건이었지만 지금은 시체가 발견되어 살인 사건으로 넘어갔습니다. 그래서 모든 걸 면밀하게 재조사해야 합니다. 당신과 남편분이 어째서 병원을 관두고 마이애미로 이사했는지 말씀해 주시겠어요? 그것도 브라운 양이 실종된 바로 직후에요?"

나는 눈을 몇 차례 깜박거렸다.

"우리는 결혼하려고 마이애미로 간 거예요. 그리고 그는 그전부터 직업에 만족하지 못했어요. 그래서 그만두고 어릴 때부터 꿈이었던 조종사가 되기로 했어요. 저도 그의 꿈을 지지했고요. 사실 그건 제 아이디어였어요. 일을 관두고 마이애미로 가자고 제가 제안했거든요."

그들은 계속 나를 응시했다. 그래서 더 구체적으로 설명할 수밖에 없었다.

"그때 저는 가족들과 조금 문제가 있었어요. 특히 저희 아빠랑요. 아빠의 통제적인 성향 때문에 저는 뉴욕을 떠나고 싶었거

든요. 그래서 우리 둘이 새롭게 출발할 수 있는 곳으로 가자고
한 거예요."

"그럼 당신의 아이디어였다는 거군요."

루소 형사는 놀란 모습으로 내가 했던 말을 반복했다.

"네."

불편한 기분이 조금씩 올라와 나는 말을 멈추었다.

"혹시 변호사에게 연락해야 할까요?"

그는 손을 들어 보였다.

"아닙니다. 그러실 필요 없습니다. 저희는 그저 정보를 수집
하고 있을 뿐입니다. 도움 주셔서 감사합니다. 제 추측인데 남
편분이……."

"죽은 전남편이요."

나는 그의 말을 바로잡았다.

"지금은 재혼했거든요."

"네. 죄송합니다."

그는 계속해서 목청을 가다듬었다.

"혹시 딘이 남긴 서류 같은 걸 보관하지는 않으셨나요?"

"환자 파일을 찾고 계신 거죠?"

"네. 꼭 그게 아니더라도 도움이 될만한 것들이요. 관련 없어
보이는 것도 때로는 큰 도움이 되기도 하거든요."

나는 고개를 흔들었다.

"아니요. 일과 관련된 서류는 하나도 가지고 있지 않아요. 만
약 환자 파일이 있었다면 제가 확실히 알았을 거예요. 그의 비

행기가 실종되고 나서 그의 물건을 빠짐없이 살펴봤거든요. 환자 파일 비슷한 건 하나도 없었어요. 지금은 개인적인 물건들만 남기고 전부 버리기도 했고요. 죄송합니다."

존슨 형사가 고개를 끄덕였다.

"괜찮습니다. 그럼…… 이 문제를 해결하는 데 도움이 될만한 게 없을까요? 뭐든 생각나는 게 있다면요."

"아니요. 제 생각에는 시간을 낭비하고 계신 것 같아요. 맹세코 딘은 그런 일에 연관될 사람이 아니거든요. 그는 정말 착하고 좋은 사람이었어요."

두 형사는 나를 뚫어져라 응시했다.

"좋습니다. 그럼 마지막으로, 그의 물건 중 남아있는 게 있나요? 개인적으로 보관하고 계시는 물건이요. 머리빗이라든지 옷이라든지."

"그건 왜 필요하세요?"

"DNA 검사를 하려고 합니다."

그는 설명했고 나는 고개를 흔들었다.

"이해가 안 가는데요."

그들은 불편한 기색으로 소파에서 자세를 바꾸었다.

"부검 결과 브라운 양은 사망 당시에 임신 중이었던 것으로 밝혀졌습니다."

발밑에서 마루가 무너져 내리기 시작하는 것 같았다. 몇 초간 멍하니 앉아 이 남자의 요청이 시사하는 게 무엇인지 알아내기 위해 노력했다.

"영장을 받아올 수도 있습니다. 자발적으로 협조하지 않는 경우에는요."

그가 내게 통보하듯 단호하게 말했다.

"아니요. 그러실 필요 없어요. 제가 할 수 있는 한 어떤 방식으로라도 돕고 싶어요. 장담하건대 DNA 검사로 용의 선상에서 딘을 배제할 수 있을 거예요. 그가 그런 일을 했을 가능성은 조금도 없으니까……."

맥박이 고르지 못하게 빨라져서 나는 말을 멈추었다. 지금 상황에서는 더 이상 말하지 않는 게 낫다고 판단했다.

"지금 저한테 남은 게 뭔지 생각 좀 해볼게요. 물건 몇 가지를 상자에 보관하기는 했는데…… 혹시 그가 쓰던 장갑도 괜찮을까요?"

존슨 형사는 뒤로 기대앉았다.

"네. 그렇게 해주시면 좋겠습니다. 가져다주실 수 있나요?"

나는 자리에서 일어났다.

"잠시만 기다려 주세요. 상자가 위층에 있어서요."

그때 뒷문이 열리고 로즈가 부엌으로 들어왔다.

"엄마, 당근 어디있어?"

나는 형사들을 바라보았다.

"뒷마당에서 눈사람을 만드는 중이었거든요. 코에 붙일 당근이 필요해서, 조금만 기다려 주시겠어요?"

"물론이죠. 천천히 하세요."

나는 벤치에서 모자와 목도리를 들고 부엌으로 돌아왔다. 당근은 조리대 위에 있었다.

"자, 이거 가져가."

나는 그것들을 전부 로즈에게 건네며 말했다.

"고마워, 엄마."

로즈는 다시 밖으로 나갔다. 로즈가 거실에 있는, 낯선 두 남자를 보지 못했다는 사실에 안도했다. 그들이 왜 여기 있는지 설명할 엄두가 나지 않았다.

나는 서둘러 계단을 올라가 침실로 들어갔다. 침실 안 옷장의 맨 위 선반에는 삼나무로 만든 조그만 상자가 있었다. 의자를 밟고 올라가 상자를 내렸다. 상자 위에는 먼지가 뽀얗게 앉아있었다. 가브리엘과 결혼하고 이 집으로 이사 온 이후 나는 그 상자를 한 번도 꺼낸 적이 없었다. 당시 이삿짐을 쌀 때, 이 조그만 상자 안에 들어갈 만한 것들만 남기고 딘과의 추억이 담긴 모든 물건을 정리했다.

나는 조심스럽게 의자에서 내려와 상자를 침대에 올려둔 다음 뚜껑을 열었다.

상자 안의 물건들을 보자 가슴이 쥐어짜듯 아려왔다. 사진 몇 장, 딘이 내게 썼던 연애편지 몇 통, 비행학교 수료증, 그의 인터뷰가 담긴 내 다큐멘터리 필름 사본, 결혼반지, 우리가 함께했던 마지막 크리스마스에 그에게 선물한 가죽장갑. 전부 다 소중한 것들이었다. 사랑으로 가득 찬 상자였다. 하지만 지금, 두 남자가 우리 집 거실에 앉아 나를 기다리고 있었다. 그가 살인자가 아니라는 것을 입증하기 위해 딘의 소지품을 기다리고 있었다.

그건 사실이 아닐 것이다. 그럴 리가 없다. 딘은 절대 누군가를 해칠 사람이 아니다. 나에게는 확신이 있었다.

뒷문이 열리고 닫히는 소리가 났다. 곧이어 가브리엘과 아이들이 장화에서 눈을 털어내는 소리가 났다. 나는 재빨리 카드와 편지들 아래 있던 장갑을 꺼내고 상자는 침대에 놔두고 내려갔다.

"여기요."

나는 거실로 돌아와 존슨 형사에게 전했다. 그는 일어서서 장갑을 받았다.

"감사합니다. 큰 도움이 되겠네요."

그는 재킷 주머니에서 명함을 꺼냈다.

"만약 아무리 사소한 거라고 해도 뭐라도 생각나시면 언제든 연락주세요."

"네. 그럴게요."

나는 문 앞까지 그들을 배웅했다. 그들이 떠나자마자 가브리엘이 부엌에서 나왔다.

"누구야?"

그는 걱정스러운 목소리로 물었다.

"형사들."

나는 가브리엘을 잠깐 바라보고 그에게 명함을 건넸다. 그는 명함을 보더니 고개를 들었다.

"무슨 일인데?"

로즈와 조엘도 부엌에서 나왔다. 로즈는 내 허리를 감싸 안고 나를 올려다보며 웃으면서 말했다.

"아빠가 우리 핫초코 먹어도 된대!"

"그래. 가서 만들어 먹자."

나는 로즈의 손을 잡고 가브리엘 옆을 지나치면서 말했다.

"이따가 설명해 줄게."

그리고 곧이어 로즈에게 물었다.

"조엘이랑 영화 볼래?"

"우리 〈조지 오브 정글〉 봐도 돼?"

나는 찬장에서 핫초코 가루를 꺼냈다.

"그럼, 당연하지."

가브리엘은 찡그린 표정으로 나를 지켜보았다. 두려웠다. 내가 그에게서 감정적으로 조금씩 멀어질까 봐. 기억과 추억이 살아 숨 쉬는 동굴 속으로 서서히 미끄러져 들어갈까 봐 두려웠다. 내 머릿속에 딘밖에 없었던 그곳으로 다시 가게 될까 봐.

하늘이시여. 저를 도와주세요. 답이 없는 물음들이 눈덩이처럼 불어나는 그 어둠 속으로 다시 돌아가고 싶지 않았다. 내가 있을 자리는 여기다. 내 곁에 행복과 빛이 존재하는 현재에 있어야 한다.

☾

영화가 시작되고 아이들이 소파에 자리를 잡자마자 나는 위층으로 올라왔다. 가브리엘은 침대 위 열려있는 삼나무 상자를 바라보고 서있었다. 내가 두고 나왔던 그대로 뚜껑은 열려있었고 내용물 역시 이불 위에 흩어져 있었다. 그는 사진 더미를 뒤적이고 있었다.

내가 문간에 서있는 걸 알아차린 그는 다시 사진을 상자 안으로 넣었다. 그리고 여기저기 흩어져 있던 카드와 편지들을 가리켰다.

"아직도 보관하고 있는 줄은 몰랐어. 놀란 건 아니야. 어쨌든 그와는 결혼한 사이였고 두 사람의 삶이 있었을 테니까. 당신이 얘기해 주지 않아서 나는 잘 모르는…… 그와의 삶 말이야. 당신은 그가 어떻게 사라졌는지만 얘기했었잖아. 하지만 이 모든 걸 보니……."

나는 그에게 다가갔다. 우리는 나란히 서서 아래를 바라보았다.

"이 상자는 우리가 이사 온 날부터 옷장 구석에 있었어. 그리고 이사 온 이후로는 상자를 한 번도 열지 않았어."

나는 설명하면서 검은색 리본으로 묶은 수많은 기념일 카드, 생일 축하 카드 뭉치를 힐끗 보았다. 가브리엘이 내용을 보지 않아 다행이라고 생각했다. 딘은 항상 사랑이 넘치는 말들을 적었기 때문이다.

"로즈가 생물학적 아버지에 대해 알고 싶어 할 수도 있으니까. 그럴 경우에 대비해 그의 물건 중 일부는 보관해야 한다고 생각했거든."

가브리엘은 내 손을 잡았다. 하지만 그의 기분은 가라앉은 것 같았다.

"형사들이 원한 건 뭐야? 딘과 관계된 일 같던데, 맞아?"

"응. 앉아서 얘기하자."

우리는 창문 옆에 있는 두 개의 독서용 의자로 갔다. 가브리엘은 앉아서 두 손을 모으고 그 위로 머리를 숙였다. 좌절하는 듯한 그의 모습을 보고 있자니 가슴이 아렸다.

"지금 당신이 생각하고 있는 것과는 다른 일이야. 잔해 같은 걸 발견한 게 아니거든."

내 말에 그가 고개를 들었다. 그의 표정에 담긴 게 안도감인지, 실망감인지 확신할 수 없었다.

"그들이 원한 건 뭐야?"

나는 숨을 깊게 들이마셨다.

"최근에 뉴저지 숲에서 신원 미상의 시신이 발견된 거 뉴스에서 본 적 있지?"

"응."

"음, 알고 보니 발견된 사람이 딘이 상담사로 일할 때 그의 환자 중 한 명이었나 봐."

가브리엘은 눈을 몇 차례 깜박였다.

"아……."

그는 멈칫했다.

"그렇다고 해도 그들이 당신에게 원한 건 뭐야? 당신이 그의 예전 환자에 대해 알고 있을 리도 없는 거고. 그렇지? 그건 기밀이잖아?"

"맞아. 그리고 그는 나한테 어떤 환자 이야기도 한 적이 없어."

"그리고 딘이 죽었다는 거, 그들도 알고 있지?"

"응. 그렇지만 그 여자는 실종된 지 한참 됐었나 봐. 내가 딘과 처음 데이트를 시작할 무렵 실종됐다고 하니까. 그리고 당시에도 이미 그들이 딘을 조사했지만 딱히 소득이 없었나 봐. 어쨌든 그들은 그녀를 찾지 못했으니까. 그리고 그들이 그녀의 흔적을 찾으려고 예전 그 병원에 다시 찾아갔는데 환자 파일이 사라졌다는 것을 알게 되었대. 그의 예전 상사마저도 어떻게 된 일인지 모른다고 하니 이상하게 여긴 것 같아. 그 여자가 실종된 직후에 딘이 일을 관두고 나랑 마이애미로 옮겨 갔으니까. 그런 여러 가지 정황 때문에 그들이 갑자기 의심하게 된 것 같아."

가브리엘은 말문이 막힌 듯한 표정이었다.

"맙소사. 그들은 설마 딘이 그런……."

나는 어깨를 으쓱했다.

"모르겠어. 하지만 그걸 조사한다고 그들을 비난할 수는 없잖아. 상황이 약간 의심스러운 것도 사실이고. 당연히 나는 그녀의 죽음과 딘은 아무런 관련이 없다는 것을 알지만…… 환자 파일은 아마 분실되었을 거야. 그뿐일 거야."

"그렇겠지."

가브리엘은 대답했다. 하지만 그의 표정을 보니 완전히 납득한 것 같지는 않았다. 그는 다시 침대 위로 시선을 돌렸다.

"그래서 뭘 찾고 있었던 거야? 뭐 증거가…… 될만한 게 있었던 거야?"

"DNA 검사를 할만한 게 있는지 물어봤어. 그런 거 있잖아. 범죄를 밝힐 때 쓰는 거."

내가 실명했다.

"응. 나도 그런 내용을 읽은 적이 있어. FBI가 데이터베이스를 넓히고 있다는 것 같더라."

우리는 말 없이 앉아 아래층에서 들려오는 희미한 영화 속 음악을 듣고 있었다. 가브리엘은 내 양손을 잡았다.

"실제로 그가 그랬을 거라고 생각하는 건 아니지?"

당장이라도 눈물이 터져 나올 것 같았지만 나는 애써 눈물을 삼키고 차분하게 이야기하려고 노력했다.

"당연히 아니지. 하지만…… 다른 게 더 있어."

가브리엘은 걱정스러운 표정으로 얼굴을 찌푸리면서 내가 계속 말하기를 기다렸다.

"형사들이 그러는데 그 여자가 당시에 임신 중이었대. 그래서 딘의 DNA를 원했던 거야. 친자 확인을 하려는 거지."

"세상에, 그거 정말 끔찍하다."

가브리엘은 생각에 잠긴 모습이었다.

"만약 그가 아버지인 것으로 밝혀진다면 그에게는 동기가 생기는 거네."

"뭐라고? 아니야!"

나는 도리질을 쳤다.

"생각해 봐. 그때 그는 막 당신이랑 데이트하기 시작했고 동시에 환자 중 한 명을 임신시켰다면 그는 그 사실이 드러날까 봐 걱정했을 거야. 그렇게 되면 당신을 잃을 거라고 생각했을 테고, 당신은……."

온몸이 뻣뻣하게 굳어버렸다.

"나는 뭐?"

"당신은 당신이잖아."

"그게 무슨 뜻인데? 지금 내가 부자라는 소리를 하고 싶은 거야? 그가 내 돈을 원했기 때문에 그랬다는 거야? 내 돈이 전 여자친구를 죽일 동기라는 거야?"

"아니, 아니야……."

가브리엘은 다급하게 방어적으로 대답했다.

"당연히 내 말뜻은 그런 게 아니었어."

그의 얼굴이 돌연 하얗게 질렸다.

"아빠도 그렇게 생각했었어."

내가 덧붙였다.

"아빠가 지원을 끊었던 이유도 그거야. 내 기분이 어땠는지는 당신도 알고 있지. 딘은 돈 때문에 나를 원한 게 아니었어. 단 한 순간도 나는 그렇게 생각한 적 없어. 지금도 그렇고. 그래서 그렇게 말했던 아빠를 끝내 용서하지 못했던 거야."

가브리엘은 내 아픈 곳을 건드렸다는 것을 알고 항복의 의미로 두 손을 들었다.

"내가 하고 싶었던 말은 그가 당신과 사랑에 빠졌으니까, 당신을 잃고 싶지 않았을 거라는 거였어."

나는 더 이상 흥분하지 않으려고 애썼다. 가브리엘과 대립하는 건 죽기보다 싫었다. 그건 그에게 부당하다는 걸 나는 잘 알고 있었다.

"모든 게 잘 풀릴 거야. 그들은 DNA 검사를 할 거고, 그가 아빠가 아니라는 게 밝혀질 거야. 아마 DNA는 그 여자와 연관이 있던 다른 누군가와 일치하겠지. 전과가 있는, 그런 족속들 말이야."

"나도 그렇게 생각해."

나는 엄지손톱을 물어뜯기 시작했다. 로즈가 계단에서 외쳤다.

"엄마? 우리 팝콘 먹어도 돼?"

"내가 갈게."

가브리엘이 재빠르게 말했다.

"조금 쉬고 있어."

그는 일어나서 침대 위에 펼쳐진 추억의 물건들을 내려다보았다.

"치우는 거 도와줄까?"

나는 잠시 그것들을 응시했다.

"아니, 내가 할게."

가브리엘은 나가고 싶지 않은 눈치였지만, 로즈가 다시 부르자 아이들을 위해 방을 나갔다.

올리비아

크리스마스 이틀 전 뉴욕 전역에 따뜻한 기류가 흘렀다. 꾸준히 내린 비는 눈을 전부 녹였고 맨해튼 거리는 물이 넘쳐났다. 양손 가득 크리스마스 선물이 담긴 쇼핑백을 든 사람들은 웅덩이를 뛰어넘어 다녔고, 우리 집 뒷마당에 있던 눈사람은 마치 세상에 존재한 적도 없었다는 듯 잔디 위에 조그마한 덩어리로만 남았다.

형사들이 다녀간 지도 일주일이 지났고 우리는 더 이상 어떤 소식도 듣지 못했다. 나는 몇 번이나 캐롤라인 위버에게 전화를 걸어 뭔가 알고 있는 게 있는지 물어볼까 생각했었다. 하지만 휴가철이었고, 나는 임신 7개월 차에 들어섰으며, 전남편이 살인자라는 생각을 하고 싶지 않아 애써 참았다. 그 모든 건 악몽에서나 나올법한, 나로서는 이해할 필요성조차 느끼지 못하는 터무니없는 것들이었다. 그래서 그냥 아무 일도 없었던 척,

가브리엘과도 그 주제를 입에 올리지 않았다. 나는 쿠키를 굽고, 선물을 포장하고, 친구들 집을 방문하고, 저녁 파티에서 크리스마스 캐럴을 부르기도 하면서 일상의 감각을 유지하려고 했다.

크리스마스이브 날 밤에 가브리엘과 나는 트리 아래 장난감을 두고 아이들이 산타를 위해 준비해 놓은 우유와 쿠키를 먹은 다음 잠자리에 들었다. 기온은 급격하게 떨어졌고 우리는 창문을 때리는 얼음 알갱이 소리를 들으면서 잠을 청했다.

해가 뜰 무렵 얼어붙은 빗방울은 멈추었고 도시는 섬뜩한 기분이 들 정도로 조용했다. 나는 슬며시 침대에서 나와 창밖을 바라보았다. 거리의 나무들은 얼음에 덮여 은빛으로 반짝거렸고 거리는 스케이트장이 되어있었다.

나는 잠깐 눈을 뜬 가브리엘을 돌아보았다.

"밖에 엄청 미끄러워 보여."

"내가 소금 뿌릴게."

그는 대답했지만 움직이지도, 일어나지도 않았다. 몸을 옆으로 굴리더니 다시 잠들어 버렸다. 몇 분 후 양치를 하고 가운을 입었을 때 조엘이 방으로 들어오는 소리가 들렸다. 조엘은 잠이 덜 깬 듯 비틀비틀 걸었다. 나는 조엘의 조그만 손을 잡았다.

"메리 크리스마스."

내가 속삭였다.

"산타 왔다 갔어?"

"모르겠는데. 아직 안 내려가 봤거든. 가서 누나 깨울까?"

"응!"

조엘이 대답했다. 우리는 같이 로즈의 방문을 두드린 다음 조용히 문을 열었다. 로즈는 일어나서 침대 위에 앉았다.

"크리스마스 맞지?"

"응."

나는 속삭였다. 집안은 여전히 새벽의 고요함에 싸여있었다.

"가서 아빠 깨우자."

로즈는 이불을 한쪽으로 내던지고 침대에서 뛰어 내려왔다. 로즈와 조엘은 복도를 달려갔다. 아이들이 가브리엘의 이불을 잡아당기자 가브리엘은 끙 소리를 냈다.

"일어나!"

신이 난 로즈가 소리쳤고 집은 순식간에 고요함에서 벗어났다. 조엘은 로즈를 따라 했다.

"일어나! 일어나!"

가브리엘은 베개로 얼굴을 가렸다.

"오늘 하루만 좀 더 자면 안 될까?"

로즈가 웃으면서 다시 외쳤다.

"안 돼. 일어나, 아빠! 게으름뱅이가 되면 안 돼!"

그는 베개를 한쪽으로 던지고 일어나 앉았다.

"방금 나한테 게으름뱅이라고 한 거야?"

"응!"

조엘이 침대 위에서 펄쩍펄쩍 뛰는 동안 로즈는 큰 소리로 웃음을 터뜨렸다.

"그렇다면 그 말이 틀렸다는 것을 보여줘야겠군. 가자! 빨리, 빨리! 서둘러. 선물은 저절로 열리지 않으니 어서 가서 이를 닦아야 할 거야!"

그는 침대에서 일어나면서 녹색 체크무늬 잠옷 바지와 조금도 어울리지 않는, 뉴욕 양키스 맨투맨 티셔츠를 입었다. 아이들은 나를 지나쳐 문밖으로 뛰어갔고 그는 제자리에 서서 졸린 얼굴로 나를 바라보며 인사를 건넸다.

"메리 크리스마스."

몇 초 동안 나는 우리 사이에 부유하는 묘한 감정의 무게감을 느꼈다. 뉴저지 숲에서 죽은 채 발견된 젊은 여성에게 무슨 일이 있었던 건지에 관한 의문과 관련이 있을 것이다.

"커피 좀 내릴게."

나는 그 생각들을 미루면서 말했다. 오늘은 크리스마스니까.

가브리엘은 뒤통수를 긁적거리며 느릿느릿 욕실로 들어갔다. 나는 로즈와 조엘을 확인하러 갔다. 우리는 산타가 가져온 선물을 확인하려고 다 같이 아래층으로 내려갔다.

🌙

우리는 선물을 뜯고 신선한 딸기와 휘핑크림을 올린 와플로 거하게 아침 식사를 했다. 그다음 나는 레이첼에게 전화를 걸었다.

"메리 크리스마스. 시간 괜찮아? 선물은 다 열어본 거야?"

"그럼. 이미 몇 시간 전에. 아멜리아가 새벽에 일어났거든. 너는 어땠어? 산타가 뭐 좋은 거 줬어?"

나는 목에 걸린 금목걸이를 만지작거렸다.

"응. 가브리엘한테 우아한 다이아몬드 펜던트 받았어. 너무 마음에 들어."

우리는 받은 선물들과 날씨를 주제로 몇 분간 수다를 떨었다.

"어머니 집에 저녁 먹으러 갈 생각이야? 칠면조? 이미 얼음판인데 눈이 더 온다고 하더라고. 토머스가 그러는데 전기가 나가버릴 수도 있대."

레이첼이 말했다.

"그러지 않기를 바라자. 어쨌든 눈이 내리기 시작하기 전에 엄마 집에 도착해야 해."

그때 로즈가 지하실에서 올라왔다.

"아빠가 기차놀이 세트 시작했어. 움직여!"

"우리 딸 좋겠네."

나는 손으로 전화기를 가리면서 말했다.

"통화 끝나는 대로 바로 내려갈게. 레이첼 이모랑 얘기 중이거든."

"알았어!"

로즈는 다시 계단 아래로 사라졌고 나는 우리의 대화로 돌아왔다.

"미안."

"괜찮아."

레이첼이 잠시 말을 멈추었다.

"그래서…… 어머니께 아직 말씀 안 드렸어? 그거 말이야."

나는 테이블에 앉았다.

"안 했어. '내가 그럴 줄 알았다' 하는 소리 듣고 싶지 않거든. 엄마가 딘을 어떻게 생각하는지 너도 알고 있잖아. 그래서 말하기 싫어. 엄마는 그 얘기 들으면 좋아할지도 몰라."

"그럼 최소한의 정보만 알려드려야겠다. 그게 가장 좋은 방법이겠네. 혹시…… 뭐 다른 소식 들은 건 없어?"

"아니, 없어."

나는 통화를 하며 냅킨 홀더, 후추와 소금 용기를 정리했다.

"아직은 아무 소식도 없어. 가브리엘 말로는 DNA 검사 결과가 나오는 것만 몇 주는 걸릴 거라는데……. 그리고 우리는 그 얘기 잘 안 해. 둘 다 그 주제는 피하고 있어."

"진짜? 놀랍다. 원래 너희는 서로 전부 다 얘기하잖아."

"맞아. 그래도 이건 좀 불편한 주제잖아. 살인 사건에 딘이 관련되었다는 생각부터가 끔찍해. 당연히 그게 사실이 아니라는 건 알지만……. 어찌 됐건 가브리엘은 내가 딘을 옹호하는 걸 듣고 싶지 않을 거야."

레이첼은 생각에 잠긴 듯했다.

"결과가 빨리 나오면 좋겠다. 그럼 네가 더 이상 그걸 신경 쓰지 않아도 되잖아. 그런데 만약 유죄로 밝혀지면 그때는 어떻게 할 생각이야?"

나는 손으로 이마를 감싸며 눈을 감았다.

"당연히 그럴 리 없어."

나는 의자에 등을 기대고 배 위에 손을 올렸다.

"하지만 사실 고백할 게 있어. 형사들이 그 여자가 실종된 날짜를 알려준 다음에 딘과 함께했던 처음 몇 주의 기억을 더듬어봤거든. 우리가 허드슨강을 유람하고 나서 고작 며칠 후에 그녀가 실종됐어. 그리고 그때 우리는 급속도로 가까워졌지. 우리가 같이 살던 아파트에서 내가 그에게 파스타 만들어줬던 거 기억나?"

"응. 그때 내가 그를 처음 봤으니까."

"그러고 나서 일주일 동안은 그를 만나지 못했어. 다큐멘터리 필름 편집하느라고. 그리고 그다음 주말에 엄마랑 마이애미 갈 때 그를 초대했었어. 혹시 그것도 기억나?"

"어. 기억나."

나는 잠시 그 일련의 사건들을 되짚었다.

"그때 나는 모든 게 로맨틱했어. 그에게 완전히 빠져있었으니까. 하지만 그는 그 주말 내내 어딘가에 정신이 팔려있었어. 그리고 아주…… 이걸 어떻게 묘사해야 할지 모르겠는데……. 우울해 보였어. 가끔은 어디 다른 곳에 있는 것처럼 멍하니 허공을 바라보기도 했고 말이야. 그는 일에서 받은 스트레스 때문에 그렇다고 얘기했지. 그래서 내가 일을 관두고 조종사가 되라고 했던 거야. 당시에 상사가 그를 공동 경영자로 점찍은 상태였음에도 그는 주저하지 않고 내 말에 따랐어. 그도 나만큼 뉴욕을 떠나고 싶어 했거든. 너도 알다시피 나는 무언가로부터 도망친 거잖아."

"네 아버지의 막강한 통제로부터."

"맞아. 그거야. 나는 탈출구를 찾고 있었어. 어쩌면 그도……
그랬을지 몰라."

나는 무거운 한숨을 내쉬고 말을 번복했다.

"아냐, 이건 말도 안 돼. 그 여자에게 일어난 일과 딘은 아무
관계가 없을 거야. 나는 확신해. 그런데 왜 자꾸만 이런 생각들
이 드는지 모르겠어. 꼭 내가 연결고리를 만들어내려고 하는 것
같아."

우리는 둘 다 생각에 잠겨 아무 말도 하지 않았다.

"내 생각에는 그 모든 걸 가브리엘이랑 얘기해 보는 게 좋을
것 같아. 가브리엘도 듣고 싶어 할 거야."

"그가 그 이야기를 듣고 싶을까? 나는 잘 모르겠어."

"당연하지. 가브리엘에게 숨기는 게 있으면 안 돼. 그는 너를
사랑하고 네가 겪은 일도 전부 이해하잖아. 딘은 네 남편이었고
비행기 사고로 떠났지. 그건 정말 충격적인 일이고 가브리엘도
알아."

나는 체념의 한숨을 뱉었다.

"네 말이 맞는 것 같아. 내가 왜 그렇게까지 지레 겁을 먹었는
지 모르겠어. 지금까지는 딘 얘기를 꺼내는 것 자체를 꺼렸어.
아직 딘을 생각하고 있다고, 아직 딘을 사랑한다고 가브리엘이
오해할까 봐 그랬어. 가브리엘은 내가 추락 원인을 찾는 것에
얼마나 집착했었는지 알고 있거든. 답을 찾지는 못했지만……."

"그래. 그리고 너는 이제 그걸 받아들였잖아. 이미 극복했고, 앞으로 나아가고 있잖아."

"그런가? 나도 그랬으면 좋겠는데 한편으로는 아직 많은 의문이 남아있는 거 같아서."

계단을 오르는 무거운 발소리가 들려 가브리엘이라는 것을 알았다. 그는 지하실 문을 열고 고개를 내밀었다.

"기차가 움직이고 있어. 와서 봐."

나는 다시 손으로 다시 전화기를 가렸다.

"바로 갈게."

그는 잠시 나를 바라보더니 계단을 내려갔다.

"나 이제 가야겠다. 지하실에 와서 기차를 보래."

"재미있겠는데. 나도 그만 가봐야겠어. 칠면조에 소스 바르고 감자 껍질도 벗겨야 해."

레이첼이 대답했다.

"다음에 이어서 얘기할까?"

"응. 그 전에 약속해. 가브리엘이랑도 얘기하겠다고."

"노력해 볼게."

우리는 인사를 하고 전화를 끊었다. 나는 빙글빙글 도는 기차를 구경하기 위해 지하실로 내려갔다.

☾

그날 밤 엄마 집에서 칠면조로 맛있게 저녁 식사를 한 다음 집으로 돌아와 트리에 불을 밝혔다. 가브리엘이 조엘을 씻기는 동안 나는 눈이 스르르 감기고 있는 로즈에게 동화를 읽어주었다. 책을 다 읽어준 나는 침대 끄트머리에 앉아 로즈가 잠드는 모습을 지켜보았다.

로즈는 너무나도 아름다운 생명체였다. 모든 면에서 그랬다. 조그맣고 예쁜 코, 사랑스러운 주근깨, 독특한 매력을 보여주는 약간 비뚤어진 미소까지. 로즈를 보고 있으면 딘이 보이는 순간들이 있었다. 로즈는 딘에게서 받은 도톰한 입술과 시선을 사로잡는 푸른 눈을 가지고 있었다.

둘이 닮았다는 이야기를 가브리엘 앞에서 꺼낸 적은 없지만, 가브리엘은 딘을 만난 적이 있었고 사진을 보기도 했다. 당연히 그도 로즈가 딘과 얼마나 닮았는지 알고 있을 터였다. 그럼에도 그는 로즈를 친자식처럼 사랑했다.

그런 이유로 나는 가브리엘을 존경했다. 내 인생에 그가 있다는 점에 감사했다. 나는 진심으로 그를 사랑했다. 하지만 이건 고요한 사랑이었다. 아마도 조금 더 이성적인 사랑.

나는 슬며시 로즈의 눈썹에 엄지를 가져다 댔다. 반쯤 잠이 든 로즈가 속삭였다.

"기분 좋아."

비행을 마치고 집에 돌아온 후에, 나는 딘의 눈썹을 이렇게 어루만지고는 했었다. 우리가 침대에서 보낸 순간들, 우리의 몸과 영혼이 연결되었다고 느끼는 순간의 기억은 갓 생겨난 가슴의 상처에 소금을 문지르는 듯 쓰라렸다.

하지만 이제 그건 갓 생겨난 상처가 아니다. 그건 오래된 상처고 마침내 아물게 된 상처다. 아니, 아물었다고 착각한 걸까.

로즈는 잠이 들었다. 나를 램프를 끄고 로즈에게 뽀뽀를 한 뒤 마음속에서 딘을 몰아냈다.

가브리엘은 아래층 소파에 누워 텔레비전을 보고 있었다. 지기는 머리를 가브리엘의 허벅지 위에 올린 채 늘어져 있었다.

"내가 좋아하는 두 남자는……."

나는 크리스마스트리를 지나면서 애정을 담아 말했다.

"뭘 보고 있는 거야?"

가브리엘은 볼륨을 줄였다.

"〈다이하드〉. 와서 앉아."

그는 지기를 살짝 찔렀다.

"내려가시죠."

지기는 벽난로 앞에 있는 자기 침대로 터벅터벅 걸어갔다. 가브리엘은 비어있는 옆자리를 톡톡 두드렸다. 나는 주저앉아 쿠션을 끌어안았다.

"발 마사지 해줄까?"

가브리엘이 물었다.

"좋지!"

나는 새 크리스마스 슬리퍼를 벗고 그의 무릎 위에 편안하게 발을 올렸다. 그는 마치 마술공연을 하듯 마사지를 시작했다.

"당신은 정말 훌륭한 손을 가졌어."

그가 오목하게 들어간 내 발바닥을 주무를 때 나는 말했다.

"당신은 정말 사랑스러운 발을 가졌지."

나는 웃음을 터뜨렸다.

"발목이 이렇게나 부었는데도?"

"당신 발목은 완벽해."

우리는 크리스마스트리가 뿜어내는 다양한 색의 빛 속에 앉아 있었다. 지기는 자기 침대에 누워 큰 소리로 코를 골았다.

"벌써 눈이 내리기 시작했네. 내일 도시 외곽으로 나가서 썰매를 타도 좋을 것 같아."

가브리엘이 말했다.

"재미있겠다. 그래도 나는 하면 안 될 것 같은데. 이 몸으로 가파른 비탈을 내려가거나 눈밭으로 뛰어들면 해변에 떠밀려 온 고래처럼 그 자리에서 꼼짝도 못 하게 될 거야."

"당신 말이 맞아. 미안. 썰매는 바보 같은 생각이었어."

"듣자 하니 눈 때문에 전기가 끊길지도 모른대. 그냥 집에 있는 게 좋을 것 같아."

내가 말했다.

"집에 벽난로가 있어서 다행이네."

"마시멜로 구워 먹으면 되겠다."

나는 애정을 담은 눈으로 그를 바라보면서 제안했다. 그는 영화를 보면서 계속해서 내 발을 마사지했다.

"사랑해."

내가 말했다. 그는 슬픔을 담은 눈으로 나를 내려다보며 말했다.

"그러기를 바라."

나는 마음이 불편해져서 팔꿈치로 지탱하며 몸을 일으켰다.

"그러기를 바란다니, 그게 무슨 뜻이야?"

"형사들이 온 이후로 지난 일주일 동안 나한테 계속 거리를 뒀잖아."

"그건 오해야. 하지만 그렇게 느꼈다면 미안해."

"그 사람 생각이 많이 나는 거야?"

나는 다시 누웠다.

"음, 당신한테는 솔직해야 한다고 생각해. 솔직하게 대답하자면…… 맞아."

가브리엘은 아무런 말도 하지 않았다. 그의 손은 내 다른 발로 옮겨갔다. 나는 그의 침묵에 설득당해 오늘 아침 레이첼에게 했던 이야기를 전부 털어놓았다. 나는 딘에게 무슨 일이 일어난 건지 모른다는 사실이 나를 답답하게 만든다고 고백했다. 그러다가 뭔가 떠올라 다시 팔꿈치로 몸을 지탱하며 일어났다.

"확실히 형사들은 딘을 살인자로 지목하고 싶어 하는 것 같았어. 그래야만 멜라니 브라운의 사건을 완전히 종결할 수 있을 테니까. 왜냐하면 지금 딘은 여기 없잖아. 딘을 범인으로 특정하면 다른 살인자를 찾을 필요가 없어. 한마디로 수고를 더는 거지. 하지만 그가 아직 어딘가를 활보하고 있다면?"

가브리엘의 시선이 나를 향했다.

"누구? 그 다른 살인자?"

"아니, 딘."

가브리엘의 한쪽 입꼬리가 씰룩거렸다.

"지금 무슨 소리를 하는 거야?"

"시체가 발견되지 않았잖아."

나는 그에게 상기시켜 주었다. 가브리엘은 고개를 흔들었다.

"그가 살아있다는 증거도 없잖아."

"그렇지. 하지만 그가 죽었다는 증거도 발견되지 않았잖아?"

가브리엘은 나를 가만히 응시했다.

"사망신고서는?"

"무슨 근거로? 그의 비행기가 바다로 추락했다는 가정을 근거로 한 신고서지. 만약 형사들이 그를 범인이라고 확정하면 진짜 살인자를 찾을 필요가 없잖아."

가브리엘의 손은 마사지를 멈추었다.

"그건 말이 안 돼, 올리비아. 그는 어딘가에 있지 않아."

"그래도 만약 그렇다면? 내가 그렇게 믿는다는 게 아니고 그냥 가정해서 얘기하는 거야. 형사들은 그를 심문할 수가 없잖아. 그냥 그를 살인자라고 결론을 내리면 진짜 살인자는 법의 심판을 피하게 되는 거지."

가브리엘이 미간을 찌푸렸다.

"당신은 여전히 그가 어딘가에 살아있을 거라고 상상하고 있는 것 같아."

"아니야……. 맹세코 그런 건 아니야."

"확실해? 아직도 거기에 매달려 있는 것처럼 들리거든. 그가 왜 떠났는지, 어디로 갔는지, 당신은 여전히 답을 갈구하고 있는 것 같아."

가브리엘은 내 발을 한쪽으로 내려놓고 자리에서 일어났다.

"차라리 버뮤다 삼각지대가 아니었으면 좋았을 텐데."

"그건 아무 상관없어."

나는 방어적으로 말했다.

"나는 그가 외계인에게 납치됐다고 생각하는 게 아니야."

"그럼 무슨 생각을 하는 건데?"

그는 나를 내려다보면서 물었다.

"딘의 비행기에 무슨 일이 있었던 건지는 아무도 모르니까. 단지 내가 알고 싶은 건……."

가브리엘은 잠시 멈추었다.

"알고 싶은 게 뭔데?"

"당신이 찾아내려고 하는 게 무엇인지 알고 싶어. 현재 삶에서 무언가가 부족하다고 느껴서 그가 아직 어딘가에 있을지 모른다는 상상이 당신을 즐겁게 만들어주는 거 아니야?"

심장이 마구 뛰었다. 나는 몇 초간 가브리엘을 바라보았다. 자신이 내게 충분하지 않다고, 내가 여전히 죽은 사람을 사랑하고 있다고, 딘을 향한 내 사랑이 더 열정적이고 영원하다고 그는 늘 생각했다. 그가 그런 생각을 하는 게 싫었다. 그중 어떤 것도 사실이 아니었다.

아니, 어느 정도는 사실인 부분도 있었다. 딘과 나의 관계는 신혼 초에 머물러 있기 때문이다. 하지만 나는 성숙한 어른이었다. 그런 초기의 불타는 열정이 언제까지고 지속되지 않는다는 것쯤은 알고 있다. 하루하루 쌓아 올린 서로에 대한 존중이나 평생에 걸친 깊은 사랑과 견줄 수 없다는 것도 알고 있다.

내가 대답하지 않자 가브리엘은 다시 물었다.

"올리비아, 뭘 찾고 싶은 거야? 원하는 게 뭐야?"

나는 눈을 몇 차례 깜박였다.

"나는 당신을 원해. 그리고 나는 정리를 원해. 그게 다야. 완벽한 정리."

경직되었던 그의 어깨가 약간 누그러졌다. 그는 다정한 목소리로 말했다.

"나도 당신을 믿고 싶어."

"그럼 그냥 믿어줘. 당신은 내 남편이고 내 아이들의 아빠야. 당연히 로즈도 포함해서. 나는 당신을 사랑해. 당신 말고는 그 누구도 원하지 않아."

그의 얼굴에 좌절의 그림자가 드리웠다.

"가끔 나는 겁이 나. 만약 그가 돌아온다면 당신은 그와 함께 어디론가 도망칠 거고 나는 다시는 당신을 보지 못하겠지, 그런 생각이 들거든."

나는 바닥에 발을 내리고 일어나서 그의 목을 끌어안았다.

"그런 일은 절대로 없어. 수천 년이 지나도 그럴 일은 없어."

그는 내 목에 얼굴을 묻었다.

"두 번이나 당신을 잃게 된다면 뭘 어떻게 해야 할지 모르게 될 것 같아. 당신은 내가 사랑한 유일한 여자거든."

그 순간 나도 같은 말을 하고 싶었지만 그럴 수 없었다. 딘과 함께였던 그 짧은 시간 동안 나는 그를 깊게, 열렬하게 사랑했기 때문이다.

하지만 그건 다른 삶이었다. 지금의 나는 수년 전 그를 만났을 당시의 그 여자가 아니다. 그때의 나는 가벼웠고 걱정거리가 없었다. 그저 사랑이라는 감정에 완전히 휩쓸렸었다. 그때의 나는 슬픔을 경험한 적도, 불신을 경험한 적도 없었다. 그런 감정들은, 그런 경험들은 가족들에게 버림받고 나서야, 딘이 사라진 후에야 생겨났다. 그게 바로 내가 행복을 당연하게 여기지 않게 된 이유다. 가브리엘이 이제 내 기쁨이었다. 가브리엘, 로즈, 조엘 그리고 아직 태어나지 않은 아이까지.

"나는 절대로 당신을 떠나지 않아."

나는 두 손으로 그의 얼굴을 감싸며 말했다.

"나는 우리가 함께하는 삶을 사랑해. 다른 것도, 다른 누군가도 원하지 않아. 당신은 내 전부야."

그는 마치 불쑥불쑥 모습을 드러내는 불쾌한 과거로부터 우리를, 물리적으로 보호하고 싶다는 듯 나를 꽉 껴안았다.

올리비아

가브리엘은 봄학기를 맞아 새로운 뮤지컬 오디션을 시작했다. 어느 수요일 아침, 조엘과 단둘이 집에 있을 때 초인종이 울렸다. 로즈의 발레 의상을 가져다주기로 한 엄마인 줄 알았는데 아니었다. 존슨과 루소 형사였다.

"잠시 시간 괜찮으신가요?"

존슨 형사가 물었다. 내 심장은 덜컥 내려앉았다. 나는 그들을 안으로 들인 다음 조엘이 있는 거실로 갔다. 조엘과 나는 공룡들의 침입을 막을 수 있도록 나무 블록으로 커다란 요새를 만들던 중이었다.

"조엘, 엄마는 이분들과 부엌에 가서 잠깐 이야기를 나눌 거야. 몇 분만 혼자서 놀 수 있겠어?"

조엘은 경계하는 표정으로 형사들을 힐끗 올려다보더니 대답했다.

"으응."

나는 그들을 부엌으로 안내한 다음 서둘러 식탁을 치웠다. 그러는 동안 너무 긴장이 돼서 속이 울렁거릴 정도였다. 아침 식사로 먹은 조엘의 시리얼 그릇과 플라스틱 컵을 치우고 빨간색 행주로 식탁을 닦았다.

"앉으세요."

식탁을 다 닦은 후 내가 말했다. 잠시 후 우리는 식탁에 둘러앉아 마주 보았다.

"DNA 검사 결과가 나왔나 보네요?"

나는 떨리는 목소리로 물었고 루소 형사가 사무적으로 말했다.

"네. 그리고 이런 말씀을 드리게 되어 유감입니다만…… 돌아가신 전남편께서는 멜라니 브라운의 아기, 태어나지 않은 아기의 아버지가 맞습니다."

한동안 나는 숨을 쉴 수가 없었다. 가슴은 불타오르고 머리는 얼어붙는 느낌이었다. 지금 들은 내용을 받아들이려고 애썼지만 혼란스러웠다.

"그럴 리가……. 이해가……. 잠시만요."

나는 손으로 이마를 짚으며 몇 초간 눈을 감았다.

"그럴 리가 없어요."

나는 심호흡을 한 다음 형사들을 똑바로 바라보았다.

"확실한가요?"

"네, 확실합니다."

그가 단호하게 대답했다. 나는 냉장고 쪽으로 시선을 돌렸다. 그게 무슨 의미인지 파악하려고 애썼다. 온몸이 마비된 듯 움직여지지 않았다.

"모리슨 부인, 괜찮으십니까?"

존슨 형사가 물었다. 나는 겨우 다시 시선을 마주했다.

"모르겠어요. 너무 충격적인 이야기라, 조금 어지럽네요."

"물 좀 가져다드릴게요. 컵이 어디에 있나요?"

나는 손가락으로 가리켰다.

"전자레인지 옆 찬장에 있어요."

그는 컵을 찾아 싱크대에서 물을 받고는 내 앞에 올려놓았다. 나는 컵을 들어 몇 모금 마셨다. 물을 마셨던 건 시간을 벌기 위한 수단이었다. 지금 알게 된 사실을 소화할 수 있게 나 자신에게 주는 시간.

내가 물컵을 식탁에 내려놓았을 때 루소 형사가 입을 열었다.

"괜찮으시다면, 추가로 질문할 게 몇 가지 있습니다."

"네, 괜찮아요."

나는 지금 들은 내용을 머리로 이해하느라 여전히 얼떨떨한 상태로, 약간의 메스꺼움을 느끼며 대답했다.

"부검 결과에 따르면 브라운 양이 사망할 당시에 적어도 임신 20주였다고 하는데요. 딘 로빈슨과 정확히 언제부터 만나기 시작했는지 알려주시겠어요?"

나는 더욱이 혼란스러운 상태로 클리닉에서 처음으로 딘을 만났던 시기부터 우리가 만난 이유까지 전부 이야기했다.

"저는 그때 영화를 전공하는 학생이었고 다큐멘터리 때문에 그를 인터뷰했어요."

"혹시 그 필름의 복사본을 가지고 있나요?"

"네. 위층에 비디오테이프가 있어요. 그리고 편집하지 않은 원본 영상도 있고요. 아예 가공하지 않은 전체 영상이요. 아마 그게 최종본보다 도움이 될 거예요."

"어째서 그렇죠?"

나는 그의 상담실에 처음 갔던 날을 떠올려보았다. 그에게 미친 듯이 끌렸던 그날. 그때까지 나는 첫눈에 반한다는 말을 믿지 않았었다. 그리고 그날 모든 게 바뀌었다. 내가 딛고 있던 온 세상이 달라졌다.

"원본 필름에는 그의 가족, 어린 시절 이야기가 들어있거든요. 그런 걸 찾고 계신 거 아니에요?"

"우리는 가능한 한 모든 걸 살펴볼 생각입니다. 영상을 보면 물리적인 증거가 보일 수도 있겠네요."

물리적인 증거라니, 그게 정확히 뭘 뜻하는 걸까?

존슨 형사는 그의 노트를 살폈다. 나는 나만의 의문이 생겼다.

"DNA 검사 결과로 볼 때 딘과 브라운 양이 어떤 식으로든 관계가 있었다는 건 분명하네요. 두 사람은 저를 만나기 전에 만났던 것 같고요. 그런데 그녀가 임신했다고 해서…… 그가 살인자인 건 아니잖아요. 다른 사람이 범행을 저질렀을 수도 있고요. 그 이전의 관계에서 분노한, 질투에 눈이 먼 애인이 될 수도 있는 거잖아요. 제가 하고 싶은 말은 누군가를 임신시키는 게 범죄는 아니라는 거예요."

"그렇죠. 누군가를 임신시키는 건 범죄가 아니죠."

그는 동의했다.

"하지만 남편분은 브라운 양의 심리 치료사였습니다. 그건 또 다른 범죄입니다. 심리 치료사가 환자와 성적인 관계를 갖는 건 아시다시피 불법이니까요."

가슴이 더 뜨겁게 타들어갔다.

"아⋯⋯."

그건 딘일 리가 없다. 나의 딘은 그럴 리가 없다.

몇 초간 나는 식탁을 가만히 내려다보았다. 그러다 다시 고개를 들었다.

"혹시 딘을 살인과 연관시킬 다른 증거가 있나요? 그렇다면 그게 뭐죠?"

나는 눈을 꼭 감았다가 떴다.

"그녀는 정확히 어떻게 죽었나요?"

존슨 형사는 식탁 앞쪽으로 몸을 기울였다.

"머리 부상으로 사망했을 가능성이 큽니다. 하지만 척추와 몇 개의 뼈 역시 부러졌어요. 정보를 추려볼 때 추락사인 듯 보입니다. 아마 계단 아래로 떨어진 것 같아요."

"그럼 사고라는 말씀이시군요."

"그럴 수도 있죠. 아니면 누군가가 밀었을 수도 있고요. 어느 쪽이든 그 누군가가 시체를 숲에 유기했으니 그 부분은 확실히 사고라고 할 수 없겠네요."

나는 뼛속 깊이 파고드는 슬픔을 느꼈다.

"그렇죠……."

바로 그때 조엘이 부엌으로 들어왔다. 나는 억지로 미소를 지었다.

"우리 아가, 무슨 일이야?"

조엘은 내 팔을 껴안았다.

"TV 봐도 돼?"

"그럼."

나는 일어나서 형사들에게 말했다.

"괜찮다면 잠깐만 실례할게요. 금방 올게요."

"천천히 하세요."

루소 형사가 대답했다. 나는 조엘의 손을 잡고 가서 아이를 거실 소파에 앉혔다.

"〈조지 오브 정글〉은 어때?"

조엘이 가장 좋아하는 영화였다.

"좋아."

조엘이 대답했다. 시계를 흘낏 보았더니 벌써 정오였다.

"곧 점심 먹자."

나는 비디오 재생 버튼을 누른 다음 말했다. 조엘은 곧 영화에 빠져들었고 나는 부엌으로 돌아왔다.

"어디까지 했었죠?"

"브라운 양이 어떻게 죽었는지 얘기하고 있었죠."

루소 형사가 대답했다.

"추락했을 확률이 높다고요."

나는 구역질을 계속 삼키고 있었다.

"저한테 다른 질문이 있다고 하셨죠?"

존슨 형사는 그의 노트를 한 번 훑어보았다.

"딘이 버뮤다 삼각지대에 관해 이야기한 적이 있었나요?"

뜻밖의 질문에 실소가 나왔다.

"그런 질문을 하실 줄은 몰랐어요."

그들은 조금도 웃지 않고 내 대답을 기다렸다.

"아니요. 한 번도 한 적 없어요. 거의 매일같이 그 위를 날아다니기는 했지만요. 우리가 마이애미에 살았을 때 그가 승객들을 종종 바하마로 데려갔거든요."

"그가 그 지역에서 왜 비행기들이 사라지는지, 어떻게 사라지는지 말한 적이 없다는 거죠? 혹시 그가 그곳을 지나가는 걸 걱정하는 눈치였나요?"

"아니요. 왜요? 혹시 뭔가 아는 게 있으세요?"

내 입술이 살짝 벌어졌다. 사지가 얼얼했다. 오랫동안 나는 딘의 실종에 불가사의한 마법이 개입됐다고 여겼다. 그리고 그가 기적적으로 내게 돌아올 것이라고 믿었다. 보다 최근에는 그런 비합리적인 희망과 꿈을 놓아주어야 했다. 하지만 지금, 두 명의 형사가 내 식탁에 앉아 내 예전 집착을 캐묻고 있었다.

루소 형사는 뒤로 기대앉았다.

"우리도 뭔가 알았으면 좋겠네요. 하지만 초자연적인 것들을 상상하느라 사람들의 밤잠을 설치게 하는, 해결되지 않은 미스

431

터리 중 하나일 뿐이죠."

"나는 그런 상상 안 해."

존슨 형사는 루소 형사를 보면서 말했다. 나는 그들을 차례로 보았다.

"왜 그런 걸 물어보시는 건가요?"

루소 형사는 솔직하게 말했다.

"멜라니 브라운은 입자 물리학 박사과정을 밟고 있었어요. 버뮤다 삼각지대에서 사라지는 비행기가 그녀의 논문 주제였고요. 그녀의 동기들과 교수들 말로는 그녀가 매우 뛰어난 학생이었다고 하네요. 아주 영리했고 실험실에서 물건을 공중에 띄우기도 했다고 해요. 저는 과학적 지식이 없어서 이해하기 어렵지만요. 원자와 분자, 전자기, 뭐 그런 것과 관련 있을 거예요. 제가 이해할 수 있는 영역을 벗어났지만…… 어쨌거나 요점은……."

그는 몸을 앞으로 기울여 식탁에 팔꿈치를 올리고 손깍지를 끼었다.

"그녀는 끝낸 논문을 발표하기 직전에 실종됐어요."

두 뺨이 뜨거워졌다.

"그녀가 수수께끼를 해결한 거예요? 왜 비행기가 사라지는지? 비행기들이 어디로 갔는지?"

만약 내가 추락 보고서들을 읽을 때 그 여자의 논문을 알았더라면 얼마나 좋았을까. 그럼 홀린 듯 읽어 내려갔을 것이다. 그는 어깨를 으쓱했다.

"그건 몰라요. 그녀의 논문은 발표된 적도 없고 찾을 수도 없어요. 실종 당시 그녀의 아파트에도 없었고 학교에도 없었어요. 그러니 그것도 공통분모로 볼 수 있겠네요. 돌아가신 남편분과 그녀의 죽음이요. 남편분은 세간의 이목을 끌면서 버뮤다 삼각 지대에서 사라졌으니까요. 그가 그녀의 연구 논문에서 영향을 받았고 그걸 이용하려고 했는지는……."

"이용하다니요?"

이 추론을 어느 방향으로 끌고 가는 걸까. 나는 충격을 받은 상태로 물었다.

"자신의 실종에 이용했다는 거죠."

나는 깜짝 놀라서 그들을 번갈아 가면서 바라보았다.

"지금 농담하시는 거죠? 그게 말도 안 된다는 건 알고 계시 죠? 그가 의도적으로 비행기를 사라지게 했다는 거예요?"

"분명한 건, 우리는 외계인 따위를 찾는 게 아니라는 겁니다. '스코티, 나를 순간 이동 시켜줘'* 같은 걸 생각하는 것도 아니 고요."

"그럼 무슨 말씀이신데요?"

내가 물었다. 존슨 형사는 나를 뚫어져라 쳐다보았다.

"그가 도망갈 길, 사라질 수단을 찾고 있었을 가능성도 있다 는 얘깁니다. 마침 브라운 양의 연구에서 아이디어를 얻었을지 도 모르죠. 죽음의 원인을 쉽게 그쪽으로 돌릴 수 있고, 사람들 은 그곳에서 무슨 일이 벌어지고 있다고 생각하니까요. 그게 무

* 영화 〈스타트랙〉의 대사 중 일부

엇이든."

나는 곰곰이 생각해 보았다.

"그럼 그가 뭔가로부터 주의를 분산시키려고, 사람들의 눈을 돌리려고 일부러 그렇게 했다고 생각하시는 건가요? 그렇다면 뭐로부터요?"

"분명히 말씀드리면 현재로서는 거기까지 생각하고 있지 않습니다. 단지 질문을 하려고 온 거예요. 그가 버뮤다 삼각지대 이야기를 한 적이 있는지, 마이애미의 집을 정리할 때 브라운 양의 논문을 발견한 적이 있는지 궁금해서요. 혹시 그런 걸 본 적이 있나요?"

"아니요. 만약 그런 걸 발견했다면 확실히 기억할 거예요. 그 때는 버뮤다 삼각지대에 관한 자료라면 그게 뭐가 됐든 전부 읽었거든요. 도서관 어딘가에라도 그 논문이 존재했다면 당연히 제가 찾아냈을 거예요."

그들은 서로를 힐끗 쳐다보더니 노트를 내려다보았다.

"그럼 이제 어떻게 되는 거죠? 그중 어떤 게 딘과 그녀의 죽음의 연결고리가 되는 건가요? 제가 보기에는 그럴 게 없는 것 같아서."

내가 말했다.

"맞습니다. 그가 그녀를 살해했다고 할 증거는 없어요. 지금 우리가 가지고 있는 정보도 거의 없고요. 공식적으로 그는 사망했기 때문에 일반적으로 범인을 추적하는 수사와도 다릅니다."

나는 그들의 속내가 궁금해 참을 수 없었다.

"그럼 그가 죄책감 때문에 의도적으로 비행기를 추락시켰다고 생각하시는 건가요? 버뮤다 삼각지대 상공을 택한 이유는 자살로 보이고 싶지 않아서 그랬을 거라는 말씀이세요?"

루소 형사는 사뭇 진지한 표정으로 고개를 숙였다.

"그 가능성도 배제할 수는 없어요."

"하지만 멜라니가 죽은 지 4년이 지나서 일어난 일이잖아요. 어째서 갑자기 사라지고 싶어 했을까요? 저는 그 두 사건의 연결점을 찾지 못하겠어요."

나는 불안감으로 안절부절못했다. 루소 형사가 내게 질문을 던졌다.

"혹시 그가 어딘가에 살아있음을 암시하는 편지나 전화를 받은 적이 있나요?"

기가 막혀 웃음이 터져 나왔다.

"지금 그가 죽은 척했다는 말씀이세요?"

그들의 말에 내포된 의미에 나는 아연실색했다. 내가 사랑했던 남자가 임신한 여자를 버리고 시체를 숲에 유기한 냉혈한 살인자라는 것. 그는 죽음을 위장했고 고의로 나를 버렸다는 것.

아니다. 우리가 만나기 전, 딘이 환자와 관계를 맺었다는 건 받아들일 수 있다. 그건 그들이 증거를 제시했다. 하지만 그게 딘이 살인자이고 사기꾼이라는 걸 의미하지는 않는다.

"어떤 편지나 전화도 받은 적이 없어요."

나는 단호하게 대답했다.

"그랬다면 말씀드렸을 거예요. 보시다시피 제가 혼자가 됐다고 여겼으니 재혼도 했겠죠? 지금 저는 새 삶을 살아가고 있어요."

루소 형사는 고개를 끄덕였다.

"그렇다면 말씀하신 비디오테이프 가져갈 수 있을까요?"

존슨 형사가 물었다.

"가서 가져올게요."

나는 짜증이 난 상태로 위층으로 올라갔다. 옷장 앞에 의자를 끌어다 놓고 올라가 몇 주 전 다시 꼭대기 칸에 올려두었던 삼나무 상자를 꺼냈다. 그리고 다시 상자를 침대 위에 놓고 뚜껑을 열고 연애편지와 사진 더미 아래 있는 비디오테이프를 찾았다. 그게 유일한 사본은 아니었다. 엄마한테도 하나 있었기 때문에 증거물로 넘긴다 해도 크게 상관없었다.

"어떤 식으로든 이게 도움이 되었으면 좋겠네요."

나는 부엌으로 돌아와서 말했다.

"그리고 진행 상황을 저한테도 알려주시면 감사하겠습니다."

"그럴게요. 감사합니다."

나는 그들을 문까지 배웅하고 창문 앞에 서서 그들이 차를 타고 출발하는 모습을 지켜보았다. 그러고 나서 엄지를 입에 넣고 소파에 누워 영화를 보고 있던 조엘에게 갔다.

"점심 먹을 준비 됐어?"

점심을 먹고 난 후, 조엘이 낮잠에 들고 나서 나는 거의 한 시간 동안이나 멍하니 벽을 응시하며 거실에 앉아있었다.

☾

그날 밤 가브리엘이 퇴근하고 집에 왔을 때 나는 부엌에서 저녁을 준비하고 있었다.

"피자 주문했어."

그가 내 뺨에 입을 맞출 때 내가 말했다.

"조만간 도착할 거야."

"오늘 힘든 하루였어?"

"응."

나는 일말의 망설임도 없이 그에게 전부 털어놓기 시작했다. 형사들이 DNA 검사 결과를 가지고 아침에 왔었던 일에 대해. 가브리엘은 긴장했는지 붉게 상기된 얼굴로 내 이야기에 집중했다.

"형사들이 뭐래?"

"아기 아빠는…… 딘이 맞대."

나는 그에게 말했다. 그의 입에서 한숨이 새어 나왔다.

"맙소사."

그는 조금 더 가까이 다가왔다.

"괜찮아?"

"나는 괜찮아."

나는 말하면서 부엌 조리대에 기댔다. 한동안 도리질을 치며 그렇게 기대있었다.

"이해가 잘 안돼. 그러니까…… 확실한 건, 나를 만나기 전에 그는 누군가를 만났다는 거지. 그렇지만 환자랑 만났었다는 이야기는 한 번도 안 했거든. 알다시피 그건 불법이잖아."

"그렇지."

가브리엘이 대답했다. 나는 한숨을 내쉬었다.

"그래서 비밀로 한 거라면, 그것 말고도 어떤 비밀이 더 있었을까? 그리고 그게 멜라니 브라운이 죽게 된 이유일까? 그들의 관계가 드러날까 봐? 그래서 그녀를 죽이고 숲에다가 버린 걸까? 나는 그 모든 걸 믿고 싶지 않아. 그냥 못 믿겠어."

가브리엘은 나를 위해 의자를 꺼내 주었다.

"좀 앉아."

나는 앉아서 손으로 턱을 괴었다.

"결국 내가 믿고 안 믿고는 중요하지 않지. 내 믿음 여부와 상관없이 그 사건은 수많은 의문을 불러일으킬 테고, 분명 그녀의 죽음에 그를 연루시킬 테니까. 그녀가 계단에서 떨어진 게 사고였는지 아닌지는 그들도 몰라. 하지만 그들은 딘의 실종에도 의문을 품고 있어."

나는 도무지 믿을 수 없다는 표정으로 가브리엘을 올려다보았다.

"오늘 그들이 무슨 말을 했는지 당신은 믿지 못할 거야. 멜라니 브라운의 박사 논문이 버뮤다 삼각지대에서 실종되는 비행기에 관한 거래. 그녀는 물리학을 공부하고 있었고 그걸 증명하려고 했대."

가브리엘은 크게 놀라며 한 발짝 뒤로 물러났다.

"뭐라고?"

"맞아. 믿기 어렵지. 말도 안 되고. 지금 나는 별의별 생각이 다 들어. 웜홀, 시간여행, 비행기를 우주로 빨아들이는 자기장 뭐 그런 거."

"형사들은 어떻게 생각한대?"

"존슨 형사는 그런 유사 과학을 믿지 않더라고. 그들은 딘이 진실을 왜곡하려고 그런 정보들을 이용했다고 생각하고 있어. 주의를 분산시키려는 의도였다는 거지. 죄책감 때문에 일부러 비행기를 추락시켰거나, 모든 걸 꾸며낸 다음 이름을 바꾸고 어딘가에서 살고 있을 거라고 여기는 것 같아."

나는 손으로 머리를 감쌌다.

"세상에."

그때 초인종이 울려서 나는 깜짝 놀랐다.

"피자 왔나 봐. 이따가 다시 얘기하자."

가브리엘은 일어나서 피자를 받으러 갔고 나는 아이들을 식탁으로 불렀다.

☾

그날 밤, 가브리엘이 불을 끈 다음 우리는 침대에 나란히 누워 천장을 멍하니 바라보았다.

"딘에게 무슨 일이 일어난 건지 모르겠어. 그리고 그건 형사들이 알아낼 일이니까 우리는 끝까지 모를 수도 있어. 그래도 한 가지는 확실해."

가브리엘은 옆으로 돌아누워 창을 통해 쏟아지는 달빛 속에서 나를 바라보았다.

"솔직히…… 내 눈에 그는 영웅이나 마찬가지였어."

나는 속마음을 털어놓았다.

"어려운 환경을 극복했고 아버지가 했던 실수를 반복하지 않으려고 노력했지. 그의 그런 점을 존경했어. 하지만 그는 환자와 관계를 맺었고 그녀를 임신시키기까지 했어. 그녀의 죽음에 책임이 있든 없든 그는 그녀를 버리고 나한테 온 거야. 그의 도덕성을 어떻게 생각해야 할까? 만약 그가 그렇게 하고도 내게 모든 걸 숨긴 거라면 그는 분명 내가 생각했던 사람이 아닐 거야. 우리 관계도 내가 믿었던 것만큼 진실하지 않았던 거고. 어쩌면 그는 돈 때문에 나를 원했던 걸지도 몰라."

"아니야. 그건 아니야. 내가 알아."

가브리엘이 다정하게 말했다. 나는 몸을 돌려 그의 얼굴을 마주 보았다.

"만약 당신 마음속에 의심이 남아있다면, 내가 아직 딘을 그리워한다거나 딘이 돌아오기를 바란다는 의심 말이야. 그런 의심은 버려도 돼. 지금 당장 그가 천장에서 떨어진다 해도 나는 그와 마주하고 싶지도 않거든. 당신이 내가 원하는 유일한 남자야. 가브리엘, 맹세할 수 있어. 내가 매달리고 있던 게 뭐든…… 이제 정말 끝났어."

가브리엘은 나를 가까이 당겨 품에 안았다. 한 시간 후 그가 잠에 푹 빠졌을 때 나는 괴로운 마음으로 내 배를 문질렀다. 가브리엘에게는 끝이 났다고 했지만, 나 역시도 끝을 내고 싶었지만, 우리가 처음 만났을 때 딘이 환자와 관계를 맺고 있었다는 괴로운 사실을 떨쳐낼 수기 없었다.

나는 우리가 함께했던 처음 몇 주의 기억 속으로 깊이 빠져들었다. 센트럴 파크에서의 산책, 우리 가족과 함께했던 허드슨 강 유람, 마이애미 여행. 딘과 함께였던 모든 순간이 생생했다. 우리의 영혼은 서로 맞닿아 있다고 생각했다. 하지만 부모님은 그를 좋아하지 않았다. 아빠는 내가 딘과 사랑에 빠지는 것을 막기 위해 할 수 있는 모든 것을 했다. 부모님은 내 눈에 보이지 않는 것을 보았던 걸까?

딘이 내게 멜라니 브라운과의 관계를 솔직하게 털어놓았더라면 좋았을 텐데. 내가 그를 비난하지 않을 거라는 걸, 그는 왜 알지 못했을까. 나는 이해하려고 노력했을 것이다. 그는 왜 말하지 않았을까? 나를 우리 아빠 같은 사람이라고 여겼던 걸까? 내가 용서하지 않을 사람으로 보였던 걸까? 아니면 내가 흠잡을 데 없는, 완벽한 과거를 요구한다고 생각했을까? 그가 내게 숨긴 게 또 뭐가 있을까?

나는 옷장 문을 가만히 응시했다. 시간이 갈수록 점점 더 차오르는 분노를 누르기 어려웠다. 어떻게 나를 그렇게 감쪽같이 속일 수 있었을까? 선반에서 삼나무 상자를 꺼내 태워버리고 싶었다. 아니면 아래층 벽난로 안에 넣고 불타는 모습을 바라보고 싶었다.

한참 동안 상자를 없애는 상상에 빠져있었지만 결국 상자를 태우지는 않았다.

다음 날 아침, 가브리엘에게 아침을 차려주고 잘 다녀오라고 입맞춤을 했다. 옷을 입고 로즈를 학교에 데려다준 다음, 조엘을 엄마 집에 몇 시간 맡겼다. 다시 집에 돌아온 나는 위층으로 올라가 마지막으로 삼나무 상자를 꺼냈다. 상자를 열지는 않았다. 카드에 적힌 딘의 필체도, 내게 팔을 두르고 웃고 있는 그의 사진들도, 차마 볼 엄두가 나지 않았다. 그 사진들 속 완벽했다고 생각한 나의 지난 행복도 볼 수가 없었다. 그건 진짜가 아니었으니까. 나는 그라는 마법에 걸렸었고 감쪽같이 속았다. 나는 맹목적이던 그때의 내가 부끄럽게 느껴졌다.

나는 상자를 지하실에 있는 습기 찬 창고로 가지고 갔다. 그러고는 차마 버리지 못하고 모아둔 낡은 책들이 담긴 박스들 사이 구석에 던져놓았다. 곰팡이 냄새가 코를 찔렀다. 거기 있는 물건들은 전부 내 관심사 밖이었기에 딘 로빈슨이라는 남자와의 짧은 결혼 생활이 남긴 흔적을 보관하기에는 더할 나위 없는 장소였다.

그것을 버리지 않은 이유는 로즈가 그 결혼 생활의 일부였기 때문이었다. 언젠가 로즈가 친아버지를 궁금해할 수도 있으니까. 그게 상자를 버리지 않은 유일한 이유였다. 로즈가 아니었다면 기꺼이 상자를 불에 태웠을 것이다.

4부

2012 뉴욕

올리비아

10월 중순, 어느 따뜻한 일요일 오후였다. 나는 뒷마당에서 튤립을 심고 있었다. 가을을 맞은 꽃들은 화단을 화려하게 수놓았다. 라벤더색 국화, 분홍색과 빨간색 돌나물이 마당의 남쪽 가장자리를 따라 일렬로 피어있었다. 오색찬란한 광채를 다시 뿜어내며 만발할 내년 봄을 기대하면서, 나는 그 자리에 튤립도 심기로 했다.

쪼그리고 앉아 손목으로 이마에 맺힌 땀을 닦으며 푸른 하늘을 올려다보았다. 멀리서 종소리가 들렸다. 창문은 닫혀있었지만, 지하실에 있는 가브리엘의 색소폰 소리가 희미하게 들렸다. 오늘 아침 그는 조셉 코스마의 재즈곡인 〈고엽Autumn Leaves〉을 연주하고 있었다. 아주 적절한 선곡이었다. 물이 빠진 청바지를 입고 앉은 나는 음악을 들으면서 잠시 주위를 둘러보았다.

호박벌 한 마리가 국화 사이를 날아다녔다. 무릎 아래로 닿는 풀들은 상쾌할 정도로 시원했고 약간 촉촉했다. 그 감각은 나를 곧장 과거로 데려갔다. 내 머릿속은 엄마로서의 기억으로 가득 찼다. 조엘과 에단은 풀밭에 배를 깔고 누워있었다. 우리는 싱싱한 풀잎을 가까이서 살펴보고 손가락 사이에 끼워 풀피리를 불기에 가장 적합한 풀을 골랐다. 에단은 가브리엘이 이웃의 벼룩시장에서 찾은 조그만 플라스틱 미끄럼틀을 빠르게 내려오고 있었다. 로즈는 나를 도와 정원에 물을 주고 호스로 물을 뿌려가며 지기와 동생들과 신나게 놀고 있었다.

이제 벌써 열네 살이 된 에단은 오늘 친구 집에 놀러 갔다. 보나 마나 비디오 게임을 하고 있을 게 뻔했고 조엘은 여자친구 앤지를 만나러 갔다. 앤지는 검은색 머리카락을 가진 어여쁜 소녀였다. 앤지는 학교 배드민턴부에, 조엘은 축구부에 소속되어 있었고 둘은 늘 붙어 다녔다. 그들은 서로에게 푹 빠져 있었다. 가끔 가브리엘과 나는 둘 사이가 너무 진지해지는 건 아닐지 걱정하기도 했다. 그들은 고작 열일곱이었고 고등학교 마지막 학년이었다. 둘은 졸업 후에도 함께하기 위해 같은 대학에 지원했다.

가브리엘과 이야기할 때마다 우리는 항상 똑같은 결론에 도달했다. 우리는 앤지를 좋아했다. 앤지는 사랑스러운 소녀였고 조엘을 행복하게 해주었다. 그냥 내버려 두는 게 어떨까 하는 결론이었다. 아빠는 내 삶을 통제하려고 했지만 결국 그 결과가 좋지 않았다. 때때로 궁금증이 일었다. 아빠가 다른 방식으로 걱정을 표현했거나, 스스로 해결할 수 있도록 내게 기회를 주었다면 어땠을까. 그랬다면 그렇게 급하게 딘의 품에 뛰어들지 않았을지도 모른다. 그랬다면 그와 함께 마이애미로 도망가지 않았을지도 모른다. 하지만 그건 이제 옛날이야기가 되었다. 이미 흘러간 일이다.

로즈는 올해 스물한 살이 되었고, 아직 앞으로의 진로를 놓고 고민 중이었다. 로즈는 생물학 학사학위를 받았고 같은 학교 친구들과 함께 지내면서 사설 실험실에서 일하고 있었다. 로즈는 우리를 볼 때마다 지금 하는 일에 관한 푸념을 늘어놓았다. 로즈는 사람들과 상호작용할 수 있는 일을 원했다. 직장을 관두고 다시 학교로 돌아가고 싶다고 이야기했지만 어떤 전공을 택할지를 두고는 계속 마음을 정하지 못했다.

"시간이 지나면 알게 될 거야."

가브리엘은 크게 걱정하지 않는다는 듯 말했다.

나도 그러기를 바랐다. 그저 로즈가 행복하기를, 만족감을 얻기를 바랐다. 하지만 스물하나의 나이에 그런 걸 알아내는 건 쉽지 않은 일이라는 것도 알고 있었다. 내가 그 나이였을 때를 돌아보면 삶에서 원하는 게 뭔지 파악조차 하지 못했었다. 그때 누군가가 내게 영화 제작에 흥미를 잃고 전업주부로 살아가게 될 거라고 말했다면 믿지 못했을 것이다.

그리고 쉰 살이 된 지금의 나는 우리가 결혼하기 직전에 같이 구매한 집 뒷마당에서 손에 흙을 묻힌 채 일요일 아침을 보내고 있었다. 로즈와 지기가 없는 집은 이제 조용하다. 지기는 2001년에 복부에 종양이 생겨 잠깐 투병하다가 열다섯의 나이로 무지개다리를 건넜다.

요즘 나는 뉴욕 공립 도서관 필름, 비디오 구역에서 시간제로 일하고 있었다. 주로 안내 데스크를 지키는 업무였다. 종종 잘 알려지지 않은 예술 영화나 다큐멘터리를 찾는 이용자들과 대화를 나누는 것이 즐거웠다. 아직도 그 구역에 있는 자료들을 알아가는 중이었고 매일 새롭고 흥미로운 필름들을 발견할 수 있었다.

다시 발뒤꿈치로 지탱해 쪼그리고 앉았을 때 가브리엘이 연주를 멈추었다는 사실을 깨달았다. 가벼운 바람이 나뭇가지 사이로 불어왔다. 그때 누군가 부엌 창문을 두드렸다. 고개를 돌리자 로즈가 안에서 손을 흔들었다. 로즈가 올 거라고 예상하지 않아 놀랍기도, 기쁘기도 했다.

나는 일어서서 손과 무릎의 흙을 털어냈다. 뒷문이 열리고 로즈가 석조 테라스로 나왔다.

"엄마!"

로즈는 기운 넘치게 말했다. 하지만 쾌활한 목소리가 되레 억지스럽게 들렸다. 나는 잔디를 가로질러 로즈에게 걸어갔다.

"올 줄 몰랐는데."

나는 테라스 계단에서 로즈를 껴안으며 말했다.

"보고 싶었어."

"나도 보고 싶었어."

로즈가 대답했다. 마지막으로 본 게 고작 일주일 전이기는 하지만. 로즈의 땋은 머리는 감탄이 나올 정도로 사랑스러웠다.

로즈는 물이 빠진 청바지, 운동화, 흰색 스웨터 차림이었다.

"별일 없지? 잘 지낸 거야?"

내가 물었다. 로즈는 나를 긴장하게 만드는 다정한 미소를 지어 보였다.

"응. 그럭저럭 잘 지냈지. 잠깐 얘기할 시간 있어? 앉아서 애기할까?"

로즈는 테라스 테이블을 가리켰다. 가브리엘은 뒷문에서 우리를 지켜보고 있었다. 그와 눈이 마주치자 그는 고개를 문밖으로 빼꼼 내밀며 물었다.

"아이스티 마실래?"

"좋아."

로즈가 대답했다. 그는 다시 안으로 들어갔고 우리는 의자를 끌어다가 줄무늬가 있는 천 지붕 아래에 앉았다.

"와, 날씨가 너무 좋다."

로즈가 말했다. 날씨 이야기를 꺼내는 걸 보니 뭔가 잘못됐다는 직감이 들었다.

"무슨 일이야?"

"음……."

로즈는 머뭇거리면서 뜸 들였다.

"놀랄만한 얘기라서, 어떻게 시작해야 할지 모르겠어."

문이 열리고 가브리엘이 아이스티 두 잔을 들고 나타났다. 그가 유리잔을 내려놓을 때 안에 있던 얼음들이 서로 닿으며 달그락 소리를 냈다.

"자, 나왔습니다."

그는 몇 초간 가만히 서있다가 말했다.

"나는 지하실에 있을게."

그는 몸을 돌려 다시 안으로 들어갔다. 로즈는 잔을 들더니 길게 한 모금 마셨다.

"무슨 일인데, 우리 딸? 엄마한테는 뭐든 말해도 돼."

내가 다정하게 물었다.

"알아. 그냥……."

로즈는 심호흡을 했다.

"나도 이게 무슨 뜻인지 모르겠어. 그리고 이 얘기를 꺼내면 엄마가 화낼지도 몰라."

"아니야. 안 그럴 거야. 약속해."

로즈는 손가락에 낀 반지를 만지작거리면서 뜸을 들였고 나는 차분하게 기다리려고 애썼다.

"좋아. 그냥 말할게."

로즈의 눈에 눈물이 그렁그렁 차올랐다.

"엄마, 미안. 미리 말했어야 했는데…… 봄에 내 가족 찾기 사이트*에 가입했어. 그거 있잖아…… DNA로 내 혈통 확인하는 사이트?"

"알고 있어. 그걸 왜 가입했는데?"

"그게……."

* FamilyHistoryToday.com

로즈는 아이스티로 목을 축이며 말을 이었다.

"내가 어디에서 왔는지 궁금했어. 진짜 아빠가 알고 싶어서."

"그건 이미 전부 얘기해 줬잖아."

나는 방어적으로 대답했다. 로즈는 가브리엘이 생물학적 아버지가 아니라는 사실을 처음부터 알고 있었다. 로즈가 글을 읽거나 쓰기도 전부터 나는 로즈에게 친아빠 이야기를 해주었다. 조종사였고 로즈가 태어나기 전에 죽었다는 이야기. 몇 해에 걸쳐 로즈는 계속 질문을 해댔고 나는 아무것도 숨기지 않았다. 멜라니 브라운의 죽음과 관련된 의혹만 제외하고 말이다. 로즈 앞에서 멜라니 이야기는 꺼내고 싶지 않았다. 어떤 것도 증명되지 않았기 때문에 필요성을 느끼지 못하기도 했다.

"다른 궁금증이 생겼다면 그냥 나한테 물어봤어도 됐잖아. 그럼 다 얘기해 줬을 텐데……. 네가 알고 싶어 할까 봐 사진 상자도 보관하고 있었던 거야."

내 말에 로즈는 고개를 끄덕였다.

"알아. 그리고 그렇게 해줘서 고마워. 나도 왜 그 사이트에 집착하게 되었는지 모르겠어. 어쩐지 나아갈 길을 잃은 기분이 들었거든. 어떤 사람이 되어야 할지, 어떤 일을 해야 할지 모르겠는 기분, 방향성을 잃은 기분이었어. 진짜 아빠를 만나지 못했다는 사실 때문에 그런 걸까, 하는 의문을 떨칠 수가 없었어. 진짜 아빠를 만날 수 있었다면 다르지 않았을까, 그런 생각도 들었고."

나는 고개를 돌려 가브리엘이 있는 집을 바라보았다.

"아빠랑은 얘기해 봤어?"

"응. 마당에 나오기 직전에 얘기했어. 내가 엄마한테 말해도 될지 고민하고 있었거든. 아직 엄마한테는 마음 아픈 일이 될 수도 있으니까. 하지만 아빠는 엄마도 아는 게 좋을 것 같다고 했어."

나는 로즈의 손을 꽉 잡았다.

"당연하지. 아빠 말이 맞아. 엄마한테 얘기해 줘서 고마워."

로즈는 우리의 맞잡은 손을 내려다보았다.

"그런데 한 가지가 더 있어. 나도 이게 무슨 뜻인지 몰라서 혼란스러워. 아마 엄마도 이해하기 어려울 거야."

나는 고개를 갸우뚱했다.

"뭔데?"

"금요일에 그 웹사이트로부터 메일이 왔는데……. 메일 내용이……."

로즈는 잠시 말을 멈추었다.

"나한테 자매가 있대."

자매? 내 생각은 곧바로 멜라니 브라운의 비극적인 최후로 옮겨갔다. 태어나지 못한 아기와 함께 숲속에서 마침표를 찍은 그녀의 생.

하지만…… 그럴 수는 없지 않은가. 그게 가능한가? FBI가 그들의 DNA 정보를 웹사이트에 공유한 걸까?

딘이 나를 만나기 전이나 멜라니 브라운을 만나기 전에 다른 사람을 만났던 건 아닐까. 위스콘신에서였을까? 아니면 뉴욕에

452

온 다음에?

"다른 내용은 없었어? 언니가 어디에 살고 있다거나?"

로즈는 고개를 끄덕였다. 하지만 자세히 이야기하는 걸 꺼리는 눈치였다.

나는 앞으로 몸을 기울였다.

"얘기해 줘. 엄마도 알고 싶어."

로즈는 두 손으로 얼굴을 감싸고 울기 시작했다.

"우리 아가. 울지 마. 뭐가 됐든 같이 해결하면 돼. 언니를 만나고 싶다면 그렇게 하자."

나는 다정하게 말했다.

로즈는 눈가의 눈물을 닦고 다시 정신을 차리려고 했다.

"엄마, 그런 게 아니야. 상황이 안 좋아."

혈관을 흐르던 피가 차갑게 식는 느낌이었다. 나는 단호하게, 그리고 약간은 거칠게 말했다.

"로즈, 말해봐. 지금 당장 얘기해야 해."

로즈는 의자에 깊숙이 앉았다.

"알았어……. 그 자매는 호주에 살고 있대. 그런데 언니가 아니야. 나보다 어려. 겨우 열여덟 살이야."

머릿속에서 이 정보를 이해하기까지 몇 초가 걸렸다.

"너보다 어리다고?"

아니다. 그럴 리가 없다. 그건 불가능하다. 말인즉슨 로즈가 태어난 이후 태어났다는 것인데. 그러니까 로즈가 세상에 나온 다음에 그 아이가 만들어졌다는 이야기인데…… 구역질이 날 것 같았다.

그가 살아있다. 예상치 못한 충격이 몰려왔다. 아주 오래전부터 내면 깊숙한 곳에서 숨어있던 흥분이 삽시간에 불꽃처럼 튀어 올랐다. 이게 바로 한때 내가 꿈꾸던 순간이었다. 간절했던 바람이 현실이 되는 순간.

하지만 나는 다시 현실로 돌아왔다. 부정이 사방에서 달려들었다. 그것들은 마치 원자폭탄처럼 내 안에서 폭발했다.

"그럴 수가 없어. 아마 실수가 있었을 거야. 다른 사람에게 갔어야 할 메일을 잘못 보냈을지도 모르고…… DNA 결과를 잘못 입력했을지도 몰라."

내가 최대한 차분하게 말했다.

"어쩌면, 그게 가장 납득할 만한 설명일 수도 있어. 하지만 뭐가 어떻게 됐든 진실을 알고 싶어. 엄마는 안 그래?"

"당연히 나도 그렇지."

다시 뒷문을 바라본 나는 가브리엘이 지하실로 돌아가지 않았다는 것을 알아차렸다. 그는 어디에 있는 걸까?

"들어가서 아빠랑 얘기해 보자."

내가 제안했다.

"네 아빠는 어떻게 생각하는지 듣고 싶어."

로즈는 고개를 끄덕이고 테이블에서 일어나 나와 집 안으로 들어갔다. 가브리엘은 싱크대에서 커피잔을 씻고 있었다.

"왔어? 괜찮아?"

그는 불안한 표정으로 나를 보면서 말했.

나는 식탁에 앉았다.

"놀랍게도 괜찮아. 불가능한 일이라고 여겨서 그런 것 같기도 하고."

그는 씻은 컵을 건조대에 올리고 행주에 손을 닦았다.

"실수일 수도 있어. 그런 실수는 언제든 발생할 수 있으니까."

"그럼 그게 실수인지 어떻게 알아낼 수 있을까?"

로즈가 물었다.

"내일 한번 전화해서 알아보자."

가브리엘은 침착하게 대답했다.

"그들이 가진 자료를 정확하게 확인해 달라고 요청해야지. 1990년에 딘이 사망했다는 걸 알려줘야 해. 그래서 열여덟 살 아이의 아버지가 될 수 없다고."

"만약 죽지 않았다면 가능하지."

로즈는 우리 모두 머릿속으로만 생각하고 있던 걸 입 밖으로 냈다. 잔해도, 파편도, 아무런 증거도 발견되지 않은 추락 사고였기 때문에 어쩌면 그가 살아있을지도 모른다는 생각.

로즈는 나를 바라보며 물었다.

"그런데 만약 살아있다면 왜 죽음을 가장한 걸까? 둘은 행복한 결혼 생활 중이지 않았어?"

"내 생각에는 그랬지. 하지만 좀…… 복잡해."

나는 대답하고 가브리엘을 올려다보았다. 그는 고개를 끄덕이더니 내 곁으로 다가와 격려의 의미로 내 어깨를 꽉 쥐었다.

"이제 시간이 된 것 같아."

그는 내게 말했다.

"로즈도 다 컸으니 알아야 해."

"알아야 한다니…… 뭘?"

로즈가 물었다. 나는 긴장을 풀려고 애썼다.

"사실 6년 전에 두 명의 형사가 찾아왔었어. 그때 그가 저질렀던 일들에 대해 알게 됐어. 그리고 그때부터 그에 대한 내 감정이 변했지."

나는 잠깐 말을 멈추었다. 그 모든 걸 단순히 말로 전달하기는 쉽지 않았다. 하지만 어떻게든 해내야 했다. 나는 로즈에게 환자였던 멜라니 브라운과 딘의 부적절했던 관계, 멜라니의 임신과 실종, 그녀의 시신이 숲에서 발견된 것까지 전부 말했다.

"믿을 수가 없어."

얼굴이 빨갛게 달아오른 로즈가 말했다.

"왜 지금까지 얘기 안 했어? 인터넷 검색 몇 번이면 내가 쉽게 알아낼 수 있다는 걸 알았을 텐데."

"언젠가는 꼭 얘기하려고 했어."

나는 설명하려고 애썼다.

"적절한 때가 되면 말이야. 하지만 지금까지는 적절한 때라는 게 오지 않았지."

로즈는 몸을 앞으로 숙이고 손에 얼굴을 파묻었다.

"세상에, 엄마. 엄마는 그 사람이 좋은 사람인 것처럼 얘기했잖아. 전부 거짓말이었어!"

"거짓말 아니야. 특히 네가 어렸을 때는. 딘이 사라지기 전까지 우리의 결혼 생활은 행복했어. 그를 너무나 사랑했기 때문에 그가 실종된 후에도 한참 동안 놓아주기 힘들었어. 나한테 그는 그만큼 대단한 존재였어. 오랜 시간이 지나서야 그 모든 걸 알게 되었고, 그 사실이 너무 충격적이라 어떻게든 너를 보호하고 싶었어."

나는 차분히 대답했다.

"내가 살인자의 딸이라는 걸 알게 될까 봐 그랬던 거야?"

"잠깐만."

가브리엘이 말을 막으며 끼어들었다.

"그건 우리도 모르는 거야. 그 여자의 죽음이 타살이었는지도, 딘이 그런 짓을 저질렀는지도 몰라. 어떤 것도 증명되지 않았어. 그저 다른 사람이 연루되었을 가능성도 있다는 거야."

"그는 심문받지 못했으니까."

로즈가 말했다.

"편리하게도 버뮤다 삼각지대 너머로 사라져 버렸거든."

로즈는 조롱하는 투로 덧붙였다.

"내가 보기에는 그거야말로 결정적인 단서 같은데? 잡히지 않으려고 죽은 척한 거야."

가브리엘이 제지하듯 손을 들었다.

"우리 그런 가정은 하지 말자. 가장 먼저 할 일은 가족을 찾아준다는 웹사이트에 연락해서 혹시 오류가 있었는지 확인하는 거야. 그다음에 어떻게 할지 결정하자."

로즈는 그의 제안에 대해 생각하는 듯했다.

"좋아. 그때까지는 그를 범죄자라고 여기지 않을게. 유죄가 입증될 때까지는 무죄니까. 맞지?"

우리는 한참 동안 말없이 앉아있었다. 로즈는 시계를 확인하더니 한숨을 쉬며 말했다.

"친구들 만나서 점심 먹기로 했었는데 취소해야겠다."

"네가 원하는 대로 해. 엄청난 일이었잖아. 여기 있을 거면 점심 차려줄게. 엄마 정원 일 도와줘도 되고."

내 말에 로즈는 잠시 생각하더니 고개를 흔들며 일어났다.

"아니야. 나 지금 미쳐버릴 것 같아. 아무래도 친구들을 좀 봐야겠어."

"편한대로 하렴."

가브리엘과 나는 일어나서 로즈를 따라 현관까지 갔다. 로즈는 현관에 걸어두었던 가방과 재킷을 챙기며 말했다.

"내일 일하다가 쉴 때 전화해 볼게. 그러고 나서 어떻게 된 건지 알려줄게."

로즈가 떠난 후 가브리엘과 나는 부엌으로 돌아왔다.

"이제 뭘, 어떻게 해야 할지 모르겠어."

내가 말했다. 그는 나를 양팔로 감쌌고 나는 그의 편안한 품 안에서 녹아내렸다. 나는 창밖의 화단을 바라보았다. 봉투에 들어있는 튤립들이 화단 빈자리에 심어지기를 기다리고 있었다.

"집에 왔었던 형사들에게 연락해야 할 것 같아. 하지만 그 사건을 아직 그들이 담당하고 있을까? 지금은 누가 담당하는지 궁금한데."

"그 사건 관련해서 그들이 아직 누군가를 살인죄로 기소한 적 없었지?"

가브리엘이 물었다.

"내가 알기로는 없었어. 아직 풀리지 않은 미스터리로 남아 있을 거야."

나는 그를 마주 보았다.

"DNA 검사는 어떤 원리야? FBI가 그런 가족 찾기 웹사이트에 접근하기도 할까? 어쩌면 그들은 이미 다 알고 있고 호주에서 그를 체포할 생각인지도 몰라."

가브리엘은 뒷주머니에 손을 넣어 핸드폰을 꺼냈다.

"검색해 볼게."

그는 식탁에 앉아 검색을 시작했다.

"이렇게 나와있어. 사용자의 DNA 결과는 개인 정보로 취급되고 법 집행 기관에서 자료를 열람하려면 영장이나 소환장이 필요하다는데."

"그렇다면 그들은 모르고 있다는 소리네. 누군가 그들에게 알려줄 때까지는. 그 누군가는 내가 될 수도 있는 거고."

가브리엘은 핸드폰을 내려놓았다.

"그런 것 같아."

그는 일어나서 내게 다가왔다.

"당신이 원하는 대로 해. 나는 신경 쓰지 말고."

나는 생각에 잠겼다.

"지금 내가 원하는 건 하나야. 이 모든 걸 받아들이는 동안 정신을 똑바로 차리고 있는 것. 그냥 튤립을 심어야 할 것 같아. 그게 도움이 될지도 몰라."

"도와줄까?"

"좋지, 고마워."

어쩐 일인지 가브리엘은 내가 더 이상 얘기하고 싶지 않다는 사실을 눈치챈 듯 보였다. 나는 딘에 대해서도, 그게 로즈에게 어떤 영향을 끼칠지에 대해서도 지금은 말하고 싶지 않았다. 그 웹사이트에서 답을 받기 전까지는 내가 할 수 있는 것이 없었다. 즉, 당분간 나는 미지의 영역에 갇혀있어야 한다는 것이다.

침묵 속에서 가브리엘과 나는 10월의 밝은 햇살 속으로 나갔다. 나는 정원용 삽을 들고 다시 주저앉았다. 그리고 시원하고 촉촉한 땅에 새롭게 구멍을 냈다.

올리비아

나는 뉴욕 공립 도서관 바깥 석조 분수대 가장자리에 앉아 샌드위치를 꺼냈다. 로즈가 집에 와서 웹사이트 이야기를 꺼낸 지 일주일이 지났고 그때부터 매일 잠을 설쳤다. 잠이 들고 몇 시간이 지나면 어김없이 잠에서 깼다. 초조한 마음으로 이리저리 뒤척이다가 결국 다시 잠드는 걸 포기하고 TV를 보고는 했다. 하지만 일 때문에 일찍 일어나야 하는 날이 문제였다. 오늘이 그런 날이었다. 점심시간을 이용해서라도 잠깐 눈을 붙이고 싶었다.

하지만 샌드위치를 반쯤 먹었을 때 핸드폰이 울렸다. 로즈였다. 나는 재빠르게 전화를 받았다.

"엄마, 지금 시간 괜찮아?"

로즈가 말했다. 전화의 목적을 이미 알고 있었기 때문에 심장은 빠르게 고동쳤다.

"응. 점심시간이라 괜찮아. 거기서 답장받았어?"

"응. 실수나 오류가 아니래. 호주에 사는 소녀는 내 여동생이 확실하대. 그리고 멜라니 브라운과는 아무런 관련이 없대. 소녀의 엄마는 살아있고 브리즈번에 살고 있대."

로즈가 대답했다. 무언가에 얻어맞은 것처럼 외마디 소리가 새어 나왔다. 이건 딘이 비행기 사고로 죽지 않았다는 명확한 증거다. 그는 살아있었다.

"그 소녀 아버지는 누구래?"

나는 확실히 할 필요가 있다고 느끼며 물었다. 로즈는 머뭇거렸다.

"음, 그게 말이야. 문제가 좀 있어. 그 웹사이트에는 그녀의 아버지에 관한 기록이 없어. 심지어 그녀의 출생 증명서에도 아버지라는 사람의 이름이 없어."

구름이 덮여 우중충한 하늘과 잎이 떨어져 메마른 나뭇가지를 올려다보자 오한이 느껴졌다.

"그럼 아직 모르는……."

"잠깐, 한 가지가 더 있어."

로즈가 말했다. 로즈는 내 기운을 북돋으려고 애쓰고 있었다.

"웹사이트 관계자들이랑 얘기해 봤는데 내 여동생이 나랑 이야기하는 것에 관심을 보였고, 내가 원한다면 우리가 직접 만나도 좋다고 했대. 그래서 엄마한테 전화가 늦어진 거야. 먼저 그녀와 대화해 보고 좀 더 알게 된 다음에 엄마한테 얘기하려고."

내 안의 무언가가 얼어붙었다. 나는 지금 이걸 듣고 싶은 걸까? 오랫동안 답을 얻지 못한 상태로 살았지만 이제는 그게 편안했고 익숙했다. 이제 나라는 존재는 답이 없는 상황에 완벽하게 적응했다.

"그래? 그럼 둘이 대화해 봤어?"

"응. 안 그래도 몇 분 전에 전화 끊었어. 그녀 이름은 수지야."

나는 이 모든 것이 로즈에게 어떤 의미인지, 억지로라도 생각해 보려고 노력했다.

"어머나, 세상에. 어땠어?"

"좋았어. 음…… 처음 몇 분간은 조금 어색했는데 그다음부터는 멋진 대화를 했거든. 엄마도 그 애 억양을 들어봤어야 해. 끝내줬어. 정말 좋았어."

나는 딸의 목소리에 담긴 흥분을 감지했다. 사랑하는 나의 딸 로즈. 로즈는 최근 길을 잃고 표류하는 듯한 느낌이라고 했었다. 수지의 아버지라는 사람에 관해 더 많이 질문하고 싶었지만 애써 억눌렀다. 나는 이미 오래전에 죽은 사람이 아닌 산 사람들에게 집중하기로 마음먹었다. 그래서 로즈가 여동생과 했던 대화를 내게 전달하는 내내 질문 대신 귀를 기울였다.

"그 애는 이제 막 대학생이 되었대. 그런데 전공이 뭔지 알아? 생물학이야."

"말도 안 돼. 네 전공이랑 같잖아."

"그러니까. 정말 신기하지 않아?"

"그러게."

나는 다시 분수대 가장자리에 앉았다.

"생물학을 선택한 이유는 자기가 뭘 원하는지 아직 모르기 때문이래. 그것도 어디서 많이 들어본 것 같지 않아? 그리고 내년에 간호학과로 전과한대. 간호사가 되고 싶어 하더라고."

로즈는 수지에 대해 더 많은 이야기를 들려주었다. 로즈가 이야기를 끝냈을 때는 점심시간이 거의 끝나가고 있었다.

"네가 그 사이트에 가입한 이유도 말해줬어?"

나는 로즈가 애초에 수지를 찾게 된 이유를 되짚어 주면서 물었다.

"친아빠가 궁금해서 가입했다고 얘기한 거야?"

"응. 그 얘기도 했지. 수지도 비슷한 이유로 가입했더라고. 수지도 자기 뿌리를 궁금해했고 자기가 알고 있는 아버지에 관한 이야기를 해주었는데……."

갑자기 숨이 고르게 쉬어지지 않았다. 널찍한 도서관 계단을 오르는 초등학생들의 모습이 눈에 들어왔다.

"수지 어머니는 그 남자를 하룻밤 상대로 만났대."

로즈가 계속 설명했다.

"수지 어머니는 당시 서른이었고 이혼한 직후였나 봐. 아이는 없었고. 친구들이랑 호주의 그레이트 배리어 리프에 스노클링을 하러 갔는데 거기서 투어 보트를 운영하는 남자랑 잠깐 만났었대. 그 남자 이름은 존이었어. 하지만 그 남자의 성도 몰랐고 수지 어머니도 진지한 관계를 원한 건 아니었나 봐. 단지 그 주에 이혼 절차가 완전히 마무리되어서 일탈이 필요했던 거지. 수지 어머니는 수지가 그걸 반면교사로 삼기를 바라면서 전부

이야기해 주었대."

그때쯤 나는 이야기에 정신이 팔려 데스크로 돌아갈 시간이라는 것도 잊었다.

"수지는 그를 만난 직이 있대?"

"아니. 하지만 그는 수지의 존재를 알고 있대. 수지 어머니가 그에게 임신 사실을 알리면서 그 아이를 혼자서 키울 거라고 얘기했대. 그에게는 아이의 양육에 관여하지 않아도 된다고 말했나 봐. 그도 동의했고, 그래서 수지는 그 사람을 만난 적이 없대. 심지어 사진도 못 봤대. 수지 어머니는 수지가 두 살 때 재혼했고 나처럼 다른 아버지 아래서 자란 거지. 나처럼 좋은 부모 아래서, 좋은 환경에서 자랐어. 하지만 요즘 들어 궁금증이 생겼나 봐. 엄마, 우리 둘의 삶이 신기할 정도로 비슷해."

내 손은 떨리고 있었다. 긴장과 설렘으로 뱃속이 요동쳤다. 나는 도서관 입구에 있는 콘크리트 기둥을 올려다보면서 말했다.

"너무 놀랍다."

그러고는 시계를 확인했다.

"지금 점심시간이 끝나기는 했는데, 좀 더 얘기해 봐. 혹시 그녀의 아버지가 살인 사건의 용의자일 수도 있다는 말도 했어?"

"아니, 안 했어. 나랑 얘기할 때 수지가 너무 신이 나있어서 그런 얘기로 분위기를 망치고 싶지 않았거든."

"그래. 그랬을 거야."

발 근처의 비둘기 무리가 땅을 쪼아대고 날개를 퍼덕거렸다. 그 모습이 묘하게 느껴졌다. 마치 내가 그들 위에, 공중에 떠있

465

는 느낌이었다. 물리적인 세계를 벗어난 것 같았다.

"그럼 그 존이라는 사람이 딘이 맞는지, 우리는 아직 모르는 거네. 혹시 그녀가 그 사람을 묘사하거나 했어?"

"수지가 어머니께 듣기로는 파란 눈과 금발 머리의 잘생긴 남자라고 하더래. 그게 수지가 알고 있는 전부야."

파란 눈. 금발 머리카락. 딘의 모습이 딱 그랬지만 세상에는 파란 눈의 미남이 넘쳐났다. 지금은 어떤 추측도 섣부르게 하면 안 될 것 같았다.

그럼에도 불구하고…… DNA 결과가 존재했다. 그가 수지의 생부임을 과학이 증명했다.

"믿을 수가 없어……."

내가 도서관 계단을 오르면서 말했다.

"혹시 같은 DNA를 가진 다른 사람이 있을 확률이 얼마나 될까? 쌍둥이? 나는 생물을 몰라서 그게 어떤 식으로……."

"엄마, 그가 미국 억양으로 말했다고도 했어."

"그렇구나."

나는 건물 안으로 들어왔다. 내부는 바깥보다 따뜻했지만, 여전히 한기가 느껴졌다.

"그럼 그 사람은 아직 같은 곳에서 일하고 있대?"

"수지는 모르지만 수지가 어머니께 연락해서 지금 그가 어디에 있는지 알아봐 달라고 하겠대. 수지도 그를 만나고 싶어 하거든."

자리에 도착한 나는 재킷을 벗었다.

"로즈, 네가 그 아이를 찾아서 기쁘다."

"나도 그래. 그리고 엄마……."

"응?"

니는 긴장하면서 로즈의 이어질 말을 기다렸다.

"나 수지랑 그 사람 직접 만나고 싶어. 그래서 그쪽으로 여행을 갈까 해. 괜찮을까?"

도서관 안에서 사람들이 이리저리 움직이며 속삭이는 소리가 들렸다. 지금 내가 속한 이 세상이 이상하리만치 비밀스럽고 멀게 느껴졌다.

"그럼. 나도 수지를 만나고 싶어."

나는 불안과 두려움을 숨기며 대답했다. 나는 자리에 앉았다.

"이제 다시 일해야겠다. 오늘 집에 저녁 먹으러 올 수 있어? 어떻게 할지 이야기도 하고."

"나는 아무 때나 2주간 휴가를 낼 수 있어. 혹시…… 엄마도 나랑 같이 갈래?"

로즈가 조심스럽게 물었다.

"그건 오늘 저녁에 얘기하자."

내가 말했다. 하지만 나는 알고 있었다. 내게는 선택의 여지가 없다는 것을. 20년이 넘게 나를 쫓아다니던 질문의 답을 영원히 얻지 못한 채 살아갈 수는 없었다.

로즈는 조용히 말했다.

"엄마, 미안. 이렇게까지 일을 벌일 생각은 없었어. 어쩌면 엄마는 이 모든 걸 모르는 게 나았을지도 몰라."

나는 책상의 자물쇠를 따고 맨 아래 서랍을 열어 지갑을 넣었다.

"미안해하지 않아도 돼, 우리 딸. 나는 네가 그걸 알아내서 다행이라고 생각해. 무슨 일이 생기든 우리는 같이 이겨낼 거야."

그렇게 말은 했지만 혼란스러웠다. 지금 나는 어디로 가고 있는 걸까. 내가 발을 딛고 있는 세상이 빙글빙글 도는 것 같았다. 세상이 내 통제를 벗어난 것 같았다. 숨을 돌리고 다시 방향을 찾아내야만 했다.

☾

다음 날 살짝 열린 커튼 사이로 희미한 회색빛이 들어오던 새벽녘에 잠에서 깼다. 침대 옆자리는 비어있었다. 가브리엘이 이미 일어나 있다는 것은 내가 꿈이 아닐까 하고 의심하던 바가 사실임을 증명해 주었다. 저녁 식사 때 로즈와 나는 수지를 만나러 호주에 가기로 결정했고, 이후부터 그는 괴로워하고 있었다. 우리는 딘으로 추정되는 사람이 일했다던 곳에도 가기로 했다. 가브리엘 역시 동의했지만 조금씩 상황을 실감하면서 우리 둘 다 마음이 무거워졌다.

침대에서 일어나 가운을 걸치고 부엌으로 내려갔다. 어슴푸레한 아침 햇빛에 싸인 집안은 고요했고 지하실로 통하는 문은 약간 열려있었다. 나는 슬리퍼를 신고 조심스럽게 나무 계단을 내려갔다. 난간 너머로 소파에 앉아있는 남편의 모습이 보였다.

그는 부드러운 흰색 천으로 색소폰을 닦고 있었다.

"여기 있었네."

나는 그의 옆에 앉으며 말했다.

"일찍 일어났나 봐."

"잠이 안 와서."

그는 나를 슬쩍 바라보고 대답했다.

"나도 그랬어."

그는 악기 표면이 램프의 빛을 받아 반짝일 때까지 계속해서 악기를 닦았다. 그러고는 열려있던 케이스에 색소폰을 넣으며 말했다.

"커피 마실까?"

"좋지."

그는 케이스를 닫은 다음 한쪽으로 밀어두고 나와 함께 부엌으로 갔다. 내가 커피를 내리는 사이 그는 머그잔 두 개를 가져와 조리대 위에 놓았다. 커피 메이커가 소리를 내며 끓는 동안 우리는 나란히 서서 유리 용기에 커피가 차오르는 모습을 지켜보았다.

"나도 같이 가고 싶어. 아무래도…… 그래야 할 것 같아."

마침내 그가 말했다.

"다음 주가 음악 축제잖아."

나는 그에게 상기시켜 주었다.

"학생들한테는 당신이 꼭 필요할 텐데."

"그렇지. 하지만 당신도 내가 필요하잖아."

그가 내 눈을 유심히 바라보았다.

"그렇지 않은가?"

"당연히 필요하지."

나는 재빨리 그를 안심시키며 말했다.

"하지만 로즈랑 나는 괜찮을 거야."

가브리엘은 나를 마주 보았다. 그의 표정은 침착하고 진지했다.

"오늘 아침에 일어나서 당신이 지구 반대편에 있다고 상상해보니까, 그곳에서 당신이 딘과 다시 만날 수 있다고 생각하니까 불안하고 괴롭고 화가 났거든."

나는 그의 목소리에 담긴, 오래전 익숙하게 느꼈던 질투심을 읽어냈다. 그리고 그의 눈에는 근심이 서려있었다. 이미 같은 경험을 했었기 때문에 나는 단번에 알아차릴 수 있었다. 아직도 그는 한때 내가 딘을 사랑했던 것 이상으로 그를 사랑한다고 생각하지 않았다.

"당신이 원하면 같이 가자. 어쩌면 그게 나을지도 몰라."

내가 대답했다. 그는 잠시 생각에 잠겼다. 그리고 다시 커피 메이커 앞으로 가면서 말했다.

"아니야. 당신만 가는 게 좋겠어. 당신이랑 로즈만."

나는 그의 확신에 찬 결정에 대해 곰곰이 생각해 보았다.

"당신은 꼭 나를 시험하는 것 같아."

나는 넌지시 내 기분을 말했다.

"당신은 내가 당신한테 돌아올 건지 알고 싶은 거잖아."

가브리엘은 팔짱을 꼈다.

"그럴 수도 있지. 옛말도 있잖아. 뭐더라? 진정으로 사랑하면 자유롭게 놓아주라는……."

"운명이라면 돌아올 것이다."

"돌아오지 않으면 운명이 아니다."

나는 그를 향해 돌아서서 그의 팔을 어루만졌다. 그리고 그의 눈을 바라보았다.

"당신도 알다시피 나는 당신 아내야. 나를 믿었으면 좋겠어."

커피가 전부 내려졌다. 그는 컵에 커피를 따랐다.

"나도 늘 믿으려고 노력했어. 대부분의 시간 동안 그랬고. 그렇지만 가끔, 집이 아주 조용할 때는 당신이 점점 내게서 멀어져 간다는 기분이 들어. 당신 안에는 슬픔이 드리운 것처럼 느껴지는데 그 슬픔은 내가 도저히 해결해 줄 수가 없어. 그래서 나는 그냥 당신을 내버려 둘 수밖에 없어."

나는 그가 건네는 커피를 받았다. 차갑던 손이 따뜻해졌다.

"당신 말이 맞아. 가끔 나는 내가 겪었던 아픔을 기억해. 그리고 그건 고쳐지지도, 기억에서 지워지지도 않아. 내 일부가 되었으니까. 그렇다고 해서 내가 딘을 원하는 건 전혀 아니야. 그가 저지른 모든 일을 알게 된 후에 나한테 남은 감정은 분노와 배신감이 전부야. 그와 함께했던 모든 기억은 어둡게 색이 바랬어. 마치 먹구름이 덮인 것 같아."

가브리엘은 조리대에 등을 기댔다.

"당신 말 알아들었어. 당신이 선택한 건 나라는 걸 내가 받아들이기를 원하는 거지. 앞으로도 그 선택에는 변함이 없을 거고. 하지만 당신이 막상 그곳에 가서 그를 다시 본다면, 그 모든 일에도 불구하고 여전히 감정의 불꽃이 살아날까 봐 걱정돼. 어릴 적 그에게서 느꼈던 열정을 기억하고 있잖아. 우리 사이에도 그런 열정이 있었는지 나는 잘 모르겠어. 사실 우리가 다시 만났을 때 우리 관계는 우정에 가까운 사랑이었지, 그런 강렬한 욕망이 아니었잖아."

"하지만 그게 강렬한 욕망보다 더 깊고 더 좋았어."

나는 그를 이해시키기 위해 필사적이었다.

"당신과 내가 가졌던 건 우정과 존중의 궤적이라고 할 수 있어. 그렇다고 해서 육체적인 욕망이 없었다는 이야기가 아니야. 당연히 있었지. 아직도 있고. 하지만 그건 부차적일 뿐, 필수가 아니잖아."

"하지만 때로는……."

그가 반박했다.

"열정이나 욕망이 사랑보다 더 강력하기도 하잖아. 그건 당신을 불타게 만들고 판단력을 흐리게 만들어. 그렇게 눈 깜짝할 사이에." 그는 손가락을 튕겨 딱 소리를 냈다. "당신은 다른 사람 품에 안기는 거지. 그보다 더 나쁜 상황이 될 수도 있고."

"아니야, 가브리엘. 내 판단력은 흐려지지 않을 거야. 장담할 수 있어."

그는 멀리서 나를 마주 보았다.

"당신이 나를 두고 부적절한 짓을 할 사람이 아니라는 건 잘 알아. 그래도 뭔가 일이 생긴다면 집에서 기다리고 있는 나를 생각해 줬으면 좋겠어. 내가 당신을 얼마나 사랑하는지 기억해 줘. 내가 얼마나 당신을 그리워하면서 기다리고 있을지 생각해 줘."

나는 그에게 걸어가 그의 뺨 위에 손을 얹었다.

"아무 일도 일어나지 않을 거야. 그리고 나는 무사히 집에 돌아올 거야."

부엌 창문을 통해 아침 햇살이 비추었다. 부엌 전체가 황갈색 빛으로 일렁였다. 가브리엘은 내 손을 꼭 잡고 손바닥에 입을 맞추었다.

맙소사. 그에게 상처를 주고 싶지 않았다. 나는 알고 있었다. 그는 내가 호주에 가는 것을 원하지 않는다. DNA 결과를 해당 기관에 보고하고 그들에게 맡기기를 원한다. 하지만 나는 가야만 했고 가브리엘은 이해해 주었다. 딘이 살아있다면 직접 그를 만나서 왜 그런 짓을 저지른 건지 물어봐야 했다. 그래야만 그 모든 의문점에 마침표를 찍고 집으로, 마침내 일상으로 돌아올 수 있을 것이다.

올리비아

2012. 호주, 케언스

나는 호텔 발코니에 서서 산호해를 바라보았다. 하늘은 구름 한 점 없이 푸르렀고 밝은 해는 뜨겁게 내리쬐었다. 야자수 잎사귀들은 가벼운 바람에 우아하게 흔들리고 있었다. 해변에서 불어온 태닝 로션의 향기가 내 코에 닿았다. 나는 하얀 모래 위의 로즈를 바라보았다. 로즈는 해가 비추는 쪽으로 얼굴을 돌리고 선베드에 엎드려 있었다.

로즈는 무슨 생각을 하고 있을까. 이복동생인 수지를 생각하고 있을까. 우리가 브리즈번에 도착했을 때 수지와 수지의 어머니 패트리샤는 우리를 가족처럼 환대해 주었다. 그렇게 우리는 서로를 알아가는 시간을 가졌다. 시차 적응이 안 돼서 피곤했던 우리는 따뜻한 샤워와 푹신한 침대가 간절했다. 그들은 공항에서 우리를 태우고 도시 외곽, 강가에 있는 그들의 집으로 데리고 갔다. 우리는 거기서 사흘간 머물렀다.

처음부터 패트리샤와 수지 생부와의 짧았던 만남에 관해 질문하는 건 예의에 어긋나는 것 같아 애써 궁금증을 눌렀다. 둘째 날 수지는 로즈를 데리고 자신의 대학교를 보여주러 갔고 패트리샤는 내게 밖에서 단둘이 점심을 먹자고 제안했다. 우리는 우아한 흰색 천이 깔린 야외 테이블에 앉았다. 그녀는 차가운 피노 그리 화이트 와인 한 병을 주문했다. 와인이 도착하자마자 그녀는 앞으로 몸을 기울이며 내게 18년 전, 자신의 하룻밤 상대에 대해 알고 싶은 게 무엇이냐고 물었다.

"전부요."

나도 앞으로 몸을 기울이며 대답했다. 그녀에게서 묘한 친밀감이 느껴졌다.

그녀는 꿈을 꾸는 듯한 눈빛으로 추억에 잠겼다. 수지의 친부는 그녀가 살면서 본 남자 중 가장 잘생긴 남자였다고 말했다.

"그의 머리칼은 풍성했고, 약간 곱슬거렸고, 햇볕에 탈색되어 밝은색이었어요. 섹시한 푸른 눈과 넓은 어깨를 가졌죠. 그는 낡은 나무 범선의 선장이었어요. 그 남자는 꿈에서 막 튀어나온 것 같았어요. 그에게서 눈을 뗄 수 없을 정도였으니까요. 친구들이 그를 유혹해 보라고 부추겼어요."

나는 이해와 질투가 뒤섞인 심란한 감정으로 그녀의 이야기를 들었다. 그녀가 말하는 건 분명 딘이었다. 나의 딘. 하지만 지금 그녀가 말하는 남자는 사실상 나와 상관없는, 낯선 사람이라고 계속 되뇌었다. 내가 한때 사랑했던 딘은 사기꾼이니까. 나의 딘은 실재하지 않았으니까. 그가 테이블 맞은편의 여자와 잤다는 건 나한테 중요한 일이 아니다. 지난 20년 동안 그는 아무것도 모르는 순진한 여자들과 수없이 잠자리를 가졌을 것이다.

"계속해 주세요."

나는 시선을 그녀에게 고정한 채 와인을 홀짝이며 말했다. 패트리샤가 밤새 술을 마시고 춤을 추던 그날을 묘사했을 때 나는 그녀의 말을 끊었다.

"확실해요? 우리가 결혼했을 때 그는 술을 한 방울도 입에 대지 않았거든요."

그녀는 뒤로 기대서 어깨를 으쓱했다.

"음, 그날 밤에는 확실히 위스키를 마셨어요."

의심의 물결이 나를 덮쳤다. 만약 같은 남자가 아니라면?

계속 이어지는 그녀의 이야기에 대단한 내용은 없었다. 패트리샤는 그를 호텔로 데리고 갔고 호텔에서 둘은 사랑을 나누었다고 말했다. 그녀는 그날을 좋게 기억하고 있었지만, 다음 날 아침 눈을 떴을 때 그는 이미 사라지고 없었다고 했다.

"그게 끝이었어요? 작별 인사를 하지도, 전화번호를 남기지도 않았어요?"

내가 물었다.

"그는 호텔 메모지에 아주 다정한 내용의 메모를 남겼어요. 맨 아래에 작은 하트를 그렸고요. 그래도 전혀 기분 상하지 않았어요. 우리 둘 다 하룻밤의 만남이라는 걸 알고 있었으니까요. 오히려 메모에 감동했죠. 이혼 이후 처음으로 누군가를 만난 거였기도 하고요. 그때 나는 내 자신을 풀어줄 필요가 있었고, 존은……."

그녀는 잠시 말을 멈추었다.

"그는 사랑스러웠으니까요."

"사랑스러웠다고요?"

"네. 그는 신사적이었어요. 호텔에 있을 때 그는 중간중간 멈추며 내가 괜찮은 건지 확인했어요. 그에게 홀딱 반해서 이후 며칠 동안 다시 그를 만나러 가고 싶었어요. 그 충동을 억누르느라 고생했죠."

"왜 그러셨어요?"

"그가 나와 어울리지 않는다는 걸 알았거든요. 그때 나는 대기업에서 일하는, 한마디로 도시 여자였어요."

그녀가 설명했다.

"그리고 그는 해변에서 여유롭게 사는, 그런 사람이었으니까요. 그런 부류의 사람들 아시잖아요. 1년 내내 슬리퍼와 반바지 차림으로 지내는 사람들이요. 사회적 의무 같은 것도 없이 단순하게, 흘러가는 삶에 몸을 맡기는 자유로운 존재들이요."

그녀는 와인을 한 모금 마셨다.

"그래도 내 고정관념으로 그를 판단해서는 안 된다고 생각했어요. 그의 눈에는 슬픔 같은 게 있었거든요. 그를 춤추게 만드는 것도 쉽지 않았어요."

그녀는 그때의 기억에 완전히 잠긴 것 같았다.

"그는 단지 내게 상처 주거나 하고 싶지 않았던 것 같아요."

나는 패트리샤의 한마디 한마디에 귀를 기울였지만 그와 동시에 와인을 너무 빠르게 마시는 바람에 알딸딸했다. 이야기가 끝날 무렵에는 그녀의 존과 나의 딘이 같은 사람이라는 확신이 들었다. 그가 신사인지 아닌지는 논쟁의 여지가 있었다. 나의 딘은 자신이 저지른 강력 범죄를 은폐하기 위해 전 세계를 유랑했기 때문이다.

그와 함께했던 삶에서 20년이 지난 지금, 나는 호텔 발코니에서 그레이트 배리어 리프를 내려다보고 서 있었다. 우리가 함께 만들어낸 아름다운 우리의 딸을 감탄스럽게 바라보면서⋯⋯. 그가 한 번도 본 적이 없는 우리 딸.

그는 정말 이곳에 있는 걸까? 살아서?

수지와 패트리샤는 그 지역에 있는 스노클링 업체 수십 군데에 연락해 인상착의에 딱 들어맞는, 존이라는 이름을 가진 범선의 선장을 찾아냈다. 그는 20년이 넘게 스노클링 투어를 운영해오고 있었다. 나는 그들의 탐정 업무에 고마움을 전했다. 당장이라도 그 남자의 범선이 정박한 항구로 가보고 싶었다.

로즈 역시 내가 혼자 가는 것이 좋겠다고 말했다. 나는 해변의 부랑자인 존과 조종사인 딘이 같은 남자인지 확인할 수 있는 유일한 사람이었다.

로즈는 내가 해결해야 할 몇 가지 일, 그와 나만의 일이 있다는 것도 이해했다.

☽

그날 늦은 오후 나는 햇볕이 따사로운 해안가 산책로의 벤치에 앉아있었다. 반짝반짝 빛나는 유람선이 돛을 내리며 항구에 정박하고 있었다. 여행사 웹사이트에 따르면 그 고급스러운 요트의 이름은 '제이드'로 개인적으로 빌리는 것도 가능했다. 웹사이트에는 소유자의 사진이나 사업장 주소가 없었다. 웹사이트에서 제공하는 정보는 이메일 주소와 전화번호가 전부였다.

그곳에 앉아 기다리는 동안 마음 한구석에서는 딘이 아닌 아예 낯선 사람이 배에서 나오기를 바랐다. 딘은 죽었으니까. 딘의 비행기는 1990년 푸에르토리코 해안에서 추락했으니까.

존 선장이 죽은 내 남편이 아니라면 나는 그것을 완벽한 정리로 받아들이고 뉴욕으로 날아가겠다고, 스스로와 약속했다.

배가 부두에 닿았다. 검은색 반바지에 파란색 티셔츠를 입은 젊은 남자가 배에서 뛰어내려 줄을 고정했다. 산책로가 관광객들로 붐벼 배는 시야에서 가려졌다. 나는 배에서 내리는 사람들을 보려고 고개를 좌우로 움직였다. 선글라스를 콧잔등 위로 내리고 눈을 가늘게 떴다. 그러고는 저 멀리, 승객들이 배에서 천천히 내려오는 모습을 지켜보았다. 그들은 둘씩 짝을 지어 내가 앉아있는 벤치를 지나쳤다. 나는 그들이 눈치채지 못하게 그들의 얼굴을 살피고 대화를 엿들었다.

곧 배에서 내린 사람들은 모두 떠났고 젊은 선원 한 명이 배를 정리하고 있었다. 나는 그 선원이 배에 남은 마지막 남자와 인사를 나눌 때까지 기다렸다. 내가 앉아있던 벤치에서는 그 남자가 잘 보이지 않아 가방을 들고 일어섰다.

불안감이 솟구쳤고 가슴은 세차게 고동쳤다. 그 순간 마음속에 가브리엘이 떠올랐다. 그는 우리가 함께 만들어낸 삶을, 우리의 가정을 돌보며 집에서 기다리고 있었다. 그를 생각하자 배를 안정적으로 고정하는 닻처럼, 안정감이 들고 용기가 생겼다. 나는 깊게 숨을 들이마시고 천천히 첫걸음을 뗐다. 그리고 선착장을 향해 걸어가기 시작했다.

갈매기들이 서로를 부르며 소리를 냈다. 저 멀리 어딘가에서는 종소리가 들렸다. 뜨거운 햇볕은 내 맨 어깨에 닿았다. 땀이 나기 시작했다. 선착장을 따라 반쯤 걸어갔을 때 한 남자가 배에서 내렸다.

나는 멈추어 서서 그를 바라보았다. 호리호리한 체형의 그는 바람에 헝클어진 금발 머리카락을 가지고 있었다. 남자는 빛바랜 회색 반바지, 남색 티셔츠를 입고 보잉 선글라스를 끼고 있었다. 어떤 이유에서인지 그는 잠깐 멈추고 더플백을 내려놓더니 몸을 구부려 내부를 뒤졌다. 나는 옴짝달싹 않고 서서 그의 등근육과 열린 가방을 헤집는 손의 움직임을 자세히 살폈다.

그는 다시 일어나 두 손을 허리에 얹었다. 그는 고개를 돌려 나를 바라보았다.

그 순간 온 세상이 사라져 버리는 기분이 들었다. 몸 전체를 흐르는 뜨거운 피, 타는 듯한 열기 말고는 아무것도 느껴지지 않았다.

딘이다.

의심의 여지가 없었다.

얼마나 오랫동안 그 자리에 있었을까. 우리는 서로를 바라보면서 그냥 그렇게 있었다. 나는 발목까지 오는 원피스, 슬리퍼 차림으로 선글라스를 끼고 부두에서 미동도 없이 서있었고 그는 허리에 손을 얹은 채 서있었다. 빛을 받은 그의 금색 머리카락이 반짝였다.

귀에서 윙윙 소리가 나는 것 같았다.

허리에 있던 그의 손이 양옆으로 떨어졌다.

나는 천천히 그를 향해 걸어가기 시작했다. 그도 걷기 시작했다. 그의 더플백은 열린 채 부두 위에 남아있었다.

마침내 우리는 우리 사이에 몇 미터 거리를 남겨두고 걸음을 멈추었다.

한참 전 나는 수도 없이 가슴 시린 상상을 했었다. 만약 우리가 다시 만나는 기적이 일어난다면 우리는 한달음에 서로에게 달려와 열정적이고 행복하게 서로의 품에 안길 거라는 상상. 눈물과 웃음으로 범벅된 채 키스할 거라는 상상. 하지만 지금은 웃을 기분도, 그를 안을 기분도 들지 않았다. 그 순간 나는 차가운 돌덩이가 된 것 같았다.

한동안 그는 말을 하지 못했다. 한참 후 그는 겨우 말을 뱉었다.

"올리비아……."

이제 내 분노는 실체를 갖게 되었다. 주먹으로 그의 가슴을 때리고 그를 마구 밀치고 싶었다. 하지만 애써 충동을 억누르며 겨우 고개를 끄덕였다.

"나를 찾아냈구나."

그가 말했다. 말이 목구멍에 걸려버렸다. 마치 정원용 삽으로 예전의 나를 도려낸 것 같은 공허함이 느껴졌다. 내부가 텅 빈 기분이었다. 기운까지 도려내진 듯 진이 빠졌다.

"그런 것 같네. 무슨 말을 해야 할지 모르겠어. 당신이라는 것도 믿기지 않고."

나는 대답하고 두 주먹을 질끈 쥐었다. 입이 말랐다.

"나도…… 당신이 여기 있는 게 믿기지 않아."

그가 대답했다. 그의 목소리는……. 아, 너무나도 익숙했다. 그 목소리를 다시 들을 수 있을 줄은 꿈에도 몰랐다.

더 이상 그렇게 있을 수가 없었다. 마치 옛날 학교 친구를 만난 듯 예의를 갖추어가며 그렇게 서있을 수가 없었다. 내면에서 불길이 치솟았다. 분노는 걷잡을 수 없이 번져 나갔다. 나는 바다로 시선을 돌렸다.

"정말 미안해."

그가 마침내 입을 열고는 부두 위 낡은 널빤지 위로 시선을 떨구었다. 나는 코웃음을 치며 선글라스를 벗어 밝은 빛 아래서 그를 바라보았다.

"그딴 소리는 꺼내지도 마. 미안하다는 말은 엔진 오일 교환하러 가는 걸 까먹었을 때나 할 수 있는 말이니까. 당신은 20년 전에 나를 버리고 비행기 추락을 꾸며냈어. 나는 당신이 죽었다고 생각했어. 내가 울게, 슬퍼하게 내버려 뒀어! 그런데 당신은 지금 여기 있네."

니는 허공에 대고 손을 마구 흔들었다.

"이렇게 멋진 삶을 살면서!"

그 역시 선글라스를 벗었다. 처음으로 그의 눈가에 생긴 주름들이 보였다.

"멋지다고 할 수는 없는데……."

"내 눈에는 꽤 좋아 보이거든."

나는 관광객들과 가족들이 헬륨 풍선과 아이스크림을 손에 들고 한가롭게 거니는 산책로 쪽으로 몸을 돌렸다.

"당신이랑 같이 일하는 젊고 멋진 선원들을 봤어. 그리고 태닝도 했네. 게다가 이 요트! 아주 멋지네. 아주 아름다워."

그는 고개를 흔들며 발을 내려다보았다.

"어떻게 나를 찾은 거야?"

나는 날카로운 한숨을 내쉬었다.

"운이 좋았지. 우리 딸 로즈가 DNA 검사 결과를 가족 찾기 웹사이트에 보냈고 거기서 열여덟 살의 이복 여동생이 있다는 걸 알아냈어. 여동생 이름은 수지야."

그가 갑자기 고개를 들어서 나는 말을 중단했다.

"맞아. 당신한테는 딸이 둘이나 있어. 아주 멋진 두 젊은 여성. 그런 건 알고 있었어야지."

"한 명은 알고 있었어."

"수지는 알고 있었지만 로즈는 몰랐다? 페이스북도 안 하는 거야? 지난 몇 년 동안 구글에서 나를 검색해 본 적도 없어? 단한 번도?"

"몇 번 검색해 봤어. 하지만 20년 전에는 정보가 많지 않았어. 당신이 다시 결혼했다는 건 알고 있었지만……."

딘은 말을 멈추고 바다로 시선을 돌렸다.

"나는 인터넷을 거의 사용하지 않아. 페이스북 계정도 없어. 라디오로 지역 방송을 듣는 게 전부야."

"생각할 필요가 없으면 편하니까. 모든 걸 차단하면 끝이었겠지."

나는 잔인하게 말했다.

"맞아. 실제로 그랬어."

그가 대답했다. 마침내 우리의 눈이 서로에게 고정되었다. 나는 분노를 잠재우고 이성적으로 생각하려고 노력했다.

"나 멜라니 브라운에 대해 알고 있어."

나는 그에게 말했다. 그는 멈출 수 없는 산사태를 눈앞에서 목격하고 있다는 듯 천천히 고개를 저었다.

"뭘 알고 있어?"

"그녀가 뉴저지의 숲에 묻혔다는 사실."

그의 얼굴에는 초조한 빛이 역력했다.

"형사 두 명이 집에 찾아왔었어."

나는 계속 설명을 이어나갔다.

"몇 년 전이었지. 그들은 DNA 검사를 했고 그녀가 품고 있었던 아기의 아버지가 당신이라는 게 밝혀졌어. 당연히 당신은 그녀의 실종과 연관되었고."

내가 그의 방향으로 각목을 휘두르기라도 한 듯 딘의 고개가
뒤로 젖혀졌다.

"지금 뭐라고 한 거야?"

불현듯 멜라니의 실종과 관련된 상황을 그가 전부 알고 있지
못할 수도 있겠다는 생각이 머리를 스쳤다. 딘이 이 이야기를
듣고 충격받은 것처럼 보였기 때문이다.

"당신도 당연히 알고 있을 줄 알았어. 그녀가 임신한 거. 최소
5개월은 됐다고 했었나."

딘은 아연실색하며 뒤로 몇 걸음 물러났다. 그러더니 쪼그리
고 앉아 기도하는 것처럼 양손을 모아 이마에 가져다 댔다.

"나는…… 몰랐어."

나는 그를 가만히 내려다보았다. 반신반의와 혼란스러움으
로 뿌옇게 된 머릿속에서 생각들이 이리저리 맴돌았다.

"그녀도 몰랐을 거야. 알았더라면 나한테 숨길 이유가 없었
어. 게다가 그녀는 매일 술을 마셨어. 하지만 어떻게 그녀가 모
를 수가 있지?"

딘이 말했다.

"몰랐을 수도 있어. 그녀가 피임약을 복용 중이었다면 생리
를 했을 수도 있으니까. 어쩌면 그냥 살이 조금 붙고 있었다고
생각했을지도 몰라."

나는 잠깐 말을 멈추었다.

"하지만 여기서 명백한 건…… 당신은 실제로 그녀와 만났었

다는 말이네."

아직 확인해야 할 것들이 많이 있었다.

"응……."

그의 즉각적인 대답에 머리를 한 대 얻어맞은 듯한 기분이 들었다. 하지만 나는 그에게 지금 막 전달한 소식을 받아들일 시간을 주었다. 그러다가 궁금해졌다. 내가 모르는 게 또 뭐가 있을까? 지난 20년 동안 내가 한 거라고는 버뮤다 삼각지대에서 이 남자에게 무슨 일이 일어났는지 캐내는 것, 그리고 멜라니 브라운에게 무슨 짓을 저지른 건 아닌지 추측하는 것뿐이었다. 그 긴 시간이 지난 끝에, 이제 드디어 그에게서 진실을 들을 수 있게 되었다.

"당신이 죽인 거야?"

내가 물었다. 그는 고통스러운 표정으로 나를 올려다보았다.

"아니, 적어도…… 일부러 그런 건 아니야."

구역질이 올라와 그를 외면하면서 손으로 이마를 꾹 눌렀다.

"무슨 일이 있었던 건지 말해줘."

그는 천천히 일어나서 손가락으로 머리칼을 쓸어내렸다.

"여기서는 못하겠어. 어디 앉아서 얘기하자."

그 이야기를 꼭 들어야 했기에, 어디라도 앉아야 했기에, 그를 따라 부두에 있는 그의 배로 갔다. 그는 내가 배에 오를 수 있게 도와주었다. 그의 손을 잡았을 때 단단하고 따뜻한 손이 닿는 익숙함에 묻어두었던 추억이 물밀 듯이 밀려왔다. 그가 눈앞에 있다는 사실, 내 손이 그에게 닿았다는 사실, 그의 얼굴과 눈과 손을 바라보고 있다는 사실이 아직도 믿기지 않았다. 그가 사라진 후 몇 주, 몇 달, 몇 년 동안 얼마나 숱하게 이 순간만을 꿈꾸었던가?

딘은 조종석으로 걸어가 자물쇠를 따고 문을 열었다. 20년 만에 내 모습을 보고 그는 무슨 생각을 했을까, 지금에 와서야 궁금해졌다. 나는 이제 세 아이의 엄마였다. 상담실에서 처음 만나 센트럴 파크를 산책했던 스물넷의 젊은 여성이 아니었다. 나는 이제 쉰이었다. 그리고 내가 살아온 삶의 대부분을, 그는 알지 못했다.

그는 계단을 내려가 아래층에 있는 호화로운 객실로 나를 안내했다. 목공품은 매끄럽고 광택이 나는 티크로 제작되었고 자리에는 회색 가죽 쿠션들이 놓여있었다. 나는 선장실을 빠르게 훑어보고 바닥에 가방을 내려놓았다.

"여기 앉아."

그는 가라앉은 목소리로 테이블 앞에 있는 의자를 가리키며 말했다.

"마실 것 좀 줄까? 물이라도?"

"와인 있어?"

긴장을 풀만한 게 필요했다. 죽었다고 여겼던 남편이 눈앞에 있는 상황에서 나를 안정시킬 수 있을만한 것.

"레드 아니면 화이트?"

"뭐든 상관없어."

그는 갤리 냉장고에서 화이트 와인 한 병을 꺼내 나에게 따라주고 자신의 컵에는 물을 따랐다. 우리는 테이블에 마주 보고 앉았다.

"먼저, 당신 이야기를 듣고 싶어."

그는 말을 잠깐 멈추고 등을 기댔다.

"로즈라고 했지?"

로즈의 이름을 내뱉는 그의 목소리가 떨렸다. 그의 눈은 온 우주의 슬픔을 담고 있는 것처럼 보였다.

그가 상실감을 느낀다는 것을, 후회하고 있다는 것을 감지했다. 그에게 동정심이 드는 내 자신이 혐오스러웠다. 그는 나를 속였고 비밀을 만들었다. 그랬던 그에게 그런 감정을 느끼고 싶지 않았다. 두 명의 형사가 내 앞에 나타나기 전까지, 나는 그의 본모습을 추호도 의심하지 않았었다.

"우리가 마지막으로 배를 탔던 날 기억하지? 내가 얼마나 아이를 원했는지도?"

그는 고통스러운 표정으로 고개를 끄덕였다.

"나도 몰랐어. 그때 이미 임신 중이었다는 사실을."

나는 와인 잔을 들어 한 모금 들이키고 다시 내려놓았다.

"알았다면 상황은 바뀌었을까? 알았다면 당신이 내 곁에 있었을 것 같아?"

내가 물었다. 한 치의 망설임도 없이 그가 대답했다.

"당신이 임신했다는 걸 알았다면 당연히 당신을 떠나지 않았을 거야. 그날 밤 떠나기로 마음먹은 이유는 우리가 다음 단계로 나아가기 전에 내가 사라지는 게 좋겠다고 생각했기 때문이야. 나는 아버지가 될 자질이 없는 사람이었고, 마음 한구석에는 내 유전자를 물려준다는 사실이 걱정됐어. 문제가 있을지 모르는 내 유전자를 남기고 싶지 않았어."

"떠나기로 마음을 먹었나라……."

나는 얼굴을 찌푸렸다.

"당신한테는 우리가 함께했던 삶이 일종의 연극 같은 거였나 보네?"

나는 자제력을 잃었다. 충동적으로 와인 잔을 들어 그의 얼굴에 와인을 뿌렸다.

딘은 충격을 받았는지 숨을 들이마셨다. 그리고 조용히 손등으로 얼굴을 닦았다. 우리는 몇 초간 말없이, 움직이지 않고 앉아있었다.

"그 술은 당신을 위한 거였으니까……."

내가 한참 후 입을 열었다.

"이제 이 잔 좀 다시 채워줄래?"

그는 말없이 일어나 와인 병을 가져왔다. 그리고 다시 잔을 채웠다.

"아까 이야기로 돌아가면……."

내가 말했고 그는 다시 앉았다.

"내가 살아온 이야기는 별로 하고 싶지 않아. 행복했다는 것 말고는 달리 할 말이 없네. 나는 가브리엘과 결혼했어. 소호에 있는 커피하우스에서 만났던 가브리엘, 기억하지?"

"응."

나는 와인을 한 모금 더 마셨다. 그리고 와인 잔 너머로 그를 차갑게 쏘아보았다. 그에게 상처를 주고 싶었다. 내가 겪었던 고통을 모조리 되돌려주고 싶었다.

"갑자기 지금 내가 중혼 상태에 있는 게 아닌가 궁금해지네."

나는 씁쓸하게 말했다.

"아무래도 그 상태가 맞겠네. 하지만 샛길로 새는 건 그만하자. 나는 당신이랑 멜라니 브라운의 관계가 알고 싶어. 그녀가 어떻게 숲에 버려지게 됐는지도."

나는 공격적인 말투로 말했고 그는 이야기를 시작했다.

"그녀는 내가 상담사로 일할 때 내 환자였어. 그녀를 만난 건 우리가 만나기 전이었어. 그녀는 내게 마음이 있었고 나도 알고 있었어. 그게 드문 일은 아니고 성적 전이라고 부르는 현상인데……."

"성적 전이가 뭔지는 나도 알아."

내가 말을 끊어 그가 멈추었다.

"그럼 그게 가끔은 양방향으로 일어난다는 사실도 알고 있겠네."

나는 불편한 마음으로 이마를 찡그렸다.

"계속해."

그는 머뭇거리며 테이블 중앙에 시선을 고정했다.

"고모가 돌아가신 다음에 나는 괴로운 시간을 보내고 있었어. 외로웠어……. 그게 핑계가 될 수 없다는 건 알아. 어떻게 보면 끔찍한 권력 남용이나 마찬가지였지. 그렇지만 나는 결국 멜라니의 고백을 받아들였고……."

그는 말을 멈추었다.

"이런 얘기하는 건 죽기보다 싫은데…… 어느 날 우리는 상담실에서 키스를 했어. 그러면 안 된다는 걸 알고 있었지만, 그때 나는 혼란스럽고 망가진 상태였거든. 뭔가가 필요했어……. 그게 뭔지는 나도 모르겠어."

그는 손으로 이마를 감쌌다.

"그건 실수였어."

"그럼 그녀와는 얼마나 만났어?"

"5개월 정도. 하지만 그건 선택할 수 있는 게 아니었어. 그녀가 누군가에게 우리 관계를 발설하면 내 경력은 끝장이기 때문에 어떻게 문제 없이 관계를 끝내야 할지 고민했어. 그래서 늘 살얼음판을 걷는 기분이었어."

나는 그들의 관계를 멋대로 가정하지 않으려고 했다. 대신 그가 계속 얘기하도록 부추겼다.

"그다음에는 어떻게 된 거야?"

그는 눈을 감았다.

"나는 알고 있었어. 비록 그녀는 나를 향한 자신의 사랑이 진짜라고 생각했지만, 그건 우리 둘 모두에게 진짜가 아니었어. 나는 그걸 그녀와 만난 지 48시간 만에 깨달았어. 하지만 그때는 이미 늦었지. 이미 내 직업윤리를 저버렸고 발을 뺄 수 없었어. 그녀는 나와의 만남을 위해 상담을 끝냈는데 그것도 실수였어. 적어도 그녀를 다른 상담사에게 보냈어야 했는데 그러지 않았거든. 그녀가 다른 사람에게 내 얘기를 할까 봐 불안했으니까. 그래서 나는 내 나름의 방식대로 계속 그녀를 도우려고 했었던 것 같아. 여전히 한편으로는 그녀의 상담사였고, 어떻게 생각하면 그게 우리 관계의 핵심이었으니까. 그녀가 내게서 원하는 것도 그런 거였고. 그리고 나는 생각했어, 바라기도 했고……. 상황은 좋아질 수 있고 나도 그녀를 사랑하게 될 수 있을 거라고. 그래서 그녀에게 관심을 주었고 그녀를 신경 썼지. 하지만 그때 당신을 만났고, 그럼에도 나는 그녀 곁에서도 사력을 다했어. 그렇지 않으면, 그녀가 우리 관계를 폭로하기라도 하면 나는 끝장이니까. 그건 건강하지 않은 관계였어.”

“그래서 그녀를 죽였다는 말이네.”

나는 이야기의 불쾌한 부분을 건너뛰고 결론만 말했다. 그 오랜 세월이 흐른 후 더 이상 내게 남은 인내심은 없었다.

“그런 건 아니야.”

그는 단호하게 반박했다.

“어느 날 밤 그녀와의 관계를 끝낼 생각으로 그녀의 집에 갔어. 술에 취해서 감정이 격해져 있던 그녀는 나를 문밖으로 밀쳤어. 나는 층계참으로 떨어졌고 그녀는……..”

그는 말을 멈추고 가만히 있었다. 마치 껍데기만 두고 과거로 돌아간 것처럼 그는 허공을 응시했다. 나는 사라 언니의 요트에서 돌고래를 발견하던 날을 떠올렸다.

“딘?”

나는 약간 몸을 앞으로 기울였다. 그는 그 생각을 떨쳐내려는 듯 도리질을 하더니 다시 말하기 시작했다.

"그녀는 당장 나가라고, 내게 계속 소리를 질렀어. 그러더니 나를 계단 아래로 밀어버렸어. 나는 떨어지지 않으려고 그녀를 붙잡았지만…… 우리는 같이 떨어졌어."

그의 말이 내 마음속에서 메아리처럼 울려 퍼졌다. 분노와 의심이 살짝 녹아내리는 기이한 기분이 들었다.

"그럼 사고였다는 말이네."

"맞아."

"왜 경찰이나 구급차를 부르지 않은 거야? 그게 당신 잘못이 아니었다면."

내가 물었다. 그는 눈을 꼭 감았다.

"그건 내 잘못이었어. 전부 내 잘못이었지. 당황했고 겁이 났어. 그 시점에 나는 당신과 사랑에 빠졌고 내가 환자와 만났다는 걸 누군가 알게 될까 봐 두려웠어. 특히 당신이 알게 될까 봐. 당신은 나를 좋은 사람이라고 여겼기 때문에 더더욱 본모습을 보여주고 싶지 않았어."

그는 손바닥으로 눈두덩이를 눌렀다.

"그다음은 기억이 흐릿해. 비가 억수같이 퍼붓고 있었고 나는 그녀를 차에 태웠어……."

그는 조용히 눈물을 흘리기 시작했다.

"맙소사."

속이 메스꺼웠다.

"나머지 이야기를 들을 수 있을지 모르겠어."

"아무도 모르기를 바랐어."

그는 개의치 않고 계속 이야기했다.

"그냥 모든 게 사라지면 좋겠다고 생각했어. 마치 아무 일도 없었던 것처럼. 나는 당신과 함께하고 싶었고 당신이 나를 사랑하기를 바랐어."

"나는 당신을 사랑했어."

나는 분노를 품은 채 말했다.

"어떻게 그걸 모를 수 있어?"

그는 수치스럽다는 듯 고개를 저었다.

"몰랐어. 그때는 우리가 만난 지 얼마 되지 않았고 모든 게 불확실하게 느껴졌어. 내가 한 짓도 전부 기억이 나지 않아. 그냥 중간중간 떠오르는 장면들만 기억에 남아있어."

그는 멈추었다.

"가끔 그 생각이 들기 시작하면 억지로 잊으려고 했어. 명상을 하기도 했고……. 그 생각에서 벗어날 수 있는 거라면 뭐든 했어. 그렇지 않았다면 아마도……."

"아마도 뭐?"

"모르겠어. 배를 타고 바다 한가운데로 나간 다음 뛰어들었을 거야."

나는 눈을 감았다.

"그런 말은 하지 마."

그는 양손으로 머리카락을 움켜쥐었다.

"왜 나한테 말해주지 않았던 거야?"

나는 조금 누그러진 말투로 물었다.

"우리가 결혼하고 나서 당신은 가끔 악몽을 꾸었잖아. 그것 때문이었어?"

"응……."

"나한테 털어놓았다면 나는 어떻게든 당신을 도왔을 거야. 지금 당신이 벌인 일들, 전부 그럴 필요가 없었을 거라고. 비행기를 타고 날아가서 다시 돌아오지 않았던 거 말이야. 당신이 나한테 한 짓은 너무 끔찍한 일이야. 당신은 나를 고통 속에 밀어 넣었어."

그가 고개를 들었다. 붉어진 그의 눈에 눈물이 가득했다.

"그동안 내 머릿속에서 우리가 이 이야기에 대해 수도 없이 대화를 나누는 상상을 했었어. 상상 속 대화에서 나는 당신에게 모든 걸 털어놓았고 당신은 나를 이해하고 용서해 주었지. 무슨 일이 있어도 당신은 나를 사랑할 거라고 말했어. 그때 전부 얘기하고 싶은 마음이 간절했지만, 당신이 나한테 실망할까 봐 겁이 났어. 당신은 완벽하고 행복했으니까. 나는 그 악몽으로부터 당신을 보호하고 싶었어. 내 고통이 곧 당신의 고통이 되리라는 것을 알았고 당신한테 그런 짐을 지우고 싶지도 않았어. 그때 나는 지옥에 있었고 지금까지도 지옥에 있거든. 내가 없는 편이 당신한테는 더 나을 거라고 판단했어."

나는 끓어오르는 화를 주체하지 못하고 자리에서 일어나 그를 외면했다.

"하지만 당신은 나한테 다른 식의 고통을 준 거야. 당신을 잃

495

고 내가 얼마나 괴로웠는지 알아? 당신한테 무슨 일이 있었는지 모르는 채로 당신을 완벽하게 정리하는 건 불가능했어. 그러다가 나중에서야 당신에게 비밀이 있었다는 사실을 알게 됐지. 그 사건이 벌어졌을 때 당신과 함께할지 아니면 당신을 떠날지, 나한테 선택권을 줬더라면 좋았을 거야. 그날 밤 경찰에 신고했더라면 우리는 그 상황을 같이 극복할 수 있었을 거야. 같이 견뎠을 거라고."

"아니면 다시는 나를 안 보려고 했을지도 모르지."

"결국 그렇게 됐잖아."

나는 그에게 상기시켜 주었다.

"어찌 됐든 당신은 나를 잃었잖아. 당신은 우리가 함께 만들어낸 모든 걸 짓밟았어."

"적어도 한동안은 당신과 함께할 수 있었잖아."

어처구니가 없어 실소가 터졌다. 내 분노는 다시 수면 위로 올라왔다.

"하지만 당신은 내내 지옥에 있었어. 그래서, 그게 그럴만한 가치가 있었어? 우리가 함께했던 그 짧은 시간이 그럴 가치가 있었냐고?"

"이기적인 소리로 들리겠지만 그랬다고 말하고 싶어. 당신은 내 안식처였으니까. 그래도 내가 당신한테 한 짓은…… 그러지 말았어야 했어."

우리는 한동안 침묵 속에서 앉아있었다. 딘은 물을 한 모금 마셨다.

"만약 그날 밤 경찰에 신고했다면, 그래서 내가 저지른 짓을 당신이 모두 알게 됐다면 당신은 나를 버렸을 거야. 그리고 곧 나를 잊었을 거야. 분명 그랬을 거야. 당시 우리는 서로 알아가는 던게었으니까."

"그런 식으로 단정하지 마. 나는 우리 사이가 특별하다고 생각했어. 심지어 우리가 처음 만났을 때부터 그렇게 느꼈어. 지금 돌이켜보면 당신이 내게 모든 걸 털어놓았대도 나는 당신 곁에 있었을 거야. 아빠가 경제적 지원을 모두 끊었던 사실은 잊은 거야? 나는 당신 하나 때문에 가족 모두와 연을 끊었었어. 그 정도로 당신을 사랑했었다고."

그는 고개를 떨구었다.

"나는 내가 그런 사랑을 받을만한 사람이 아니라고 생각했어. 아버지는 늘 나한테 쓸모없는 인간이라고 말했거든. 내 가장 큰 두려움은 나도 결국 아버지처럼 되지 않을까 하는 거였어. 혼자가 되고, 손가락질을 받고, 감옥에 가는 그런 결말."

"그게 당신의 가장 큰 두려움이었다고?"

나는 실망스러운 마음으로 물었다.

"내 가장 큰 두려움은 당신을 잃는 거였어. 그리고 알려줘서 고마워. 당신이 중요하게 여기는 것들의 피라미드에서 내가 어디쯤 위치하는지 알려줘서."

그가 고개를 들었을 때 갑작스럽게 그의 내면에 뛰어들어 그의 고통을 공감하고 이해하고 싶은 충동이 일었다. 괴로워하는 그의 영혼 깊숙한 곳에 들어가 모든 게 괜찮을 거라고 위로하고 싶었다. 나는 그 충동을 억누르기 위해 자신과 싸워야만 했다.

"떠나고 난 후에 단 하루도 빠짐없이 당신을 생각했어. 하지만 당신을 놓아주어야만 했어. 특히 당신이 재혼한 후에는 말이야. 당신이 나를 잊고 행복하기를 바랐어. 죄책감과 고독은 내가 짊어져야 할, 내 속죄의 수단으로 삼기로 했으니까."

그가 말했다. 나는 그를 마주 보았다.

"그녀가 죽은 건 당신 잘못이 아니잖아. 그녀가 당신을 밀었다면……."

"애초에 그녀와 관계를 맺었으니 내 잘못이 맞아. 그게 옳지 않다는 걸 알면서도 시작했으니까. 가끔 그때를 생각하면 꼭 내 안에 내가 아닌 다른 사람이 들어있었던 기분이야. 내 의지와는 상관없이 진행된 일 같아."

그는 절망적인 눈빛으로 나를 바라보았다.

"한동안은 당신이 내 피난처였어. 내가 한 짓으로부터의 탈출구였지. 우리가 마이애미로 갔을 때는 내가 한 짓을 차단하고 아무 일도 없었던 듯 가장하며 사는 게 쉬웠어."

"내가 아기를 갖고 싶어 하기 전까지는 말이지."

내가 말했다.

"그래서 그날 밤 나를 떠나기로 한 거야?"

"아니야. 그 생각은 오래전부터 하고 있었어. 다만 적절한 상황을 기다리고 있었어."

"어떤 상황?"

"비행기 안에 혼자 있는 상황. 보통은 승무원이 같이 있으니까……. 가끔은 부조종사도 있고."

"어떻게 한 거야? 어떻게 비행기를 사라지게 한 거야? 형사들은 멜라니 브라운이 버뮤다 삼각지대에서 실종되는 비행기에 관한 논문을 쓰고 있었다고 말했어. 혹시 거기서 정보를 얻은 거야?"

그는 고개를 숙였다.

"아니. 내가 한 건 그녀가 증명하려고 했던 것과 아무 상관이 없었어. 그저 힌트만 얻었을 뿐이야. 난 단지 레이더에 감지되지 않을 만큼 낮은 고도로 급강하했어. 그게 다야."

믿을 수가 없었다. 그건 너무 간단했다. 그 단순한 것이 내 마음속 집착괴물을 만들어냈다. 광기 어린 이론들과 설명에 집착했던 그 괴물.

"그게 다라고? 그다음에는 어디로 갔는데? 그 길로 호주까지 날아올 수는 없었을 텐데. 그게 가능해? 어딘가에서 멈춰서 연료를 보충해야 했을 거잖아."

그는 멜라니 이야기를 할 때보다는 편안해 보였다.

"콜롬비아까지 날아갔어. 거기서 비행기를 버리고 시드니행 비행기를 예약했지. 마이크 미첼의 파티에서 만났던 사람들에게 위조 여권을 받았거든."

"비행기를 버렸다는 게 무슨 뜻이야? 말 그대로 그냥 버렸다는 거야?"

그는 그 질문에 답하고 싶지 않다는 듯 고개를 흔들었다.

"팔았어? 누구한테?"

나는 어떻게든 알아내려고 노력했다.

"마이크의 파티에서 만난 누군가에게 팔았다는 거야?"

그는 진지한 모습으로 고개를 끄덕였다.

"그들이 현금으로 줬거든. 여기서 배를 사서 일을 시작하기에 충분한 액수였어."

나는 그에게서 고개를 돌렸다.

"세상에, 딘."

나는 일어나서 갤리의 조리대에 서서 앞에 조그만 창문을 통해 하늘을 바라보았다. 오래전 아빠의 서재에서 있었던 일이 떠올랐다. 딘은 나와 어울리지 않는다며 아빠가 나를 설득하던 날. 나는 딘을 옹호하며 나를 보호하려던 아빠에게서 등을 돌렸다.

아빠가 나를 내려다보며 말하는 모습이 머릿속에 그려졌다. 내 말을 들었어야지.

이제 나는 엄마가 되었다. 어쩌면 이제 아빠를 용서할 시간이 됐는지도 모르겠다. 이제야 자식을 보호하려던 아빠의 마음을 이해할 수 있게 되었기 때문이다. 그래도 여전히, 스스로 해결할 수 있게 아빠가 나를 충분히 믿어주었더라면 어땠을까, 하는 아쉬움이 들었다. 나라면 그렇게 했을 것이다.

딘도 자신만의 방식으로 나를 보호하려고 했던 것이다.

갈매기가 배 위로 날아올랐다. 바람을 타고 해안으로 날아가는 갈매기를 바라보다가 갈매기가 시야에서 사라졌을 때 나는 한숨을 쉬었다.

사람들은 내가 자신을 지키기에는 너무 연약하고 순진하다고 생각했다. 나는 사람들의 생각에 싫증이 났다. 어째서 그들은 내가 고난을 감당할 수 없을 거라고 여기는 걸까? 대체 나의 어떤 점이 그들에게 그런 생각을 품게 했을까?

하지만 가브리엘은 달랐다. 그는 내가 혼자서 이곳에 올 수 있게 해주었다. 발에 닿는 배의 바닥이 파도에 살랑살랑 흔들렸다. 조그만 직사각형 창문 밖으로 보이는 하늘은 새파랗게 물들어 있었다. 지금까지 나는 이런 멋진 파란색을 본 적이 없었다. 가브리엘과 같이 왔더라면, 그와 이 푸른 하늘을 함께 감상할 수 있었더라면 얼마나 좋았을까.

나는 반대편 창문을 바라보고 있던 딘을 돌아보았다. 좌절감과 공허함으로 심신이 피폐한 모습이었다. 멜라니 브라운 소식을 듣고 나서 내가 얼마나 분노에 찼었는지 떠올렸다. 나는 마치 독이라도 묻은 듯 삼나무 상자를 지하실로 내쫓았다.

하지만 오늘, 이 배 위에서 내 분노는 서서히 힘을 잃고 있었다. 분노가 있던 자리는 진실을 알게 되어 다행이라는 안도의 속삭임으로 채워졌다. 비록 멜라니 브라운을 향한 안타까움, 슬픔과 자신이 범한 실수와 함께 평생을 살아야 하는 딘을 향한 연민으로 가득한 진실이었지만 말이다. 시간을 되돌릴 방법을 찾아내지 않는 한 절대 되돌이킬 수 없는 그의 실수들.

만약 그가 옳은 선택을 했다면 나는 그의 곁을 지켰을 것이다. 그걸 알 정도로 그가 나를 충분히 믿었었더라면, 지금쯤 우리는 그 모든 시련을 함께 지나왔을 것이다. 하지만 그 대신 그는 다른 길을 택했다. 그는 껍데기 안에 숨듯 모든 걸 차단하고 평생 끝나지 않을 악몽 속에서 사는 길을 택했다.

오늘 그도 나처럼 안도감을 느꼈을까. 이렇게 세월이 흐른 후에 내게 진실을 고백하는 건, 어쩌면 앓던 이를 뽑은 심정이지 않을까. 자신의 죄를 내가 알게 되는 것이 그의 가장 큰 두려움이었다. 하지만 지금 그 비밀이 모두 드러났다. 적어도 우리 사이에서는 그랬다. 그는 더 이상 내 비난을 두려워할 필요가 없었다. 그건 이제 끝난 것이다. 그 부분은 마무리가 되었다.

"이제 어떻게 되는 거지?"

내가 테이블로 돌아와 그의 맞은편에 앉자, 그가 물었다.

그때 존슨 형사와 여전히 내 지갑 안에 있는 그의 명함이 머리를 스쳤다. 그 모든 세월 동안 멜라니 브라운의 죽음, 딘의 실종과 관련된 어떤 실마리도 없었다. 하지만 이제는 있다.

내가 알기로 멜라니를 찾는 사람은 없었다. 가족도, 그녀를 아끼는 누군가도 없었다. 그게 사건이 해결되지 않은 채 방치된 이유일 것이다. 나를 제외하면 멜라니를 위해, 정의를 위해 싸워줄 사람도, 답을 요구할 사람도 없었다.

"뭐 하나 물어봐도 돼?"

딘은 고개를 끄덕였다.

"멜라니가 작업 중이던 논문은 어떻게 했어? 형사들은 그걸 찾을 수 없었다고 말했어. 실종된 비행기에 관해 그녀가 알아낸 게 뭔지 궁금해."

딘은 벤치에 등을 기대고 창밖을 응시했다.

"그녀는 버뮤다 삼각지대의 수수께끼를 풀지 못했지만 입자 물리학에 관한 몇 가지 흥미로운 사실을 발견했다고 했어. 그 논문을 읽을 용기가 나지 않았지만 그렇다고 없앨 수도 없었어. 그녀가 그렇게 된 후에는 더더욱. 그래서 경찰이 나를 심문한 다음 그녀가 내 이름을 언급한 페이지를 찢어버렸어. 논문은 지역 도서관에 가져가서 선반에 꽂아 두었어. 누군가가 우연히 발견해서 해당 구역으로 가져다 놓거나 컬럼비아대학으로 돌려보낼 줄 알았어."

나는 눈살을 찌푸렸다.

"아무도 그렇게 한 것 같지 않아. 버뮤다 삼각지대에 관한, 내가 구할 수 있는 모든 자료를 찾아 읽었거든. 게다가 형사들도 수사할 때 발견하지 못했거든. 어느 도서관이야?"

"뉴욕 공립 도서관, 본관."

"맙소사. 어느 구역?"

"그것까지는 기억이 안 나. 당황해서 그냥 두고 나왔어."

마지막으로 버뮤다 삼각지대에 관한 정보를 찾았던 건 이미 오래전이다. 이제는 그걸 뒤로하고 싶었지만, 집에 돌아가서 다시 찾아보기로 했다.

"밖으로 나가자. 바람 좀 쐬고 싶어."

내가 말했다. 딘은 기꺼이, 하지만 조용히 나를 따라 나왔다. 나는 깨달았다. 그는 더 이상 내가 사랑에 빠졌던 그 남자와 동일 인물 같지 않았다. 그는 두려움과 수치심에 갇혀버린 죄수가 되어있었다. 그것 때문에 그는 망가져 버렸다.

우리가 다시 햇빛 속으로 들어왔을 때 나는 정박해 있던 다른 배들, 탱크톱과 반바지 차림으로 산책로를 걷는 사람들을 둘러보았다. 나는 배의 방향키가 있는 곳으로 가서 핸들을 가볍게 만졌다.

"멋진 배네. 아름다워."

내가 말했다. 딘은 팔꿈치를 무릎 위에 얹고 벤치에 앉았다.

"작년에 샀어. 예전 배보다 커서 그런지 예약이 늘어났어. 많이 바빠졌지."

아까보다 낮게 내려온 태양을 피하려고 나는 손을 들어 눈을 가렸다.

"있잖아."

나는 마침내 말을 꺼냈다.

"내가 여기까지 온 이유는 로즈 때문이었어. 로즈가 아니었다면 나는 당신한테 무슨 일이 있었는지 모르는 채로 남은 날들을 보냈겠지. 로즈는 존재하는 줄도 몰랐던 여동생의 존재를 알게 되었고 여동생을 만나고 싶어 했거든. 그래서 지금 여기 있는 거야. 나도 마침내 진실을 알게 되었고."

그는 멍하니 신발을 내려다보고 있었다. 나는 지금 이 상황이 싫었다. 들이마시는 숨결 하나하나까지도 이 상황을 거부했다.

"딘."

나는 그가 나를 올려다볼 때까지 기다렸다가 조심스럽게 이야기를 꺼냈다.

"당신은 자수해야 해."

그는 아무 말 없이 앉아 바다를 바라보았다.

"딘?"

그는 나를 쳐다보려고 하지 않았다. 그는 일어나서 배의 난간으로 걸어가 내게서 등을 돌리고 서있었다. 나는 그에게 다가가 그의 어깨에 손을 올렸다.

"그때 바로 다른 상담사에게 그녀를 보냈더라면 좋았을 텐데. 그때 그녀에게 키스하지 않았다면 그녀는 아직 살아있었을 텐데. 그리고 당신과 나는 평생을 함께했을 텐데."

아마도 그랬겠지, 나는 생각했다.

아니, 어쩌면 그렇지 않을 수도 있었다.

배는 잔잔한 파도 위에서 가볍게 흔들리고 있었다. 언젠가는 우리 중 하나라도 진정한 평화를 찾을 수 있을까. 그때 딘이 앞으로 와서 두 팔로 나를 안았다. 처음에는 놀라고 마음이 불편했다. 그와 그런 식으로 다정하게 접촉하고 싶지 않았다. 그러다가 그가 지금도 악몽 속에서 살고 있다는 것을, 그에게는 위로가, 아니 어쩌면 용서가 필요하다는 것을 이해하고 받아들였다. 나는 긴장을 풀려고 애쓰면서 손으로 그의 등을 어루만졌다. 다른 배가 항구로 들어오면서 생겨난 물결에 의해 우리 배가 흔들릴 때까지, 우리는 한동안 서로를 안고 있었다.

딘은 뒤로 물러나며 바닷바람에서 용기를 끌어모으기라도 하려는 듯 깊게 숨을 들이마셨다. 그는 다시 바다를 바라보았다.

"그렇게 할게."

그가 말했다.

"경찰서에 가서 전부 이야기할게."

그가 그렇게 쉽게 동의할 거라고 예상하지 못했기에 나는 놀랐다. 한편으로는 그가 얼마나 망가졌는지, 얼마나 피폐했는지 알게 되었다. 그에게는 더 이상 맞설 의지가 남아있지 않은 듯했다. 아니, 맞설 가치가 없다고 느꼈는지도 모르겠다. 호주에서의 자유는 진정한 자유가 아니었을 것이다.

"그전에 한 번이라도 로즈를 만나볼 수 있을까? 미안하다고 말하고 싶어."

그가 말했다. 나는 잠깐 그의 제안을 고려했다. 내 일부는 안 된다고 말하고 싶었다. 생물학적 아버지가 범죄를 저지르고 법의 심판을 피해 도망쳤다는 사실을 알게 된다면 로즈는 상처받을 것이다. 나는 로즈를 아픔과 혼란으로부터 보호하고 싶었다. 하지만 나한테는 엄마라는 이유로 로즈의 삶을 통제하거나 마음대로 고통에서 벗어나게 할 권한이 없었다. 이걸 감당할 수 있을 만큼, 로즈가 충분히 강하다고 믿는 수밖에 없었다.

로즈도 그걸 원할 거라는 걸 알고 있었기 때문에 나는 그러겠다고 말했다.

"바로 와달라고 문자 보낼게."

나는 가방을 뒤져 핸드폰을 꺼내 로즈에게 메시지를 보냈다. 로즈는 지금 가겠다면서 즉각적인 답장을 보내왔다.

딘과 나는 그 자리에 서서 조금 더 배를 둘러싸고 있는 갈매기 무리를 바라보았다.

"로즈에게 산책로에서 만나자고 말했어. 그쪽으로 갈까?"

딘과 나는 배에서 내려왔다.

침묵 속에서 우리가 부두를 따라 걸을 때 내 가슴은 두근거렸다. 그가 멜라니 브라운과 만나지 않았더라면 우리의 삶은 어땠을까. 나는 하늘을 가로지르는 혜성처럼 눈부셨을 그 순간을 상상했다. 그리고 곧 그 상상에 재갈을 물렸다. 만약을 가정하는 게 무슨 의미가 있단 말인가. 상황이 달랐더라면 오늘날 내 삶은 달라졌을 것이지만 나는 달라진 삶을 원하지 않았다. 이제는 아니다. 나는 내 삶을 사랑했다. 남편을 사랑했고 아이들을 사랑했다. 우리가 함께 꾸린 행복한 가정을 사랑했다.

산책로에 다다른 딘과 나는 벤치에 앉아 기다렸다. 드디어 우리 쪽으로 걸어오는 로즈의 모습이 보였다. 로즈는 꽃무늬 롱스커트에 딱 붙는 청록색 티셔츠를 입고 있었다. 살짝 헝클어진 머리는 위로 둥글게 올린 상태였다.

"저기 오네."

내가 말했다. 딘은 일어서서 로즈를 바라보았다.

"다 컸잖아. 믿을 수가 없어. 그리고 당신이랑 너무 닮았어."

내 눈은 처음부터 끝까지 로즈에게 고정되어 있었다. 로즈는 확신에 찬 모습으로 걸어왔다. 나는 로즈의 담대함이, 무엇이든 개방적으로 받아들이는 태도가 자랑스러웠다.

로즈는 우리에게 다가오면서 걸음을 늦추고 선글라스를 벗었다. 그렇게 우리 셋은 함께 있었다. 가벼운 바닷바람이 불어와 내 원피스 끝자락이 휘날렸다.

"로즈, 여기는 딘, 네 아빠야."

로즈는 주저하듯 그를 바라보더니 앞으로 다가가 그를 안았다. 그는 로즈를 품에 안았다. 내 안에서 형용할 수 없는 감정이 솟구쳤다. 멜라니 브라운의 비극적인 죽음이 아니었다면 우리가 누릴 수 있었던, 잃어버린 행복을 생각하니 당장이라도 눈물이 나올 것 같았다. 멜라니뿐 아니라 딘과 로즈 때문에도 슬펐다.

그는 한 발짝 물러서서 떨리는 목소리로 말했다.

"많이 늦었지만 만나서 반가워."

"저도 그런 것 같아요."

로즈는 솔직하게 대답했다. 그는 시선을 떨구었다.

"어디서부터 시작해야 할지 모르겠네. 앉아서 이야기할까?"

그는 벤치를 향해 손짓했다.

로즈는 고개를 끄덕이고 그쪽으로 걸어갔다. 나는 둘에게 공간과 시간을 내주기 위해 뒤로 물러나서 산책로를 서성였다.

☾

30분 후 로즈와 딘은 뜨거운 태양 아래에서 일어났다. 그들은 다시 서로를 껴안았다. 로즈는 돌아서서 나에게 걸어왔고 딘은 그의 배로 돌아갔다.

"그는 어디 가는 거야?"

나는 걱정이 담긴 목소리로 물었다.

"직원들에게 전화 걸어서 일 처리를 부탁하려고. 엄마……
자수할 거래."

로즈가 대답했다.

"알아."

로즈는 울기 시작했고 나는 로즈를 안아주었다.

"그게 옳은 일이야, 아가."

"그럴까? 확실해?"

로즈가 물었다.

"그럼. 그가 한 일은 분명 잘못이고 그도 알고 있잖아. 그는 항상 알고 있었어. 이제 현실을 직시해야지."

"하지만 그건 한참 전 일이잖아."

로즈가 응수했다.

"이미 충분히 고통받았다고 생각하지 않아? 우리와 함께할 수 있었던 삶도 포기했잖아. 그리고 20년 동안 죄책감을 느끼고 살았어. 아직도 악몽을 꾸면서 말이야. 지금 와서 감옥에 가는 게 무슨 의미가 있어? 어린 시절 어려운 삶을 살았을 뿐 나쁜 사람이 아니잖아. 그리고 그렇게 되면 엄마도 힘들어할 거잖아. 그건 아빠의 잘못이 아니었어. 아빠는 그때 외로웠고, 그래서 그 여자와 관계를 맺은 거야. 엄마도 그걸 알고 있잖아. 그렇지? 그 관계를 끝내려고 하다가 그렇게 된 거야. 그 일은 명백한 사고였어."

나는 로즈를 바라보면서 로즈가 눈물을 닦고 숨을 고를 때까지 기다렸다.

"맞아. 알고 있어. 하지만 시신을 숲에 숨기고 그렇게 도망치는 건 잘못된 일이야. 로즈, 네 아빠는 거짓말을 했어. 그리고 법을 어겼지. 이제 우리는 그가 이곳에 살아있다는 걸 알게 되었잖아. 그를 위해서 우리까지 거짓말을 할 수는 없어. 나는 그렇게 살 수가 없어."

로즈는 딘의 배 쪽으로 몸을 돌렸다.

"그냥 아빠가 어디론가 가도록 내버려 두면 안 될까?"

태양은 구름 뒤로 숨었고 공기는 한결 시원해졌다.

"그렇게 하면 괜찮을 것 같아? 그냥 내버려 두면?"

"나도…… 모르겠어."

로즈는 망설였다.

"아닐 것 같아. 거짓말하기는 싫어."

마음 한편으로는 로즈를 이해할 수 있었다. 어쩌면 딘은 충분한 벌을 받았는지도 모르겠다. 하지만 동시에 버려진 멜라니 브라운과 실종을 가장한 그의 사기극이 생각났다. 해안 경비대의 수색, 비행기를 팔아넘긴 것까지…….

"우리가 거짓말하는 건 딘도 원하지 않을 거야. 이제 우리가 진실을 알게 되었기 때문에 그는 더 이상 숨지 않을 거야."

로즈는 무거운 한숨을 뱉으며 구름을 올려다보았다.

"우리가 아빠를 싫어한다고 생각하지 않았으면 좋겠어. 그건 사실이 아니니까. 나는 불쌍한 마음이 들거든. 왜냐면 저지른 일을 되돌릴 수가 없잖아. 그건 사고였고, 후회하고 있기도 하고. 나는 아빠가 후회하고 있다고 믿어."

"나도 그가 후회하고 있다고 생각해."

나는 로즈를 껴안았다.

"네가 자랑스럽구나. 네 말이 맞아. 우리는 그를 미워해서는 안 돼. 나는 너무 오랜 세월을 분노하면서 보냈어. 혈관에 퍼진 독처럼 해로웠지. 딘은 인생의 대부분을 두려움 속에서 살았고 이제 거기서 벗어날 필요가 있어. 비록 그게 감옥에 가는 것을 의미할지라도 말이야."

우리는 둘 다 뒤로 물러나 그의 배가 있는 쪽을 바라보았다. 나는 그가 말한 대로 행동하고 있기를 바랐다. 직원들에게 전화를 걸어 일을 정리하는 중이기를 바랐다. 하지만 믿기 쉽지는 않았다. 혹시 모를 일에 대비해 존슨 형사의 명함이 지갑에 있다는 사실을 염두에 두고 있었다.

나는 로즈와 손을 잡고 조용히 호텔로 걸어갔다. 동정심과 이해심을 가진 로즈를 보니 마음이 뿌듯했다. 하지만 나에게는 아직 정리해야 할 일이 남아있었다. 그날 알게 된 모든 사실은 충격적이었다. 실제로 일어났었던 과거 일의 폭력적인 각성이자 내가 결코 직면하고 싶지 않았던 진실이기도 했다. 진정으로 알지 못했던 한 남자를 사랑했었다는 진실.

로즈와 나란히 걸어갈 때 바다에서 불어오는 바람이 나를 식혀주었다. 나는 뒤를, 과거를 돌아보지 않았다. 대신 앞을 바라보면서 집을 생각했다. 집을 떠올렸을 때 내 눈에 보인 것은 편안함과 따뜻함을 갖춘 가브리엘의 얼굴이었다.

딘

해가 진 다음 물 위는 바람 한 점 없이 평온했다. 나는 돛을 내리고 상갑판에 누워 제이드가 산호초 위를 이리저리 표류하게 했다. 내 아래 어둠 속에는 수천 종의 알록달록한 물고기들이 산호 정원을 가득 메우고 있었다. 눈이 부시게 아름다운 이 산호 정원은 20년 넘도록 내 탈출구가 되어주었다. 나는 혼자 누워서 이 행성에서의 생명의 기적을 곰곰이 생각해 보았다. 배가 천천히 원을 그리며 도는 동안 모든 게 더없이 평화로워 보였다. 밤바다의 상쾌한 공기가 코를 가득 채웠고 눈 앞에 펼쳐진 밤하늘의 화려함은 경탄 그 자체였다. 보름달과 남십자성이 위에서 나를 내려다보고 있었다. 우주정거장은 마치 여행하는 별처럼 지나갔다. 나는 정거장이 눈에서 사라질 때까지 응시했다. 우주정거장은 마술을 부린 듯 사라졌다.

나는 일몰 후 처음으로 항해를 나갔던 날을 떠올렸다. 마이애미에서 올리비아와 올리비아 언니인 사라의 요트를 탔던 날이었다. 우리는 도시 불빛으로부터 멀리 떨어진, 작은 만에서 닻을 내리고 밤을 보냈다. 고요하고 완벽한 밤이었다. 지금 이 밤과 같았다.

하지만 그 당시의 나는 속으로 고통스러운 비명을 내지르고 있었다.

그리고 지금 이 밤, 나의 내면은 더 이상 비명을 지르지 않았다. 경찰에 자수하고, 내가 저지른 모든 짓을 털어놓기로 마음먹었음을 고려하면 희한한 일이었다. 그건 항상 내 최악의 두려움이었다. 아버지처럼 끝을 맺는 것. 수갑, 감옥, 그 모든 수치. 나는 그것들을 피해 20년 넘게 도망쳤다.

지금 내 머리에 떠오르는 건 부두에 서서 경멸의 눈초리로 나를 바라보던 올리비아의 모습, 내 손을 잡고 배에 오르던 올리비아의 모습이 전부였다. 내가 한 일을 전부 들은 올리비아는 내가 그날 밤 경찰에 신고했더라면 내 곁을 지켰을 거라고 말했다. 그랬더라면 얼마나 좋았을까.

생각은 꼬리에 꼬리를 물고 로즈와 수지, 그리고 내가 놓쳐버린 모든 것들로 옮겨갔다. 그들이 아기였을 때, 나는 한 번도 아이들을 안아주지 못했다. 로즈에게 자전거를 타는 법도, 수영하는 법도 가르쳐 주지 못했다. 하루하루 성장하는 기적을 목격하지 못했다.

상실감이 뼈저리게 느껴졌다. 후회는 그림자처럼 나를 뒤쫓았다. 피할 길이 없었다. 동시에 로즈가 어떤 여성으로 자라났는지 알게 되자 안도감과 흐뭇함이 밀려왔다. 로즈는 똑똑하고, 분별력 있고, 착하고, 인정이 많은 사람으로 성장했다. 놀랍게도 로즈는 나를 용서했다. 내 DNA와도 연관이 있는 걸까? 아니면 로즈에게 좋은 양육환경을 제공한 올리비아와 가브리엘 덕분일까?

수지는 어떨까? 내가 그 아이를 만나볼 수 있을까? 아마 언젠가는 가능할지도 모르겠다.

나는 계속 그 자리에 누워 천천히 달빛 아래를 돌면서 묘한 내면의 평화를 느꼈다. 20년이 넘도록 느끼지 못했던 평화. 머릿속은 고요하고 차분했다. 뇌리를 스치는 모든 기억. 지기에게 테니스공을 던져주던 올리비아의 모습, 아침을 준비하던 올리비아, 베이컨 냄새, 손을 뺨 아래에 끼워 넣고 내 옆에서 잠든 올리비아, 꿈을 꾸는지 하염없이 움직이던 올리비아의 눈꺼풀. 올리비아와의 키스, 부드러운 그녀의 피부, 깊이를 헤아릴 수 없었던 나를 향한 그녀의 사랑. 그리고 오늘 만들어진 새로운 기억. 함께 벤치에 앉았던 로즈, 어떻게 살았는지 이야기하던 로즈, 내 이야기를 들어주던 로즈, 나를 용서해 주던 로즈. 우리 딸, 로즈.

전부 다…… 아름다운 기억이다.

하지만 다른 기억들도 존재했다. 처음으로 엄마 없이 보냈던 고통스럽고 충격적이었던 밤. 아버지의 폭력과 뺨에서 느껴지는 뜨거운 쓰라림. 불타고 있는 차를 피해 도망치던, 경찰 사이렌을 피해 울타리를 뛰어넘던 나의 광기 어린 혼돈. 나를 계단

밖으로 밀치는 멜라니.

바람이 가볍게 갑판을 가로질렀다. 제이드는 부드럽게 흔들리기 시작했다. 나는 천천히, 그리고 고르게 들리는 내 숨소리에 귀를 기울이며 보름달을, 그 너머에 존재할 신비로운 은하계를 올려다보았다. 그에 비하면 내 인생은 티끌만큼 작았지만 그렇다고 해서 중요하지 않은 건 아니다. 내 몸을 이루는 원자들은 전부 광활한 우주 어딘가에서 비롯했고 내가 태어난 이 세상에 의해 조형되고 다듬어졌다. 나는 이 세상에 아름다운 사람을 데려오는 데 일조했다. 바로 로즈.

어쩌면 아직 더 많은 조형이 필요할지도 모른다. 내 생애는 더 많은 변화, 움직임, 회전이 남아있을 것이다. 이제 막 악몽에서 깨어났기 때문에 더 많은 일출과 일몰을 감상해야 할 것이다. 내가 지금 원하는 건 평화와 자유다. 그걸 어디에서 찾을 수 있는지도 알게 되었다.

달빛이 내려앉은 바다에 또다시 바람이 불어왔다. 나는 일어서서 메인 돛을 올렸다.

올리비아

다음 날 아침, 해가 떠오를 무렵 나는 잠이 덜 깬 상태로 호텔 침대에서 일어났다. 유리로 된 미닫이문을 열고 발코니로 나갔다. 밝아오는 새벽빛을 받은 바다는 분홍색으로 반짝이고 있었다. 6시가 약간 넘은 이른 시간이었지만 한 젊은 여성이 해변에서 물구나무서기를 하고 있었다. 나는 몇 분간 그녀를 바라보았다. 아무런 근심 걱정도 없이 평안해 보이는 모습에 감탄이 나왔다.

세계 반대편에서의 이 여행을 마친 다음에, 나도 다시 가벼운 기분을 느낄 수 있을까? 딘에 관해 알게 된 모든 것들로 인해 아직 혼란스러운 상태였다. 앞으로 어떻게 헤쳐 나아가야 할지도 불분명했다. 확실한 건, 나는 가브리엘이 있는 집으로 돌아가고 싶었지만 로즈는 아직 호주와 작별할 준비가 되지 않았다는 것이다. 수지와 더 많은 시간을 보내고 싶은 이유도 있었지만, 딘을 다시 만나려는 게 주된 이유였다. 로즈는 다시는 그가 전처럼 흔적도 없이 사라지지 않을 거라는 사실을 확인받고 싶어 했다.

전날 저녁 식사를 하면서 우리는 그런 대화를 나누었고 로즈는 아직 의심이 든다고 말했다.

"과거에도 그랬었는데 어떻게 완벽하게 믿을 수 있겠어?"

로즈가 물었다.

"아빠가 나를 실망시키지 않았으면 좋겠어. 엄마, 제발 그러지 않았으면 좋겠어."

"나도 그랬으면 좋겠다."

나는 대답했다.

아침 공기의 서늘함을 느끼며 샤워를 하러 들어갔다. 머리카락을 다 말린 다음 욕실에서 나와 조심스럽게 딸을 깨웠다.

"잠꾸러기, 일어나야지. 식당은 7시에 문을 열어. 엄마는 와플이 먹고 싶은데."

로즈는 끙 소리를 내며 몸을 굴렸다.

"아직도 여기 시간이 익숙해지지 않아. 조금 더 자고 싶어."

"집에 돌아가면 더 잘 수 있잖아. 오늘 브리즈번으로 돌아가야 해."

내가 대답했다. 일어나 앉은 로즈는 손으로 눈을 비볐다.

"알았어. 샤워부터 해야겠다. 식당에서 만날까?"

"그래. 다시 잠들면 안 돼."

로즈가 샤워하는 소리가 날 때까지 기다렸다가 가방을 들고 아래층으로 내려갔다. 로비를 지날 때 호텔 접수처에 있던 한 젊은 남자가 내게 말했다.

"안녕하세요, 모리슨 부인. 좋은 아침입니다. 여기 전해드릴 편지가 있어요."

그는 카운터 아래에서 편지를 꺼냈다.

"누가 보낸 거예요?"

내가 다가가며 물었다.

"그건 모르겠네요. 어젯밤 늦게 도착했거든요."

봉투를 받아 들자 검은색으로 휘갈긴 내 이름이 보였다. 그 필체는 전생에서 온 무언가처럼, 마음이 아릴 정도로 익숙했다. 그리고 심장은 세 배는 더 빠르게 뛰기 시작했다.

"고맙습니다."

나는 그에게 말하고 돌아서서 로비에 있는 소파로 갔다. 앉아서 어질어질한 기분으로 손으로 쓴 편지를 꺼냈다. 온몸이 공포에 휩싸였다.

올리비아에게.

당신에게 고맙다는 말을 전하려고 편지를 써. 나를 다시 찾아줘서 고마워. 당신에게 필요했던 완벽한 정리를 위해, 로즈와 함께 이 먼 곳까지 와줘서 고마워. 오늘 부두에서 당신을 마주하고 내가 저지른 일을 직시해야 했던 것은 고통스러웠지만, 꼭 해야만 하는 일이었으니까.

나로 인해서 당신이 겪어야 했던 모든 괴로움과 슬픔, 너무 미안해. 어제, 내가 내 악몽으로부터 당신을 보호하려고 했었다고 말했던 건 전부 사실이지만 너무 자기희생적인 소리로 들렸을 것 같아. 마치 내 행동에 고귀한 이유가 있었던 것처럼. 하지만 진실은 내가 겁쟁이였다는 거야. 나는 내가 비겁했다는 걸 늘 알고 있었어. 나를 도망치게 만든 건 두려움이었어. 어쩌면 무의식중에 내가 살아온 삶을 지워버리고 흰 도화지 위에서 새 출발하고 싶은 마음이 있었는지도 몰라. 그러기 위해서는 당신도 지워버려야 했어. 그건 내 인생 전체를 통틀어 가장 커다란 상실이자 최악의 실수였지. 그보다 더 끔찍한 건 없었어.

하지만 설명은 이 정도면 충분한 것 같아. 더 이상 변명하지 않을게. 이제 과거를 놓아주고 앞으로 나아가기로 결심했어. 나는 잘못 생각하고 있었어. 우리가 결혼했을 때 내가 저지른 짓에서, 내가 살았던 삶에서 벗어나 앞으로 나아갈 수 있겠거니 여겼거든. 그렇게 되기만을 필사적으로 바랐지. 하지만 그럴 수 없었어. 비밀을 간직한 채로는 불가능했어. 비밀로부터 탈출할 길은 없었어.

이제 당신에게 약속할게. 지금부터 우리 사이에는 진실만 존재하기를 원하기 때문에, 다시는 도망치지 않을 거야. 로즈가 나를 만나고 싶어 한다면 내가 어디에 있는지 알 수 있도록. 수지도 마찬가지고. 이제 당신이 진실을 알기 때문에 더 이상 두려울 게 없어. 감옥에 가는 것도 겁나지 않아. 이쯤에서 내 악몽을 끝내고 싶어. 악몽으로부터 자유로워질 수 있는 유일한 길은 내가 저지른 일을 전부 고백하고 한참 전 치러야 했던 죗값을 받는 게 되겠지. 이제 나는 나에게 닥칠 그 어떤 일보다도 당신과 로즈가 더 중요해졌어. 과거에 당신이 내게 가졌던 존경을 되찾고 싶어. 당신이 과거를 정리할 수 있게 돕고 싶어. 당신에게 편지를 쓰고 있는 지금, 나는 처음으로 마음의 평화를 느끼고 있어.

살면서 이렇게 평화로웠던 적이 없었어. 한참 전 당신은 나를 구해주었고 내게 사랑이라는 게 어떤 건지 알려주었어. 그리고 지금, 내가 진실을 마주할 수 있게 용기를 주었어. 당신은 다시 한번 나를 구한 셈이야.

이제 경찰서로 가려고. 이후에 어떻게 될지는 나도 모르겠어. 당신을 사랑할 수 있었던 점에 감사해. 당신을 사랑했던 건 내가 절대로 후회하지 않을 일이거든. 로즈에게 전해줘. 로즈가 나를 보고 싶어 하면 나는 언제든 로즈를 위해 있겠다고. 로즈의 아빠로 지낼 수 있는 나날들을 더 이상 놓치고 싶지 않거든. 그중 일부가 감옥에서 보내는 날일지라도. 이제 더는 두렵지 않아.

사랑을 담아, 딘.

편지를 다 읽자마자 나는 눈물을 쏟았다. 이제 더 이상 내 감정을 통제하거나 분노 아래 숨겨두지 않았다. 그 대신 한때 딘에게 느꼈던 사랑을 기억하는 것을, 나 자신에게 허락했다. 나는 호텔 로비에 앉아 엉엉 울어버렸다. 다시 열려버린 내 마음의 상처 때문에, 그리고 딘과 그의 앞에 놓인 길 때문에 울었다. 다른 선택을 했더라면 달라졌을 결과들, 우리가 놓친 가능성들 때문에 울었다.

그 새로운 슬픔의 홍수에서 겨우 빠져나와 편지를 가방에 넣고 아침 식사를 하러 가려고 일어났다가, 나는 다시 테이블에 앉아서 로즈가 도착할 때까지 기다리기로 마음을 바꿨다. 로즈가 사랑받고 있다는 것을 알 수 있도록 이 편지를 보여줄 생각이었다. 비록 지금까지는 함께하지 못했지만, 아빠를 믿어도 된다는 사실을 로즈도 알게 될 것이다.

나는 내가 사랑받고 있다는 사실을, 그 사랑은 믿을만하다는 사실을 오래전부터 알고 있었다. 영원한 사랑. 성숙한 사랑. 결코 나는 실망시키지 않는 사랑. 나는 운이 좋은 사람이었다. 이제 집으로 돌아가서 남편에게 그가 나의 전부라고 말하고 싶었다.

올리비아

2017. 뉴욕

지하실 창문을 통해 가브리엘의 매혹적인 색소폰 소리가 들렸다. 나는 뒷마당에서 쪼그리고 앉아 맑고 푸르른 10월의 하늘을 올려다보았다. 따스한 볕이 뺨에 닿았다.

존재조차 몰랐던 로즈의 여동생 소식을 처음 들었던 게 벌써 5년 전이다. 시간이 흐름에 따라 예기치 못한 변화를 끊임없이 가져다주는 삶이란 얼마나 놀라운가. 때로는 더 좋아지기도, 때로는 그렇지 않기도 했다. 그렇지만 우리네 삶은, 펼쳐지는 과정 자체가 모험이라고 할 수 있었다.

로즈는 정식 간호사가 되었다. 마운트 시나이 병원 수술실에서 주간 간호사로 근무했다. 수지 역시 같은 병원의 산부인과에서 일했다. 수지는 뉴욕에서 로즈와 함께 같은 학교의 간호학

학위를 받았다. 둘은 병원에서 가까운 곳에서 같이 살 아파트를 구했고 지금은 자매이면서 가장 친한 친구가 되었다.

딘은 뉴욕 북부에 있는 교정 시설에서 복역 중이었다. 그곳에서 그는 동료 수감자들을 위해 집단 치료 상담을 진행했다. 로즈는 가끔 그에게 방문했다. 로즈는 늘 우리에게 J의 소식을 들고 왔고, 그가 잘 지내고 있다고 말해주었다. 나는 그에게 좋은 일들만 있기를 바랐다. 새로운 하루하루가 다가올수록 그는 과거로부터의 해방과 자유에 한 걸음씩 가까워지고 있는 거라고, 온 마음을 다해 믿었다.

논문에 대해 언급하자면 호주에서 돌아오자마자 나는 멜라니의 박사 논문을 찾아냈다. 논문은 고유의 번호도 부여받지 못한 채로 뉴욕 공립 도서관 역사 구역 선반에 한참 동안 방치돼 있었다. 2003년에 도서관 사서 한 명이 논문을 발견해 목록에 올렸지만, 그때는 이미 형사들이 수사를 중단한 지 한참이 지난 후였다. 나는 당연히 논문을 대출해 읽어보았지만, 내가 이해할 수 있는 영역을 넘어선 전문적인 내용이었다. 딘의 말대로 논문은 버뮤다 삼각지대에서 실종된 배와 비행기의 수수께끼를 풀지는 못했지만, 만약 멜라니가 살아있었다면 언젠가는 답을 얻지 않았을까? 그녀가 또 무엇을 성취했을지 누가 알겠는가?

나는 다시 몸을 앞으로 구부려 정원의 비옥한 흙에 집중했다. 이번에는 마당의 반대편에 튤립을 심을 계획이었다. 그날 아침, 가브리엘은 튤립 알뿌리를 가득 사오는 내 모습을 보면서도 놀라지 않았다. 해마다 내가 튤립화단을 늘려온 까닭이었다. 왜 그랬는지는 나도 잘 모르겠다. 아마 나를 변화시킨 무언가를 해마다 기념하고 싶었는지도 모르겠다. 로즈가 수지에 대해, 호주에 살아있을지 모르는 내 첫 번째 남편에 대해 처음 이야기했던 때부터 말이다. 그 후 일어난 일은 내가 품었던 모든 의문에 답을 주었다. 무엇이 진실이고, 무엇이 진실이 아닌지 알게 되었다. 그날 이후 매년 봄이 되면 더 많은 튤립이 피어났다. 그리고 여름이 되면 장미, 양귀비, 제라늄, 베고니아가 피어났다. 화단의 색은 계절마다 끊임없이 바뀌었다.

조엘과 조엘의 여자친구 앤지는 서던 캘리포니아 대학교를 졸업했고 여전히 함께였다. 둘은 영화 쪽 일을 하며 LA에 살고 있었다. 그들은 아직 젊었기 때문에 둘의 관계가 어떻게 진행되든 미리 걱정하지 않는 것 같았다. 지금까지 둘 사이는 아주 순조로웠다. 우리의 막내, 에단은 마이애미의 해안 경비대에서 일하고 있었고 군대에 입대하는 것도 고려하고 있었다. 내 아이들의 직업 선택에 대해 설명할 수 있는 한 가지 단어가 있다면 바로 다양성이었다.

나는 튤립을 전부 심고 앉아서 내 가을 정원을 감상했다. 석양의 빛을 닮은 철쭉과 국화가 만발했고 미역취는 금어초 무리 옆에서 우뚝 솟아있었다.

가장 높은 가지에서 새빨간 단풍잎이 살랑살랑 떨어져 바로 내 앞에 있는 흙에 착지했다. 나는 잎을 집어 들고 감탄하며 일어났다. 그리고 거실 창틀에 둔 꽃병에 꽂으려고 잎을 몇 개 더 주웠다.

뒷문이 열리고 가브리엘이 테라스로 나왔다. 우리의 새 강아지, 딕시도 그를 따라 나왔다. 딕시는 하바니즈 종으로 흰색과 검은색 털을 가진 조그만 강아지였다. 딕시의 털은 비단처럼 부드러웠고 가브리엘의 양말을 훔치느라 바쁠 때만 빼고는 아주 말을 잘 듣는 강아지였다. 나는 딕시가 서툴게 계단을 내려와 나에게 달려오는 모습을 바라보았다. 그리고 한낮의 햇빛 아래서, 잘생긴 가브리엘의 얼굴을 올려다보며 만족스러운 숨을 길게 내쉬었다.

"공식적으로 결정했어."

그는 계단을 내려오면서 말했다.

"올해의 뮤지컬 말이야. 어떤 걸로 할지 정했어."

나는 한가로이 잔디를 가로지르며 그를 향해 걸어갔다.

"어떤 걸로 결정했는데?"

"아이들이 〈그리스〉를 하고 싶어 해서 마지못해 항복했지. 다음 주에 오디션 시작할 거야."

우리는 마당 한가운데로 모였다. 나는 딕시의 배를 쓰다듬어 주려고 몸을 숙였다.

"여름날의 사랑이 우리를 기다리고 있네!"

내가 다시 일어서자 가브리엘은 내 손을 잡았다. 우리는 손깍지를 끼었다.

"꽃은 다 심은 거야? 내가 도와줄 수 있는데."

그가 물었다.

"너무 늦었어. 이미 땅속으로 들어갔거든. 그럼 물 주는 거 도와줘."

우리는 창고에서 물뿌리개를 가지고 나왔다. 가브리엘이 호
스로 물을 채우는 동안 딕시는 빙글빙글 원을 돌았다.

"겨울이 오고 있지만, 어느새 또 다시 봄이 찾아올 거야."

그는 물을 뿌리며 말했다.

"맞아. 요즘은 시간이 더 빠르게 흐르는 것 같아."

"음, 그런 말도 있잖아. 재미있을 때는 시간이 빨리 간다고."

나는 그에게 팔짱을 끼고 그의 뺨에 입을 맞추었다. 또 다른
빨간 단풍잎이 나무에서 떨어졌다. 나는 그것을 집어 들었다.

우리 앞에는 다가올 더 많은 계절이 있고, 더 많은 눈사람과
모래성을 만들 수 있다는 생각에 기분이 좋아졌다. 아이들은 우
리 둥지에서 날아갔지만, 가브리엘과 나는 딕시와 이곳에 머물
것이다. 여름이면 긴 산책을 하고 촛불을 밝힌 테라스에서 달빛
을 받으며 저녁 식사를 즐길 것이다. 우리는 아이들 이야기를
하고 미래를 위한 계획을 세울 것이다.

나는 가브리엘이 물뿌리개를 다시 창고에 넣는 모습을 지켜
보았다. 그러고 나서 테라스 계단을 올랐다. 그는 딕시를 한 손
으로 들어 겨드랑이 사이에 끼우고 다른 손으로 내 손을 잡았다.
우리가 집 안으로 들어갈 때 그는 잡고 있던 내 손에 키스했다.

"곧 있으면 추수감사절이네."

우리가 부엌으로 향할 때 그가 말했다.

"올해는 디저트로 사과 대신 블루베리 크리스프 어때? 왜 그
런지 모르겠지만 이상하게 블루베리가 먹고 싶어."

"기다릴 필요 뭐 있어? 오늘 밤에 만들어 먹자."

내가 대답했다. 그는 감격스러운 얼굴로 나를 돌아보았다.

"아, 당신은 나한테 신이나 다름없어. 내가 얼마나 당신을 사랑하는지……."

나는 웃음을 디뜨리며 따뜻한 그의 품에 안겼다. 그리고 그를 바라보며, 미소로 그의 사랑에 고마움을 표했다.

이토록 완벽한 실종

초판 1쇄 발행 2023년 12월 1일
초판 3쇄 발행 2024년 1월 30일

지은이 줄리안 맥클린
옮긴이 한지희
펴낸이 김문식 최민석
총괄 임승규
책임편집 조연수
기획편집 박소호 김재원 이혜미
　　　　　 김지은 정혜인 김민혜
　　　　　 명지은 신지은 박지원
마케팅 조아라
디자인 배현정

펴낸곳 (주)해피북스투유
출판등록 2016년 12월 12일 제2016-000343호
주소 서울시 성북구 종암로 63, 5층 (종암동)
전화 02)336-1203
팩스 02)336-1209

© 줄리안 맥클린, 2023
ISBN 979-11-7096-078-2 (03840)